古典詩歌研究彙刊

第十二輯

龔鵬程 主編

第18冊

陸游詩歌研究

宋邦珍 著

國家圖書館出版品預行編目資料

陸游詩歌研究／宋邦珍 著 — 初版 — 新北市：花木蘭文化出版社，2012〔民 101〕

目 2+262 面；17×24 公分

（古典詩歌研究彙刊 第十二輯；第 18 冊）

ISBN 978-986-254-914-8（精裝）

1.（宋）陸游 2. 宋詩 3. 詩評

820.91 101014516

古典詩歌研究彙刊

第十二輯 第十八冊 ISBN：978-986-254-914-8

陸游詩歌研究

作　　者 宋邦珍

主　　編 龔鵬程

總 編 輯 杜潔祥

出　　版 花木蘭文化出版社

發 行 所 花木蘭文化出版社

發 行 人 高小娟

聯絡地址 新北市永和區中正路五九五號七樓

電話：02-2923-1455／傳眞：02-2923-1452

網　　址 http://www.huamulan.tw 信箱 sut81518@gmail.com

印　　刷 普羅文化出版廣告事業

初　　版 2012 年 9 月

定　　價 第十二輯 24 冊（精裝）新台幣 33,600 元

陸游詩歌研究

宋邦珍 著

作者簡介

宋邦珍

1. 高雄師範大學國文研究所碩士（民 79）【碩士論文:《白雨齋詞話》沉鬱說研究】，高雄師範大學國文研究所博士（民 89）【博士論文：陸游詩歌研究】
2. 研究專長與興趣為宋詩、宋詞、現代小說、兒童文學等領域，已發表相關論文數十篇。
3. 另與傅正玲等共同編撰《耕讀 進入文學花園的 250 本書》、《中國語文能力》、《國文教學論文集》，與林秀蓉等共同編撰《文學與人生》。
4. 現職輔英科技大學文教事業管理學程副教授。

提　　要

本論文旨在透過「知人論世」、「以意逆志」的方法來呈現陸游詩歌內涵、藝術特質、美學風格之豐富樣貌，以顯陸陸游詩歌的價值與定位。本論文共分九章。

第一章緒論，第一節研究動機和目的，第二節討論研究範圍及研究方法。

第二章陸游所處之時空背景及其生平事績，共分五節討論。第一節南宋初年的時代背景，第二節南宋初年的詩風，第三節陸游的家世，其祖陸軫，父陸宰皆為有名學者，其外家唐氏亦書香門第，重視氣節，因此陸游從小即受到良好的家庭教育以及師長的提攜。第四節陸游的生平梗概，第五節陸游的交遊。

第三章陸游詩歌的內涵表現，共分九節討論。第一節愛國熱忱慷慨激昂，第二節懷念南鄭思緒複雜，第三節愛子情切諄諄教誨，第四節壯志未酬思緒黯淡，第五節追憶舊愛幽微深邃，第六節田園生活悠閒自在，第七節理性自持消解悲哀第八節感興觀賞物象百態，第九節小結，陸游詩歌呈現陸游各樣貌的生命型態。

第四章陸游詩歌的藝術特質，共分六節討論。第一節意象鮮活多重：一是豪放意象與浪漫意象的融合，一是田園與山水意象之結合，再分「動靜相涵攝」、「遠景和近景切換」、「感官意象交替」等方式展現。第二節造語特色，分三方面論析：明白如話、善用俗語、對仗工整，使事妥切。第三節活用夸飾手法，第四節彩色詞運用濃淡合宜，第五節善於運用情景衝突，第六節喻象多樣化。

第五章陸游詩歌的風格類型，共分三節討論。第一節陽剛之美—豪邁雄渾，第二節陰柔之美—清新圓潤，第三節剛柔並蓄之美—蕭颯疏淡。

第六章陸游詩歌的成就，第一節討論陸游詩歌的定位：一就宋代文化特質來考察，二就宋代詩歌發展史來考察。第二節陸游詩歌對後世之影響，一是後世對陸游詩歌的評論與回響，二是陸游詩歌啟迪後世詩歌創作之理念。

第七章結論。

總之，陸游詩歌無論在內涵表現、藝術特質、風格類型呈現豐富樣貌。而且在南宋詩歌史上扮演承先啟後的關鍵地位。

目次

第一章　緒　論

第一節　研究動機及目的

「詩」是中國文學的精華之一，它是最深入人們心靈的文學作品。歷代尤以唐詩為最，繼之的宋詩如何在唐詩極至呈現之後另闢蹊徑，值得玩味。宋詩之風格迥異於唐詩，而歷代針對宋詩的評價，有正反兩面。一方面，明代前後七子崇尚盛唐，對宋詩相當貶抑，明七子之後的屠隆云：「宋人多好以詩議論」「宋人又好用故實組織成詩」〔註1〕。另一方面，清人欣賞宋詩，如朱庭珍《筱園詩話》：「宋人承唐人之後，而能不襲唐賢衣冠面目，別闢門戶，獨樹壁壘，其才力學術，自非後世所及。」〔註2〕近人繆鉞比較宋詩和唐詩之不同：「唐詩以韻勝，故渾雅，而貴醞藉空靈；宋詩以意勝，故精能，而貴深折透闢。唐詩之美在在情辭，故豐腴；宋詩之美在氣骨，故瘦勁。」〔註3〕極能切中要的。

宋詩在近年來研究風氣蓬勃，北京大學所編的《全宋詩》，收錄相當齊全。〔註4〕四川大學辦了幾次全國性的宋代文學會議；臺灣的

〔註 1〕參見《由拳集》卷二十三〈文論〉。

〔註 2〕收錄於《清詩話續編》中，臺北木鐸出版社出版。

〔註 3〕繆鉞論宋詩，收錄於黃永武、張高評編的《宋詩論文選輯》(一)，臺北復文書局出版，民 77，5。

〔註 4〕並陸續編排當中，1999 年已出版 72 冊。

臺灣大學中文系辦過宋代文學與思想研討會。成大中文系亦主辦過宋代文學研討會，且編輯《宋詩論文選輯》、《宋詩綜論叢編》、《宋代文學研究叢刊》。〔註5〕

北宋初西崑體盛行，歷經蘇、梅、歐提倡「平淡有工」詩風，至東坡、半山自成大家。之後黃庭堅所倡的「點鐵成金」、「奪胎換骨」等詩法，慢慢形成時代潮流，以至呂本中以黃庭堅爲主書寫「江西詩社宗派圖」，所謂的「江西詩派」形成，宋詩重才學、重議論的特質因此奠定。〔註6〕之後的南宋詩人無不對江西詩派承襲、反省、改革，甚至反其道而行。陸游就在這種詩學背景之下創作。南宋詩人以南宋四大家中的陸游（西元1125～1210）、楊萬里、范成大爲最，其中陸游傳世之作有九千多首，其詩名興盛，宋代之後評論甚多，且其七律之對偶句爲世人傳誦，近代亦多有研究者。〔註7〕其次，陸游身處的時代背景又有劃時代的激變，靖康難之後南宋諸人皆對復國宏願抱有不同方式的論點，有一心復國者，有委屈求全者，「主戰」、「主和」權力抗衡。陸游就在這種時代背景之下長成，並加入主戰派的行列。

筆者研讀其詩集，覺其人格有令人崇敬之處，其作品有前人未發現之精彩層面，其對國家的熱情及對前妻的深情又令人撫卷三嘆。筆者欲藉本文之研究深入考察陸游一生事蹟及其內涵、形式、風格，以期全面的觀照陸游這位偉大作家，並給予其一個較明確的定位。

〔註5〕《宋詩論文選輯》由黃永武、張高評編選，論文傾向是早期學者發表的論文，《宋詩綜論叢編》是近期大陸學者發表之論文，《宋代文學研究叢刊》是臺灣、大陸的學者的論文皆有收錄。後二者由張高評編選。

〔註6〕宋劉克莊說：「國初詩人，如潘閬魏野，規歸晚唐格調，寸步不敢走作。楊劉則又專爲崑體，故優人有尋扯義山之誚。蘇梅二子，稍變以平淡豪俊，而和之者甚寡。至六一坡公，巍然爲大家數，學者宗焉。然二公亦各極其天才筆力之所至而以已，非必鍛鍊勤苦而成也。豫章稍後出，會萃百家，句律之長，究極歷代體製之變，蒐獵奇書，穿穴異聞，作爲古律，自成一家，雖隻字半句不輕出，遂爲本朝詩家宗祖，自禪宗比得達摩，不易之論也。」（〈江西詩派小序〉）

〔註7〕如陳衍之《宋詩精華錄》有「劍南摘句圖」，把陸游七律作品中對仗工整的一聯選出來，合成一串詩句。

前人研究陸游生平及作品甚多，時有用心之作，亦有珠璣小品。筆者個人以爲研究專家詩，可藉作品的爬梳，以及深入作者的一生事蹟，得出作者及作品相互融攝之全貌，從而豁顯筆者之研究歷程。故前人研究雖多，筆者之研究是一種再創造，有其傳承性也有它的創新性。學術研究是代代累積，對於陸游詩歌的研究如果沒有前人的披荊斬棘，後人如何邁向康莊之路？故前人有關陸游詩歌評論亦是研究重點之一，針對這些評論再加以批評是一種後設批評，有助於增廣陸游詩歌研究層面。

第二節　研究範圍及方法

研究陸游個別的著作以及論文甚多，如博士論文李致洙《陸游詩研究》（民國七十九年台灣大學）〔註8〕。碩士論文有蕭翠霞《南宋四大家詠花詩研究》（民國八十一年成功大學），康育英《陸游記遊詩研究》（民國八十七年逢甲大學）。其次，有專書研究，如張健《陸游》（臺北國家出版社）、劉維崇《陸游評傳》。另外研究的傳記，如朱東潤《陸游傳》（臺北華世出版社出版），歐小牧《陸游傳》（四川成都出版社出版）等。〔註9〕考察以上之著作：李致洙《陸游詩研究》治學嚴謹，但缺少呈現陸游的生命情境。蕭翠霞、康育英二人論文著重體類研究，皆非呈顯陸游之全幅作品義涵。張健、劉維崇、朱東潤、歐小牧著重於以作品繫聯呈顯陸游的一生經歷。個人以爲在研究領域應有再發揮之空間，故以陸游的詩歌爲主要研究範圍。〔註10〕

〔註 8〕後由文史哲出版社出版。

〔註 9〕清人趙翼在〈甌北詩話〉即編有陸游年譜，近人于北山亦編有《陸游年譜》（1961 年出版），歐小牧另有《陸游年譜》修訂本，四川天地出版社出版。

〔註10〕陸游研究以大陸學者居多，尤其他們多針對陸游「感激悲憤」詩風的肯定。胡明在〈陸游詩歌主題瑣議〉曾指出：「陸游作爲南宋最大的詩人，我們學術研究界也確實用過最大的注意力和最大的熱情考察和研究過他。我們說他“最大”，一是指其詩歌作品存世最多，

陸游的詩作以《劍南詩稿》爲主，《劍南詩稿》卷一至卷二十一前半是陸游於淳熙十四年刻於嚴州郡齋，游過世後，其幼子子遹於紹定年間又刻續稿六十七卷於嚴州。另有嘉定十三年游長子子虡在江州所刻題作《劍南詩稿》的八十五卷本，也是按年編次，中有子虡跋文，詳述其編刻過程。現在通行的八十五卷本是明末常熟毛晉汲古閣刻本。其祖本當出於子虡的江州刊本，卷數相符，且卷末有子虡跋文。本論文詩文援引自世界書局出版《陸放翁全集》，上海古籍出版出版的《劍南詩稿校注》（錢仲聯校注）。〔註11〕陸游的詩作非常豐富，有九千多首，本文以此爲材料，加以歸納整理，選擇代表性之作品來作爲論述。〔註12〕

現今研究方法甚多，西方文學思潮更以豐富多樣性方式討論研究方法。但筆者認爲中國文學傳統是抒情的傳統，從詩經楚辭開始，作者的情志藉由作品之中明顯呈現，換言之作品就是反映作者之自我影像。早在孟子就提出一種獨特的文學研究方法，他說：「故說詩者，不以文害辭，不以辭害意；以意逆志，是爲得之。」（〈萬章上〉）「以意逆志」則可見詩是言志的。說詩者不要拘泥字面意義，應依據全篇去分析作品內容，去體會作者之思想、意圖。郭紹虞以爲：「以意逆志的方法，是由主觀的體會，直探到詩人的心志裡。」（《中國文學批評史》）孟子又說：「誦其詩，讀其詩，不知其人可乎，是以論其世也，是尚友也。」（〈萬章下〉）通過論世的方法去了解這個人。必須針對作者之生平思想及其所處時代有深刻的認識，以便對作品作一考察。詩人是生長在時空的交叉點上，而其詩歌是抒情言志的，讀者先就詩

二指其對當代愛國主義、進步民族意識的積極影響最強。」（《南宋詩人論》，98頁，臺北學生書局出版）大陸學者多肯定陸游愛國情懷，筆者以爲與大陸學者所處的歷史情境有關。

〔註11〕世界書局之《陸放翁全集》收錄陸游詩、詞、文作品，共七種，是以汲古閣本覆印。錢仲聯校注的《劍南詩稿校注》應是現今詩稿最精良的版本，是以汲古閣本爲主再參照各版本校勘而成。

〔註12〕本論文有關陸游的《劍南詩稿》的作品，引證時皆只標卷數，簡化之。如果引文是陸游其他非詩歌之作品則詳標書名及卷數。

人之時空背景爲觀照點，再以自我的情感去詮釋作者之情感，並酌以時空背景的觀照。故筆者採用以意逆志、知人論世的鑒賞方式來探討陸游的詩篇。以陸游身處的時代背景及生平事蹟及成長背景爲出發點，從而研究其詩歌的各種風貌。陸游以自己全幅的生命灌注在其作品之中，筆者以爲這種方法應該是可抉發「文本」的深義。

無庸置疑的，研讀傳統的詩歌不能只以「論世知人」、「以意逆志」的方法去概括，甚至不能只以一種方法研讀，但筆者以爲陸游的身世之感常常浮現於作品之上，故以其研究方法爲鑰，進入陸游詩歌的內涵表現及藝術特質。而且重視作品所傳達的美感經驗，由此深入去探討作品所表現的美學風格類型。最後，再以實際作品論析與前人之研究成果以及歷代陸游詩歌之論評參照，可免詩評有隔靴搔癢之憾。

第二章　陸游所處之時空背景及其生平事蹟

第一節　南宋初年之時代背景

宋代重文輕武之風氣應是由趙匡胤黃袍加身所引導而出。唐末藩鎮割據，地方上的政權皆由軍人把持，勢力凌駕中央，影響中央政令的傳達。五代十國延續唐末局勢，列國紛爭，政局混亂，只得靠趙匡胤的力量才得以統一。趙匡胤生於洛陽，其父趙宏殷歷任唐、晉、漢、周之軍事將領。之後，趙匡胤繼承父業，亦握有北周禁軍最高兵權。北周世宗駕崩之後，恭帝即位。因奏報北漢引遼人入侵，朝中大臣和將領大多出征抗敵，京城傳來謠言，據說要以點檢者爲天子。初三日，趙匡胤領兵在陳橋宿營，眾人擁立趙匡胤爲帝，其在初醒尚未及回應，黃袍已加身。陳橋兵變，看似眾人擁立，實爲趙匡胤自編自導自演的一齣戲。他爲了阻斷類似情況重演，遂有「杯酒釋兵權」之事，削弱石守信等人禁軍之兵權，自此唐代以來節度使把持地方政權之弊革除。況且，宋朝皇帝集權力中心，宰相只是奉皇帝決策來辦事。地方的首長是由中央指派文官擔任，不信其能獨掌大局，又派通判、主簿爲州縣副首長，分散地方首長的權力。中央收回財權，由中央鑄錢，鹽、鐵、酒、茶收規國營。宋代這種重文輕武中央集權，地方權弱的政策，雖解決軍人專政之弊，但也埋下嚴重禍端。相較於唐代宰相權位重大，宋代宰相權位低落。宋代的內政上因中央集權過甚，北方的穀物財貨全集中在中央，宰相不能管理兵財二權。這也是構成宋代外交積弱的一個重要原因。〔註1〕

北方的外族常侵擾邊關，契丹（遼）、西夏爲北宋之大患。北宋一直無法和外族相抗衡，皆以訂定和約，年年向外進貢化解邊關緊張氣氛。外交上的積弱不振是北宋最大隱憂。自從宋太祖、太宗對遼國戰敗，和談氣氛瀰漫於朝廷。到了眞宗景德元年澶淵之盟，宋室以每年奉上白銀十萬兩，絹二十萬匹的代價，再加上兩國國君以兄弟相稱，來換取北方安定。宋仁宗時，西夏壯大，時常大規模侵略宋邊關，朝廷雖派將領防守，但缺乏主動戰略，消耗戰力甚巨。打仗對西夏而言也是很大的經濟支出，西夏物資一困乏之後，就向宋求和。次年和議完成，西夏稱臣，但保留西夏國王稱號，宋每年賜西夏七萬二千兩，絹十五萬三千匹，茶三萬斤，兩國邊境設交易站。北宋對外族之侵略束手無策一直以懷柔政策面對強敵，換取北方的安定。

宋徽宗政和五年，女眞族建立金國。三年之後，北宋和金國訂盟約，共同消滅遼國，雖除去一大禍患，同時也暴露宋室兵力不足，軟弱怕事。徽宗因不想再擔負國家大任，一心想逃避金國南下進攻的威脅，就把皇位傳給太子趙桓。太子即位是爲欽宗。靖康元年正月金人圍汴京，主戰派李綱力主堅守，但爲金兵所敗，二國議和。宋室給金人五百萬兩、銀五千萬兩、緞百萬匹，牛馬萬頭，割太原等四地，歸還燕雲地方人民，尊金爲伯父，以宰相親王爲人質。十一月，因和議破裂，金兵攻入汴京，欽宗親赴金營議和，將河北河東之地全割予金國。靖康二年正月金人扣留徽宗、欽宗父子二人，二月立張邦昌爲帝。四月，又挾持徽宗、欽宗、后妃、太子、宗戚三千人及皇室珍藏、禮器、藏書、圖籍北去，汴京淪陷，二帝被俘，趙宋只剩半壁江山。

〔註1〕請參考錢穆《國史大綱》第三十一章所論，臺灣商務印書館出版。

宋室南遷，欽宗之弟趙構在南京應天府稱帝，是爲高宗。高宗即位，先任用主戰派的李綱，主張建都於中原之地，反對在南方建都。高宗面對亡國之痛，強敵環伺在前，理應奮發振作，收復中原，以慰荼毒的生民。但是高宗缺乏膽識，又懼怕一戰勝迎回二帝，皇位不保，一意求和，重用主和派的秦檜、黃潛善、汪伯彥。對於大敗金兀朮的岳飛予以殺害，大敗金兵於揚州大儀的韓世忠予以解除兵權。殺岳飛、廢韓世忠雖然是秦檜所爲，但無人撐腰亦不敢如此妄爲，其背後支持者其實是高宗，兩人沆瀣一氣。此段時期的陸游隨著父親逃亂，流離顛沛。

紹興十一年十一月宋金和議成立，宋對金稱臣，宋每年貢銀二十五萬兩、絹二十五萬匹，金皇帝的生辰和正旦，宋要遣使致賀，金歸還徽宗的梓宮及高宗生母韋太后。宋金國界，東以淮水，西以大散關爲界。這個和約一定，宋金戰爭大致結束，但宋室受到很大的屈辱，土地和財物損失很多，人民亦以爲此乃奇恥大辱。此段時期的陸游居於山陰，閉門苦讀。

秦檜爲相十五年，忠臣良將，誅鋤略盡，有志之士很難立足於朝廷。紹興二十五年，秦檜過世，政局才稍爲改變，主戰派勢力漸興。秦檜爲相的時間不短，最大的原因是背後有一個重用他的皇帝——高宗，才得以長期荼毒生靈。秦檜之介入使陸游於禮部試落榜，使陸游的仕途受阻。

紹興三十二年，高宗傳位給孝宗，自稱太上皇。孝宗有遠大理想主張雪恥復國，收復失土。首先追復岳飛官職，廣開言路，驅逐秦檜黨人，以張浚爲樞密使。命張浚出兵北伐，因此時金國海陵帝完顏亮被殺，金國政局混亂。完顏雍自立爲帝，是爲金世宗，勠力整頓北方。他是一個勵精圖治的好君主，把金國治理成爲一個文治武功鼎盛的國家，有「小堯舜」 之稱。隆興元年，張浚出師北伐，大潰於符離。他雖全心報效國家，但已年邁力衰，無法達成復國重任。雙方訂立「隆興和議」，作爲停戰條件。內容爲宋稱金爲伯父，宋每年給金銀二十萬兩、絹二十萬兩，兩國文書往來爲「國書」。孝宗在位期間，主戰和主和派爭論不休，孝宗對復國大業亦有雄心，卻少了一些決斷力。但此時的金世宗在位，文治武功皆盛，除了讓人民生活富足安定，軍隊作戰力強盛，又是北亞的盟主。相較之下，孝宗復國大業實在很難實現。此時的陸游一片愛國赤忱就隨著孝宗的奮發、猶豫以至放棄而浮沉，終使其志業無法實現。

孝宗在位二十八年，於淳熙十六年傳位給太子趙惇，其即位是爲光宗。光宗是一個昏庸的君主，健康情況不佳，政事多半出於李皇后之手。李后離間光宗和太上皇（孝宗）感情，孝宗重病以至於死，光宗都未去探望，也不出宮主持喪禮。宰相趙汝愚與朝臣韓侂胄密請高宗之后吳氏，擁立太子趙擴爲帝，逼光宗爲太上皇。趙擴即位是爲寧宗。寧宗能當上皇帝全靠韓侂胄的幫忙〔註2〕，因此韓氏很快就掌握權力核心，成爲一代權相。因爲孝宗之世，朱熹提倡道學，甚有聲望，韓侂胄用事後，朱熹曾上書給趙汝愚，以韓氏竊權爲警，侂胄遂罷朱熹侍講之職。韓侂胄痛恨反對黨人，遂發起「僞學之禁」，凡是不依附者，不論是程、朱之學都被冠上僞學的罪名。他又爲了籠絡民心，立功名以自固權位，展開討伐金國的戰事。經過幾次戰爭，由雙方對峙形勢來看，宋軍處於劣勢。開禧三年，寧宗之后楊氏與禮部侍郎史彌遠密謀於寧宗，定下殺侂胄以和金之計，趁韓氏早朝伏兵殺之，由史彌遠繼任宰相。嘉定元年，「嘉定和議」訂立，宋金仍爲伯姪，歲幣增爲銀絹各三十萬，另有犒軍銀三百萬予金，金歸還宋淮陝侵地，韓侂胄首級函送於金。從此南宋一蹶不振，逐漸走向覆滅之途。此時期的陸游未受「僞學之禁」的牽連，卻爲韓氏編寫前帝之史，並贊成韓氏北伐，不料其最後北伐之志業亦未能完成。

〔註2〕光宗過世，寧宗假稱有病，不肯成服居喪。在朝大臣趙汝愚等人密謀廢立，他們委託韓氏進宮，商得高宗之遺孀同意，用她的名義改立趙擴爲皇帝，尊光宗爲太上皇。韓侂胄在政權轉換上的過程來看，功勞是不小的，韓氏之母是高宗后吳氏之妹，寧宗之后又是他的姪女，他算是外戚，又有擁立之功，引起朝廷內不小的紛爭。

上述背景乃陸游身處之時代狀況，因其對宋朝中興之業投注最大的心力，一生處於高宗、孝宗、光宗、寧宗朝，整個時代是從動盪以至偏安，朝廷主戰、主和派時有爭論，主政者意志薄弱，且宋軍隊無法掌握契機，故其主觀的志願未能通過客觀的條件完成。從其人生歷程以及詩歌作品來看，時代背景以及政治因素影響陸游非常深遠，超乎其他同時代的詩人，尤其是孝宗和韓侂冑兩人在他的人生經歷之中有著重要的影響性，以下論文各章節將陸續論述。

第二節　南宋初年之詩風

南宋初年戰爭依然持續，戰爭氣氛很熾烈，理應多創作愛國詩歌，但是當時詩壇的風氣承襲北宋末年之江西詩派遺風，詩風刻鏤生硬。〔註3〕只有少數作家能突破此遺風，走出自己的風格，如呂本中、陳與義、曾幾等人。江西詩派認定的始祖黃庭堅，影響甚鉅，以下先以黃庭堅的詩學主張爲南宋初年詩壇風氣之論述基點。

黃庭堅（西元 1045～1105）字魯直，號山谷，江西修水人。長於書香世家，從小即飽讀詩書。〔註4〕他受到蘇東坡的賞識，是蘇門四學士之一。又被蘇軾的政治態度所牽連，仕途極爲不遂。〔註5〕他的詩學主張是另闢蹊徑。他說過：

> 詩者人之情性也，非強諫爭於廷，怨忿詬於道，怒鄰罵坐之爲也。其人中信篤敬，抱道而居，與時乖違，遇物悲喜，

〔註 3〕呂本中說：「近世江西之學者，雖左規右矩，不遺餘力，而往往不知出此，故百尺竿頭，不能更進一步，亦失山谷之旨也。」（〈與曾吉甫論詩第二帖〉）清朱彝尊也說：「宋自汴梁南渡，學詩者多以黃魯直爲師。」（〈重鋟裘司直詩集序〉）

〔註 4〕其父黃庶是一位詩人，著有《伐檀集》二卷，舅父李常是詩人也是藏書家。

〔註 5〕元豐元年（西元 1078）山谷三十四歲，有〈古詩兩首上蘇子瞻〉，應是二人開始正式交往，當時蘇軾四十三歲，在徐州任內。哲宗紹聖年間，章惇、蔡卞等新黨得勢，肆意破壞元祐黨人，他受到牽連，被貶爲涪州別駕。

> 同床而不察，並世而不聞，情之所不能堪，因發於呻吟調笑之聲，胸次釋然，而聞者亦有所勸勉，比律呂而可歌，列干羽而可舞，是詩之美也。(〈書王知載朐山雜詠後〉)

他認爲詩歌是個人情性的表現，不是拿來批判朝政，議論是非，寫詩應該要抱著中信篤敬的態度。如情感不得不抒發，就發爲呻吟調笑之聲，心胸開釋，讓聞者也有所勸勉。而且詩合於歌、舞者，才是好的作品。可見山谷不喜怒罵之辭，因爲容易招致詩禍。〔註6〕他也注意到詩的藝術性，未忘記詩是可歌可舞的藝術品，是一種美感呈現。

黃庭堅認爲詩人要從古人作品中得到營養。他說：

> 自作語最難，老杜作詩，退之作文，無一字無來處，蓋後人讀書少，故謂韓、杜自作此語耳。古之能爲文章者，眞能陶冶萬物，雖取古人之陳言入於翰墨，如靈丹一粒，點鐵成金也。(〈答洪駒父書〉)

> 詩政欲如此作。其未至者，探經術未深，讀老杜、李白、韓退之不熟耳。(〈與徐師川書〉)

他認爲像杜甫、韓退之寫詩都是「無一字無來處」，探討古書並加以變化，所以要把詩作好，一定要把古人的詩讀熟，再加以「點鐵成金」。可見得他注重學習，認爲自己才學足以影響作品成敗。〔註7〕

由前面所言可見黃庭堅重視學問，但他也重視法度：

> 寧律不諧，而不使句弱；用字不工，不使語俗，此庾開府之所長也，然有意於爲詩矣。(〈題意可詩後〉)

其重視句子的力度，寧可詩律不諧，也不要句子軟弱。語言不要鄙俗，因六朝的庾信之所長即是在於此。但他是否只重視用字呢？黃庭堅又說：

〔註6〕山谷對蘇東坡詩有所批評：「東坡文章妙天下，其短處在好罵，愼勿襲其軌也。」(〈答洪駒父書〉和此論點是一致的。

〔註7〕張毅《宋代文學思想史》：「強調學問與功力，反映宋文化成熟時期作家在思想和藝術等方面以集大成爲創新的自覺意識。」(140頁)，北京中華書局出版。筆者以爲黃庭堅此說（強調學問與功力）亦根植於宋文化基礎上，非其個人開創。

拾遺句中有眼，彭澤意在無絃。顧我今六十老，付公以二百年。(〈贈高子勉〉)

覆卻萬方無準，安排一字有神。更能識詩家病，方是我眼中人。(〈荊南答簽判向和卿用予六言見惠次韻奉酬〉)

從他所說來論述，「句中眼」應是指詩句之中運用得傳神者，以及詩句中能表現言外之意者，非特指詩中某一字者，此和前人理解不同。〔註8〕可見黃庭堅不以遣詞用字爲創作鵠的，他最重視的是「句中眼」——言外之意。

黃庭堅最著名的是「奪胎換骨法」及「點鐵成金法」，他說：

古之能爲文章者，眞能陶冶萬物，雖取古人之陳言入於翰墨，如靈丹一粒，點鐵成金也。(〈答洪駒父書〉)

詩意無窮而人之才有限，以有限之才，追無窮之意，雖淵明少陵不得工也。然不易其意而造其語，謂之換骨法；窺入其意而形容之，謂之奪胎法。(〈冷齋詩話〉引山谷語)

他認爲要從古人翰墨中加以變化，使自己寫作更上層樓。「點鐵成金」是指禪師拿來譬喻人的頓悟成佛，再引用爲作詩之法。〔註9〕「點鐵成金」的重點唯去陳言而已。「"鐵"變爲"金"的關鍵不在於陳言本身，而在於"陶冶萬物"的"靈丹"，即詩人富有獨創性的審美意識。有此"靈丹"，不但客觀物象（"萬物"）可以被鎔鑄爲審美意象，即便是前人陳舊的語言（"鐵"）也可以被冶煉成新鮮富有表現力的語言（"金"）。」〔註10〕「換骨奪胎」本是道教術語，奪別人

〔註8〕句中眼，實有二說，一是指鍊字，於五七言第三五字運用。一是指心性之修養，因爲「眼」是禪家所謂的「識」。其實山谷說：「拾遺句中有眼，彭澤意在無絃。」有見識者是無意於文之法，而非特定指某一字爲句眼。就如呂本中：「余竊以爲字字當活，活則字字自響。」句法故響，非特指某一活字響。

〔註9〕如《景德傳燈錄》中靈照法師：「靈丹一粒，點鐵成金。至理一言，點凡成聖。」(卷十八)《五燈會元》中翠岩令參禪師：「還丹一粒，點鐵成金。至理一言，轉凡成聖。」(卷七)可見這是禪宗常用的譬喻方式。

〔註10〕參見周裕鍇《宋代詩學通論》，180頁，巴蜀書社出版。

的胎而轉生，換去俗骨而成仙骨。「換骨法」就山谷所說「不易其意造其語」，是說不更換前人之意，但創造新語言用屬於自己的語言，重點在於創新語言。「奪胎法」山谷所說的是「窺入其意而形容之」是說深入前人之構思並用自己的語言去演繹發揮。重點在於深入探討前人之意涵、意境。這些都是「以故爲新」的變古理論。從古人名句脫胎而出，因爲人的才力有限，運用這種方法向前人學習，更容易有所突破。前人多有從奪胎法、換骨法中去分別二者不同，說法極爲分歧。但黃山谷理論重點是在「以故爲新」之上，創作精神是相通的。

黃庭堅理論是止於句法之深究？以古人之語爲依歸？追求的是語言新奇麼？其實非也。以下再舉一些黃庭堅所說的來討論：

> 但熟讀杜子美到夔州後古律詩，便得句法，簡易而大巧出焉，平淡而山高水深，似欲不可企及。文章成就，更無斧鑿痕，乃爲佳作耳。(〈與王觀復書〉)

其讚美杜甫到夔州之後的律詩，句法是簡易而大巧出焉，雖是工巧之作但又讀來簡易，看起來平淡卻又蘊含深遠，一點也沒有刻痕，這才是眞正佳作。《老子》所說：「大巧若拙」應是山谷所根據的，這是一種高境界的追求。他又說：

> 好作奇語，自是文章病，但當以理爲主，理得而辭順，文章自然出群拔萃。觀杜子美到夔州後詩，韓退之自潮州還朝後後文章，皆不煩繩削而自合矣。(〈與王觀復書〉)

奇語雖是病，但是如果合乎作詩文之理（法則），也能成爲好作品，杜甫詩、韓愈文就是「不煩繩削而自合」，其中看似奇崛之語，但就整篇作品而言卻又能完整呈現作品的一貫性。所以黃庭堅的詩學最高理想，還是超脫句法鑽研，進入「意新」境界，從奇崛中見出平淡之風。研究黃庭堅理論者，大都停在他的句法鑽研，其實黃庭堅有更高的審美理想。〔註11〕透過句法的實踐，最後是超越句法的拘限，達到

〔註11〕山谷的審美理想是「不煩繩削而自合」，但是不可諱言的，他在實際創作上卻有雕琢之病。如蘇東坡說：「魯直詩文，如蝤蛑江瑤柱，格韻高絕，盤飧盡廢，然不可多食，多食則發風動氣。」(〈書黃魯直詩後〉)

一平淡的境界，可惜眾人未能窺得其意，或許是句法之鑽研已是極費心，容易見樹不見林。

山谷推崇杜甫，絕不以雕鏤字句爲滿足，但是他本身的性格及努力的方向都促使他在實際創作上的有所侷限。他的個性較沉潛、好學，非常講究用字遣詞，鍛鍊字句本是針對宋代的尚意詩風作更深層化的思考，卻變成奇僻晦澀；爲了排除陳腔爛調，作品追求創新，轉向仔細描繪細小事物，卻變成過於冷淡而少了熱情。

黃山谷是江西修水人，其詩論成爲北宋末年一股潮流，影響後來詩壇的發展，又經呂本中著《江西詩社宗派圖》的推衍，「江西詩派」成爲整個宋代最重要的詩派。雖是以平淡有工爲最高美學風格，但實際創作卻過於粗硬、雕鏤，只重在謀篇謀句，拘泥在文句上，其弊端逐漸浮現。可見江西詩派的作家在理論和實際創作之間是有所出入。北宋末年的詩壇是漸漸脫離現實，往純藝術的路線發展。以至北宋首都汴京淪陷，陳與義因爲屢經戰亂，輾轉各地，曾寫作風格豪邁悲壯之詩歌；呂本中創作一些傷時感亂和主張抗敵的詩歌，以及風格清新的詩歌；曾幾是江西詩派作家，但詩風平淡，乃從江西詩風逐漸蛻變出來。歷經靖康之亂，以至北宋末至南宋初的過渡期，詩人的創作方式與風格已有較大的突破，開拓了詩歌的題材。只是就宋代詩歌史而言，此時期未出現劃時代影響深遠的大詩人。

呂本中（西元 1084～1145），字居仁，壽州人，因祖籍東萊，故學者稱爲東萊先生。他是北宋末至南宋初的詩人，也是一個理學家。其努力於繼承江西詩派衣缽，寫過《江西詩社宗派圖》，自黃庭堅以下，列舉陳師道、潘大臨等二十五人，此圖對於江西詩派的形成和發展有很重大的影響。其著作《童蒙詩訓》記黃山谷事、語、詩頗多。他說：

> 老杜詩云：「詩清立意新」，最是作詩用力處，蓋不可循習陳言，只規摹舊作也。魯直云：「隨人作詩終後人」，又云：「文章切忌隨人後」此自魯直見處也。近世人學老杜多矣，

左規又矩，不能稍出新意，終成屋下架屋，無所取長。獨魯直下語，未嘗似前人而卒與之合，此爲善學。此陳無己力盡規摩，極少變化。(《童蒙詩訓》)

這是對山谷的讚揚，近世人學老杜，不能出新意，而山谷能夠從其中變化，似乎不能和前人相合，其實相合。陳後山努力學杜，但變化太少。他認爲不隨人後，要創出新意。他又說：

自古以來，語文張之妙，廣備眾體，出奇無窮者，唯東坡一人；極風雅之變，盡比興之體，包括眾作，本以新意者，唯豫章一人。此二者當以爲法。(《童蒙詩訓》)

呂氏以蘇黃二人爲典範。蘇黃二人廣備眾體，推陳出新者，可作爲榜樣。可見對黃山谷極爲推崇，但呂本中卻能不爲山谷所囿從其詩學觀念中出走，以「活法」救山谷之缺失。呂本中的「活法」，到底有何意涵？他說：

學詩當識活法。所謂活法者，規矩備具，而能出於規矩之外；變化不測，而亦不背於規矩也。是道也，蓋有定法而無定法，無定法而有定法。如是者則可以與語活法矣。謝元暉有言：「好詩轉圓美如彈丸」，此眞活法也。(《夏均父集・序》)

活法是呂本中詩論之重心，所謂「活法」要從合乎規矩出發，作品表現出來卻是在規矩之外，其中有變化，又不違背規矩。作詩之道「有定法而無定法，無定法而有定法」。呂本中之活法其實也是針對言意之辨的論點。〔註12〕「法」是形式上的要求，如拘泥在法上，就不能創作出佳作。他又有一些看法：

楚辭、杜、黃，固法度所在，然不若偏考精取，悉爲吾用，則姿態橫出，不窘一律矣。(〈與曾吉甫論詩第一帖〉)

以爲要融合各家以爲己用，不拘泥於一律上。他又說：

五言詩第三字要響，如「圓荷浮小葉，細麥落輕花」，浮字落字，是響字也。所謂響者，致力處也。予竊以爲字字當活，活則字字自響。(《童蒙詩訓》)

〔註12〕通過「言」之辯證掌握「意」的要義，如蘇軾之「出新意於法度之中，寄妙理於豪放之外。」(〈書吳道子書〉)

此論點和黃庭堅所言之句眼有相通之處，他們都致力於句法的靈活性，字字當活，字字自響。而活法是很難領會，所以要靠「悟入」才能切中鵠的，呂本中又說：

> 作文必要悟入處，悟入必自工夫中來，非僥倖可得也。（〈童蒙詩訓〉）
>
> 此事須令有所悟入，則自然越度諸子。悟入之理，正在工夫勤惰間耳。如張長史見公孫大娘舞劍，頓悟筆法。如長者，專意此事，未嘗少忘胸能遇事有得，遂造神妙；使他人觀舞劍器，有何干涉？（〈與曾吉甫論詩第一帖〉）

「悟入」是掌握活法的方式，而其中訣竅，就在於工夫上的勤勞與否。因此「悟入」是實踐工夫，逐步努力，觸類旁通，時間一久，就可達到藝術最高境界。就像張長史平常已專意於筆法，所以一旦看到公孫大娘舞劍，才能頓悟筆法。我們可以看出呂本中的活法和悟入是密切相關的，學詩的基本工夫就在於勤學苦練，之後才能悟入，一領悟就能抓到「規矩備具，而能出於規矩之外」的訣竅，才能創作出好的作品。

呂本中言「活法」，實籠蓋了整個創作過程，乃至包容了創作主體與審美客體的關係，在於全局之「活」，不在於一字一語之「活」。〔註13〕既然從文字的拘泥中解脫，其理想的境地是超越於字句死活的範圍，而是整首詩之「意」。此不可不辨。

南宋的詩論家曾季貍曾對江西派諸人所言加以評論：

> 後山論詩說換骨、東湖（徐俯）論詩說中的，東萊（呂本中）論詩說活法，子蒼（韓駒）論詩說飽參，入處雖不同，其實皆一關捩，要知非悟入不可。（《艇齋詩話》）

他肯定江西詩派詩人論詩的本源是相通的，無論是徐俯，呂本中、韓駒皆是一脈相承，而「悟入」是很重要學詩工夫。「活法」可以算是對黃庭堅之理論的修正，標舉出句法的活潑性。從法到活法需要「悟

〔註13〕參見陳良運《中國詩學批評史》，365頁，江西人民出版社出版。

入」，而悟又須有種種工夫，非一蹴可就。〔註 14〕

呂本中的詩學主張代表北宋末到南宋初過渡期的詩學觀點，也是使宋詩「自成一家」的功臣。〔註 15〕

等到高宗簽了紹興和議後，政局稍定，南宋獲得偏安。詩壇風氣仍籠罩在愛國思想濃厚的氛圍裡，實際創作有一個共同的趨向，題材以抗敵、愛國、感時爲主。詩人在創作與理論上努力的重點依舊是要突破江西詩派的窠臼，走出另一條路來。

陸游十八歲曾從江西詩派的曾幾學詩〔註 16〕，其中年之後回憶早年學詩的過程，早年受到江西派很大的影響。如何從這個詩學背景出發去承襲或創新，是陸游寫作思考的重心，更是其關鍵所在。和陸游同時的詩人亦是處於相同狀況，如楊萬里、周必大、范成大無論是實際創作以及創作觀都是承襲自江西詩派，並作不同方式的創造革新。〔註 17〕

陸游早期的作品如〈醉中歌〉、〈次韻魯山新居絕句〉，有黃庭堅的句法，可見他曾受江西詩派影響。〔註 18〕他曾說過「年十三四時」

〔註 14〕龔鵬程說：「因此活法之說，只是宋人在理論上超越辯證法地解決了法的問題；其實際創作行爲，恐怕仍在法的縛纏中，並未眞正達到從心不逾矩的地步。」（〈論詩文之「法」〉收入《文化、文學與美學》68 頁）指出活法在理論上和實際創作間是有差距的。

〔註 15〕張高評以爲：「這個得自禪學和理學啓發，而蔚爲宋人詩論之『活法』說，也促使宋詩在南北宋之交，得以心變代雄，使宋詩『自成一家』的功臣。」（見〈自成一家與宋詩特色〉，收錄於《第一屆宋代文學研討會論文集》）

〔註 16〕陸游說：「親從夜半得玄機」，卷二〈追懷曾神清公呈趙教授趙近嘗示詩〉。

〔註 17〕楊萬里曾爲江西詩派詩集寫過序，但在其《江湖集》序有言：「予少作有詩千餘篇，至紹興壬午七月皆焚之，大概江西體也。今所存曰江湖集者，蓋學後山及半山及唐人者也。」也可見萬里的學詩過程離不開江西派對其的影響。

〔註 18〕陸游的詩有說：「我昔學詩未有得，殘餘未免從人乞；力孱氣餒心自知，妄取虛名有殘色。」（卷二十五，〈九月一日夜讀詩稿有感走筆作歌〉）又說：「我初學詩日，但欲工藻繪。」（卷七十八，〈示子遹〉）可見他也承認其早年學江西派。

讀陶淵明詩，「欣然會心」。〔註19〕又說「年十七八讀王摩詰詩最熟」〔註20〕，又說「少時絕好岑嘉州詩」〔註21〕，又喜梅堯臣詩，詩題標明效宛陵體，有八首之多。〔註22〕另外蘇軾、王安石，對他有相當程度的影響。而且他繼承李白、杜甫的詩學傳統，早年有「小李白」〔註23〕之稱，又對杜甫的詩與人格心嚮往之。〔註24〕

總而言之，當時的詩壇風氣反映時代背景，也反映詩學的流變。陸游亦轉益多師，眞正和前代、近世之詩人請教、學習。

第三節　陸游的家世

陸游的高祖陸軫在宋眞宗大中祥符五年登進士第，是山陰陸氏第一位通過科舉的人，陸游常以爲自己的榜樣。軫曾以尚書兵部侍郎爲福建轉運使，出入朝廷數十年，晚歲辟穀近二十年，其學道對後代子孫有很大的影響〔註25〕。陸游的祖父名佃，字農師，曾從王安石學習經學，得到王氏的賞識。爾後，陸佃考中進士，補國子監直講，宋徽宗時，官至尚書左丞，受奸臣蔡京的排擠，被貶到亳州當了一任知州，

〔註19〕見《渭南文集》卷二十八，〈跋淵明集〉。

〔註20〕見《渭南文集》卷二十九，〈跋王右丞集〉。

〔註21〕見《渭南文集》卷二十六，〈跋岑嘉州詩集〉。

〔註22〕如詩稿卷一〈寄酬曾學士學宛陵先生體〉、〈過林黃中食柑子有感學宛陵先生體〉，他說梅堯臣的詩「突過元和作」，見〈書宛陵集後〉，又有〈讀宛陵先生詩〉（卷十八、卷六十）等，可見其對梅堯臣詩非常看重。

〔註23〕見羅大經《鶴林玉露》卷四。

〔註24〕淳熙五年陸游東歸途經忠州寫〈龍興寺弔少陵先生寓居〉：「中原草草失承平，戍火胡塵到兩京。扈蹕老臣身萬里，天寒來此聽江聲。」杜甫離開成都後曾旅居忠州。陸游這首詩既弔杜甫又自詠，可見其心亦對杜甫愛國心嚮往之。憂國憂民的情懷雖一樣，但表現方式差異比較大，其實陸游的七律學杜甫的成就是偏於清新刻露、圓熟巧密部分。

〔註25〕陸游於紹興末年曾任職於福州，與高祖陸軫有巧合之處，增加一分親切感。陸游對學道的興趣一直不減，尤其是在四川期間。對於陸軫的生平可參考孔凡禮所著〈陸游家世敘錄〉《孔凡禮古典文學論集》，北京學苑出版社出版。

在任上過世。他一生著述有《爾雅新義》、《埤雅》、《春秋後傳》、《陶山集》等書問世。《爾雅新義》、《埤雅》展現其致力於古代文字訓詁本原的探討及搜尋，知識廣博，可以說是一個博物學家。〔註 26〕

陸游的父親名宰，字元鈞，是一位著名的藏書家，寫過《春秋後傳補遺》等書，曾任淮西提舉常平、淮南東路轉運判官、淮南路計度轉運副使、直祕閣等職。與宰之交遊如邵伯溫、鄧浩、邵博、晁沖之、晁說之、李光等人，皆爲有氣節之士。紹興十三年朝廷在臨安重建秘閣（國家圖書館），曾下詔向陸家借抄藏書一萬三千卷。紹興十八年宰卒，年六十一。其潛移默化、諄諄教誨的教育方式影響陸游人格的養成，以及陸游一生的人生觀及價值觀。

不僅陸家是書香世家，陸游的外曾祖父唐介字子方，是北宋的名臣。曾彈劾文彥博，貶謫英州。外祖父唐義問，字士宣，哲宗紹聖初，奸臣章惇執政，將唐義問坐罪貶官。兩位舅舅唐恕、唐意，亦看不慣京師官僚作風，棄官回江陵府。陸游的外祖母晁氏，舅公沖之、說之，都是北宋末南宋初的詩人、學者。母親唐氏，幼年在外家接受教育，也很有文化素養。〔註 27〕

因爲陸游的祖父、父親都做過官而且飽讀詩書，重視書香傳家，加上母親的娘家亦是以文傳家，氣節尤其不凡，陸游從小在這樣家庭氣氛的陶冶下，自有不同於平常人的學養及氣度。陸佃、陸宰皆由科舉步入仕途，經濟狀況普通，家業傳到陸游時家計漸覺窘迫。在這樣注重教育的家庭成長，和平民老百姓極爲接近，也喜歡尋常庶民的生活方式。陸游在其著《家事舊聞》中詳論其家世種種舊聞，家世給他正面影響很大，無論他的人品、學識、氣質都不同於一般。〔註 28〕

〔註 26〕《宋史》言陸佃：「精於禮家，名數之說尤精。」其子宰在《埤雅序》言佃著書：「不獨博極群書，而農夫牧夫，百工技藝，下至輿台皀隸，莫不諏詢，苟有所聞，比必加試驗，然後記錄。」

〔註 27〕陸游的《老學庵筆記》（卷七）曾記一段往事：「先夫人幼多在外家晁氏，言諸晁讀杜詩：『椑子也能奢』，『晚來優獨恐傷神』，『也』字、『恐』字，皆作去聲讀。」可見唐氏的家學深厚。

〔註 28〕《家事舊聞》從其高祖陸軫記起，可見陸游有一種傳承優良家風之期望。

第四節　陸游的生平梗概

一、逃難歲月記憶深刻

宋徽宗宣和七年，陸宰當時任京西路轉運副使，負責供應澤、潞一帶的糧餉。澤是澤州，在今山西省晉城縣；潞是潞州，在今山西省長治縣。他把家眷安頓在河南滎陽，這一年陸游出生。相傳游母在臨盆時夢見北宋詞人秦觀，因為秦觀字少游，所以為他取名為「游」。〔註29〕不久宰遭受御史徐稟哲彈劾免職，又隨著戰事的失利，陸宰攜眷南歸。兵荒馬亂、流離轉徙是一樁很痛苦的經歷。〔註30〕在逃難的路上，陸家曾在壽春停留過一段時期。後來回到山陰故鄉不久，為了逃開敵人的鐵騎，所以陸宰又帶著一家人逃到東陽陳彥聲家裡。陳彥聲是一個義軍領袖，組織地方武力，保衛自己的家園。由於東陽一代安定，主人殷勤招待，陸家一住就三年。〔註31〕直到高宗建都臨安，政局稍穩，他們才重返山陰老家。

陸游小時候隨著一家人逃難，對其人格養成造成很大影響。在他小小的心靈之中，早已立定復國宏願。親眼見到英勇的人民的抗敵行為，以及敵人入侵的囂張情形，影響其未來的人生價值取向。

紹興十一年，秦檜與金人訂立「紹興和議」，從此南宋向金國稱臣納貢，東起淮水、西至大散關以北的廣大地區，都淪於金人之手。

〔註29〕此說出自元人韋居安之《梅磵詩話》所言。歐小牧以為陸游寫詩曾言：「少傅奉詔朝京師，檥船生我淮之湄。」意其名游，字務觀，當以此故。韋氏說法恐未確。參見歐小牧《陸游年譜》補正本，15頁，成都天地出版社出版。

〔註30〕陸游晚年追憶這段經過：「我生學步逢亂家，家在中原厭奔竄。淮邊夜聞賊馬嘶，跳去不待雞號旦。人懷一麥草間伏，往往經旬不炊爨。嗚呼亂定百口俱得全，孰為此者寧非天。」（詩稿卷三十八，〈三山杜門作歌〉之一）

〔註31〕陸游晚年追憶這段經過：「家本徙壽春，遭亂建元初。南來避狂寇，乃復遇強胡。于時髡兩髦，幾不保頭顱。亂定不敢歸，三載東陽居。人事固難料，今乃八九餘，努力未死間，讀我先人書。」（詩稿卷六十六，〈雜興〉之三）

陸宰不再做官，回山陰過著隱退生活。但陸宰有相當高的聲望，常有一些愛國人士拜訪，談論國家大事。談起秦檜賣國行爲，以及金人荼毒老百姓，座上賓客個個情緒激動，食不下咽。〔註32〕這些景況讓陸游的政治主張趨於主戰，能夠深刻感受到爲國效忠的急迫性。陸游的政治立場以及愛國心萌於少年時期，至死未曾改變。

二、名師指點獲益頗深

陸游從小就是喜愛讀書，長大之後回憶道：「我生學語即耽書，萬卷縱橫眼欲枯。」「少小喜讀書，終夜守短檠。」〔註 33〕除其父親常啓發指導，又能聆聽前輩的議論。〔註34〕十一歲入鄉校，正式從師受業，師事韓有功、陸彥遠。彥遠師學王安石。〔註35〕陸游十六七歲曾到臨安府應試，認識一些朋友。〔註36〕並且已經展現其聰穎勤學的資質。〔註 37〕十六歲參加科舉，陸游晚年回憶道：「我雖生離亂，猶及見前輩。衣冠方南奔，文獻往往在。幸供掃灑役，跡忝諸生內。話

〔註32〕陸游《渭南文集》卷三十〈跋周侍郎奏稿〉:「……一時賢公卿與先君遊者，每言及高廟盜壞之寇，乾陵斧柏之憂，未嘗不相與流涕哀慟，雖設食，率不下咽引去；先君歸，亦不復食也！」

〔註33〕參見詩稿卷七十六〈幽居記今昔事十首以詩書從宿好林園無俗情爲韻〉之十。

〔註34〕陸游的〈讀蘇叔黨汝州北山雜詩次遺韻〉云:「吾幼從從父師，所患經不明。何嘗效侯喜，欲取能詩聲。……此身倘未死，仁義尚力行。」由此詩可知，幼年即立下宏大的志願。

〔註35〕陸游《劍南詩稿》卷四十三:「成童入鄉校，讀老席函丈。堂堂韓有功，英概今可想。從父有彥遠，早以直自養。始終臨川學，力守非有黨。紛紛名他師，有泚在其顙。二公生氣存，千載可畏仰。」可見陸游對兩位老師的敬意。因爲彥遠從王安石學，所以陸游對安石亦及極仰慕。

〔註36〕陸游十六歲時曾到臨安應試，他在〈跋范元卿舍人與陳公實長短句〉曾說過:「紹興庚申、辛酉間，予年十六七，與公實遊。時予伯山(靜之)、仲高(升之)、葉晦叔(黯)、范元卿(端臣)，皆同場屋：六人者，蓋莫逆也。」可見此次應試讓他交了一些好朋友。

〔註37〕淳熙九年陸游曾寫了一首〈燈籠〉詩:「我年十六遊名場，靈芝借榻棲僧廊。鐘聲纔定履聲集，弟子堂上分兩廂。……所嗟衰病終難勉，非復當年下五行。」(卷十五)可見其讀書用功，資質甚佳。

言猶在耳，造次敢不佩。…」〔註38〕道出他的學習一直沒有中斷，前輩的教導對他也有深厚影響。

陸游十八歲那一年，曾幾來拜訪陸游之父宰，游非常的高興。因爲曾幾是江西派詩人，名聲遠播。曾幾和徐俯、韓駒、呂本中都是齊名的江西詩人，但此時徐俯等人已逝，只有曾幾健在。能見到江西派僅存的大師，是莫大的榮耀及喜悅。〔註39〕這次見面除了傳承江西派之作詩方法，其實對陸游的人生過程中有很大的影響。十八歲的青年還是非常容易崇拜偶像，學習能力很強的年紀，在此有幸見到心中的偶像，是一件永生難忘的事情，所以陸游到老還是對曾幾再三感念。〔註40〕。曾幾開拓他在詩歌創作的見識，也使他在創作上有一明確的階梯可循。

陸游的實際創作是否受到曾幾的影響，我們從其作品觀看，並不是很明顯，但是陸游對這位老師卻是由衷的敬佩，卻是無庸置疑。〔註41〕

〔註38〕參見詩稿卷三十〈謝徐居厚汪叔潛攜酒見訪〉。

〔註39〕陸游有一首詩記錄他的心情：「兒時聞公名，謂在千載前。稍長誦公文，雜之韓杜篇，夜輒夢見公。皎若月在天，起坐三嘆息，欲見亡緜緣，忽聞高軒過，驩喜忘食眠。袖書拜轅下，此意私自憐。道若九達衢，小智妄鑿穿。所願瞻德容，頑固或少痊。公不謂狂疏，屈禮與周旋，旗氣動原隰，霜日明山川，匏繫不得從，瞻望抱悁悁，畫石或十日，刻柱有三年，賤貧未即死，聞道期華顛，他時得公心，敢不知所傳。」（詩稿卷一，〈別曾學士〉）陸游的少年仰望大師的心情躍然紙上。他在〈跋曾文清公詩稿〉說：「河南文清公，早以學術文章擅大名爲一世龍門。顧未嘗輕許可，某獨辱知，無與比者。……」相當推崇曾幾的成就。

〔註40〕陸游晚年曾有一首詩懷念曾幾：「有道眞爲萬物宗，巉然使我嘆猶龍。晨雞底事驚殘夢，一夕清談恨未終。」（卷七十九，〈夢曾文清公〉）可見曾幾對他的影響很久遠，至老不變，情誼很深遠。

〔註41〕宋魏慶之：「陸放翁詩，本于茶山。故趙仲白題曾文清公詩集云：『青于月出三，葉淡似湯烹第一泉；咄咄逼人門弟子，劍南已見一燈傳。』劍南謂放翁也。然茶山之學，亦出於韓子蒼，三家句律大概相似，至放翁則加豪矣！」（《詩人玉屑》卷十九）魏慶之是肯定陸游承傳曾幾之學，也說出他們之間的差別所在於「豪」。

三、美滿婚姻被迫分離

陸游二十歲時和舅舅的女兒唐琬結婚，兩人既是青梅竹馬又志趣相投。本來是一段美滿婚姻，卻因陸游的母親不喜歡唐琬，陸游只好休了唐琬。爲什麼游之母親不喜歡唐琬？傳言很多，大概是因爲夫妻過於恩愛，妨礙陸游全心向學。〔註42〕起先，游暗地裡在外面租房子和唐琬偷偷相會。不久被陸母發覺，兩人只好被迫分離。後來游另娶王氏爲妻，唐琬改嫁給同郡的趙士程。這段感情讓陸游一輩子都難以忘懷，有名的詞篇〈釵頭鳳〉、詩篇〈沈園〉、〈城南〉等都是因懷念唐琬而作。〔註43〕因爲顧及當時的社會輿論以及傳統的孝道，他也只能隱約含蓄表達他的深刻情意。

陸游二十四歲長子子虡出世，同年六月父宰過世。二十六歲次子子龍出生，二十七歲三子子修出生。〔註44〕一直到二十九歲之前，他在家鄉勤奮向學，儲備未來爲國效忠的實力。

四、仕途不遂宏願難伸

紹興二十三年，陸游二十九歲去臨安參加省試，經過多年的學習和名師指導，無論在經義或詩文都獲得優異的成績。當時主考官是兩浙轉運使陳之茂，取陸游爲第一名，可是秦檜之孫也同來應考，秦檜示意主考官更改名次，主考官公平正直，不爲所動。秦檜知道之後，大爲震怒，第二年殿試的時候，刷掉陸游，使其孫得中榜首。陸游因

〔註42〕據劉克莊《後山先生大全集》卷一百七十八的〈詩話〉：「放翁少時，二親督促甚嚴。初婚某氏，伉儷相得。二親恐其惰于學也，數譴婦。放翁不敢逆尊者意，與婦訣。」元初周密《齊東野語》：「陸務觀初娶唐氏，閎之女也；于其母爲姑姪。伉儷相得，而弗獲於其姑。」宋人陳鵠《西塘集耆舊續聞》：「……放翁先室，琴瑟甚和。然不當母氏意，因出之；夫婦之情，實不忍離。」

〔註43〕有關這一段情感，陸游一直念念不忘，請參考第三章第二節之詳細探析。

〔註44〕陸游共有六個兒子，四子子坦生於陸游三十二歲，五子子布生於陸游五十歲，六子子聿（後改名爲子遹）生於陸游五十三歲。陸游有一妾生女定孃，其女不幸於陸游嚴州任內夭折。

此失掉由科舉得功名的機會。陸游這一次考試失敗因素：第一、因秦檜為其孫的功名護航，第二、因陸游出身於主戰派的家庭，主和的秦檜是不容許其出頭的。陸游因此回到山陰，繼續讀書等待機會。

紹興二十五年，秦檜過世，正派人士逐漸抬頭。紹興二十八年，陸游三十四歲，被任為福州寧德縣主簿，開始其仕途生涯。出任寧德縣主簿是經由保薦的方式，等待五年之後，總算讓他找到一條出路。「主簿」類似現今縣政府的祕書，並非繁忙的職務，所以常有空暇遊覽名勝古蹟。

紹興三十六年，陸游離開福州到臨安，擔任敕令所刪定官，刪定官的工作是編纂公布的法令。能夠回到臨安，是他政治生命的轉闤之處。陸游在臨安工作不繁忙，生活安定，閒暇以飲酒、遊西湖作消遣。當時和聞人滋、周必大來往密切。他在臨安這段時期，正好是完顏亮大軍進犯邊關，宋金雙方在幾次作戰之後，還是以淮水為界，和完顏亮未發動南侵戰爭之前一樣。後來，完顏雍殺死完顏亮取得政權。正當完顏雍整理北方戰力之時，高宗起用主戰派的張浚。高宗雖用張浚，卻不能完全授權給他。紹興三十二年陸游調任樞密院編修官，曾想上札子建言。這一年高宗把政權交給太子趙眘，即位為孝宗。十一月陸游上殿呈札子，請求振肅綱紀。十二月又條陳拯救當時弊政的辦法。由此可見陸游對於朝廷之事很有抱負，希望新皇帝上任會有一番新氣象，可惜孝宗未作正面回應。

紹興三十二年的冬天，宋金雙方還在淮河兩岸對峙著，金國經過完顏雍的整頓已經慢慢穩定下來。完顏雍是一個英明的國君，很有領導才能。孝宗也把國號改成隆興。隆興元年正月，孝宗以史浩為右丞相兼樞密使，以張浚為樞密使都督江淮東西路，決定收復淪陷區，並採納陳康伯計畫，和西夏取得聯繫，共同對抗金國。這一年五月，陸游調任鎮江府通判，但一直到隆興二年二月，才到任。

隆興元年十月宋金爆發戰爭，以宋人倉卒出兵拉開序幕，又以宋人大敗於符離縣作結束。經此戰役，孝宗的信心動搖，搖擺於主戰與主和之間。隆興十一月宋金和議確定，一是宋帝對金稱姪，二是割唐等四州給金國，三是獻歲幣，四是歸還叛亡俘掠之人。主戰派的張浚還是繼續勸說孝宗和金國作戰，陸游也是贊成張浚之主張，站在主戰派這一邊。隆興二年四月張浚奉詔還朝，孝宗取走其軍權，抗金大業就在這裡落幕了。張浚壯志未酬，陸游的美夢亦破碎了。隆興二年後，孝宗改年號爲乾道，夏天，陸游調隆興府通判軍州事，隆興府在現今江西南昌。陸游在南昌的生活單純，又因通判是一個閒官，所以他常到道觀學道。〔註45〕

乾道三年，當權主和派不容陸游，對他提出彈劾，言其「交結臺諫，鼓唱是非，力說張浚用兵。」連通判軍州事這類小官也做不成了。這一年三月他從南昌出發取道還鄉，順道去臨川拜訪朋友李浩。〔註46〕

乾道二年到乾道六年，陸游都住在山陰，靠田租過活。暫時遠離政治圈，周遭所見盡是農村景象。這一段時間他也著手經營山陰的近郊雲門山上的三山別墅。貼近農村生活，心情放鬆，享受幽閒，由以下的詩篇可見：

莫笑農家臘酒渾，豐年留客足雞豚。
山重水複疑無路，柳暗花明又一村。
簫鼓追隨春社近，衣冠簡樸古風存。
從今若許閑乘月，拄杖無時夜叩門。(卷一，〈遊山西村〉)

這首詩是陸游的名作，一方面描寫鄉村的風土人情及景色，一方面也寫出對人生的體會「山重水複疑無路，柳暗花明又一村」，人生無絕境，永遠有一個美好可期待的明天。〔註47〕山村風光和節日景象以及

〔註45〕陸游學道的興趣一直未減，後來到了蜀州更是常常接觸道觀。此和其高祖學道有關，家學淵源影響其甚深遠。

〔註46〕在拜訪途中陸游曾寫了一首〈上巳臨川道中〉(卷一)，是一首佳作。上巳就是農曆三月三日。

〔註47〕金性堯說：「三四兩句，現在大家看得熟了，其實是狀難寫之景，卻寫得不費力氣。」(《宋詩三百首》273 頁)，這首詩是陸游傑出的詩篇之一。

農民的待客之道，是陸游愛國思想受挫的感情慰藉，從而得到生活的樂趣。

他就是有這一種樂觀的精神，住在山陰四年，並不懷憂喪志，繼續過著平凡卻充實的生活。但是他畢竟是個胸懷大志的人，亟待另一次的展翅高飛的機會。他是一隻大鴻，不是一隻鷦鷯。

五、南鄭之行開闊視野

在山陰住了五年多，表面上陸游已安於田園生活，其實其心中還是躍動著，想要往仕途伸展。乾道五年十二月六日，陸游有了一個新職務：夔州通判。因為身體狀況不佳，到了乾道六年閏五月才攜眷起程赴任。此時他的心情是很複雜的，但不得不去赴任。等了五年多有新的工作，應該是歡喜的，可是遠赴夔州，路途遙遠，又讓人有些氣餒。〔註 48〕他沿著長江行進，一路上經過江蘇、安徽、江西、湖北、湖南、三峽。十月二十六日他終於到達白帝城（四川奉節），登上白帝廟。十月，到達夔州，並把路途中所寫的日記，編為《入蜀記》六卷〔註 49〕。

自從到達夔州，生活環境和江南不同，見識開闊許多。在夔州通判任內，生活悠閒自在，無什麼重大公事可忙，他常出外旅遊。陸游在夔州只是閒官，而且官職一任是三年，這三年是無論是否到任，都是從發布命令算起，如果不設法可能轉眼就沒有工作。乾道七年他寫〈上虞丞相書〉，希望得到一個官職。經過虞允文的提名，四川宣撫使王炎招請陸游參加宣撫使司的工作，陸游的工作主要為主管機宜文字，和辦公事。得到這分工作，他是興奮的，因為能夠進入前線，掌

〔註 48〕陸游將赴夔州寫了一首詩：「病夫喜山澤，抗志自年少。……。」（卷二，〈將赴官夔府書懷〉）述說他在休息五年之後，準備出仕，沒想到給他一個遠在四川的工作，又據聞夔州交通不便，民風奇特，因此內心忐忑不安的，情緒低落。由這首詩可知當時的複雜心情。

〔註 49〕今收錄於《渭南文集》卷四十三至四十八，文字簡潔優美，也是研究地理沿革的參考資料。

握直接報效國家的機會。〔註50〕

到了南鄭，他曾向王炎進言，可是王炎並沒有重用他，但二人之間鄉處甚融洽。〔註51〕他非常喜歡南鄭的生活方式，常有機會到各處去巡視。下面一首詩，就是描寫南鄭的生活，以及其亢奮激昂心情：

我行山南已三日，如繩大路東西出。
平川沃野望不盡，麥隴青青桑鬱鬱。
地近函秦氣俗豪，鞦韆蹴鞠分朋曹。
苜蓿連雲馬蹄健，楊柳夾道車聲高。
古來歷歷興亡處，舉目山川尚如故。
將軍壇上冷雲低，丞相祠前春日暮。
國家四紀失中原，師出江淮未易吞。
會看金鼓從天下，卻用關中作本根。（卷三，〈山南行〉）

這首詩先寫山南之奇風異景，山南就是南鄭〔註52〕，這裡景色是「苜蓿連雲馬啼健，鞦韆夾道車聲高」，而且這裡的人以盪鞦韆、蹴鞠爲樂。又寫出他的感嘆，國家處在這種局勢，應該以此爲基地，努力反攻中原。身處南鄭，離前線較近，眞正才能體會到復國大業，既能切題，又能深刻去抒發自己情緒。

在南鄭的生活開闊他的視野，不只見識不一樣，連實際創作也獲得大幅度的提昇。他在晚年自述創作歷程，極重視這一段戎馬生活：

我昔作詩未有得，殘餘未免從人乞。
力孱氣餒心自知，妄取虛名有慚色。
四十從戎駐南鄭，酣宴軍中夜連日。
打毬築場一千步，閱馬列廄三萬匹。
華燈縱橫聲滿樓，寶釵豔舞光照席。

〔註50〕他寫了一篇〈謝王宣撫使啓〉述說自己期盼報國的心情。見《渭南文集》卷八。

〔註51〕《宋史・陸游傳》：「陳進言之策，以爲經略中原必自長安始，取長安必自隴右始。」這不是陸游的獨特見解，建炎四年張浚就說過：「中興當自關陜始。」王炎未因此重用陸游，也因當時政治氣氛不適此論點。

〔註52〕山南就是終南山之南，今陜西省南部。

琵琶絃急冰雹亂，羯鼓手勻風雨疾。
詩家三昧忽見前，屈賈在眼元歷歷。
煙機雲錦用在我，剪裁妙處非刀尺。
世間才傑固不乏，秋毫未合天地隔。
放翁老死何足論，廣陵散絕還堪惜。（卷二十五，〈九月一日夜讀詩稿有感走筆作歌〉）

這首詩作於紹熙三年，陸游六十八歲。他追憶去南鄭之前，學詩「未有得」，「力孱氣餒」。到了南鄭迸放的生活方式一展開，「詩家三昧忽見前」，他的創作歷程有了轉折，提昇創作能力及視野。其後的作品常熱烈抒愛國熱情，都是南鄭時期奠定的。

乾道八年王炎調還臨安樞密院，陸游不得不調往成都，他的復國美夢因此破碎。十一月，陸游帶著家眷往成都前進，其新職務是成都府路安撫司參議官。從葭萌向西南，直走到成都，路過劍門關，陸游在細雨中騎著驢子入關：

衣上征塵雜酒痕，遠遊無處不消魂。
此身合是詩人未？細雨騎驢入劍門。（卷三，〈劍門道中遇雨〉）

這首詩有些自我解嘲的意味，他來到蜀地是為了和敵人作戰，一展抱負，沒想到卻好似一個詩人一樣，「細雨騎驢入劍門」雨中的他懷著無奈黯淡的心情，漫步於往劍門的道路上。

乾道九年的初春，陸游到達成都府，其新職務是一個空銜，因此在成都府的生活是如他形容的「冷官無一事，日日得閒遊」。大半的時光消磨在酒肆和歌院當中，這種生活態度的轉變是可以想像得到的，本來在前線準備一展抱負，沒想到轉調至此，叫他的心情如何平復？如何悠閒過日子？滿腔的熱情只能在買醉生活中獲得一些宣洩。五月間他曾到嘉州（今四川省樂山縣），四十天後又調還成都。回成都不久，他又攝知嘉州，直到淳熙元年春天，他一直在嘉州，日子過得很悠閒。〔註53〕因唐朝的岑參曾做過嘉州刺史，陸游一到嘉州即繪岑參像於官舍之壁，又刻其遺詩八十餘首，對岑參有一分心有戚

〔註53〕「攝」的意思只是代理，因爲他的本職還是蜀州通判。

戚焉，英雄惜英雄之感。〔註 54〕陸游在嘉州最大的收穫應是創作一些愛國詩篇，膾炙人口，藝術成就甚高。

淳熙元年十一月，他調到榮州（今四川榮縣東南），沿途到達青城山參觀很多道觀才離去，過離堆、經郫縣、江縣、彭山、眉州、嘉州，再由井研至榮州。本來他想在榮州好好安居，〔註 55〕沒想到隔年正月得到命令趕赴成都，新職務是成都府安撫司參議官，兼四川制置使司參議官。

淳熙二年六月，陸游到達成都，又開始另一種生活方式：飲酒作樂，遊山玩水。〔註 56〕爲什麼他在成都過著比較頹放的生活？他有著滿腔的報國心願，想要留在南鄭殺敵，現在卻留在成都無所事事，只能以這種生活作爲消極抵抗，甚至可說是暫時麻醉自己。從其詩篇當中陸游在成都的生活應該是極爲放蕩。好事者以此情況上報朝庭，他就被免除參議官的職務。免除職務之後，依舊留在成都奉祠，有時到深山去學道，有時在芳華樓夜宴，又和范成大交遊密切。之後，范成大奉詔回臨安，陸游依依不捨送他直到眉州，曾寫了不少詩互贈。〔註 57〕成大一東歸，他的心情更加寂寞。

淳熙五年，陸游總算離開成都，奉詔還朝。回想這八年時光，歷經夔州通判、又去南鄭、嘉州、成都、榮州等地，最後留在成都，一路走來，對自己人生有很大歷鍊。回京是喜事，但蜀地的生活又讓人依依不捨。

〔註 54〕陸游有一首詩〈夜讀岑嘉州詩集〉:「漢嘉山水邦，岑公昔所寓。……」讚揚岑參的詩豪偉，可追李杜，並希望和他一樣從軍，爲驅逐敵人而戰。刻詩之後又寫一篇跋:「予自少時，絕好岑嘉州詩。住在山中，每醉歸，倚胡床睡，輒令兒曹誦之，至酒醒，或睡熟，乃已。嘗以爲太白、子美之後，一人而已。……。」〈跋岑嘉州詩集〉《渭南文集》卷二十六，也說出他對岑參詩的喜好與讚美。

〔註 55〕他在子城上，建築一座樓房，名爲高齋。

〔註 56〕有一次范成大設宴款待他，他寫了一首〈錦亭〉，把成都的夜宴熱鬧景象家以描寫，有勺藥海棠、玻璃鐘、琵琶、盤鳳舞衫、春醲凸盞、素月中天、遊人如雲交織成的一幅畫。

〔註 57〕有關兩人在路上唱和之作，詳見本章第五節 三、范成大部份。

回到臨安，蒙孝宗召見，給了陸游一個新職務——提舉福建常平茶鹽公事。赴新任之前他曾回到山陰家鄉稍作休息。他在建安待了半年毫無發揮空間，很想還鄉，五月間他把收藏的名畫和圖書整理一下，運回山陰。此時孝宗下令，命他到臨安奉詔。他經過信州，沿著信江，直到衢州，上奏請求罷免。不久之後接到詔書，調任提舉江南西路常平茶鹽公事，直接到撫州，不必前往臨安。淳熙六年冬，陸游總算到達撫州（今江西臨川）。他在臨川曾經開糧倉賑濟災民，但是還是覺得有志難伸，請求回鄉。孝宗下詔，准予還鄉，無須入都面奏。淳熙七年歲暮，罷官準備回鄉，這十年的宦遊生活就在淳熙七年畫下一個休止符，回山陰暫時隱退。

可見他這段時期的官運依然不濟，只是入蜀是其生命的一大波瀾、一大轉折。

六、官運不濟輾轉奔波

淳熙七年歲暮，陸游罷官回鄉。淳熙八年，他常夢到在南鄭的生活景象，「南鄭」依然是他的一個夢。浙東發生災荒，在丞相王淮推薦之下朱熹爲提舉浙東常平茶鹽公事，進行賑災工作。陸游寫了一首詩寄給朱熹，表達其對災民的關心。〔註58〕，淳熙九年又得一個官銜在身：主管成都府玉局。〔註59〕不能眞正爲民服務，卻得到一個官銜，著實令他懊惱，他還自我調侃作了一首〈玉局歌〉。〔註60〕他回山陰的心情其實很苦悶，我們從其作品可觀看到。淳熙八年至淳熙十三年初，他住在山陰，過著苦苦等待再度起用的生活。

〔註58〕〈寄朱元誨提舉〉：「市聚蕭條極，村墟凍餒稠。勸分無積粟，告糴未通流。民望甚飢渴，公行胡滯留。徵科得寬否，尚及麥禾秋。」（卷十四）

〔註59〕所謂主管或是提點某宮某觀，只是一個領乾俸的名義，用不到眞正去到那座宮觀辦公。

〔註60〕〈玉局歌〉：「玉局祠官殊不惡，銜如冰清俸如鶴。酒壺釣具常自隨，五尺新蓬織青篛。倚樓看鏡待功名，半世兒癡晚方覺。……」（詩稿卷十四）

淳熙十三年的春天，他在山陰依舊過著苦悶的生活。朝廷發布命令予陸游，其新職務是嚴州軍州事。爲了先到臨安述職，他從山陰準備過江，寫下有名的詩篇〈書憤〉〔註61〕，以記錄年輕時的豪情、悲慨，此時的他是心情最不平靜的時候，因爲等待對他而言是既漫長又折磨。到了臨安，住在城內小樓裡等候孝宗召見。他寫了〈臨安春雨初霽〉，用淡筆方式寫出內心的苦悶。孝宗召見他，以爲其只是一個詩人：「嚴陵山水勝處，職事之餘，可以賦詠自適。」起知嚴州，孝宗未曾把陸游定位爲將才或賢相能臣。陸游在臨安停留數月，期間和楊萬里、尤袤等人唱和。他又回山陰休息幾個月，七月才赴任。

陸游在嚴州的生活不是很愜意，公務雖然繁忙，可是其深感未受到重用，身體狀況亦不佳。陸游在嚴州較特別的建樹是整理舊作，編了《劍南詩稿》。〔註62〕心灰意冷之餘，想乞祠回鄉，之後孝宗答應他的請求。

淳熙十五年，孝宗對於陸游沒有忘懷，想要給他一個新的官職，本想起用陸游作郎中官，又怕外面有煩言，所以給他一個少監官職。孝宗先問周必大的意見。周必大是陸游的朋友，當時是參知政事，官位不小，但是也不能逾越自己分際，周必大只能宛轉保薦，陸游得以至臨安任職。

孝宗年歲既高，期盼放下國家大任放下，淳熙十六年二月傳位給光宗。光宗即位未見其有特殊政策。陸游曾上四道箚子給光宗，希望光宗體會人民的辛苦及負擔。論及朝廷支出繁重的歲幣以及龐大的政府官員的薪資，使得一般平民負擔過重，課太重的稅只會增加人民怨懟，使全國上下不能團結一致。淳熙十六年五月，周必大罷相，陸游失去一個政治的保護及倚靠。冬天，光宗命群臣修高宗實錄，陸游以

〔註61〕「早歲那知世事艱，中原北望氣如山。樓船夜雪瓜洲渡，鐵把秋風大散關。塞上長城空自許，鏡中衰鬢已先斑。出師一表眞名世，千載誰堪伯仲間。」（卷十七）

〔註62〕在嚴州編的《劍南詩稿》是卷一至卷二十一前半，是由陸游親自編輯。

第一名入選。可是幾天之後，諫官以「陸游前後屢遭白簡，所至有污穢之跡」爲由請光宗罷免陸游，陸游暫居山陰。紹熙二年，陸游提舉建寧府夷山沖祐觀，正式以祠官身分回到山陰耕讀。他在臨安只有短短一年多的時間，眞如夢一場，非常虛幻。

陸游輾轉奔波，未達到復國的心願，周必大所推薦的官位也如曇花一現的消失，雄心壯志也跟著消沉了些，志願難了。

七、家居山陰豪情未減

淳熙十六年（西元 1189）十一月陸游因諫官所奏而罷官，直到嘉定二年（西元 1209）過世爲止，除了嘉泰二年曾出來修國史、實錄，將近二十年都居住於山陰。對於恢復失土的大業念念不忘，甚至對南鄭的生活難以忘懷。陸游一輩子就是自始至終，至死不變，燃燒著熾烈的熱情。

淳熙十六年十一月回到山陰，心情還是有些起伏，直到紹熙二年獲得提舉建寧府武夷山沖佑觀的頭銜，提舉宮觀當時稱爲祠祿，雖是領半薪，衣食可以無虞。他把書齋題名爲「老學庵」。紹熙四年，復國心又增強了些，因爲他說：「胸中十萬宿貔貅，皂纛黃旗志未酬，莫笑蓬窗白頭客，時來談笑取幽州。」〔註 63〕七十歲的他依然希望受到重用，不爲白髮所困。

紹熙五年，太上皇病逝，享年六十八歲，陸游對於孝宗有一番知遇之感，雖然沒有眞正受到重用過，但是他還是在挽詞中透露出對其讚頌之處。〔註 64〕

光宗得到皇位之後，逐漸受制於李后，而且對太上皇不夠孝慈，反而責怪孝宗和李后對立。孝宗病重，光宗不探病；孝宗駕崩，光宗不過問；孝宗大殮，光宗依然未出現。因此群臣不滿，臨安城內謠言四起，人心惶惶。趙汝愚聯合內戚韓侂冑，用太皇太后（高宗皇后）

〔註 63〕詩稿卷二十八，〈冬夜讀書有感〉。

〔註 64〕陸游的孝宗挽詞有三首，第三首的後二句「孤臣泣陵柏，心折九虞歸。」寫出他眞誠的悲哀的心情。

的名義發表，立嘉王趙擴爲皇帝，是爲寧宗，尊光宗爲太上皇。後來趙汝愚和韓侂胄爭權，韓氏擠掉趙汝愚，完全掌握實權。陸游並沒有介入這次政爭之中。韓侂胄鬥倒趙汝愚，慶元元年發起慶元黨禁，表面上是除僞學，其實是鏟除異己。陸游的好友周必大、朱熹、葉適都牽連在裡面。陸游在如此惡劣的政治環境之下，也不敢多作評議。

慶元四年，陸游不再申請祠祿。慶元五年准予致仕，所謂致仕，是從現任官吏的名冊裡銷號，不再領半俸。致仕之後，經濟狀況稍差，但是他和田園的關係更密切。慶元五六年間，韓侂胄把皇帝賜給他的土地，建造成一座南園，先請楊萬里寫記，萬里拒絕，改請陸游作記。陸游爲韓侂胄寫記，到底爲了什麼原因，他自己未說明，但是萬里不諒解他應是實情。嘉泰二年二月黨禁解除，五月，他有了一個官銜是中大夫直華文閣提舉佑神觀，兼實錄院同修撰間同修國史。他停留臨安九個月，完成《孝宗實錄》五百卷、《光宗實錄》一百卷。〔註65〕

韓侂胄想要北伐已增加民心歸向，更要建立事功，以遮蓋其外戚的身分。陸游以爲這是一個復國大好機會，和韓氏站在同一陣線上。嘉泰四年宋對金用兵，起先還站上風，後來宋軍節節敗退，等到開禧二年，宋兵已潰不成軍。宋人不得不和金人和談，殺韓侂胄作爲和談的誠意之始，並增加更多歲幣。陸游的復國宏願再一次破滅。

嘉定元年到嘉定二年，陸游住在山陰，身體已經老化得很嚴重，可是他的雄心依然不減。到了臨終前還寫了一首詩：

死去元知萬事空，但悲不見九州同。

王師北定中原日，家祭無忘告乃翁。（卷八十一，〈示兒〉）

顯示他對復國心依然強烈，更突顯其生命價値所在。從這首詩可以看出他在生命的終點上發出燦爛火花。嘉定二年十二月初，一代詩人就此離開人間。〔註66〕

〔註65〕嘉泰二年陸游曾爲慶賀韓侘胄生日作詩一首。（〈韓太傅生日〉，卷五十二）陸游答應韓侘胄寫實錄，一方面是陸游亦思收復，和韓侘胄想法不謀而合；另一方面是想爲幼子謀職。

〔註66〕陸游死後十六年，張淏編《寶慶續會稽志》在第五卷記陸游「嘉定

回顧陸游的一生，愛國宏願是其生命的主體，也是他人生價值的依歸。仕途的不順遂，使他內心一次又一次的遭受磨難。當時的政治環境是不穩定的，復國大業也是起起落落。陸游一生所追求的志業只是一個夢想，不太可能實現，因爲南宋的時代環境和他的理想有很大的落差。

第五節　陸游之交遊

陸游天生是一個熱情的人，又因父親結交正義之士，小時已受到薰染，他喜歡交友，尤其是與其同樣具有愛國熱誠之士。近人曾就其文集、詩稿等資料歸納其交友錄。〔註67〕但其交友錄繁多，筆者從其文集及詩稿歸納，擇要列舉與其交遊密切者，或時常論學唱和者、或對其一生之影響甚鉅者，以顯陸游之性情。

一、周必大

周必大，字子充，吉州廬陵人，紹興進士，言事不避權貴，官至左丞相，封益國公。作品輯爲《益國周文忠公全集》。

周必大和陸游的交遊應是從紹興三十年九月開始，陸游當時任職樞密院編修官兼編類聖政所檢討官，周必大也在臨安任職。〔註68〕當時孝宗曾經問過周必大，當今有誰比得上唐代的李白，周說唯有陸游，因此大家稱陸游爲「小李白」。〔註69〕

淳熙十六年，孝宗想起用陸游，陸游在嚴州任內無所發揮，鬱鬱

二年卒，年八十五。」和《宋史・陸游傳》記載吻合，陸游死於嘉定二年應是正確的。

〔註67〕見孔凡禮〈陸游交遊錄〉收錄於《孔凡禮古典文學論集》，北京學苑出版社出版。

〔註68〕陸游的〈跋周益公詩卷〉:「紹興辛巳，予與益公相從於錢塘，去題此詩時已十一年。予年三十七，益公少予一歲，後二年，相繼去國，自是用捨分矣。今益公捨我去，所不知者，相距幾何時耳。」(《渭南文集》卷三十）由此可知其兩人深厚的情誼開始的很早。

〔註69〕見羅大經《鶴林玉露》卷四。

不得志，此時如蒙起用對其有莫大的激勵。孝宗曾詢問過周必大的意見，必大薦陸游爲軍器少監。陸游來到臨安任職，本想一展身手，沒想到不久孝宗傳位給光宗，周必大罷相，陸游因無周必大這座靠山亦罷官回鄉。

慶元三年，韓侂胄所主導的僞學之禁，因爲周必大和朱熹等人皆是有志之士，所以被牽連罷官，陸游險些入籍。此次之禁，其實是韓侂胄爲了排除異己，掃除和趙汝愚相關的官員，陸游身居邊陲之境多所顧忌，也不便多作評論。

他們兩人往來書信及唱和並不多，但在陸游〈送子龍赴吉州掾〉提及：「益公名位重，凜若喬岳峙；汝以通家故，或許望燕爾；得見已足榮，切勿有所歸。」〔註 70〕益公就是周必大，光宗時其被封爲益國公。由此可知，陸、周有通家之好，感情甚深。

嘉泰四年，周必大卒，享年七十九歲，此時陸游已八十歲，寫了一篇〈祭周益公文〉哀悼必大：

> 某紹興庚辰，始至行在，見公於途，欣然傾蓋。得居連牆，日接嘉話，每一相從，脫帽褫帶，從容笑語，輸寫肝肺，鄰家借酒，小園鉏菜，熒熒青燈，瘦影相對。西湖弔古，並轡共載，賦詩爲文，頗極奇怪，淡交如水，久而不壞，各謂知心，別出流輩。別二十年，公位鼎鼐，我方西遊。…公老不衰，雷霆萬代，每得手書，字細如芥，癡兒騃女，問及瑣碎。孰爲一病，良醫莫差，赴告鼎來，震動海內，奔赴不遑，涕泣澎湃。…（《渭南文集》卷四十一）

由這篇感人的祭文可知從紹興三十年兩人開始交往，這是淡交如水，知心之友。周必大雖位居高官，還是相交甚深。這段祭文是肺腑之作，讀之令人動容。

〔註 70〕這首詩寫於嘉泰二年，見詩稿卷五十。周必大亦有一首〈跋陸務觀送其子子龍赴吉州思理〉詩：「吾友陸務觀，得李杜之文章，居嚴徐之侍從。子孫眾多爲王謝，壽考康寧如喬松。詩能窮人之謗，一洗萬古而空之。嘉泰癸亥九月四日」（《平園續稿》卷一）

朋友陰陽兩隔情分難捨，隔年（開禧元年）陸游爲周必大之文集作序：

> 天之降才固已不同，而文人之才尤異。將使之發冊作命，陳謨奉議，則必畀之以閎富渰貫溫厚爾雅之才，而處之以帷幄密勿之地，故其位與才常相稱。…故其所賦之才與所居之地，亦造物有意於其間者，雖不用其時若造物有意於其間者，雖不用其時，而自足以傳後世，此二者，造物者豈眞有意哉，亦理之自然，古今一揆也。…極文章禮樂之用，絕世獨立，遂登相輔。…蓋大官重任，不極不久，則無以盡公之才也。…公在位久，崇論宏議，豐功偉績，見於朝廷，傳之夷狄者，何可勝數，予獨論其文者。墓有碑，史有傳，非集序所當及也。…（《渭南文集》卷十五，〈周益公文集序〉）

由以上引文可知陸游對周必大的豐功偉業和論文宏議皆讚賞，對其位與才兩方面的成就給予極高的肯定，其中也透露出其對周必大之仰慕之情。

由以上所論可知二人的情誼不淺，雖然周必大曾位居左丞相，但是陸游和周必大的交往不爲此所囿。

二、楊萬里

楊萬里，字廷秀，吉州吉水人。紹興進士，光宗即位曾召爲秘書監。其詩和陸游、范成大、尤袤齊名，稱爲南宋四大家。著有《誠齋集》。

陸游和楊萬里相交始於淳熙十三年。那年是陸游在家居山陰五年之後，於清明時節到臨安等待召見，孝宗給他一個新職務，就是嚴州軍州事。因爲離上任還有幾個月，所以陸游在臨安府盤桓，這期間他和張鎡、楊萬里、尤袤〔註71〕等人唱和。陸游寫了一首〈簡楊廷秀〉的詩：

〔註71〕尤袤字延之，是南宋四大家之一，今存有《梁谿遺稿》。陸游曾寫〈尤延之尚書哀辭〉哀悼他。從文中可知其交往亦是約淳熙十三年開始。

哀哀過白日，悠悠良自欺。
未成千古事，易滿百年期。
黃卷閒多味，紅塵老不宜。
相逢又輕別，此恨定誰知。（卷十七）

這首詩寫出兩人相見即將要離別的心情，陸游過幾個月之後就要去嚴州上任，不免惆悵。雖然是一首的五律，但情感的表達含蓄動人，最後說「此恨定誰知」又有一點無奈之感。萬里也和了一首詩：

官縛春無分，鬅疏雪更欺。
雲間墮詞客，事外得心期。
我老詩全退，君才句總宜。
一生非浪苦，醬瓿會相知。（《誠齋集》卷十九，〈和陸務觀惠五言〉）

這首詩和得很恰當，情感的表達亦動人，最重要是使情感有所依歸，兩人因相知，才不會讓這輩子痛苦的。由這兩首詩可以看出陸游和萬里曾是一對好朋友，情感眞誠交流。

除了這一首詩，大概同時期，萬里又寫了幾首詩贈陸游。如〈雲龍歌贈陸務觀〉：「墨池楊子雲，雲間陸士龍。…」又〈再和雲龍歌留陸務觀西湖小集且督戰云〉：「我願身爲雲東野，化爲龍龍會入淵。…」又〈上巳日予與沈虞卿尤延之莫仲謙招陸務觀沈子壽小集張氏北園賞海棠務觀持酒　花予走筆賦長句〉：「東風吹我入錦幄，海棠點注胭脂簿。……」又〈醉臥海棠圖歌贈陸務觀〉：「帝城二三月，海棠一萬株。……」〔註 72〕他們一起遊過張氏北園，賞海棠。萬里留下的詩比較多，陸游留下來的比較少。〔註 73〕所以我們從楊萬里的集子去看陸游與其的交友情形，可以說明兩人交往頻繁。

淳熙十五年陸游回到臨安任軍器少監，曾寫了一首〈喜楊廷秀祕監再入館〉，詩中讚揚萬里的文章寫得絕佳，期望萬里擔負傳承詩學正統的責任。〔註 74〕可見陸游和楊萬里感情不錯，但是兩人不是惺惺

〔註 72〕以上幾首詩皆收於《誠齋集》卷十九。
〔註 73〕參見朱東潤《陸游傳》，200 頁，臺北華世出版社。
〔註 74〕詩中言：「公去蓬山輕，公歸蓬山重。錦囊三千篇，字字律呂中。文

相惜，而是相互砥礪的朋友，再看看下面的詩：

今代詩人後陸雲，天將詩本借詩人。
重尋子美行程舊，盡拾靈均怨句新。
鬼嘯狨啼巴峽雨，花紅玉白劍南春。
錦囊繙罷清風起，吹仄西窗月半輪。

劍外歸乘使者車，浙東新得左魚符。
可憐霜鬢何人問，焉用詩名絕世無。
凋得心肝百雜碎，依前塗轍九盤紆。
少陵生在窮如蝨，千載詩人拜蹇驢。（《誠齋集》卷二十，〈跋陸務觀劍南詩稿二首〉）

這首詩是萬里和陸游在京城會面所作，當時二人都在臨安。從這首詩可以看出萬里對於陸游的詩風，以及對於詩歌創作的用心，能夠深切的體會到。「今代詩人後陸雲，天將詩本借詩人」是很高的讚美。因爲這是跋詩，所以兩首詩是以夸飾的手法來表現，極具有文學性。

萬里在筠州曾和陸游相酬答：

老禪分得破叢林，薄供微齋也不曾。
道院敕差權院事，筠庵身是住庵僧。
人間赤日方如火，松下清風獨似冰。
別有莫春沂水住，爲君一滴灑千燈。（《誠齋集》卷二十五，〈答陸務觀道院佛祖之戲〉）

從這首詩可見二人在學禪當中能夠互相應答，分享各自的體悟，萬里是用比較幽默方式來應答。

紹熙五年，楊萬里在家居吉水時也有寄陸游的詩，此時萬里六十八歲，陸游七十歲，兩人皆奉祠在家：

君居東浙我江西，鏡裡新添幾縷絲。
花落六回疏信息，月明千里兩相思。
不應李杜翻鯨海，更羨夔龍集鳳池。
道是樊川輕薄殺，猶將萬户比千詩。（《誠齋集》〈寄陸務觀〉）

章實公器，當與天下共。吾嘗評其妙，如龍馬受鞚。……願公力起之，千載傳正統。……」（卷二十一）

由這首詩可知二人的情誼依然在詩中呈現出來，尤其是前四句寫得情深意切，極爲動人，二人相隔兩地，經過六年未曾通信，但是「月明千里兩相思」。〔註 75〕

晚年的萬里詩集中未再出現和陸游唱和之詩，相對的，陸游也未再出現唱和詩。陸游在〈送子龍赴吉州掾〉還提及：「又若楊誠齋，清介世莫比；一聞俗人言，三日歸洗耳；汝但問起居，餘事勿掛齒。」可見七十八歲時陸游和楊萬里還有交往。〔註 76〕同年其爲韓侂胄撰〈南園閱古泉記〉，當時清議者皆非之。韓侂胄先找楊萬里寫南園記，萬里予以拒絕，韓氏再找陸游寫。前人臆測楊萬里以爲陸游向當權派屈服。以萬里的個性應是對此事有其自己的論斷，所以影響兩人之間的往來。史書言萬里聽聞韓侂胄倉促伐金，慟憤而逝，可見他對韓侂胄是很痛心、很不恥的。這一段經過在陸游的詩集當中未透露隻字片語，也未寫作懷念萬里的文章，可見二人之微妙的關係。

三、范成大

范成大，字致能（又字至能），號石湖居士，蘇州吳縣人。紹興進士，曾認四川制置使、參知政事，曾使金，不畏強暴，幾被殺。他是南宋四大家之一，著有《石湖居士詩集》、《石湖詞》。

陸游和范成大時的交往，應是從紹興三十二年始，兩人都在臨安任職。淳熙二年（公元一一七五年），范成大被調任爲四川制置使，邀請陸游爲參議官。兩人感情很好，還因爲飲酒多議論，不拘禮數，爲同僚所忌，陸游被免職。陸游卸下參議官，依然留在成都，和成大時有唱和：

榆枋正復異鵬飛，等是垂頭受嚳鞿。
坐客笑談嘲遠志，故人書札寄當歸。

〔註 75〕觀看同期的《劍南詩稿》並無與萬里一樣寫友情深厚的作品，萬里的《誠齋集》存留下來的寄陸游的詩有好幾首，此種情況值得玩味。

〔註 76〕見詩稿卷五十，另外在慶元六年（陸游七十六歲）寫了一首詩〈江東韓漕晞道寄楊廷秀所贈詩來求同赴作此寄之〉，可見互有來往，韓晞道是韓琦的昆孫，寓居紹興。

醉思蓴菜黏篙滑，饞憶鱸魚墜釣肥。
誰遣貴人同此夜，夜來風月夢苔磯。（卷七，〈和范待制月有感〉）

策策桐飄已半空，啼螿漸覺近房櫳。
一生不作牛衣泣，萬事從渠馬耳風。
名姓已甘黃紙外，光陰全付綠尊中。
門前剝啄誰相覓，賀我今年號放翁。（卷七，〈和范待制秋興〉）

這兩首詩是陸游和范成大在四川共事時所作的，其中有對自己遠志的感嘆，也有暫時放縱的自我解嘲，陸游在此表現他豪放的那一面。就在此時，因爲同僚的譭謗，陸游更以放縱的一面示人，並自號「放翁」。〔註77〕與成大又有其他的唱和之作：

歲月如奔不可遮，即今楊柳已藏鴉。
客中常欠尊中酒，馬上時看檐上花。
末路淒涼老巴蜀，少年豪舉動京華。
天魔久矣先成佛，多病維摩尚在家。（卷八，〈和范舍人書懷〉）

這首詩寫出陸游的感嘆，在巴蜀期間雖有自己的抱負，但是歲月如梭，抱負無法施展，感觸特別深，對於自己和成大都未能看透功名，心有戚戚焉。

淳熙四年六月，成大東還，陸游來送行，從成都到青城，經過新津，直到眉州。陸游留下好幾首作品：

風驅雨壓無浮埃，驂驔千騎東方來。
勝遊公自輩王謝，淨社我亦追宗雷。
旻山樓上一徙如，如地始闢天始開。
廓然眼界三萬里，一螘垤水水一杯。
世間幻妄幾變滅，正自不滿吾曹台。
丈夫本願布衣老，達士詎畏蒼顏催。
君看神君歲食羊四萬，處處棄骨高成堆。
西山老翁飽松　，造物賦予何遼哉。（卷八，〈和范舍人永康青城道中作〉）

〔註77〕陸游的詞有言：「橋如虹，水如空，一葉飄然煙雨中，天教稱放翁。」（〈長相思〉上片）

這首詩先描寫青城道中之景色，極爲生動鮮活。「廓然眼界三萬里，一螘垤水水一杯」活用對比手法。接著發抒自己感受：大丈夫本希望以布衣終老，但也懼怕歲月的摧促，他又接著寫：

平生嗜酒不爲味，聊欲醉中遺萬事。
酒醒客散獨悽然，枕上屢揮憂國淚。
君如高光那可負，東都兒童作胡語。
常時念此氣生癭，況送公歸覲明主。
皇天震怒賊得長，三年胡星失光芒。
旄頭下掃在旦暮，嗟此大議知誰當。
公歸上前勉畫策，先取關中次河北。
堯舜尚不有百蠻，此賊何能穴中國。
黃扉甘泉多故人，定知不作白頭新。
因公併寄千萬意，早爲神州清虜塵。（卷八，〈送范舍人還朝〉）

這首詩寫陸游的雄心壯志，語氣慷慨，他也把這種心情和成大分享，把期望寄託在成大身上。最後二句「因公併寄千萬意，早爲神州清虜塵」是其對成大最高的祝福。

以上幾首詩都是在送別時所作，陸游對成大是戀戀不捨，只因成大了解他的雄心壯志，此去不知何時能見得到面？陸游在成大的友情之中更能肯定他的壯志，成大東還，除了情感上失去依歸，更是失去一個志同道合的朋友，陸游的悲傷心情在此表露無遺。

紹熙二年陸游曾在〈次韻范參政書懷〉其一提及：「萬里曾遊雲棧北，一庵今臥鏡湖西。殘年老病侵腰膂，那得隨人病夏畦。」寫出其對過去在蜀地的生活的懷念。〔註 78〕

紹熙五年成大卒，享年六十八歲，此時陸游七十歲奉祠在家，陸游寫了一首〈夢范參政〉：

夢中不知何歲月，長亭慘淡天飛雲。
酒肉如山鼓吹喧，車馬結束有行色。

〔註 78〕〈次韻范參政書懷〉共有十首，除了報告近況、心情，更寫出以前共事之情誼。見詩稿卷二十四。

我起持公不得語，但道不料今遽別。
平生故人端有幾，長號頓足淚迸血。
生存相別尚如此，何況一旦泉壤隔。
欲懷雞黍病爲重，千里關河阻臨穴。
速死從公尚何撼，眼中寧復見此傑。
青燈耿耿山與寒，援筆詩成心欲裂。(卷三十)

陸游面對范成大的過世心中悲慟，「平生故人端有幾，長號頓足淚迸血」撼人心肺。連晚上作夢都夢到以前相聚的情景，可見其對成大有一分深刻情感。最後四句更是寫出他的椎心之痛及痛不欲生的感覺，「援筆詩成心欲裂」是他胸中之吶喊。成大和他在成都的那一分情誼，令他永生難忘。他也爲成大寫了一首挽詞：

屢出專戎閫，遄歸上政途。
勳勞光竹帛，風采震羌胡。
籤帙新藏富，園林勝事殊。
知公仙去日，遺恨一毫無。(卷三十三，〈范參政挽詞〉)

這首詩表彰成大的功勳，認爲成大過世是一件很遺憾的事。這首詩是「挽詞」，在情感表達上比較內斂含蓄，和前面那首〈夢范參政〉不同。

陸游和范成大的感情是屬於志同道合，又是性情相投的朋友。在四川的時光是他們這輩子感情最融洽的一段時光，陸游雖然在成都的官職已成閒缺，但和成大卻有密切的情感交流。尤其是成大返東，陸游一路上送行，兩人所表現的情感眞摯動人。

又及，南宋四大家互相交誼甚深，陸游除了和萬里、成大情感深厚，其實和尤袤亦有所交往，曾爲尤袤寫一首詩，亦曾憶及與其相處情景。

四、朱熹

朱熹字元晦，號晦庵，徽州婺源人。紹興進士，光宗時任秘閣修撰，寧宗初爲煥章閣待制。晚年主講紫陽書院，既是理學家，又對文學、經學、史學有獨到之處。後人編其作品爲《晦庵先生朱文公文集》、《朱子語錄》。

陸游何時和朱熹交往無正式記載，但是淳熙八年朱熹任職浙東常平茶鹽公事。浙東大饑，陸游寫詩給朱熹催促其速速賑災：

市聚蕭條極，村墟凍餒稠。
勸分無積粟，告糴未通流。
民望甚飢渴，公行胡滯留。
徵科得寬否，尚及麥禾秋。（卷十四，〈寄朱元晦提舉〉）

由此可知陸游對於災民的痛苦能夠深刻體會，希望朱熹趕快去幫助他們，甚至提出最有好的方法，要從寬的去課稅。淳熙九年，陸游又寫了五首聯詩給朱熹，其中一首是這樣的：

身閒剩覺溪山好，心靜尤知日月長。
天下蒼生未蘇息，憂公遂與世相忘。（卷十五，〈寄題朱元晦武夷精舍〉之三）

這是朱熹建造武夷精舍，陸游爲表慶賀之意，作了五首詩寄給他，這是其中一首。詩中描述朱熹的幽閒心情以及提醒朱熹切勿忘記天下蒼生之苦，可見其心之所繫。

紹熙五年趙汝愚與韓侂胄取得政治主導權之後，不久，兩人就相互對立。趙汝愚起用朱熹爲煥章閣待制兼侍講，又借用皇帝的命令，吩咐經筵講學，救正補闕。韓侂胄引用謝深甫爲御史中丞，劉德秀爲監察御史。雙方對立。紹熙五年十月，罷朱熹，陳傅良等人十二月皆罷。十一月監察御史胡紘尙言趙汝愚聚集群眾，圖謀不軌，趙汝愚在貶永州途中受辱自殺。慶元三年十二月，並宣布僞學之籍，其中牽連者有五十九人。朱熹受到牽連，多人不敢與其往來。陸游處在黨禁邊緣，還是和朱熹交往：

鶴俸元知不療窮，葉舟還入亂雲中，
溪莊直下秋千頃，贏取閒身伴釣翁。（卷三十六，〈次朱元晦韻題嚴居厚溪莊圖〉）

這首詩應該是未公布朱熹爲僞學之前，兩人唱和之詩，藉著次韻詩描寫溪莊圖中的悠閒情景。等到朱熹受到僞學之累，陸游依然與其有交往：

> 木枕藜床席見經，臥看飄雪入窗櫺。
> 布衾紙被元相似，只欠高人爲作銘。
>
> 紙被圍身度雪天，白於狐腋軟於綿。
> 放翁用處君知否，絕勝蒲團夜坐禪。（卷三十六，〈謝朱元晦寄紙被〉）

這兩首詩是慶元三年冬作於山陰，朱熹此時罷官回建寧。陸游感謝朱熹送紙被給他，詩中充滿一種隨意的自在心情，「絕勝蒲團夜坐禪」可見其珍惜之情。

慶元六年的三月朱熹過世，陸游未爲他寫挽詞或墓誌銘，又因爲路途遠，游年紀大體力衰，未能親自去弔祭，但是爲朱熹寫了一篇祭文：

> 某有捐百身起九原之心，有傾長河注東海之淚，路修齒髮，神往形留。公歿不亡，尚其來饗。（《渭南文集》卷四十一，〈祭朱元晦侍講文〉）

這短短的一篇文章卻把對朱熹的認識及他自己的感受呈現出來，因爲此時黨禁方嚴，陸游寫祭文算是有勇氣表達他對朋友的情分，實屬不易。

由以上所論可知陸游與朱熹是惺惺相惜的朋友，現實上的阻礙，可能無法密切交往，但是一分深情保留在彼此心底。〔註79〕

五、辛棄疾

辛棄疾字幼安，號稼軒，山東濟南人。早年組織抗金義勇軍，後投奔南宋。曾多次上書朝廷，主張恢復中原，未被採用，閒居江西鄉村二十年。開禧元年始被韓侂冑重用，旋被劾免職，開禧三年憂憤成疾而死。他是南宋豪放派詞之代表作家，著有《稼軒長短句》。

〔註79〕羅大經《鶴林玉露》卷十四論及陸游說：「晚年和平粹美，有中原承平時氣象，朱文公喜稱之。」可見朱熹對陸游頗爲欣賞。

辛棄疾和陸游的交往頻繁是從韓侂冑重用辛棄疾戮力北伐開始。嘉泰三年的春天，辛棄疾爲浙東安撫使，兼知紹興府，因爲職務之便和陸游的交往轉爲密切，眼看陸游住屋簡陋，想要代他重建，但爲陸游所拒絕。嘉泰四年，辛棄疾奉詔入京，陸游曾寫一首〈送辛幼安殿撰造朝〉〔註 80〕的詩。辛棄疾是一個大英雄，又是從北方帶兵起義者，朝廷對其存有戒心。紹熙五年罷官至嘉泰三年才重新重用，辛棄疾不免有一些怨懟。這次要入都，陸游在詩末四句言：「古來立事戒輕發，往往讒夫出乘罅。深仇積憤在逆胡，不用追思灞亭夜。」他勸棄疾不要記著以前的嫌隙，應該把怨恨集中轉而向外抗敵才是上上策。辛棄疾一入都就提出復國建言隨後受韓侂冑的重用，應是受到陸游的想法影響所致。

他和辛棄疾的感情是政治立場相同所起的，算是志同道合的朋友，惜辛棄疾過世之後，陸游未留下祭文或哀悼之詩詞文。

六、張縯

張縯字季長，唐安人，隆興元年進士。乾道八年入山南王炎之幕府，和陸游相識。季長和陸游的感情非常眞摯。《劍南詩稿》中多有論及張縯之詩，尤其是在四川的時期〔註 81〕：

俗子俗到骨，一揖已溷入。
不知此曹面，何處得許塵。
我非作崖塹，汝自不可親。
道途逢使君，令我生精神。
頓增江山麗，更覺風月新。
對床得晤語，傾倒夜達晨。
亟待忘縛炲，小醉或墮巾。
繚出錦城南，問訊江梅春。
煎茶憩野店，喚船載煙津。

〔註 80〕《劍南詩稿》卷五十七。

〔註 81〕有《劍南詩稿》卷九〈次韻張季長正自梅花〉、〈次韻季長見示〉、〈廣都道中呈季長〉等詩。

淒涼弔廢苑，蕭散誇閒身。

暮歸度略彴，月出水鱗鱗。

思君去已遠，此會何由頻。（卷九，〈別後寄季長〉）

淳熙四年，陸游奉祠成都，張季長離開四川，這是陸游寫給他的一首詩。詩中表達游之不媚俗的傲骨，以及兩人交往的情況，心意互相交流著。最後兩句「思君去已遠，此會何由頻」更描繪其綿綿的想念心情。

陸游和張季長一直都以書信往來，比如紹熙五年的〈六月二十六日夜夢赴季長招飲〉〈笠篌謠二首寄季長少卿〉〔註 82〕，慶元元年的〈得季長書追懷南鄭幕府慨然而作〉〔註 83〕，〈雨夜有懷張季長少卿〉〔註 84〕，慶元三年的〈歲暮懷張季長〉〈得張季長書以大蓬見稱概以予寄祿官視昔秘書監也因作五字寄之〉〔註 85〕，慶元四年的〈吳體寄張季長〉，慶元五年的〈次季長韻回寄〉〔註 86〕，嘉定元年的〈登山西望有懷季長〉〔註 87〕都是兩人交誼頻繁的最好寫照。

嘉泰元年張季長知潼川府，旋罷新命。嘉泰二年，陸游入臨安修國史，曾向朝廷推薦張鏔，終以「力微」，未能如願。開禧三年張季長過世，陸游有〈哭季長〉詩：

岷山剡曲各天涯，死籍前時偶脱遺。

三徑就荒俱已老，一樽相屬永無期。

寢門哀慟今何及，泉壤從遊後不疑。

邂逅子孫能記此，交情應似兩翁時。（卷七十三）

他們從四川分開之後就各分天涯，要相見困難。而今陰陽相隔，是一件多麼悲慟之事。這首詩除了表達悲傷之外，更希望兩人情誼能爲後代子孫所記。「邂逅子孫能記此，交情應似兩翁時」對子孫苦口婆心

〔註 82〕這兩首詩見詩稿卷三十。

〔註 83〕見詩稿卷三十一。

〔註 84〕見詩稿卷三十三。

〔註 85〕這兩首詩見詩稿三十六。

〔註 86〕見詩稿卷三十八。

〔註 87〕見詩稿七十八。

的說明更是一種永遠的追憶，可見陸游很珍惜他們的情誼。再看看陸游爲其寫的〈祭文〉：

> 於虖，世之交有如某與季長者乎？一產岷下，一家山陰，邂逅南鄭，異體同心，有善相勉，闕遺相箴，公醉巴歌，我病欲吟，大笑劇談，坐客皆瘖。…久乃相遇，垂涕沾襟，宿好未遠，舊盟復尋。…公去我召，如商與參，渺藐天涯，一書萬金。我自史闈，進長書林，迫老亟退，突度暇黔，亦嘗挽公，力微弗任。…（《渭南文集》，卷四十一，〈祭張季長大卿文〉）

這篇祭文寫出他們如何相交，如何相互扶持的歷程。季長是他一生最重要的朋有之一，因爲兩人「邂逅南鄭，異體同心」，開啓以後交往之大門。這篇文章寫得並不悲傷，而是充滿友情的光輝，十分感人。

由此可知，兩人的情誼很深遠，雖然自蜀別後很少機會碰面，書信頻繁，二人乃交心的好友。在南鄭的時光讓他們情誼深厚，二人情意極相投。不可諱言的，陸張二人仕途皆不順遂，有惺惺相惜之情誼。

七、王炎

王炎是一個奇才，近人朱東潤說他是一顆惑星，在短短幾年之間就作了參政知事。〔註88〕王炎作過兩浙轉運使，又知臨安，臨安是一個繁亂的區域。他的行政能力強，在這裡任職發揮其長才，立即展露頭角，受到孝宗之重視。乾道四年二月，王炎以試兵部尙書賜同進士出身，除端明殿學士，簽書樞密院事。五年二月，除參知政事，兼同知樞密院事。三月，以左中大夫爲四川宣撫使，依舊任參知政事。

王炎爲四川宣撫使，是孝宗想要所作爲的一項指標。王炎宣撫四川是爲了在今陝西南部、甘肅東部、四川北部布置，積聚人力、物力，以便往金國前進。王炎也想要發揮其才，招聘陸游、張鎮、章德茂等人爲幕府。可是朝廷的主戰、主和派的權力不能平衡，朝廷又畏懼他

〔註88〕參考朱東潤所作的《陸游傳》，臺北華世出版社出版。

的能力，所以在四川經營四年之後就突然被調回臨安，不久即解除職務。〔註 89〕

陸游的詩稿之中，根本沒有論及王炎。陸游的一生最重要的時光是在南鄭度過，王炎就是招聘他去前線的人，爲何未提及？陸游在南鄭寫的詩只剩十幾首，一方面是因爲他在嚴州任內刪定舊稿，刪去十分之九；另一方面是陸游稱其《山南雜詩》不小心落水而佚〔註 90〕，所以現今我們從陸游的作品未見論及王炎的文集、詩稿。且《宋史．陸游傳》花了七分之一的篇幅敘述陸王二人交往情形，可見他們兩人曾交往頻繁。今人孔凡禮推測這是因爲王炎是政爭之下的犧牲者，陸游在如此敏感的情況之下，不宜多言論。〔註 91〕

王炎是陸游生命中重要的人之一，他不是純粹和陸游交心而已，而是給陸游一個機緣，讓其生命經驗擴大、生命價值更堅定的朋友。只可惜兩人交往的情況，現今存世者少。

八、王嵎

王嵎字季夷，是陸游十八九歲時認識的朋友，二人師事丹陽先生，情同兄弟。〔註 92〕王季夷著有北海集。

〔註 89〕陸游有一首〈次韻子長題吳太尉雲山亭〉的詩：「參謀健筆落縱橫，太尉清尊賞快晴。文雅風流雖可愛，關中遺虜要人平。」（卷三）高子長是其中表親，居王炎幕。陸游這首詩委婉諷刺吳挺在雲山亭飲酒作樂，附庸風雅，忘了國土收復這件大事。吳挺是王炎手下一名統領，頗有驕態，但王炎姑息遷就，後終於釀禍。可見王炎帶兵亦有失當之處。

〔註 90〕陸游在〈感舊〉說：「百詩猶可想，嘆息遂無傳。」（詩稿卷三十七）詩末陸游自註云：「予山南雜詩百餘篇，舟行過望雲灘，墜水中，至今以爲恨。」可見在山南（南鄭）之詩大都亡佚。

〔註 91〕參考孔凡禮〈陸游的友人王炎〉（收錄於《孔凡禮古典文學論集》）孔氏所說，筆者持贊成意見，因爲陸游晚年寫了很多以回憶南鄭、四川的生活爲題材的詩，而且南鄭是陸游一生最精彩的時期，但是他很極少針對王炎論述或回憶，實有可疑之處。

〔註 92〕孔凡禮〈陸游的老師丹陽先生〉曾考證認爲丹陽先生就是葛勝仲，王季夷和陸游都是丹陽先生的弟子。

陸游和王季夷有書信的往來，淳熙八年陸游寫了一首詩：

鏡湖西畔小茅茨，紅葉黃花秋晚時。
天闊素書無雁寄，夜闌清夢有燈知。
功名蹭蹬初何撼，朋舊乖離未免悲。
遙想扁舟五湖口，阻風中酒又成詩。（卷十三，〈暮秋有懷王四季夷〉）

這首詩是懷念王季夷，先從其隱居的山陰的景色寫起，「紅葉黃花秋晚時」點出季節；三四句寫其夜半懷念之情；五六句寫兩種遺憾，一是功名，一是朋友；最後歸於遙想在五湖口的王季夷。〔註93〕這首詩寫出眞摯的友情，是一首懷人的佳作。

陸游有一首詩是哭王季夷的，寫於淳熙十年春天，王季夷大概於此期間過世：

迢遙天馬渥洼來，萬里修途忽勒回。
爽氣即今猶可想，舊遊何處不堪哀。
夢中有客徵殘錦，地下無爐鑄橫財。
欲酹一尊身尚病，鬣封春露濕蒼苔。（卷十四，〈哭王季夷〉）

這首詩是對王季夷的懷念，「爽氣即今猶可想，舊遊何處不堪哀」，最後二句寫出自己有病在身的無奈。此時的他已五十九歲，又奉祠在家，年少的朋友而今遠去，更有一種遙遠飄渺的悲感。《詩稿》卷十五有一首詩其題爲「紹興中與陳魯山王季夷從兄仲高以重九日同遊禹廟後三十餘年自三橋泛舟歸山居秋高雨霽望禹廟樓殿重複光景宛如當時而三人者皆下世予亦衰病無聊慨然作此詩」曾論及：「鄉國歸來渾似鶴，交朋零落不成龍。人生眞與夢何校，我輩故應情所鍾。」由此可知他和王季夷的情感深厚，面對他的過世心中很悲痛。嘉泰元年，陸游又有一首：〈夢韓無咎王季夷諸公〉：「諸公逝已久，幽夢忽相親。話舊慇懃意，追歡見在身。」也寫得感人肺腑。韓無咎就是韓元吉，開封人，仕至龍圖閣大學士，封潁川公。

〔註93〕此時王季夷寓居吳興。

王季夷的夫人於嘉泰三年過世，開禧二年葬於會稽山，陸游曾爲她寫了〈孺人王氏墓表〉〔註94〕曾論及：「人謂季夷雖坎廩不偶以死，而三子皆知名士，夫人復以賢婦稱，天所以報善人，亦昭昭矣。」可見王季夷的夫人賢淑，兒子也成材，陸游亦以此而寬慰也。

九、譚德稱

譚德稱字季壬，是陸游在成都的同事。陸游在〈青陽夫人墓誌銘〉中敘述譚德稱的母親的事績，以及如何教導德稱使其成材。其中提及德稱在成都作官：

> 初，季壬解褐爲崇慶府府學教授，凡四年，徙成都府。吏部以僑寓格不下，執政爲奏，復還崇慶，以便養。命至，而夫人棄其孤矣。初，命教成都，今樞密使周公貳大政，知予與季壬友，以書來告曰：石室得人矣。季壬有學行，爲諸公大人所知蓋如此，以故士皆慕與之交。…予與季壬，實兄弟如也。故述孝子之意以作銘。〔註95〕

由此可知陸游和譚德稱是在蜀州任職（乾道九年）相交，季壬有學行，爲人所敬重，又表明兩人情感如兄弟一般。再看下面一首詩：

> 吾生何拙亦何工，憂患如山一笑空。
> 猶有餘情被花惱，醉搔華髮倚屏風。（卷三，〈和譚德稱送牡丹〉其二）

這是乾道九年陸游在成都和譚德稱送牡丹而作，寫得很有情味。「猶有餘情被花惱」寫出其對牡丹的憐愛之情，可見其感物之心敏銳。

陸游奉祠在成都期間和德稱有往來，淳熙元年十月攝知榮州曾寫一首詩〈臨別成都帳飲晚里橋贈譚德稱〉，等到淳熙三年又寫了一首詩：

> 少鄙章句學，所慕在經世。
> 諸公薦文章，頗恨非素志。

〔註94〕見《渭南文集》卷四十。
〔註95〕見《渭南文集》卷三十三。

一朝落江湖，爛熳得自恣。
討論極王霸，事業窺莘渭。
孔明景略間，仰立頗眥睨。
從人無一欣，對食有三謂。
譚侯信豪雋，可共不朽事。
天涯再相見，握手更抆淚。
欲尋西郊路，斗酒傾意氣。
浩歌君和我，勿作尋常醉。（卷六，〈喜譚德稱歸〉）

這是陸游淳熙三年任成都府路安撫司參議官兼四川制置使司參議官所作，詩中表達自己的志向：「所慕在經世」，但是不能盡如其願，而譚德稱卻能了解其心願。最後表達二人之有情之可貴，以及相互共勉的期許。

淳熙五年回到山陰之後，陸游對於成都舊友一直很懷念，有很多作品是懷念成都舊游者，如〈懷成都十韻〉、〈冬夜泛舟有懷山南戎幕〉、〈夢至成都悵然有作〉也有一首是懷念譚德稱的詩〈夜夢與宇文子友譚德稱會山寺若餞予行者明日黎明得子友書感嘆久之乃作此詩〉，表達對好友宇文子友、譚德稱的懷念。〔註 96〕隔年陸游在建安（福建建甌）又寫了一首詩懷念譚德稱：

譚子文章舊有聲，幾年同客錦官城。
江樓列炬千鐘飲，花市聯鞍一字行。
人世絕知非昨夢，天眞堪笑博浮名。
空齋獨夜蕭蕭雨，枕上詩成夢不成。（卷十一，〈懷譚德稱〉）

這首詩先說譚子的文聲佳，再寫兩人一起在成都喝酒作詩的情景。頸聯轉入寫這好像是一場夢而已，最後二句寫自己惆悵的心情。可見德稱是他在成都的好友，「懷念成都」也變成一個寫作主題。

陸游和譚德稱兩人一直有書信往來，如淳熙十五年冬所寫的〈簡譚德稱監丞〉〔註 97〕，詩中有言「冉冉幾經新歲律，依依猶有舊交

〔註 96〕以上四首請參見詩稿卷六。
〔註 97〕見詩稿卷二十。

情」，表達其對舊友是相當重視。從詩稿看來直到慶元元年，兩人未有書信往來，詩稿一出現和譚德稱相關的詩，卻是懷念譚德稱這個亡友：

> 當年與子別江干，漸老心知後會難。
> 豈料今宵清夢裡，東門交響說春寒。（卷三十一，〈正月十一日夜夢與亡友譚德稱相遇於成都小東門外既覺慨然有作〉）

這首詩寫於慶元元年陸游七十一歲時，表達對舊情的難捨。當年兩人離別亦知很難再會面，沒想到是在夢中見面，見面卻更添惆悵。由此推測譚德稱死於紹熙年間。

由以上所言我們可看出譚德稱是陸游四川的舊遊，其對這分情感一直念念不忘，常常憶及。四川舊遊除了張季長、譚德稱之外，還有宇文子友、獨孤生策等人。如淳熙九年正月陸游寫了一首〈獨孤生策字景略河中人工文善射喜擊劍一世奇士也有自峽中來者言其死於忠涪間感涕賦詩〉〔註98〕，表達對獨孤景略之讚嘆及懷念之情，亦相當感人。〔註99〕

由以上各節的論述，我們可以觀看出陸游是一個愛國心旺盛，志向遠大的詩人，但因官運不濟、仕途不遂而無法完成其志願。其受到時代環境、家庭教育、本身際遇之薰染，養成堅毅不輕易屈服的個性。師長們對其影響是在於人格的提昇及志向的確立，朋友們卻是他情感的依靠以及相互印證彼此信念。環視其人生過程，眞正對其生命有重大轉變應是「南鄭之行」，這不只是擴大其生活經驗，更是其生命歷程中的永恆夢想，進而提昇其詩歌創作的廣度及深度。

一個人的生命歷程，無非是生命情境的追尋和完成；唯有透過此種肅穆又積極的經營，才能展現人生的全幅意義。一種圓融的生命情境，是建立於（一）道德事業（二）學問事業（三）情感事業三者的

〔註98〕見詩稿卷十四。

〔註99〕獨孤景略生平不詳，但陸游詩中曾論及，如詩稿卷八〈獵罷夜飲示獨孤生〉，卷十四〈有懷獨孤景略〉，卷二十一〈夜歸偶懷故人獨孤景略〉，卷二十五〈感昔〉，卷二十七〈憶昔〉。

依存與互動關係上。〔註 100〕依此觀察陸游亦可見其時時自我砥礪，以六經爲依歸，並自期憂國憂民的悲憫情懷；除了詩歌創作之外，其在經學、佛學、道家思想亦多所涉獵；其對父母、師長、朋友、髮妻、兒孫用情甚深，時常給予朋友、兒孫溫暖的情意。因此陸游生命情境是極爲充沛、豐厚。

總言之，陸游生長在這個南宋初年特殊時空座標之上，才得以成就其偉大的詩歌創作。

〔註 100〕參見林明德〈自強不息的君子—王夢鷗先生〉（收錄於王夢鷗《中國文學理論與實踐》，臺北時報文化公司出版。

第三章　陸游詩歌的內涵表現

文學作品是由內容、形式相融而成的，它是一個有機結構，絕不能作二分法的分割，我們可從此有機結構尋繹出作者內在視界之意涵。所謂作品內涵又可以釐析出表面、深層兩層意涵，深層意涵是要剝除文字表面之義作更一層的思考、體察才能碰觸得到，依此線索可以直探作者之內心世界及其生命型態，這也是讀者對作品另一次創造。〔註 1〕陸游的詩歌有著極豐富的內涵，裡面潛藏著其多樣的心靈層面，亦呈現其豐富的生命型態。以下嘗試分九節來論析之。

第一節　「平生萬里心，執戈王前驅」——愛國熱忱慷慨激昂

陸游從小受父親教誨及影響很深。其父陸宰常和一些志士往來，他們常常談論金人如何荼毒百姓，宋人應如何收復失土等問題。潛移默化之下，陸游的復國意識特別強烈，愛國情緒慷慨激昂，南宋朝廷卻採取妥協投降政策，他要表示自己爲國獻身的決心：

孤燈耿霜夕，窮山讀兵書。
平生萬里心，執戈王前驅。
戰死士所有，恥復守妻孥。

〔註 1〕本論文論述方式是以說明、疏解、議論等不同層面來進行。

成功亦邂逅，逆料政自疏。

陂擇號飢鴻，歲月欺貧儒。

嘆息鏡中面，安得長膚腴。（卷一，〈夜讀兵書〉）

陸游於紹興二十四年參加科舉考試，卻因秦檜為其孫護航，向主考官陳之茂施壓，陳之茂不從，秦檜索性阻撓陸游，故本應第一名高中，卻落得回鄉閒居。這首詩是陸游回鄉之後所作，「平生萬里心，執戈王前驅。戰死士所有，恥復守妻孥。」述說他的志願，表明其心未老，面對暫時的困頓，還有一顆躍動的心。有些悲傷是免不了的，因此他說「嘆息鏡中面，安得長膚腴」感嘆時光易逝，理想還未實現。紹興二十八年，陸游於秦檜過世之後，才能出仕，第一個官位就是到福建任福州寧德縣主簿，在官餘曾到南臺遊覽，寫了〈度浮橋至南臺〉〔註 2〕更把自己滿懷豪氣寄託於歷史長流當中。詩的一開頭即寫往南臺之緣由，三四句寫江水奔騰，大江上橫繫著千艘船，以壯闊的情景襯托他內在世界的豪闊。五、六句寫南臺之景色，寺樓中的鐘鼓響起，雲煙迷漫，刻畫歷史滄桑感。最後二句寫自己豪氣仍在。整首詩寫出陸游的豪情，此時的他只有三十幾歲，雖有一些滄桑之感觸，卻有滿腔的豪情。詩人在歷史漫長洪流之中，又面對著浩瀚的大自然，更能激發出最動人的豪情壯志。〔註 3〕復國宏願一直未實現，聽到宋軍有所展獲，足以使其雀躍不已。紹興三十一年九月，金完顏亮攻南宋，十一月因為金內部混亂，宋軍趁機收復失地，知均州武鉅派鄉兵總轄杜隱於十二月九日收復西京，陸游極為興奮。此時陸游在臨安以敕令所刪定官為理司直兼宗正簿，最能感受到打勝仗的喜悅：

白髮將軍亦壯哉，西京昨夜捷書來。

胡兒敢作千年計，天意寧知一日回。

〔註 2〕〈度浮橋至南臺〉：「客中多病廢登臨，聞說南臺試一尋。九軌徐行怒濤上，千艘橫繫大江心。寺樓鐘鼓摧昏曉，墟落雲煙自古今。白髮未除豪氣在，醉吹橫笛坐榕陰。」（卷一）南臺在閩江中。

〔註 3〕《唐宋詩醇》說：「頷聯寫浮橋，語頗偉麗；五六雄渾之中興象自運，有涵蓋之氣。」

列聖仁恩深雨露，中興赦令疾風雷。
懸知寒食朝陵使，驛路梨花處處開。（卷一，〈聞武均州報已復西京〉）

聽到這個好消息特別興奮，他認爲在次年的寒食節，朝祭陵墓的使者將在梨花盛開時到達洛陽。首聯先寫昨夜傳捷報，頷聯承接而下，且以對句寫天意助宋。後四句寫朝廷上下之興奮心情。這首詩寫他的樂觀情緒，他對復國大業報著很大的希望。和杜甫的〈聞官軍收河南河北〉相比，他的氣勢更壯盛，因爲他說「胡兒敢作千年計，天意寧知一日回」，大聲地誇下海口。

以上是陸游未入蜀之前所作，強烈表達其慷慨激昂之愛國情緒，可見其志向遠大。

其滿臆的愛國熱情是需要管道宣洩開來，入蜀是一個好機會，進南鄭更是熱情的宣洩大管道。乾道八年，陸游四十八歲，調任四川宣撫使司幹辦公事，那時四川宣撫使在南鄭。這一次調動，影響深遠，此時的他，也得到極大的鼓舞。他從夔州出發到南鄭，初出夔州（今四川省奉節縣）作了一首〈飯三折舖舖在亂山中〉:「平生愛山每自嘆，舉世但覺山可玩。皇天憐之足其願，著在荒山更何怨。南窮閩粵西蜀漢，馬蹄幾歷天下半。山橫水掩路欲斷，崔嵬可陟流可亂。溫風桃李方漫漫，飛棧淩空又奇觀。但令身健能強飯，萬里只作遊山看。」（卷三）這首詩先寫他喜歡遊山玩水，留在荒山也無怨。他從遊歷奇崛的山水之中得到一些人生的樂趣。最後他說「但令身健能強飯，萬里只作遊山看。」寫樂觀的奮鬥精神。此時的他精神是激昂的，絕對沒有灰心喪志。其次，蓄勢待發的他一面對蟠龍瀑布，不得不發出怒吼：

遠望紛珠纓，近觀轉雷霆。
人言水出奇，意使行人驚。
人驚我何得？定非水之情。
水亦有何情？因物以賦形。
處高勢驅下，豈樂與石爭？
退之亦隘人，強言不平鳴。

古來賢達士，初亦願躬耕。

意氣或感激，邂逅成功名。（卷三，〈蟠龍瀑布〉）

蟠龍瀑布在四川省梁山縣東二十里，下有二洞，洞中有二石龍，首尾相蟠。這首詩先說瀑布的奇貌，接著轉入說明水無情，但是人有情，定有不平不鳴。詩末四句說出他的心態，雖願躬耕，但有機會激發意氣也可功成名就。這首詩以瀑布震撼的水聲帶領出他的意氣及志向，豪氣十足，最動人應是其堅強的戰鬥力。整首詩從寫瀑布以至從中領略人生哲理，並抒發自己想法，議論意味極爲濃厚。這種奮鬥精神最適合在南鄭這個地方發揮，南鄭既是前線，陸游在這裡自有不同的體悟：

我行山南已三日，如繩大路東西出。

平川沃野望不盡，麥隴青青桑鬱鬱。

地近函秦氣俗豪，鞦韆蹴鞠分朋曹。

苜蓿連雲馬蹄健，楊柳夾道車聲高。

古來歷歷興亡處，舉目山川尚如故。

將軍壇上冷雲低，丞相祠前春日暮。

國家四紀失中原，師出江淮未易吞。

會看金錢從天下，卻用關中作本根。（卷三，〈山南行〉）

這首詩寫於乾道八年陸游任四川宣撫使之檢法官任內，行經終南山以南（陝西南鄭一帶）。前八句寫山南之景色，筆直大道延伸，平原一望無際，麥隴青青，桑林茂密。又因地近函秦，秦都咸陽，函即函谷關，函秦指渭水平原。氣勢豪壯，「鞦韆蹴踘分朋曹」。苜蓿連天，楊柳夾道，馬兒健壯，車輪滾滾，這是南鄭特殊景觀。接著四句寫韓信的將軍壇冷雲低拂，諸葛亮祠堂前夕陽西下。以韓信、諸葛亮爲憑弔對象。〔註4〕最後四句寫他的復國理念：中原淪陷很久，從江淮出發，破敵不易，要使戰鬥力高昂，一定要以關中爲根據地。這首詩先寫山

〔註4〕陸游對諸葛亮極爲欽慕，如淳熙五年作了一首〈遊諸葛武侯書臺〉，詩中有二句：「出師一表千載無，遠比管樂蓋有餘」管是管仲，樂是樂毅，對諸葛亮有崇高的評價。

南之景色，再寫他對此戰地之感嘆，並藉此顯現他的復國理念。後四句以議論方式表現，對照前面之寫風土民情及自然景物，更凸顯出陸游的用心良苦。下面又有一首在南鄭所寫的詩：

南鄭春殘信馬行，通都氣象尚崢嶸。
迷空遊絮憑陵去，曳線飛鳶跋扈鳴。
落日斷雲唐闕廢〔註5〕，淡煙芳草漢壇平〔註6〕。
猶嫌未豁胸中氣，目斷南山天際橫〔註7〕。（卷三，〈南鄭馬上作〉）

這首詩第一句以信馬行帶出他的觀點，第二句「通都氣象尚崢嶸」帶領出頷連與頸聯的氣象萬千之感，最後二句寫出他心中的豪氣，「猶嫌未豁」是自我期許，「目斷南山天際橫」更是他心中最高理想。由此可以看出陸游在南鄭有著豪壯慷慨的氣魄，因爲此地的景觀以及氛圍更使其眼界開闊。

南鄭既然是奮發激厲的好地方，因爲它是戰區，又是朝廷北進的根據地，且此地民風豪壯，更令其流連忘返。乾道九年，陸游因爲王炎調回臨安而離開南鄭，至嘉州（今四川樂山）攝知府，離開南鄭的時間不久，他的愛國雄心依然十分熾烈，作了很多愛國詩篇：

殺氣昏昏橫塞上，東并黃河開玉帳。
晝飛羽檄下列城，夜脫貂裘撫降將。
將軍櫪上汗血馬，猛士腰間虎文帳。
階前白刃明如霜，門外長戟森相向。
朔風卷地吹急雪，轉盼玉花深一丈。
誰言鐵衣冷徹骨，感義懷恩如挾纊。
腥臊窟穴一洗空，太行北嶽元無恙。
更呼斗酒作長歌，要遣天山健兒唱。（卷四，〈九月十六日夜夢駐軍河外遣使招降諸城覺而有作〉）

〔註 5〕陸游自註云：「德宗詔山南比兩京。」
〔註 6〕陸游自註云：「近郊有韓信拜大將壇。」
〔註 7〕陸游自註云：「城中望見長安南山。」

這一年實際的情況是宋人在軍事上常常敗北，金人的驍勇善戰，常使宋軍處處受挫。這首詩由於是在夢境中，因此描寫將士在沙場上，勇猛的收復太行山、恆山、河西走廊、直到天山。這首詩有振奮人心的作用，更是對苟安偷降者最大的反諷。「誰言鐵衣冷徹骨，感義懷恩如挾纊」可以看出他義無反顧的堅持。當然「更呼斗酒作長歌」在歡樂之中透顯出其樂觀激昂的情緒。但詩中又透露出另一種悲哀，因爲這是他夢境非現實狀況。下面又有一首詩，也是在嘉州所寫，極富有奇壯之氣：

我飲江樓上，闌干四面空。
手把白玉船，身游水精宮。
方我吸酒時，江山入胸中。
肺肝生崔嵬，吐出爲長虹。
欲吐輒復吞，頗畏驚兒童。
乾坤大如許，無處著此翁。
何當呼青鸞，更駕萬里風。（卷四，〈醉歌〉）

這首詩以夸飾的方式呈現，前八句想像力豐富，作者可以爲上天下海遨遊八方，以「頗畏驚兒童」作爲驚嘆之語。最後四句更是有壯闊氣勢，「乾坤大如許」、「更駕萬里風」都是陸游最浪漫的情懷表現，而「無處著此翁」以至「何當呼青鸞」是心情的轉折，使心胸開闊。心情鬱悶只能藉酒澆愁，卻使其進另一奇幻的世界，暫時抒解其悲情。在嘉州另有一首詩，氣勢亦強大：

上馬擊狂胡，下把草軍書。
二十抱此志，五十猶癯儒。
大散陳倉間，山川鬱盤紆。
勁氣鍾義士，可與共壯圖。
坡阪咸陽城，秦漢之故都。
王氣浮夕靄，宮室生春蕪。
安得從王師，汛掃迎皇輿。
黃河與函谷，四海通舟車。

士馬發燕趙，布帛來青徐。
先當迎七廟，次第畫九衢。
偏師縛可汗，傾都觀受俘。
上壽太安宮，復如正觀初。
丈夫畢此願，死與螻蟻殊。
志大浩無期，醉膽空滿軀。（卷四，〈觀大散關有感〉）

大散關在今陝西省寶雞縣西南，當時是宋金對峙之處。這首詩先寫早年已發宏願，沒想到五十歲還未完成。他觀看大散關的地圖，想像一路而上收復失土，直到長安，而且手縛敵人君主，召告人民。最後四句「丈夫畢此願，死與螻蟻殊，志大浩無期，醉膽空滿軀。」寫他的愛國志向以及他的無奈。他在嘉州是多麼苦悶，因為突然的改變，讓其直接參與戰事的美夢破滅。在南鄭的努力變成明日黃花，怎不令人氣短？由這首詩可以和他的際遇相應證。明志的方式甚多，下面一首詩是藉詠刀寫矢志報國的豪情：

黃金錯刀白玉裝，夜穿浮扉出光芒。
丈夫五十功未立，提刀獨立顧八荒。
京華結交盡奇士，意氣相期共生死。
千年史策恥無名，一片丹心抱天子。
爾來從軍天漢濱，南山曉雪玉嶙峋。
嗚呼楚雖三户能亡秦，豈有堂堂中國空無人。（卷四，〈金錯刀行〉）

戰士的生命是在戰地展現，軍裝更是戰士的精神象徵所在，陸游由「黃金錯刀白玉裝」引出大丈夫的軒昂氣概，強烈表達他的心願、壯志及旺盛戰鬥力。這首詩寫於乾道九年，陸游四十九歲，因此第三句說「丈夫五十功未立」。「丈夫」「提刀獨立顧八荒」，「結交奇士」且「意氣相期共生死」皆寫他的躊躇滿志，以及意氣風發的模樣。「千年史策恥無名，一片丹心抱天子」是他的忠君宣言。最後二句更是豪氣干雲，對復國抱有滿腔的期望，極能撼動人心，一起投入戰場。

以上四首皆是在嘉州之作，慷慨激奮，生活境域廣闊。

淳熙元年陸游在成都，只作一個閒官，心情低沉，但是在黯淡氣氛下依然有著堅強鬥志。心繫南鄭卻只能留在成都：「把酒不能飲，苦淚滴酒觴。醉酒蜀江中，和淚下荊揚。樓櫓壓溢口，山川蟠武昌。石頭與鍾阜，南望鬱蒼蒼。戈船破浪飛，鐵旗射日。胡來即送死，詎能犯金湯。汴洛我舊都，燕趙我舊疆。請書一尺檄，爲國平胡羌。（卷六，〈江上對酒作〉）這首詩前四句是寫自己情緒的激動，接著轉入激昂的寫景之中。最後四句寫其高漲的國情緒，他並沒有墜入失望之情緒之下。「胡來即送死，詎能犯金湯？」是豪氣；「讀書一尺檄，爲國平胡羌」是勇敢。可見他的熱情還未被澆息。這一年他曾到灌口廟遊覽，寫了一篇豪情萬丈的詩篇：

> 我生不識柏梁建章之宮殿，安得峨冠侍遊宴。
> 又不及身在滎陽京索間，擐甲橫戈夜酣戰。
> 胸中追隘思遠遊，泝江來倚岷山樓。
> 千年雪嶺闌邊出，萬里雲濤坐上浮。
> 禹跡茫茫始江漢，疏鑿功當九州半。
> 丈夫生世要如此，齎志空死能幾嘆。
> 白髮蕭條吹北風，手持卮酒酹江中。
> 姓名未死終磊磊，要與此江東注海。（卷六，〈登灌口廟東大樓觀岷江雪山〉）

灌口廟是供奉李冰，因李冰治水有功。這首詩先寫自己的懷抱，再寫自己的志向，表明陸游所羨慕的是能夠橫戈夜酣戰。「我生不識」「又不及」寫出無奈的心情。對於大禹的功業，更是讚嘆不已。最後寫出一些感嘆，「齎志空死」是他不願意的，「姓名未死終磊磊，要與此江東注海。」是他內在的自白，氣宇軒昂。前人的事蹟足以撼人心胸，陸游以李冰、大禹爲精神之依歸，就好像文天祥在〈正氣歌〉以晉太史等十二先賢事蹟鼓舞自己，戰勝被囚之身心的煎熬。

他的豪情亦在寫書法之中表現，草書是其最擅長的書體，曾自云：「草書學張顛，行書學楊素。」〔註8〕我們從下面這首詩歌可觀察

〔註 8〕張顛就是盛唐張旭，楊風就是晚唐楊凝式。張旭因爲好酒嗜書，每

其用心所在：

胸中磊落藏五兵，欲試無路空崢嶸。
酒爲旗鼓筆刀槊，勢從天落銀河傾。
端溪石池濃作墨，燭光相射飛縱橫。
須臾收卷復把酒，如見萬里煙塵清。
丈夫身在要有立，逆虜運盡行當平。
何時夜出五原塞，不聞人語聞鞭聲。（卷七，〈題醉中所作草書卷後〉）

這首詩寫於淳熙三年，詩的開頭說明他擁有統御軍隊的能力，卻無殺敵機會，所以在書法中透露出來。「須臾收卷復把酒，如見萬里煙塵清」描寫他志得意滿的心情。最後四句直接說出他的志願，「不聞人語聞鞭聲」更是一種期望。書法家的人格特質及作爲皆可在書法之中觀看到，陸游的草書無遺是其飛揚生命的表徵。這一年又因晏飲頹放罷官，但依然居成都奉祠，陸游一病就二十幾天，大病初愈寫了一首詩：「病骨支離紗帽寬，孤臣萬里客江干。位卑未敢忘憂國，事定猶須待闔棺。天地神靈扶廟社，京華父老望和鑾。出師一表通今古，夜半挑燈更細看。（卷七，〈病起感懷〉）從這首詩可以看出其在病中依然懷抱雄心壯志，表達自己復國的決心。首聯先寫自己作客異鄉生了病，身體羸弱，頷聯轉寫他到死不敢忘記憂國，頸聯寫強大的決心，尾聯「出師一表通今古，夜半挑燈更細看」以諸葛亮爲精神依歸。由這首詩可以明瞭他是一個有遠大志向的知識分子，在病中依然有所自期。隔年他還是在四川，時而有飛揚的想法：

丈夫不虛生世間，本意滅虜收河山。
豈知蹭蹬不稱意，八年梁益凋朱顏。
三更撫枕忽大叫，夢中奪得松亭圖。

大醉輒呼叫狂走，索筆揮灑，甚且以頭濡墨而書，時稱「張顛」。楊凝式嘗居洛陽十年，凡佛寺牆壁皆題記殆遍，其書縱放不羈，人以爲狂，時呼「楊風子」。又朱熹曾讚美陸游的筆札：「務觀筆札精妙，意致高遠。」陸游的尺牘應是其作品最佳者。故宮所藏宋人墨跡，有尺牘多件。

中原機會嗟屢失，明日茵席留餘潸。
益州官樓酒如海，我來解旗論日買。
酒酣博塞爲歡娛，信手梟盧喝成采。
牛背爛爛電目光，狂殺自謂元非狂。
故都九廟臣敢忘？祖宗神靈在帝旁。（卷八，〈樓上醉書〉）

這首詩一開頭就說出他的志願，只是天不從人願，在梁（陝西）益（四川）待了八年，接著抒發情意，爲何復國失敗？接著描寫益州激昂的生活。最後二句向宋代列祖列宗提出誓言，不忘故都。因爲不如意，「夢中奪得松亭圖」，現實卻不是如此，所以他自許「故都九廟臣敢忘？祖宗神靈在帝旁」，念念不忘復國。在夢境中我們還是可以感受到他的豪情以及浪漫的情懷。

在四川將近十年光陰，淳熙五年終於東歸江南，但是他的愛國情懷依然佔據他的生活重心：

我行江郊莫猶進，大雪塞空迷遠近。
壯哉組練從天來，人間有此堂堂陣。
少年頗愛軍中樂，跌宕不耐微官縛。
憑鞍寓目一悵然，思爲君王掃河洛。
夜聽簌簌窗紙鳴，恰似鐵馬相磨聲。
起傾斗酒歌出塞，彈壓胸中十萬兵。（卷十一，〈弋陽道中遇大雪〉）

淳熙六年，陸游經過弋陽，在雪地之中聯想起少年之爲國家掃平河洛情景。這首詩的前半部是以回憶作爲主軸。「壯哉組練從天來，人間有此堂堂陣。」大雪也可以聯想成大軍，陸游眞是處處不忘復國。最後四句以窗紙鳴如鐵馬相磨聲，胸中似有十萬兵的激情。情感可因景物而牽動，也可由景物而聯想，可見其內心所繫之處，處處皆可牽引。因爲現實和夢境相差甚遠，「作夢」依然是現實生活當中極其悲涼又荒謬的一環：

孤雲兩角不可行，望雲九井不可渡。
嶓冢之山高插天，漢水滔滔日東去。
高皇試劍石爲分，草沒苔封猶故處。

將壇坡陀過千載，中野疑有神物護。
我時在幕府，來往無晨暮。
夜宿沔陽驛，朝飯長木鋪。
雪中痛飲百榼空，蹴踏山林伐孤兔。
耽耽北山虎，食人不知數。
孤兒寡婦讎不報，日落風生行旅懼。
我聞投袂起，大呼聞百步。
奮戈直前虎人立，吼裂蒼崖寫如注。
從騎三十皆秦人，面青氣奪空相顧。
國家未發渡遼師，落魄人間傍行路。
對花把酒學醞藉，空辱諸公誦詩句。
即今衰病臥在床，振臂猶思備征戍。
南人孰謂不知兵，昔者亡秦楚三户。(卷十四，〈十月二十六日夜夢行南鄭到中既覺恍然攬筆作此詩時且五鼓矣〉)

這首詩是寫他在南鄭觀虎獵虎的經過，寫得神態畢現，令人動容。從者三十人之驚悚貌，是獵虎最驚心動魄的旁白。而今卻是衰病臥床，猶想備征戍。最後詩句歸結到自己雄心壯志「南人孰謂不知兵，昔者亡秦楚三戶」，可以說是自我肯定，展現出陸游的戰鬥性。陸游在獵虎的過程之中，是一種飛揚生命的展現，更是一種剛強生命的實現。這首詩以雜言方式創作，不為字句所拘，也呈現陸游的豪氣所在。音節錯落頓挫，最後二句更以雷霆萬鈞之勢誇下海口，這是他最雄肆的宣告。有時陸游的愛國志向是用另一種方式來表現，顯得極為浪漫：

吾聞開闢來，白日行長空。
扶桑誰曾到，崦嵫不可窮。
但見旦旦升天東，但見暮暮入地中。
使我倏忽成老翁，鏡裡衰鬢成霜蓬。
我願一日一百二十刻，我願一生一千二百歲。
四海諸公常在座，綠酒金樽終日醉。
高樓錦繡中天開，樂作畫鼓如春雷。
勸爾白日無西頹，常行九十萬里胡為哉。(卷十三，〈日出入行〉)

這首詩以歌行方式寫他的願望，希望其個人的壽命極為綿長，四海的朋友一起喝酒，過著快樂的日子。這首詩寫於淳熙八年，此時的他住在山陰，但是豪氣未曾減損，雖然也感嘆時間流逝，從鏡中驚覺自己已成老翁。詩中所言皆非現實可達，卻使這首詩的奇幻以及浪漫情懷呈現出來。陸游在紹興年間人稱「小李白」，由這首詩可觀其浪漫式的呈現，又和杜甫的「安得廣廈千萬間，大庇天下寒士俱歡顏，風雨不動安如山。」〔註 9〕一樣具有高超遠大的理想。

我們可以看出以七言歌行表達其愛國志向，在抑揚頓挫的聲情之中，高揚的表達其豪情壯志。七言歌行本就是音節多變化，可以換韻增加跌宕之氣勢。

奉祠在山陰的日子，雖然是悠閒的，但心繫復國，因此發而為詩篇更呈現一種豪情之外的悲壯感，有時是感嘆無法立刻報效國家，有時是希望如諸葛亮獻身國家，有時是對遺民的嘆息，有時是面對美景卻想起復國之事。下面一首有名的詩歌〈夜泊水村〉有著為國犧牲的決心：

> 腰間羽劍久凋零，太息燕然未勒銘。
> 老子猶堪絕大漠，諸君何至泣新亭。
> 一身報國有萬死，雙鬢向人無再青。
> 記取江湖泊船處，臥聞新雁落寒汀。（卷十四，〈夜泊水村〉）

這首詩寫於淳熙九年，時陸游五十八歲主管成都府玉局觀，奉祠居家。前面八句寫自己腰間羽箭久凋零，但是胡虜未滅。年紀雖已老，但還能橫度大漠，不需要灰心喪志。一身報國不怕犧牲，可惜「雙鬢向人無再青」，歲月不饒人。最後二句寫他深沉悲哀，躺在船上，聽見北方來的鴻雁落在寒冷的沙洲上。陸游一心想復國，可惜他的心願無法達成。這首詩一方面說出自己的感慨，另一方面委婉表達自己的想望，一直一曲的寫法使讀者情緒跟著起伏。回頭看年輕的自己，不免惆悵，但他的心志卻未跟著消沉，復國之心願依舊燃燒著。和他

〔註 9〕見杜甫〈茅屋為秋風所破歌〉。

〈訴衷情〉所說的：「此身誰料，心在天山，身老滄州」的矛盾心情是一樣的。過了四年，淳熙十三年的春天面對鏡中的自己，感觸良多，寫出一篇千古名篇：

早歲那知世事艱，中原北望氣如山。
樓船夜雪瓜洲渡，鐵馬秋風大散關。
塞上長城空自許，鏡中衰病已先斑。
出師一表眞名世，千載誰堪伯仲間。（卷十七，〈書憤〉）

這首詩前四句寫年輕時經歷鎮江及南鄭的軍中生活，那知世事艱辛，滿懷著收復故土的希望，氣勢如山。樓船夜雪瓜州渡是寫隆興元年張浚往來於建康鎮江之間，軍容壯大；「鐵馬秋風大散關」是乾道八年，王炎任四川宣撫使，積極布署恢復中原之軍事。五六句寫他的悲哀，心願未了，鬢髮已斑。最後二句藉著讚揚諸葛亮，表達自己的愛國決心。這首詩八句渾成一氣，清人李慈銘認爲這首詩：「全首渾成，風格高健，置之老杜集中，毫無愧色。」〔註10〕可惜此願望一直只有在夢中見，紹熙三年，陸游六十八歲，又寫出最沉痛的呼喊：「三萬里河東入海，五千仞岳上摩天。遺民淚盡胡塵裡，南望王師又一年。（卷二十五，〈秋夜將曉，出籬門有感〉這首詩前二句寫氣勢壯闊的景色，「三萬里」「五千仞」對仗工整而且氣魄大。最後二句寫遺民之淚、復國希望又往後延宕，更有無限的感慨。「遺民」、「又一年」呈現其最深切又無奈的心情，極爲沉痛。這首詩和范成大的〈州橋〉：「周橋南北是天街，父老年年等駕回。忍淚失聲詢使者，幾時眞有六軍來。」〔註11〕都是沉痛之吶喊。他時時不忘復國大業，就連描寫暮春景色的詩篇，也抒發愛國之高亢情緒，有一首〈暮春〉〔註12〕寫於慶元二年

〔註10〕見李慈銘《越縵堂詩話》。清人紀曉嵐言：「此種詩是放翁不可磨處。集中有此，如屋有柱，如人有骨。」都是肯定其剛健之風。

〔註11〕這首州橋是范成大充金國祈請國信使，出使至金國，回國所寫的，爲人所傳誦。

〔註12〕「數間茅屋鏡湖濱，萬卷藏書不救貧。燕去燕來還過日，花開花落即經春。開編喜見平生友，照水驚非囊歲人。自笑滅胡心尚在，憑高慷慨欲忘身。（卷三十五）

就是寫壯志。這一首詩的前六句是寫暮之景，一片悠閒之情味，描寫度過悠悠歲月的淡淡哀愁，七八句卻轉寫「自笑滅胡心尚在，憑高慷慨欲忘身」，慷慨提出自己的想法，寶刀未老，期許自己慷慨報國。此時創作的他已七十三歲，豪氣未減。

他一輩子的思想重心就是復國，連其臨死前所寫的〈示兒〉詩：「死去元知萬事空，但悲不見九州同，王師北定中原日，家祭不忘告乃翁」都是最深刻的期盼。他的「堅持」要完成復國大業，使其一生的標幟極為鮮明生動。

陸游的詩篇內涵豐富，尤以此類的詩篇最能撼人心絃。其它如〈大將出師歌〉（卷十一）、〈大雪歌〉（卷九）、〈和高子長參議到中兩絕〉（卷三）、〈十一月四日風雨大作〉（卷二十六）、〈胡無人〉（卷四）亦是表達愛國情緒的傑出作品，陸游以他內在眞誠的聲音去感動人心。愛國思想到老依然不減，是極為難得的堅持。這些愛國詩篇的氣度和杜甫相較而言，杜甫有著悲天憫人的胸懷但未親自投身戰役，陸游認為眞正投入戰爭才是愛國心的實踐。陸游其實是有一顆浪漫的心，不計後果為著他的理想去奮鬥。趙翼說：「其詩之言恢復者，十之五六。出蜀以後，猶十之三四。至七十以後，正值開禧用兵，放翁方治東籬，日吟詠其間，不復論兵事。」〔註13〕道出陸游一生之中對復國大業投注很大的心力，作品就是他的內在心志的展現。近人顧隨說：「放翁雖志在恢復功名，而有時也頗似小孩子可愛。」〔註14〕所言甚是，因為他是一個忠於自己情感的人。創作的主體就是其生命情境關注的主體，所謂「詩如其人」，就是陸游最佳寫照。

梁啓超說陸游是「亙古男兒一放翁」〔註15〕，是直透到其最重要的生命本質去觀看，是對陸游很恰當評價。

〔註13〕《甌北詩話》卷六，臺北木鐸出版社出版。

〔註14〕參見《顧羨季先生詩詞講記》180頁，臺北桂冠圖書公司出版。

〔註15〕梁啓超《飲冰室文集・讀陸放翁集》有言：「詩界千年靡靡風，兵魂銷盡國魂空，集中什九從軍樂，亙古男兒一放翁。」

第二節　「客枕夢遊何處所，梁州西北上危臺」——懷念南鄭夢迴蜀州

陸游的愛國情緒經過南鄭軍旅生活之後，成爲他永遠的懷念。因爲在南鄭他的視野變廣，愛國情緒最高漲。經過歲月的洗禮，南鄭的情境有時還出現在夢中，因爲在現實之中無法實現，只好寄託於夢，聊以自慰。〔註16〕先看下面這首詩：

前年膾鯨東海上，白浪如山寄豪壯。
去年射虎南山秋，夜歸急雪滿貂裘。
今年摧穨最堪笑，華髮蒼顏羞自照。
誰知得酒尚能狂，脫帽向人時大叫。
逆胡未滅心不平，孤劍床頭鏗有聲。
破驛夢回燈欲死，打窗風雨正三更。（卷三，〈三月十七日夜醉中作〉）

乾道九年，陸游代理蜀州通判，有公事返回成都，作了這首詩。他回想前年到過東海，豪邁壯闊，去年到過南鄭，南鄭的生活是「射虎南山秋」「夜歸急雪滿貂裘」，生活極有意義。而今年卻在這破驛之中，度過淒風苦雨的夜晚。五六七八句寫他沉痛之悲，更寫出他的不平，極爲鏗鏘有聲。可見他對南鄭生活很懷念，同時亦反照現在的落寞。數年後夢魂依舊繞著南鄭旋轉，淳熙四年陸游奉祠在成都，心情苦悶，懷念著南鄭的生活：「幅巾藜杖花城頭，卷地西風滿眼愁。一點烽傳散關信，兩行雁帶杜陵秋。山河興廢供搔首，身世安危入倚樓。橫槊賦詩非復昔，夢魂獨繞古梁州。」（卷八，〈秋晚登城北門〉）這

〔註16〕趙翼統計紀夢詩有九十九首，趙翼說：「人生安得有如許夢，此必有詩無題，遂托之於夢耳。心閒則易觸發，而紛緒紛來；時暇則易琢磨，而微疵盡去。此其詩之易工也。」見《甌北詩話》卷六，臺北木鐸出版社出版。據黃益元〈詩人的夢和夢中的詩人—陸游紀夢詩解析〉所論陸游的紀夢詩有一百五十八首，詩題未現而詩句中出現「夢」的，有七百七十餘處。兩者合計更有九百三十首，占了全部詩作的十分之一。黃氏並把陸游的夢分爲中原之夢、劍南之夢、故鄉之夢、塵外之夢。（《國文天地》8卷10期）紀夢詩是陸游的心靈的出口。

首詩寫於淳熙四年，以登城來表達對南鄭的懷念，三四句是想像和現實的交錯，五六句寫出他的感嘆，他對國家有很深的關切，七八句更明白寫出他心繫梁州。陸游眼見西風而滿懷感觸，今昔已有別，但繫念卻未曾變。由「夢魂獨繞古梁州」可見其心之所繫。淳熙五年，陸游離開蜀州，孝宗任命其爲福建常平茶鹽公事，在未到任之前，暫回山陰休息。在現實與理想無法平衡之下，有時「作夢」又是一種心靈的寄托。下面這首詩描寫夢迴南鄭快意的生活：

從軍昔宿南山邊，傳烽直照東駱谷。
軍中罷戰壯士閒，細草平郊恣馳逐。
洮州駿馬金絡頭，梁州毬場日打球。
玉杯傳酒和鹿血，女眞降虜彈箜篌。
大呼拔幟思野戰，殺氣當年赤浮面。
南遊蜀道已低摧，猶據胡床飛百箭。
豈知蹭蹬還江邊，病臂不復能開弦。
夜聞雁聲起太息，來時應過桑乾磧。（卷十，〈冬夜聞雁有感〉）

這首詩前六句寫南鄭的生活，是北方戰地十分豪氣的畫面。尤以「玉杯傳酒和鹿血，女眞降虜彈箜篌」可媲美岳飛〈滿江紅〉之「壯志飢餐胡虜肉，笑談渴飲匈奴血」的豪氣。最後四句寫出自己的體弱之無奈，而以夜聞雁聲想像已過桑乾磧作結。雁可飛離桑乾磧，宋朝軍隊可能進攻到桑乾磧〔註17〕？聞雁卻讓他想起過去在南鄭生活，所觸動的是最內在的惆悵。再看同時的另一篇作品：

釣魚東去掠新塘，船笮篷低露篛香。
十里澄波明日石，五更殘月伴清霜。
飄飄楓葉何時下，嫋嫋菱歌盡意長。
誰信梁州當日事，鐵衣寒枕綠沉槍。（卷十，〈冬夜泛舟有懷山南戎幕〉）

這首詩以冬夜景色的清涼引發出悠長的情意，三四句是對仗優美的佳

〔註17〕桑乾河又名永定河，在今河北省。因爲冬天水淺石現，所以稱爲桑乾磧。

句，最後二句轉入以前梁州的生活方式「鐵衣寒枕綠沉槍」，更襯托出陸游心之所嚮，以及久久不能忘懷之處。整首詩顯得情意深長。夢迴南鄭，他又魂牽夢繫在成都的生活：

春風小陌錦城西，翠箔珠連客欲迷。
下盡牙籌閑縱博，刻殘畫燭戲分題。
紫氍毹暖帳中醉，紅叱撥驕花外嘶。
孤夢淒涼身萬里，令人憎殺五更雞。（卷十，〈夢至成都悵然有作〉）

這首詩前六句寫成都的生活，是飲酒作樂、放縱豪放，有歌伎、賭博、猜謎、喝酒、大聲狂吼的恣意。最後二句寫如今「孤夢淒涼身晚里」，討厭雞啼催人夢醒。前六句和後二句的對比更顯得淒涼及惆悵，夢醒已不堪，再一回味更添愁緒。陸游在成都的生活據說是很放逸，所以同儕多有批評，他也自號爲「放翁」，由這首詩之敘述可見一二。隔年（淳熙六年）陸游在福建任福建常平茶鹽公事，這個工作讓他有志難伸，以爲官職不足以發揮長才，所以他時常憶起在南鄭的時光：

貂酋寶馬梁州日，盤槊橫戈一日雄。
怒虎吼山爭雪刃，驚鴻出塞避鵰弓。
朝陪策畫清油裡，暮醉笙歌錦幄中。
老去據鞍猶矍鑠，君王何日伐遼東。（卷十一，〈憶山南〉）

南鄭的生活是活潑有力的，是寶馬、兵器，以及殺虎驚鴻的豪氣生活。最重要是早晨陪著主帥策畫軍事，晚上是醉在笙歌與錦幄之中。前六句回憶南鄭生活，最後二句寫出他的心聲，依然想上馬殺敵。南鄭戰地生活，有著邊塞之豪情，更有親自謀畫的參與感。「貂酋寶馬」，「盤槊橫戈」，「怒虎吼山」、「驚鴻出塞」都是邊塞之景象，「朝陪策畫清油裡，暮醉笙歌錦幄中」更是豐富多姿的生活樣貌。整首詩就以戰地風光交織出其懷念的美麗景象，極爲動人。

「蟬」自古是文人之所愛，文人常以蟬自喻。如唐人駱賓王〈在獄詠蟬〉：「西陸蟬聲唱，南冠客思深。不堪玄鬢影，來對白頭吟。露重飛難進，風多響易沉。無人信高潔，誰爲表予心。」李商隱〈蟬〉：

「本以高難飽，徒勞恨費聲。五更疏欲斷，一樹碧無情。薄宦梗猶泛，故園蕪已平。煩君最相警，我亦舉家清。」皆以蟬暗喻自己之清高。淳熙八年，陸游奉祠在家，心情鬱悶，聽到蟬聲而有很多感慨：

昔在南鄭時，送客褒谷口。
金羈叱撥駒，玉碗蒲萄酒。
醉歸涉漾水，鳴蟬在高柳。
回鞭指秦中，所懼壯心負。
人生豈易料，蹭蹬十年後。
蟬聲況如昔，而我已白首。
逆胡亡形具，輿地淪陷久。
豈無好少年，共取印如斗。（卷十三，〈聞蟬思南鄭〉）

前八句寫在南鄭的生活，騎良馬、喝葡萄酒，一心想要恢復中原。接著轉入淒涼的心情，十年之後，蟬聲依舊，人已白首。最後四句寫他沉痛之感嘆，中原淪陷已久，應有少年可以建立功名。蟬聲依舊，但昔日對照現在的我已有不同。這首詩前半是對南鄭生活躍動式的描寫，後半是抒懷，但依然是戰鬥力強。這年的冬天，他又回憶起荊州之舊遊：

書劍萬里行翩翩，度關登隴常慨然。
射麋雲夢最樂事，至今曠快思楚天。
落筆千言不加點，班荊百榼命割鮮。
有時憑陵呼五白，笑人辛苦作太玄。
君不見將軍昔忍胯下辱，京兆晚爲人所憐。
功名富貴自古只如此，不如馳射樂飲終殘年。（卷十四，〈憶荊州舊遊〉）

這首詩依然是先描寫舊時的生活，再寫出他的感慨。他喜歡的是快意的生活方式，讓生命自由的揮灑自在，「落筆千言不加點，班荊百榼命割鮮」「有時憑陵呼五白，笑人辛苦作太玄」。最後四句更是瀟灑放逸，馳射樂飲比功名富貴更有益處。這是陸游另一方面的生命呈現。荊州的生活的豪放深植他心，久久不能忘懷。再看下面一首詩是憶起舊日朋友，心情的落差更大：

四客聯轡來，我醉久不知。
倒衣出迎客，媿謝前致辭。
客意極疏豁，大笑軒鬚眉。
禮豈爲我設，度外以相期。
袞袞吐雄辯，泠泠誦新詩。
共言百酒壺，掃地臨前墀。
意氣相顧喜，忽如少年時。
老雞不解事，喚覺空嗟咨。
涉世四十年，賢雋常追隨。
爾來風俗壞，動脚墮險巇。
森然義府刀，誰爲叔度陂。
起作四客篇，捕影吾其癡。（卷十七，〈十月四日夜記夢〉）

這首詩記夢境，朋友來訪，他熱誠歡迎，客人極疏豁，雙方「袞袞吐雄辯，泠泠誦新詩」。正當「意氣相顧喜」，一聲雞啼喚回現實。接著寫他的感嘆。如今的朋友相交，沒有這麼有義氣，只有他還是對朋友之情誼非常重視。他在家幾年，人情冷暖有很深的體會，可貴的是他還是堅持自己所相信的，也就是他說的「癡」。隔年，他又寫了一首懷念南鄭的詩：

憶從播家涉南沮，笳鼓聲酣醉膽麤。
投筆書生古來有，從軍樂事世間無。
秋風逐虎花叱撥，夜雪射熊金僕姑。
白首功名元未晚，笑人四十嘆頭顱。（卷十七，〈獨酌有懷南鄭〉）

這首詩前六句寫南鄭的生活，他強調這種生活的快樂，「秋風逐虎花叱撥，夜雪射熊金僕姑」是多麼豪氣的一件事。末二句是他的告白，對功名依然抱著希望，雄心依然未減。

淳熙十三年，陸游乞再仕，孝宗命其知嚴州，赴任之前，曾至臨安面見孝宗，因爲離赴任時間還早，他又在臨安停留一陣子。之後又回山陰休息，一夜作夢後，他寫了兩首詩：

身居庵居老病僧，罷參不復繫行縢。
夢中忽在三泉驛，庭樹鳴梟鬼弄燈。

客枕夢遊何處所，梁州西北上危臺。

雪雲不隔平安火，一點遙從駱谷來。(卷十八，〈頻夜夢至南鄭小益之間慨然感懷〉)

這兩首詩寫他對南鄭之懷念，好幾個晚上作夢回南鄭，夢中不是凱旋而歸，戰火依然蔓延。日有所思夜有所夢，他的夢境代表其心中所掛念的。淳熙十五年七月，陸游嚴州任滿，回到山陰，這一年冬天心情極為低沉，因為聽到號角聲：

嫋嫋清笳入雪雲，白頭老守臥中軍。

自憐到死懷遺恨，不向居延塞外聞。

憶在梁州夜雪深，落梅聲裡玉關心。

山城老去功名忤，臥對寒燈淚滿襟。(卷十九，〈冬夜聞角聲〉)

這兩首詩寫他的懷念，以及他的憾恨，懷念的是過去在梁州想要收復失土的心，遺恨的是年華老去，心願未達成。因為聞角聲而憶起過往，回憶不是完全美好的，卻能對顯出自己現在不堪的現況。「山城老去功名忤」是憾恨；「臥對寒燈淚滿襟」是悲情。似乎年歲漸暮，憶舊遊的心情更加深沉，南鄭景象一舊清晰，歷歷在目，但情緒卻惆悵不已：

南山南畔昔從戎，賓主相期意氣中。

渴驥奔時書滿壁，餓鴟鳴處箭凌風。

千艘粟漕魚關北，一點烽傳駱谷東。

惆悵壯遊成昨夢，戴公亭下伴漁翁。(卷二十三，〈憶南鄭舊遊〉)

在南鄭的生活是「賓主相期意氣中」，主客相處非常愉快。而生活就是豪情的題詩、射箭，甚至就是布署戰備，等待戰爭的來到。而今成為一場夢，只能閒居過著伴漁翁的生活。「惆悵壯遊成昨夢，戴公亭下伴漁翁」是無奈更是生命不得不的轉折。反覆思念南鄭，是其日常生活的部分狀況：「我昔在南鄭，夜過東駱谷。平川月如霜，萬馬皆露宿。思從六月師，關輔談笑復。那知二十年，秋風枯苜蓿。」（卷三十，〈夏夜〉之二）在南鄭的生活是有目標的，雖然「萬馬皆露宿」，但是「關輔談笑復」，心情是愉快的，有希望的。如今二十年過去，獨留惆悵。「那知」隱含現實和理想的破裂。另一首慶元四年寫的詩也是寫夜晚的情景：「夜涉南沮水，朝過小益城。梯山天一握，度棧土微平。雨近秦雲暗，霜高隴月明。至今孤夢裡，喝馬有遺聲。〔註18〕」（卷三十七，〈感舊〉之一）回想在南鄭的生活是繁忙的，行軍當中，所見的是秦地特殊的景致，而今只有在夢中才聽得到喝馬之聲。七十四歲的他依然對南鄭有一分深厚的情感，一觸動自己易感的心，只能在夢中聊以自慰。對照以上夏夜和感舊二首五言詩，極有追憶之淒美意味，南鄭特殊景色卻是永遠回不去只能在夢中相見，其用五言詩，寫得平淡而有味。

陸游自從進入四川及南鄭之後，生活經驗增多，心境也不同。離開蜀州之後，「梁」（南鄭）「益」（蜀州）就變成他一個永遠的夢。反覆作夢是一種痛苦的事情，卻也是一種宣洩，可知陸游對蜀州及南鄭的生活一直很難忘懷。透過夢境及追思讓這段生活美化，甚至自我英雄化，對比出現在的落寞心情以及表現其壯心仍舊在的無奈。〔註19〕他還懷念的是那段豪氣放縱的生活，乃是生活飛揚的時期，更是一段永遠無法圓的夢。這當中是虛實相合，增加一分悲劇性。〔註20〕今人葉嘉瑩認為與南鄭生活相結合的報國雄心與未酬之壯志，可以說是陸游的平生的一個重要的「情意結」。〔註21〕

〔註18〕陸游自註云：「喝馬皆七字韻語，聞之悲愴動人。」

〔註19〕陸游使南鄭生活多了一些英雄式想像，他在卷四〈聞虜亂有感〉、卷十四〈十月二十六夜夢行南鄭道中〉、卷二十六〈病起〉、卷二十八〈懷昔〉、卷三十八〈三山杜門作歌〉第三首皆提及其射虎經過，或說箭射，或說劍刺，或說血濺白袍，或說血濺貂裘，或說在秋，或說在冬。但卷一〈畏虎〉：「心寒道上跡，魄碎茆葉低。常恐不自免，一死均豬雞。」卷二〈上巳臨川道中〉：「平生怕路如怕虎。」二者之間有矛盾之處。連清人曹貞吉也說：「一般不信先生處，學射山頭射虎時」（〈讀陸放翁詩偶題〉）五首之三）筆者認為其把南鄭生活誇張化，但不能斷言其不曾射過虎。

〔註20〕比較於王維的〈觀獵〉：「風勁角弓鳴，將軍獵渭城。草枯鷹眼疾，雪盡馬蹄輕。忽過新豐市，還歸細柳營。回看射鵰處，千里暮雲平。」也寫邊塞風光，陸游多一分殺敵的霸氣，或是一分沉鬱之感。

〔註21〕葉嘉瑩認為，這一份情意，不只是詩集中的最重要的一份情意，也

懷念南鄭的生活以及成都的舊遊，可以說是他心中永遠的痛，時時縈繞。這不只是代表他的豪情壯志未減，愛國心依然熾熱，甚至是自我的實現，以及浪漫精神的建立及重築。陸游對於戰場的嚮往不只是愛國心的表現，更是自我實現的一項宣告。〔註 22〕此種自我實現就如唐人之邊塞情懷，由戰爭之中得到人生的價值所在。〔註 23〕意氣風發的生活是需要客觀環境的配合，一旦客觀環境改變，理性以為只有默默接受，感情上卻不能平衡，懷念以及作夢是一種精神的補償，也可以反映出另一種逃避現實的心理層面。

第三節　「夜窗剩欲挑燈語，日暮柴門望汝歸」——愛子情切諄諄教誨

歷代詩人有以兒女為題材的作品，但是不如陸游的作品多。〔註 24〕陸游中年之前在詩篇中很少論及他的兒子，等到陸游眞正奉祠回山陰〔註 25〕，兒子變成他生活的重心之一，時常在詩歌當中流露眞情，情意殷切：

成了他的詞作中的一份重要情意。參考《靈谿詞說・論陸游詞》，臺北國文天地出版社出版。

〔註 22〕弗洛伊德在《夢的解析》認為夢是「願望的達成」，夢和人的欲望、意念、心理有關。而一旦願望之達成，有所偽裝或難以認出，必表示夢者本身對此願望有所顧忌，而因此使這願望只得以另一種改裝的形式表達之。參考《夢的解析》（賴其萬等譯）第三章第四章。臺北志文出版社出版。

〔註 23〕如岑參的〈走馬川行奉送封大夫出師西征〉（君不見走馬行雪海邊）、〈白雪歌送五判官歸京〉（北風捲地白草折）皆以戰爭為人生追求的價值所在。

〔註 24〕如左思有〈嬌女詩〉，陶淵明有〈責子〉詩，李白有〈寄東魯二稚子〉，杜甫有〈北征〉，李商隱〈驕兒詩〉都是表達出父親對子女的關心、愛護。約略估計陸游以兒孫為題材的作品有二三百首。

〔註 25〕考察《劍南詩稿》，第一首描寫其子的詩是卷一的〈喜小兒輩到行在〉，當時陸游在臨安（紹興三十二年）。陸游的仕途浮沉，眞正的奉祠在家從此不再作官，是在紹熙元年其六十六歲時，由這一年開始寫父子親情的詩篇陸續出現。

好學承家夙所奇，蠹編殘簡共娛嬉。

一婚倘事吾無累，〔註26〕三釜雖微汝有期。〔註27〕

聿弟元知是難弟，德兒稍長豈常兒。

要令舟過三山者，弦誦常聞夜艾時。（卷四十八，〈示子虡〉）

這首詩寫於陸游七十七歲，他除了擔心兒子們的日常生活，也關心他們的終身大事，把有關兒子的事情一件一件數來，平實而動人。陸游對於兒子們要出門更是依依不捨，流露出父愛中柔性的一面：

憶昔初登下峽船，一回望汝一淒然。

夢魂南北略萬里，人世短長無百年。

強遣老懷終兀兀，忽聞歸騎已翩翩。

今朝屈指無窮喜，歷盡江山近日邊。（卷四十五，〈計子布歸程已過新安入畿縣界〉）

子布是他的五子，陸游五十歲子布才出生。子布有要事出遠門，嘉泰元年春回家鄉。〔註28〕還沒到家，陸游已經惦念著。這首詩一方面感嘆自己的衰老，一方面流露出對兒子的情感，深刻而感人。等到子布快到家時，陸游親自去迎接。又寫了一首詩，其中二句寫他興奮的心情「草草杯盤更起舞，匆匆刀尺旋裁衣。」最後又寫出平凡眞實感受「從今父子茅簷下，回首人間萬事非。」〔註29〕另有一首送次子子龍的詩，更見其再三叮囑：

我老汝遠行，知汝非得已。

駕言當送汝，揮涕不能止。

人誰樂離別，坐貧至於此。

汝行犯胥濤，次第過彭蠡。

〔註26〕陸游自註云：「吾今年爲一子自蜀歸者聘婦，無復婚嫁之責。」此子就是陸游的五子子布，幼子子聿比五子早結婚。陸游對於兒子的終身大事勞心，在詩中可見其爲人父的心情，在這一類題裁上環視歷代詩人應是相當特殊的。

〔註27〕陸游自註云：「子虡明當赴句金。」

〔註28〕子布是補從仕郎，約略於慶元二年赴任，於慶元六年冬回鄉至嘉態元年春回到家。《山陰陸氏家譜》記載：「子布，字思遠，又字英孫，行年四十一。」

〔註29〕參見詩稿卷四十五，〈三月十六日至柯橋迎子布東還〉。

波橫吞舟魚，林嘯獨腳鬼。
野飯何店炊，孤櫂何岸艤。
判司比唐時，猶幸免笞箠。
庭參亦何辱，負職乃可恥。
汝爲吉州吏，但飲吉州水。
一錢亦分明，誰能肆讒毀。
聚俸嫁阿惜，擇士教元禮。
我食自可營，勿用念甘旨。
衣穿聽露肘，履破從見指。
出門雖被嘲，歸舍卻睡美。
益公名位重，凜若喬嶽峙。
汝以通家故，或許望燕几。
得見已足榮，切勿有所啓。
又若楊誠齋，清介世莫比。
一聞俗人言，三日歸洗耳。
汝但問起居，餘事勿掛齒。
希周有世好，敬叔乃鄉里，
豈惟能文辭，實亦堅操履。
相從勉講學，事業在積累。
仁義本何常，蹈之則君子。
汝去三年歸，我儻未即死。
江中有鯉魚，頻寄書一紙。(卷五十，〈送子龍赴吉州掾〉)

這首詩寫出一個父親對於兒子的叮嚀及情感，兒子要遠行，「揮淚不能止」心中除了不捨，更忘不了加一些囑咐，希望他的仕途能夠順利，公私分明不能貪求，而且「聚俸嫁阿惜，擇士教元禮」，悉心安排兒孫的未來。最後希望子龍一去三年能夠寫信回家。詩中叮嚀子龍去拜訪他的老友周必大（益公）和楊萬里（誠齋），「切勿有所啓」不可以有什麼需求。要跟友人們共勉仁義，積累事業。由此叮嚀更可以看出陸游苦口婆心，慈祥的面貌。詩中所傳達的是一位父親的深刻情意、細膩心思。

陸游對於兒子要遠行，情感表達極感人，可能是年歲漸老，熱情的心變溫暖，情感多一分不捨。其對長子子虞以及幼子子聿特別關注，比如〈送子虞赴金壇丞〉：

與汝爲父子，忽逾五十年。
平生知幾別，此別亦酸然。
念汝髮亦白，執手河橋邊。
西行過臨平，想汝小繫船。
悠悠陽羨路，渺渺雲陽川。
京江昔所遊，想像在目前。
今茲兩使君，幸有宿昔緣。
汝雖登門晚，世好亦牽聯。
顧於賞罰間，其肯爲汝偏。
夙夜佐而長，努力忘食眠。
醇如新豐酒，清若鶴林泉。
棠宜使可愛，蒲正不須鞭。（卷五十二）

子虞是陸游的長子，嘉泰二年子虞赴金壇爲官，陸游一開頭就說「與汝爲父子，忽逾五十年。平生知幾別，此別亦酸然。」可見七十八歲的父親面對五十歲的兒子，還是依依不捨。接著寫他送別的情景，亦步亦趨，並且已遠去，還在腦中縈迴。最後不忘叮嚀子虞要珍惜朋友之情誼。陸游這首詩寫來情感細膩動人。另有〈送子虞吳門之行〉、〈送子遹〉（初欲赴春詮以兄弟皆出故輟行）、〈送子坦赴鹽官縣市征〉、〈正月十六日送子虞至梅市歸舟示子遹〉等都是爲兒子們送行的詩，寫得都相當感人，殷切叮嚀，情意眞摯。〔註30〕陸游的幼子子聿（子遹）是其最鍾愛的小孩，因爲子聿一直陪在他身邊，五十三歲時子聿才出生，所以更有一種憐愛、呵護的心情。〔註31〕比如「父子更兼師友分，

〔註30〕吉川幸次郎《宋詩概說》：「他送兒子遠行或想念他們的詩，往往流露著隱忍的惆悵與無限的關懷，在以父愛爲主題的中國詩中，獨創一格。」（215頁）臺北聯經出版社出版。

〔註31〕陸游晚年寫的示兒詩，大部分是寫給子聿，一方面他年紀最小，一方面是因爲他待在陸游身邊最久。

夜深常共短檠燈」(〈示子聿〉)〔註 32〕,〈小兒入城〉:「不耐青燈寫孤影,聊呼薄酒慰長飢。」寫出小兒出城求師,寒燈之下,一個父親的掛念。〔註 33〕當子聿敗舉,陸游勉勵他「豐凶有常數,穮蓘當自力。古言不吾欺,歲晚於汝食。」〔註 34〕另有「夜窗勝欲挑燈語,日倚柴門望汝歸。」(卷五十八,〈新涼示子遹時子遹將有臨安之行〉,更寫出陸游對子遹的殷殷期盼和疼愛之情。

還有其他的詩篇可以看出陸游對兒孫的溫暖情意,比如「汝勤挾莢乃堪笑,且共飯豆羹秋葵」(卷三十,〈秋晴每至園中輒抵暮戲示兒子〉)「大兒千里至,聊復爲加餐。」(卷六十,〈夜坐示子虡〉)「兒孫未須睡,吾與汝論交。」(卷六十,〈夜坐示子遹兼示元敏〉)都是直接抒發自己的感情,毫不掩飾。他對兒子表達出溫暖殷切的父愛,而且他們之間的情感是交流的。〔註 35〕在日常生活之中,很平易的表達出父愛,這是熱情的陸游眞情流露。

這些詩平淡中有味〔註 36〕,可見他不是一個高高在上的父親 ,而是一位慈父。

陸游的一生致力於詩歌創作,也是一個喜歡讀書的人,他就把寶貴的經驗和兒孫分享,這是經驗傳承更是父愛的表達:

〔註 32〕見詩稿卷二十六。

〔註 33〕參見詩稿卷三十一,〈小兒入城〉。

〔註 34〕參見詩稿卷六十三,〈讀書示子遹〉。

〔註 35〕其實陸游還有一些送給兒子或是寄給兒子的詩相當感人,把父親對兒子的關愛表露無遺,對兒子也表達出老年人的殷切的柔軟心情。「衰病無因檥迎汝,夢隨殘月過浮梁」(卷五十九,〈重寄子遹〉)「殘年豈料猶強健,卻向柯橋接汝歸。」(卷五十九,〈子坦今秋鹽官市征當滿作絕句寄之〉)

〔註 36〕趙翼《甌北詩話》(卷六):「放翁詩凡三變。宗派本出於杜。中年以後,則蓋自出機杼,盡其才而後止。……及乎晚年,則又造平淡,并從前求工見好之意亦盡消除,所謂『詩到無人愛處工』者,劉後村謂其「皮毛落盡」矣,此又詩之一變也。」趙氏所言極有見地。劉熙載也說:「放翁詩明白如話,然淺中有深,平中有奇,故足令人咀味。」(《藝概・詩概》)

六藝江河萬古流，吾徒鑽仰死方休。
沛然要似禹行水，卓爾孰如丁解牛。
老憊簡編猶自力，夜涼膏火漸當謀。
大門舊業微如線，賴有吾兒共此憂。（〈六藝示子聿〉，卷五十四）

他努力鑽研浩瀚的六藝，以爲學習似禹行水、如庖丁解牛，才是學習最高境界。他亦慶幸兒子能夠體會傳承的重要性。整首詩藉著經典的提醒，對照出現實的孤寂，勉勵兒子向學。他又說：「學問參千古，工夫始一經。」（卷五十八，〈示元敏〉）「累葉爲儒業不墮，定知賢傑有生時。」（卷五十八，〈示子孫〉）都可看出其對儒家經典存有一分傳承之使命感。再觀另有一首敘述他學詩的歷程的詩：

我初學詩日，但欲工藻繪。
中年始少悟，漸若窺宏大。
怪奇亦間出，如石漱湍瀨。
數仞李杜牆，常恨欠領會。
元白纔倚門，溫李眞自鄶。
正令筆扛鼎，亦未造三昧。
詩爲六藝一，豈用資狡獪。〔註37〕
汝果欲學詩，工夫在詩外。（卷七十八，〈示子聿〉）

他認爲學詩除了苦讀名家詩之外，眞正的是「詩外工夫」。「詩外工夫」更表示創作是要從生活經驗去吸取養分，不是只從書本上去求。因爲江西詩派重才學、重議論，早年他學江西派重藻繪〔註38〕，中年之後，有所體悟，詩境漸宏大，突破常規。這些寶貴的經驗就是送給兒孫們最好的禮物，「寫詩給兒子」就是一種美好的傳承方式。

陸游對於勉勵兒子用功向學，是以苦口婆心不厭其煩的方式去表達：

宦途至老無餘俸，貧悴還如筮仕初。

〔註37〕陸游自註云：「晉人謂戲爲狡獪，今閩語尚爾。」
〔註38〕陸游早年跟曾幾學詩，曾幾是江西派的作家。趙庚夫〈題茶山集詩〉：「咄咄逼人門弟子，劍南已見一燈傳。」可見其師承也被他人如此認定。

賴有一籌勝富貴，小兒讀遍舊藏書。

易經獨不遭秦火，字字皆如見聖人。
汝始弱齡吾已耋，要當致力各終身。

古人學問無遺力，少壯工夫老始成。
紙上得來終覺淺，絕知此事要躬行。

簡斷編殘字欲無，吾兒不負乃翁書。
絕勝鎖向朱門裡，整整牙籤飽蠹魚。

聖師雖遠有遺經，萬世猶傳舊點刑。
白首自憐心未死，夜窗風雪一燈青。

殘雪初消薺滿園，蓴羹珍美勝羔豚。
吾曹舌本能知此，古學工夫始可言。

讀書萬卷不謀食，脫粟在傍書在前。
要識從來會心處，曲肱飲水亦欣然。

世間萬事有乘除，自笑羸然七十餘。
布被藜羹緣未盡，閉門更讀數年書。（卷四十二，〈冬夜讀書示子聿〉）

這組詩是要幼子子聿在有限的物質條件之下好好讀書，讀書不在於求功名，而是因爲其中有樂趣，讀來有會心處。「古人學問無遺力，少壯工夫老始成。」是苦口婆心的勸說。無論世間有什麼變化，依舊閉門讀書。「要識從來會心處，曲肱飲水亦欣然」是讀書樂趣所在這首詩寫於陸游七十五歲，所以最後他說「世間萬事有乘除，自笑羸然七十餘」，表達出一分體悟的智慧。另外其對於儒學的傳承陸游有一份使命感，對經書抱著一份敬意，這分心情亦跟兒孫分享：

乃翁誦書舍東偏，吾兒相和山之巔。
翁老且衰常早眠，兒聲夜半方泠然。
楚工著書數百編，少師手校世世傳。
我生七十有八年，見汝任此寧非天。

易傳三聖至仲尼，炎炎秦火乃見遺。
經中獨無一字疑，正須虛心以受之。

世衰道散吁可悲，我老欲學無碩師。

父子共讀忘朝飢，此生有盡志不移。（卷五十九，〈誦書示子孫〉）

寫這首詩的陸游已七十八歲，因年紀老大而常失眠，半夜聽到兒子讀書。他勸誡兒子要從經書中虛心學習。最後寫世道雖然衰落，但是和兒子共勉努力讀書。如此高齡，依然虛心讀書，「此生有盡志不移」，可見陸游對理想的堅持。

陸游把多年來的體悟的眞切想法寫給兒子閱讀，讓他們在學習的歷程中有所遵循。最重要是一種生命上的提醒，讓其心中有所本，更讓這種優良家風傳承下去。對兒子除了生命的延續之外，更是精神上文化上的傳承，使孩兒在生命歷程中有一個標的，一直往前努力。家貧沒關係，重要的是精神富足。衣缽相承是陸游所體認的，苦口婆心更是他教導兒子的方式。尤其是他漸漸老邁，深覺來日無多，這種衣缽相傳的心情更是急迫。

半夜點燈讀書，那種情景極爲鮮明，在此景況之下開示兒子，是陸游的一種教育方式，更能烘托出其孜孜不倦的苦讀形象。

陸游一生在宦海浮沉，既堅持忍耐，但又有不妥協的一面，對於仕途更有一套自己的看法，勸誡兒子說：

近村遠村雞續鳴，大星已高天未明。

床頭瓦檠燈煜爚，老夫凍坐書縱橫。

暮年於書更多味，眼底明明見莘渭。

但令病骨尚枝梧，半盞殘膏未爲貴。

吾兒雖贛素業存，頗能伴翁飽菜根。

萬鍾一品不足論，時來出手蘇元元。（卷二十三，〈五更讀書示兒子〉）

這首詩先描述他努力用功的情景，讀書深覺有味，雖然身體狀況不佳，還是勸誡兒子安貧樂道不羨功名。告誡兒子堅持理念，讀書不求富貴。叮嚀的方式更需要一顆勇敢熱切的心：

福莫大於不材之木，禍莫慘於自躍之金。

鶴生於野兮，何有於軒。

桐爨則已矣，豈慕爲琴。

古今共戒玉自獻，卷舒要似雲無心。

廬室但取蔽風雨，衣食過足豈所欽。

我今餘年忽八十，歸耕幸得安山林。

逢人雖嘆種種髮，入塾尚憶青青衿。

吾兒殆可守孤學，相與竭力窮幽深。（卷五十五，〈雜言示子聿〉）

這首詩寫於嘉泰三年，時陸游七十九歲。主要是告誡子聿不要對功名心存羨慕，他自己年歲已八十，住在廬室可蔽風雨，安居田園生活。最後勉勵子聿「吾兒殆可守孤學，相與竭力窮幽深」，希望兒子堅守下去。這首詩以雜言方式呈現，更有舒緩的意味，顯得情意悠遠。前六句以對比方式以及譬喻的寫法　呈現最深刻的教誨，其次敘述自己的想法，其次描寫自己自勵的情況，最後以勉勵的寫法作結，結構雖完整，心意卻細膩動人。

歸隱回家鄉之後，他用心去享受田園生活的寧靜與踏實，而且融入田園生活，也是自許安貧樂道，絕不能三心兩意。如「身退桑榆暖，家貧菽水歡。人生粗足耳，衣食不須寬。」（卷五十五，〈示子聿〉）陸游告訴兒子田園生活是可求的，功名是不可求的。如「睡味甜如蜜，人情冷似漿。…吾兒姑力穡，莫羨笏堆床。」（卷五十三，〈思歸示子聿〉）陸游不因仕途不順遂，想法比較消極，其實陸游時時在調適心情，使自己的日子更有意義，更和兒子分享這種心情。雖然田園生活是既貧窮又費力，但是家人團聚，讀書自娛，是很值得的生活。他以經歷多年紀大來支持他的想法，希望兒孫謹記。

陸游的生命力很強，但是面對死神的召喚、體力逐漸衰弱，還是呈現出生命脆弱的部分。下面這首詩是過世前不久所寫，從這首詩可以看出他的害怕及堅持：

去去生方遠，冥冥死即休。

狂思攘鬼手，危至服丹頭。

有劍知誰與，無香可得留。

惟應勤學謹，事事鑑恬侯。（卷八十五，〈病中示兒孫〉）

他已經感覺自己的日子不多，和死神相距不遠，藥也服用甚多。雖然如此，依然勉勵自己要好好學習，不可放鬆。在此陸游比較衰弱的形象稍爲顯露出來。

陸游對於自己年紀漸老，心中有很多的感嘆。如「老眼漸昏書嬾讀，壯心雖在事多違。」（卷五十八，〈新詩示子遹時子遹將有臨安之行〉）「我老多感慨，賴汝差自寬。」（卷八十，〈示福孫兼示喜曾〉）從體力上、心情上是可以看出「歲月不饒人」的折磨，陸游是一個不服輸的人，但是現實的情況也讓他不得不認輸。他的詩中坦言自己的老邁，歲月苦苦在後頭追趕。而這種心情他願意跟兒孫分享，因爲和他們之間的情感深厚。年老對陸游而言，一方面體力漸衰，「去去生方遠，冥冥死即休。狂思攘鬼手，危至服丹頭」（卷八十五，〈病中示兒孫〉）；另一方面更是讓他覺得離報國之願漸行漸遠，所以臨終之詩：「死去元知萬事空，但悲不見九州同，王師北定中原日，家祭無忘告乃翁。」（卷八十五，〈示兒〉）可以看出臨死之前有一個願望是他未了的，「收復中原」既是一生最大的夢想，期望下一代繼續努力。

陸游對兒孫的殷殷期盼，仔細叮嚀，情意深厚、心思細膩。尤其是老年的陸游的情感特別柔軟，與壯志慷慨相對，展現他個人性格的另一種面貌。〔註39〕

第四節　「良時恐作他年恨，大散關頭又一秋」——壯志未酬思緒黯淡

古來詩人皆有一顆敏銳的心，遭遇到人世間的不平大自然的變化，常寓之於文字。或是陸游滿腔熱情，無處宣洩，一身的抱負，無從發揮。這些境遇使其惆悵心情更添一層。陸游的愁緒亦發爲文字，

〔註39〕據錢鍾書《談藝錄》（增訂本）所論以爲陸游「天姿和易」，教子亦然。他並反駁余理初《癸巳存稿》以爲陸游寬和教子爲因才施教之說，其實不然。（參考 129～130 頁）我們由陸游寫給兒孫的詩篇，可見其寬易之處，也可以和錢氏之說相互映證。

尤其是泊居他鄉，感觸特多：

半世無歸似轉蓬，今年作夢到巴東。
身遊萬死一生地，路入千峰百嶂中。
鄰舫有時來乞火，叢祠無處不祈風。
晚潮又泊淮南岸，落日啼鴉戍堞空。（卷二，〈晚泊〉）

這首詩是他西行到夔州，中途停泊於淮南岸邊有所感而寫。第一、二句寫自己如轉蓬飄泊，卻魂牽巴地。三、四句發為感觸，以對偶句襯托自己人生際遇的磨難。五、六句寫在船上的景象，描繪出一幅民俗風情畫。最後二句以「晚潮又泊淮南岸，落日啼鴉戍堞空」寫淮南蕭條之景。整首詩瀰漫著淒苦的景象，心中所繫卻是一場空，徒增憂煩。在西行的路上他又來到黃州：

局促常悲類楚囚，遷流還嘆學齊優。
江聲不盡英雄恨，天意無私草木秋。
萬里羈愁添白髮，一帆寒日過黃州。
君看赤壁終陳跡，生子何須似仲謀。（卷二，〈黃州〉）

這首詩藉著赤壁陳跡興發感觸，功名未就深以為憾。最後一句「生子何須似仲謀」是反句，抒發自己的感慨。承蘇軾之說以為黃州是赤壁之戰的遺址所在而起興，可能其與東坡一般對赤壁亦有所誤解。〔註40〕這首詩有著深深感觸，愁緒綰結。清方東樹說：「此非詠黃州也，胸中無限淒涼悲感，適於黃州發之。」說得極為確當。〔註41〕一路上走來，陸游又來到松滋渡口：

此行何處不艱難，寸寸強弓且旋彎。
縣近歡欣初得菜，江回徙倚忽逢山。
繫船日落松滋渡，跋馬雲埋灩澦關。
未滿百年均是客，不須數日待東還。（卷二，〈晚泊松滋渡口〉）

這首詩前六句寫景，先寫路途之艱難，處處紆迴曲折。再寫路程之匆

〔註40〕黃州在今湖北省黃岡縣，其實周瑜、諸葛亮大破曹操處，是在今湖北省武昌縣西。陸游用蘇軾〈赤壁賦〉之說。

〔註41〕方東樹說：「起自詠，三四即景生感，五六寫行役情景，生收即黃州指點以抒悲。」（《昭昧詹言》）

忙。最後二句寫出他的想法，不須計算東還的時間。這首詩陸游通過對路途的曲折難行的描寫，來表達他心中的曲折、不平。最後二句似乎是通達之言，其實是失望和寂寞的反映。由這三首詩可知，赴夔州任的路上其心中塊壘難平，景物黯淡、愁緒難解。

南鄭既是其生命飛揚之處，一朝遠離，痛苦莫名，等待期間情緒更落寞。乾道八年，陸游在南鄭擔任外勤職務，常要到外地巡視，陸游從漢中到閬中，路經青山鋪：

太息重太息，吾行無終極。
冰霜迫殘歲，鳥獸號落日。
秋砧滿孤村，枯葉擁破驛。
白頭鄉萬里，墮此虎豹宅。
道邊新食人，膏血染草棘。
平生鐵石心，忘家思報國。
即今冒九死，家國兩無益。
中原久喪亂，志士淚橫臆。
切勿輕書生，上馬能擊賊。（卷三，〈太息〉宿青山鋪作）

此時的他已知王炎將調回臨安，復國大業即將停擺。這首詩先寫自己的感嘆，接著八句寫青山鋪破敗之景象。再寫自己的志願不能實現的悲哀。最後二句是對自己的期許，也是對世界的宣告。這首詩雖寫壯志未酬的感慨，但是絕不懷憂喪志，輕言放棄。從第一二句的「太息重太息，吾行無終極。」轉入最後二句的「切勿輕書生，上馬能擊賊。」其中隱含未被重用的悲憤之情緒。陸游在南鄭的生活激起他更熱烈的愛國情操，一旦被澆息，更是憂煩不已：

黃旗傳檄趣歸程，急服單裝破夜行。
肅肅霜飛當十月，離離斗轉欲三更。
酒消頓覺衣裘薄，驛近先看炬火迎。
渭水函關元不遠，著鞭無日涕空橫。（卷三，〈嘉川鋪得檄歲行中夜次小柏〉）

這首詩是陸游於乾道八年因公外出，途中又奉命回南鄭，經過嘉川鋪所寫。整首詩是以十月的蕭肅情景來襯托作者之心境，一接到命令，在寒風中趕路回南鄭，他的心情是悲傷的，前途茫茫，主事者再也不能依靠。怎不叫人「著鞭無日涕空橫」？再看看下面一首〈歸次漢中境上〉亦是在此途中所寫：

雲棧屏山閱月遊，馬蹄初喜蹋梁州。

地連秦雍川原壯，水下荊揚日夜流。

遺虜孱孱寧遠略，孤臣耿耿獨私憂。

良時恐作他年恨，大散關頭又一秋。（卷三，〈歸次漢中境上〉）

所謂的「歸次」就是指在歸途中休息，寫這首詩時他是處於激動又無奈的情緒狀態，因為深知未來的情況是沒有希望的、不可期待的。前四句寫漢中之景色，經過連雲的棧道，巍巍的錦屏山，騎著馬高興進入梁州道上。地形連接著秦雍，地勢雄壯，滾滾江水，日夜不息直到荊、揚。首聯寫往來漢中之喜悅情緒，頷聯藉漢中景色展現內在壯闊的志向。最後四句寫作者自己一直憂心忡忡，心想錯過大好時機，一定會有遺恨。「大散關〔註 42〕頭又一秋」表達出他的憂心。詩的前後一對照，更添其悲壯情懷之後。陸游改任成都府安撫司參議官，面對茫茫的前途，多了一分惆悵：

衣上征塵雜酒痕，遠遊無處不消魂。

此身合是詩人未？細雨騎驢入劍門。（卷三，〈劍門道中遇雨〉）

這首詩是赴成都經劍門所作，劍門即劍門山，在今四川省劍閣縣北面。前二句寫出遠遊的心情，後二句自嘲為何騎驢入劍門。整首詩似乎是有些自得其樂，其實是一種自嘲式的感嘆，因為他想作一個愛國志士，馳騁戰場，絕對不是只作個詩人。這首詩透出無奈的心情，是一首意味深遠的詩。陸游又來到武連縣驛，從鄉思引入豪情，更有一分固執的堅持：

平日功名浪自期，頭顱到此不難知。

宦情薄似秋蟬翼，鄉思多於春繭絲。

野店風霜俶裝早，縣橋燈火下程遲。

〔註 42〕大散關在今陝西省寶雞縣西南，是南宋邊防重鎮，而且南宋和金國在西邊以大散關為界。

鞭寒熨手戎衣窄，忽憶南山射虎時。(卷三，〈宿武連縣驛〉)

這首詩是宿於武連縣驛所作，前二句寫出功名的不能期望。三四句以譬喻的方式對比出他的深刻體認。五六句寫住宿在這裡所見之景，顯得昏暗而冷清。最後二句「鞭寒熨手戎衣寬，忽憶南山射虎時」以自身狀況帶出以前在山南的情景。前面寫出對仕途之失望，很想回鄉，最後卻轉入以前豪氣干雲的時光。他的矛盾心情在此顯露出來，對仕途失望卻又留戀馳騁戰場的情景。

對故鄉的想念，也讓他展現柔性的情懷。南鄭雖是理想的處所，奉祠於成都的日子，足以消磨在南鄭的雄心壯志，遠處家鄉成爲思念的開端：

樓鼓聲中日又斜，憑高愈覺在天涯。

空桑客土生秋草，也渡虛舟集晚鴉。

瘴霧不開連六詔，俚歌相答帶三巴。

故鄉可望應添淚，莫恨雲山萬疊遮。(卷六，〈晚登橫溪閣〉)

這首詩是淳熙元年攝知榮州所作。第一、二句寫太陽西下登高的孤獨心情，「憑高愈覺在天涯」。第三、四句寫客鄉的秋天景色。第五、六句寫四川的風土民情，一是瘴霧，一是俚歌。後二句寫遠望故鄉心情悲傷。這首詩令人感受到陸游思鄉的情緒，雖言「莫恨」，其實有更深一層的悲哀。由此可知四川的景物已讓他思起故鄉。淳熙三年陸游被免除參議官之職，依然待在成都，但想家的心情與日俱增：

縱轡江皋送夕暉，誰家井臼映荊扉。

隔籬犬吠窺人過，滿箔蠶飢待葉歸。

世態十年看爛熟，家山萬里夢依稀。

躬耕本是英雄事，老死南陽未必非。(卷七，〈過野人家有感〉)

前四句寫農村景色，放任馬奔馳江邊，目送夕陽餘暉，誰家井臼映著柴門荊扉。「隔籬犬吠窺人過，滿箔蠶飢待葉歸」是農村日常起居。後四句寫十年來把人情世故都看熟，「家山萬里夢依稀」寫出沉重的無奈。躬耕本來就是英雄所爲，縱然老死躬耕，也無遺憾。這首詩除了描寫鄉村景色，也寫思鄉之苦。整首詩似寫心想回鄉躬耕，其實又隱藏著對國家有所作爲的宏願。惆悵的心情是在於壯志難酬後表達出來，在這裡表露無遺。

待在成都，他也曾寫了一首〈感秋〉詩，展露其悲涼心態：「西風繁杵擣征衣，客子關情正此時。萬事從初聊復爾，百年彊半欲合之。畫堂蟋蟀怨清夜，金井梧桐辭故枝。一枕淒涼眠不得，呼燈起作感秋時。」（卷八，〈感秋〉）

這首詩作於淳熙四年，正是生活寂聊，心情困頓的時候，官職懸宕，自己又無從使力的。這首詩以西風帶出客子之情緒，極爲深刻。尤其是以「畫堂蟋蟀」、「金井梧桐」應和，更顯得淒清。由此可見其敏銳之心靈，以及客居在外的心情。又如淳熙十一年奉祠在山陰，寫了一首〈悲秋〉，字裡行間充滿淒涼的情緒：

病後支離不自持，湖邊蕭瑟早寒時。
已驚白髮馮唐老，又起清秋宋玉悲。
枕上數聲到新雁，燈前一局欲殘棋。
丈夫幾許襟悲懷，天地無求似不知。（卷十六，〈悲秋〉）

因爲生病身心俱疲，加上秋天的寒意更觸動情緒，三四句以「馮唐」、「宋玉」典故映襯他的心情。五六句再以景物映襯心情。最後二句指出大丈夫的悲懷，連上天也不知道，這不是千古之悲情麼？我們從這兩首和秋天有關的詩來看，可見其心情黯淡，滿懷愁緒。而〈悲秋〉又比〈感秋〉有著更深一層的悲哀，因爲他說「天地無求似不知」。隔年春天陸游生了一場大病，亦顯其疲倦之態：

山村病起帽圍寬，春盡江南尚薄寒。
志士淒涼閒處老，名花零落雨中看。
斷香漠漠便支枕，芳草離離悔倚闌。
收拾吟箋停酒碗，年來觸事動憂端。（卷十七，〈病起〉）

這首詩先寫自己因病消瘦，雖已暮春尚覺寒冷，頷聯、頸聯藉外在景色寫自己的淒涼，最後點寫出自己的愁緒是因事觸動。雖言「觸事動憂端」，但是內心如果無憂，如何能觸動？可見陸游的愁緒是名花零落而起，也因志士淒涼之故。

淳熙十三年祠祿將滿，上書再任，起知嚴州。春天陸游到臨安奉詔，住在杭州西湖畔：

世味年來薄似紗，誰令騎馬客京華。

小樓一夜聽春雨，深巷明朝賣杏花。

矮紙斜行閑作草，晴窗細乳戲分茶。

素衣莫起風塵嘆，猶及清明可到家。（卷十七，〈臨安春雨初霽〉）

等待是煎熬，奉詔又怕是希望落空，所以一開頭就發出感嘆「世味年來薄似紗」，作者又自問爲何又作客京城？第三、四句寫失眠的夜晚在小樓上聽了一夜的春雨聲，一早起來深巷又傳來杏花叫賣聲。五六句「矮紙斜行閑作草，晴窗細乳戲分茶」是閒極無聊的消遣。最後二句「素衣莫起風塵嘆，猶及清明可到家」是對自己仕途浮沉的自嘲，也寫出對功名的不確定感。這首詩看來清新，其實隱含著悲哀。陸游是想報效國家，否則他不會來臨安，但是否會受到皇帝重用？還是不久即回鄉？最後雖有不如歸去之嘆，但又有很多的無奈。整首詩是以淡筆寫沉鬱之情，抑鬱之情含蘊其中。〔註43〕淳熙十二年間，見過孝宗之後，在臨安待了幾個月，去嚴州述職前曾回山陰休息，心情十分落寞。此情緒一直持續至陸游到嚴州任職之後。夜晚是容易加深愁緒，淳熙十四年，陸游在嚴州任內，有一次爬上千峰榭：

夷甫諸人骨作塵，至今黃屋尚東巡。

度兵大峴非無策，收泣新亭要有人。

薄釀不澆胸壘塊，壯圖空負膽輪囷。

危樓插斗山銜月，徙倚長歌一愴神。（卷十八，〈夜登千峰榭〉）

他想到國家未收復失土，對庸臣誤國深惡痛絕，心中有著鬱鬱不平的情緒，只能長歌解悲愴。這首詩寫得極感人，尤以「胸壘塊」「膽輪囷」生動表達心中的不平，末一句「徙倚長歌一愴神」更是悲傷莫名。而且，夜晚觀看地圖也能思念起失去的故土：

閉置空齋清夜徂，時聞水鳥暗相呼。

〔註43〕筆者曾就〈臨安春雨初霽〉一詩作過較詳細的分析，可參考〈從「臨安春雨初霽」看陸游的悲哀〉《中國語文》第492期。

胡塵漫漫連淮潁，淚盡燈前看地圖。(卷三十六，〈夜觀子虞所得淮上地圖〉)

這首七絕，前二句先寫眼前之夜景，接著寫淮穎已落入敵人之手，看著地圖悲傷落淚。短短二十八字寫出他的悲情，並沒有掩藏，就直接坦露出來。

歷代寫宮詞的作家基本上是藉以表達君臣之間的微妙的關係，而且大多以失寵之悲情，等待寵幸之自憐爲主要題材。〔註44〕陸游的惆悵心情有時是藉著宮詞的方式呈現：

寒風號有聲，寒日慘無暉。
空房不敢恨，但懷歲暮悲。
今年選後宮，連娟千蛾眉。
早知獲譴速，悔不承恩遲。
聲當徹九天，淚當達九泉。
死猶復見思，生當長棄捐。(卷四，〈長門怨〉)

這首詩以深居長門宮的后妃寫出失寵的心聲，「死猶復見思，生當長棄捐」更是最痛苦的心情。陸游的情況和宮女的情況不甚相同，但那種不受重用的心情卻是相同的。這是乾道九年陸游寫於嘉州任內，此時心情很沉痛，同時又有一首〈長信宮詞〉後四句言：「欲訴不得兮，仰呼蒼蒼。佩服忠貞兮，之死敢忘。」更有蒼茫的孤獨以及堅持之心志。〔註45〕另有一首〈婕妤怨〉：

〔註44〕遠從屈原〈離騷〉以香草美人喻托爲賢君良臣，即開創一條臣對對抒情路線，如漢班婕妤〈怨歌行〉：「新裂齊紈素，皎潔如霜雪，裁爲合歡扇，團團似明月。出入君懷袖，動搖微風發。常恐秋節至，涼飆奪炎熱。棄捐篋笥中，恩情中道絕。」唐代詩人亦喜寫宮詞，如張祜〈宮詞〉：「故國三千里，深宮二十年，一聲何滿子，雙淚落君前。」、白居易〈宮詞〉：「淚盡羅巾夢不成，夜深前殿按歌聲。紅顏未老身先死，斜倚熏籠坐到明。」、朱慶餘〈宮中詞〉：「寂寂花時閉院門，美人相並立瓊軒。含情欲說宮中事，鸚鵡前頭不敢言。」、王昌齡〈長信怨〉：「奉帚平明金殿開，暫將團扇共徘徊。玉顏不及寒鴉色，猶帶昭陽日影來。」都以宮女之怨喻托不再被重用，或是一直等待重用，或是因小人陷害而失寵之心情。

〔註45〕據夏承燾箋注《放翁詞編年箋注》以爲乾道九年另有一闋詞〈夜遊

妾昔初去家，鄰里持車廂。
共祝善事主，門户望寵光。
一入未央宮，顧盼偶非常。
稚齒不慮患，傾身保專房。
燕婉承恩澤，但言日月長。
豈知辭玉陛，翩若葉隕霜。
永巷雖放棄，猶慮重謗傷。
悔不侍宴時，一夕稱千觴。
妾心剖如丹，妾骨朽亦香。
後身作羽林，爲國死封疆。(卷十一，〈婕妤怨〉)

這首詩的一開頭先寫出入宮偶然受到寵愛，本以爲將來就是如此過日子。沒想到謗言一來，跟著就失寵了，只好在後宮度過這冷清的日子。最後二句寫宮女的心志，表達出她對國君的忠誠。這首詩寫於淳熙六年六月作於建安，因爲自蜀東歸，卻調往閩中，不免於失意之感。陸游自比爲婕妤，雖然不再受寵，但是一片赤誠，「後身作羽林，爲國死封疆」更是陸游最大的志願。古來詩人常藉「長門」主題發揮懷才不遇之情緒，下面又是一首〈長門怨〉：

未央宮中花月夕，歌舞稱觴天咫尺。
從來所恃獨君王，一日讒興誰爲直。
尺咫之天今萬里，空在長安一城裡。
春風時送簫韶聲，獨掩羅巾淚如洗。
淚如洗兮天不知，此生再見應無期。
不如南粵匈奴使，航海梯山有到時。(卷十七，〈長門怨〉)

這首詩也以後宮之人作爲抒發的代言者，藉著不受寵愛的宮人道出無法和國君見面的悲情。最後二句，更是沉痛之極，「不如南粵匈奴使」可以見到君王，實有嘲諷之意味。這首詩寫於淳熙十三年的春天，陸游剛從臨安面見孝宗回到山陰歇息，以便數月後赴嚴州任。時孝宗召

宮〉題爲「宮詞」(獨夜寒侵翠被)《箋注》云：「此詞慨嘆王炎之君臣遇合，亦即自悼壯志不酬。」此兩首詩〈長門怨〉、〈長信宮詞〉與這一闋詞作二者之間可以互相參證。

見陸游說：「嚴陵山水勝處，職事之餘，可以賦詠自適。」他得不到孝宗的重用，期望再次落空，陸游的自傷可想而知，那一分懷才不遇的鬱悶只好以宮詞來表白。

由以上三首可知，陸游對於孝宗的心情是很複雜的，其藉著歷代的宮怨詞的方式道出心聲，他的忠君愛國的思想是無庸置疑的。其以宮怨題材呈現其生命底層的悲哀，既是歷來詩人之共感，亦是其悲劇性格的反照。如果未曾「期待」，怎會「落空」？

陸游也擅長用歌行的方式表達心中的悲傷情緒，在錯落的音節之中顯得鏗鏘卻又悲愴，歌行可換韻增加詩歌之氣勢，但其以激昂之聲響貫串而下：

人生不作安期生，醉入東海騎長鯨。
猶當出作李西平，手梟逆賊清舊京。
金印煌煌未入手，白髮種種來無情。
成都古寺臥秋晚，落日偏傍僧窗明。
豈其馬上破賊手，哦詩長作寒螿鳴。
興來買盡市橋酒，大車磊落堆長缾。
哀絲豪竹助劇飲，如鉅野受黃河傾。
平時一滴不入口，意氣頓使千人驚。
國讎未報壯士老，匣中寶劍夜有聲。
何當凱還晏將士，三更雪壓飛狐城。（卷五，〈長歌行〉）

這首詩寫於淳熙元年，此時陸游在成都，心情極爲苦悶。前四句寫他的積極鬥志，「醉入東害騎長鯨」、「手梟逆賊清舊京」是豪氣的衝撞其內心深處。接著卻轉入落寞的心情，以及買醉的情景。最後寫他的願望「何當凱還晏將士，三更雪壓飛狐城。」〔註46〕這首詩的情緒是很有轉折的，起先是意氣風發，其次是落寞而麻醉自己，最後回到振奮自己的宣言。可見他在成都的情緒苦悶及生活放逸，但他還未懷憂而喪志。整首詩沒有換韻，韻腳皆爲「庚韻」，但庚韻屬激昂之聲響，讀之令人振奮。再觀看另一首詩〈松驥行〉：

〔註46〕飛狐城在今何北省淶源縣。

驥行千里亦何得，垂首伏櫪終自傷。
松閱邊年棄澗壑，不如殺身扶明堂。
士生抱材願少試，誓取燕趙歸君王。
閉門高臥身欲老，聞雞相蹴涕數行。
正令咿嚶死床簀，豈若橫身當戰場。
半酣浩歌聲激烈，車輪百轉盤愁腸。(卷七，〈松驥行〉)

這首詩寫於淳熙三年，陸游奉祠在家。先寫良馬伏櫪和松樹棄在山谷都不是好的結局，壽終正寢不如戰死沙場。陸游寫出他的志願，他是寧願轟轟烈烈一死，不想平凡度日。但是天不從其願，只能「半酣浩歌聲壯烈，車輪百轉盤愁腸」，道出他無可言喻的悲哀。而下面一首詩歌更是以寒夜之意象貫串整首詩：

陸子七十猶窮人，空山度此冰雪晨。
既不能挺長劍以抉九天之雲，
又不能持斗魁以回萬物之春，
食不足以活妻子，化不足以行鄉鄰。
忍饑讀書忽白首，行歌拾穗將終身。
論事歘叱目若矩，望古踴躍心生塵。
三萬里之黃河入東海，五千仞之太華摩蒼旻，
坐令此地沒胡虜，兩京宮闕悲荊棘！
誰施赤手驅蛇龍，誰恢天網致鳳麟？
君看煌煌藝祖業，志士豈得空酸辛。(卷三十四，〈寒夜歌〉)

這是陸游七十二歲寫於山陰，詩歌的前半部他的窮苦告白，沒有什麼特殊能力，也沒有錢財，忽忽時光已過，只能任由胡虜猖狂。最後說「兩京宮闕悲荊棘」、「誰恢天網致鳳麟」「君看煌煌藝祖業，志士豈得空酸辛。」在豪壯之上刻劃出深刻的悲哀。這首詩氣勢壯大，書寫壯盛豪情。以排比句子以及設問技巧增加整首詩吟哦再三卻不失朝氣的效果。但是，情緒陷入悲痛之中，發出的哀鳴更引人同悲：

讀書不能遂吾志，屬文不能盡吾才。
遠遊方樂歸太早，大藥未就老已催。
結廬城南十里近，柴門正對湖山開。

有時野行桑下宿，亦或慟哭中途回。
檀公畫計三十六，不如一篇歸去來。
紫駝之峰玄熊掌，不如飯豆羹芋魁。
腰間累累六相印，不如高臥鼻息轟春雷。
安得寶瑟五十絃，爲我寫盡無窮哀。（卷六十五，〈悲歌行〉）

這首詩前四句直接說出他的志願，以及對時間消逝的感觸，其次描寫他現在的生活方式。其次以三組對句寫出求取功名不如耕讀的快活，這是向現實低頭。最後二句卻說「安得寶瑟五十絃，爲我寫盡無窮哀」帶出其矛盾心情，既言「不如」，爲何內心卻有「無窮哀」。整首詩迷漫在濃濃的悲痛氣氛當中，反覆的安慰自己，是隱藏著最深的悲哀，無法馳騁沙場獲得戰功。

以上的歌行是陸游精彩的作品，是內在生命最高亢的情調，足以動人心胸。

陸游的詩歌之中常有抒發感慨，而以書感、書悲爲題，寫出他的哀情，比如：「 今日我復悲，堅臥腳踏壁。古來共一死，何至爾寂寂？秋風兩京道，上有胡馬跡。和戎壯士廢，優國清淚滴。關河入指顧，忠義勇推激。常恐埋山丘，不得委鋒鏑。立功老無期，建議賤非職。賴有墨成池，淋漓豁胸臆。」（卷十三，〈書悲〉之一）這是他淳熙八年的作品，一開頭就說出他的志願，因爲人難免一死，但立志要實現理想，「常恐埋山丘，不得委鋒鏑」寫胸中一直記掛這件事。最後二句寫出他的悲傷只好藉著筆墨抒解開來。這首詩藉著抒發自己的悲傷，帶出他所體會的人生最高價值的所在。之後又有一首抒發其落寞思緒的詩：「步攜一劍行天下，晚落空村學灌園。交舊凋零身老病，輪囷肝膽與誰論。」（卷十三，〈灌園〉）年輕的夢想漸行漸遠，晚年只好以農耕爲生，自己又老又交遊凋零，心中的壯志要與人分享？短短四句充滿著深沉的愁緒。晚年生活在山陰，種種農村生活景象以及悠閒的心情雖是描繪的重點，但偶有一些落寞的情緒：

支遁山前看月明，葛洪井上聽松聲。

廢亭草滿青騾健，野店燈殘寶劍鳴。

萬事竟當歸定論，寸心那得媿平生。

悠然酌罷無人語，寄意孤桐一再行。（卷四十一，〈旅思〉）

支遁山在餘姚縣，葛洪井在會稽縣。前二句看明月、聽松聲是雅興，亦蘊含對支遁、葛洪的嚮往，接著寫旅途的情景以及作者自己的心情，表達他的無奈心情。「悠然酌罷無人語，寄意孤桐一再行。」表達深刻的孤獨感，非常有感染力。這種惆悵情緒也可以在另外一首詩見到：

壯歲功名妄自期，晚途流落鬢成絲。

臨風畫角曉三弄，釀雪野雲寒四垂。

金鎖甲思酣戰地，皀貂裘記遠遊時。

此心炯炯空添淚，青史他年未必知。（卷四十二，〈書感〉）

這首詩一二句自述年歲老去，三四句寫景襯托出他的落寞心情，五六句思想起以前的戰地生活，最後二句寫出他的悲涼，「青史他年未必知」是一種寂寞的心情，正和陳子昂所說的「前不見古人，後不見來者，念天地之悠悠，獨愴然而涙下」〔註47〕的孤獨及悽愴相同。

陸游的心境到了晚年更有一些大幅度變化，乃以體會事物之理作爲情緒的轉換，化直率爲婉約：

短髮蕭蕭久卦冠，江湖到處著身寬。

蓼花不逐蘋花老，桐葉常先槲葉殘。

未卜柴荊臨峭絕，且謀蓑笠釣荒寒。

閒人尚媿沙鷗在，始信煙波得意難。（卷六十四，〈舟行魯墟梅市之間偶賦〉）

這首詩前二句寫自己久已不作官，隨意行走於江湖之間。接著二句以植物暗寓自己的蒼老。接著二句隱含退居生活精神依然苦悶，也需自我提醒。最後二句更說明閒居生活的不易。這首詩不以直接敘述方式，而以曲筆寫出隱居的困難，困難之處在於自己有顆不平之心，常常想躍起，情緒紛擾。三四句的對句更顯作者對衰老的沉重體認。最

〔註47〕〈登幽州臺歌〉。

後說「始信煙波得意難」是人生深刻的歷鍊。陸游寫這首詩已是八十一歲，由這首詩可知其心情很蒼老。偶而，陸游在夢醒之後還是有著無限惆悵：

久住人間豈自期，斷砧殘角助淒涼。
征行忽入夜來夢，意氣尚如年少時。
絕塞但涼天似水，流年不記鬢成絲。
此身死去詩猶在，未必無人粗見知。（卷六十九，〈記夢〉）

這首詩寫於陸游八十三歲時，夢中的自己還是年少，醒來已經鬢成絲。「忽入」表達一種自然而然、心中無所準備之下進入夢境，所以有震撼之感。〔註48〕最後兩句感嘆身後，只有等待知音了解其心意。夢醒的惆悵表露無遺，可見時間催人老，夢境更增添一些感觸，最後雖有無限愁緒，但是還懷著一些盼望，盼望有知音解其語。

詩人的愁緒恆多於常人，何況陸游對於自己的期許因仕途不順遂，讓其作品偶見黯淡的心情。陸游的愁緒有些是直接抒發，比如「輪囷肝膽與誰論」；有些是藉著植物來映襯，比如「孤桐」、「蓼花」。陸游的情感是熾烈，愁緒的表達也比較明確，或是以淡筆寫沉鬱之情，比如〈劍門道中遇雨〉、〈臨安春雨初霽〉；或是以歌行方式，比如〈寒夜歌〉、〈松驥行〉、〈悲歌行〉皆表達激昂又無奈的情緒。運用不同層面的寫作方式反映其心情的落寞，是陸游的生命氣質較其他宋代詩人，更接近唐代詩人，是不可言喻的。〔註49〕再進一步來觀看，其愁緒是環繞著其志向無法實現上迴轉。換言之，他不是無病呻吟者，而是感時悲憤者。「自我實現」是其人生的最高目標，可惜難以如其願。

〔註48〕與詩稿卷六十三的〈記夢〉：「老來百事不關身，北陌東阡一幅巾。忽夢行軍台行路，不惟無想亦無因。」的情景相似。在無所準備、沒有原因之下就掉入年少的情景。以佛洛依德的觀點而言，年少時光已變成其潛意識，在夢中無所依傍，情緒放鬆的狀況之下容易抉發出來，夢境歷歷在目。

〔註49〕陸游的詩顯得熱情或是情緒澎湃，不像蘇東坡、黃山谷、楊萬里的冷靜，這和陸游的個人生命情境以及人格特質有關。

第五節　「傷心橋下春波綠，曾是驚鴻照影來」——追憶舊愛幽微深邃

陸游二十歲和唐琬結婚，因為母親不喜唐琬，只能落得兩分離，他把這分情感藏在心裡，藉著作品抒發出來的情感較隱微，不是熾烈的，而是深邃幽微的。紹興二十五年，他和唐琬相遇於沈園，曾寫了一闕〈釵頭鳳〉，抒寫他的感傷。翻閱其詩稿可知，陸游對唐琬的懷念之情，應始於沈園之會。唐琬又在此會不久病逝，更添此段情緣之悲劇性。〔註50〕淳熙十四年，陸游年六十三，在嚴州任內，曾寫了兩首詩，懷念年少時光，這是詩稿中最早懷念唐琬之作：

> 采得黃花作枕囊，曲屏深幌閟幽香。
> 喚回四十三年夢，燈暗無人說斷腸。
>
> 少日曾題菊花詩，蠹編殘稿鎖蛛絲。
> 人間萬事消磨盡，只有清香似舊時。（卷十九，〈余年二十嘗作菊枕詩頗傳於人今秋偶復采菊縫枕囊悽然有感〉）

這是陸游憶起二十歲的時光，而以菊枕作為想念的根源，而今只是一場夢，經過四十三年，菊花詩已成殘編，「人間萬事消磨盡，只有清香似舊時」寫他的懷念以及生死相隔的無奈。所謂睹物思人，伊人永遠留在記憶中。〔註51〕

沈園是陸游和唐琬再相遇之處，陸游對其有一份特殊的情感，在紹熙三年他六十八歲時，再去沈園，園易主，而〈釵頭鳳〉已刻於石上：

> 楓葉初丹槲葉黃，河陽愁鬢怯新霜。
> 林亭感舊空回首，泉路憑誰說斷腸。

〔註50〕傳說陸游寫〈釵頭鳳〉，唐琬亦和了一首〈釵頭鳳〉：「世情薄，人情惡，雨送黃昏花易落。曉風乾，淚痕殘，欲箋心事，獨語斜闌。難！難！難！人成各，今非昨，病魂嘗似秋千索，角聲寒，夜闌珊，怕人尋問，咽淚裝歡。瞞！瞞！瞞！」此闋詞應該是後人增益。陸游的詩稿、文集中未曾提及這件事。

〔註51〕顧隨說：「放翁此詩真，平易近人，人情味重。」（《顧羨季詩詞講記》182頁）臺北桂冠圖書公司出版。

壞壁舊題塵漠漠，斷雲幽夢事茫茫。

年來妄念消除盡，回向禪龕一炷香。（卷二十五，〈禹跡寺南有沈氏小園四十年前嘗題小闋壁間偶復一到而園已易主刻小闋于石讀之悵然〉）

這首詩前二句寫沈園之景及自己的風霜面容，三四句抒發情感，過去只是一場夢，如今人已杳，舊題亦染塵，獨留他品嘗這分往事，最後只好藉著宗教力量使自己斷妄念。這首詩刻畫陸游的深情，舊地重遊，徒留惆悵。陸游在慶元五年又重遊沈園，此時唐琬已去世多年，七十五歲的陸游依然對其有深深的懷念：

夢斷香消四十年，沈園柳老不飛綿。

此身行作稽山土，猶弔遺蹤一泫然。

城上斜陽畫角哀，沈園無復舊亭臺。

傷心橋下春波綠，曾是驚鴻照影來。（卷三十八，〈沈園〉）

這兩首詩是極爲感人之作，第一首先寫已經時間過四十年，沈園的柳樹已老得不再飛絮，他來此憑弔，更添惆悵。三四句寫出他的深情，自言將入土的老翁的他依然懷念這分情。第二首寫斜陽之下一聽到畫角聲悲從中來，沈園不再如前，橋下春波蕩漾〔註 52〕，唐琬曾在此徘徊。「沈園柳老不吹綿」更是情景交融之最佳寫照。〔註 53〕慶元五年離紹興二十五年已經四十四年，唐琬過世也差不多四十幾年，因此這首詩寫得哀傷而懷念情深。〔註 54〕開禧元年，陸游八十一歲，十二月二日陸游再次夢到沈氏園亭：

路近城南已怕行，沈家園裡更傷情。

香穿客袖梅花在，綠蘸寺橋春水生。

城南小陌又逢春，只見梅花不見人。

〔註 52〕此橋後人稱爲春波橋。

〔註 53〕顧隨說：「(沈園) 第二首好，亦因其第二句好，眞令人消魂、斷腸，樹猶如此，人何以堪。」(182 頁，《顧羨季先生詩詞講記》)

〔註 54〕陳衍《宋詩精華錄》：「無此絕等傷心之事，亦無此絕等傷心之詩。就百年論，誰願有此事？就千秋論，不可無此詩。」臺北廣文書局出版。

玉骨久成泉下土，墨痕猶鎖壁間塵。（卷六十五，〈十二月二日夜夢遊沈氏園亭〉）

未到城南已經有些情怯，到了沈園情緒更加激動，沈園風光明媚，但是只見梅花不見人，想到她已是泉下土，壁上的〈釵頭鳳〉亦已蒙塵。這首詩雖是夢中之景，其實是他最眞實的心聲。與唐琬在沈園見面變成他人生中最難忘的一段回憶。〔註55〕隔年陸游又寫了一首詩，亦是傷心人之心事：

城南亭榭鎖閑坊，孤鶴歸來只自傷。

塵漬苔侵數行墨，爾來誰爲拂頹牆。（卷六十八，〈城南〉）

這首詩也是懷念唐琬，但是他以「塵漬苔侵數行墨」寫出時間的流逝，「爾來誰爲拂頹牆」寫出無奈的情緒。八十二歲的老翁依然是一個至眞至性的人。隔年（開禧三年），陸游八十三歲開春遊歷禹祠，禹祠相傳是大禹的陵墓所在，禹祠的對面就是沈園，使他又想起故人：

祠宇嵯峨接寶坊，扁舟又繫畫橋傍。

豉添滿筋蓴絲紫，蜜漬堆盤粉餌香。

團扇賣時春漸晚，夾衣換後日漸長。

故人零落今何在，空弔頹垣墨數行。（卷七十，〈禹祠〉）

這首詩前四句寫春天的景色以及春天的特產，表達出春天的豐富面貌，五六句寫他感受到大自然的變化。最後二句轉入懷念故人，如今何在？只能獨自憑弔。前四句的多彩景色更反襯出懷人的悲淒。再看看一首他八十四歲遊禹寺所寫的詩：

禹寺荒殘鐘鼓在，我來又見物華新。

紹興年上曾題壁，觀者多疑是古人。（卷七十五，〈禹寺〉）

禹寺鐘鼓依舊在，只是有些景物有些改變，紹興年間所題的詩句，已是觀者所不解的，以爲是古人所寫的。過去的記憶是爲自己而留，對旁人而言總隔一層。陸游這種心情就如李商隱所寫的：「此情可待成

〔註55〕顧隨說：「以上四句絕句（〈沈園〉〈十二月二日夜夢遊沈氏園亭〉即放翁了不起處，雖無奇情壯采而眞，乃江西詩派所無，江西詩派但爲理智，無感情。而詩究爲抒情的，太理智了不是詩。放翁有眞感情。」（《顧羨季先生詩詞講記》183頁）

追憶，只是當時已惘然。」（〈錦瑟〉）有相似之處。再看看下面一首同期之作：「沈家園里花如錦，半是當年識放翁。也信美人終作土，不堪幽夢太匆匆。」（卷七十五，〈春遊〉）他春遊至沈園，景色美麗，想起當年的美人終究已成土，只留下自己獨自作夢，但夢又消逝得太快了。前後二首詩是陸游春遊至禹寺、沈園感發而寫。我們可以讀出他的懷念，以及深埋在內心當中的情感。二首七絕皆以悠遠的情味來呈現陸游的深情。八十幾歲的老翁不再有激情，卻有沉澱成醇厚的情感，情味無窮。八十幾歲的老翁把年輕的浪漫情懷化爲深刻的懷想，歷代極爲罕見，乃其獨特的生命風貌。

陸游對唐琬的深情，永恆不朽。沈園相見，從此永別，更是他內心的痛楚。因爲永遠的別離是不可彌補的傷痛。後來沈園易主，物換星移，徒留牆上斑駁墨跡，更令人欷噓。沈園、牆上墨跡變成他思念的催化劑。陸游和唐琬的愛情是和「沈園」一起永恆的。

陸游對於他和唐琬的這一段情意，到老依然，但是和其他的題材相比，這一類詩的數量較少，情感也寫得比較幽微。這和舊時代背景有著很大的關係，兒女私情是幽微的，不是詩歌創作的主體。〔註 56〕如能藉著詞來傳達亦是好的方式，但是陸游的詞篇除了〈釵頭鳳〉之外，大都以愛國情志爲其主要題材。陸游對其最鍾愛的人，是以如此幽微的方式去懷念，可見陸游之深情。陸游的再娶夫人王氏享年七十一，但是陸游不曾在詩歌作品提及，只寫了一篇〈令人王氏壙記〉〔註 57〕簡單記其事蹟。陸游在四川期間曾娶一名妾，在嚴州任內此妾生一女定孃，不幸夭折，他曾寫〈山陰陸氏女女墓銘〉〔註 58〕紀念她，其它相關事蹟亦不詳。可見陸游對愛情的著墨集中在和唐琬的這一段感情上。

〔註 56〕王國維說：「詞之爲體，要眇宜修。能言詩之所不能言，而不能盡言詩之所言。詩之境闊，詞之言長。」（《人間詞話》）

〔註 57〕收錄於《渭南文集》卷三十九。

〔註 58〕收錄於《渭南文集》卷三十三。

陸游的愛情詩算是宋代寫愛情的詩歌當中最精彩的、最動人的，由以上的論述應可觀看到。〔註59〕

第六節　「臥讀陶詩未終卷，又乘微雨去鋤瓜」——田園生活悠閒自在

古代文人對於耕讀有著一種特殊的情感，有時把它當成暫時的慰藉，有時是精神的依歸。學陶淵明的躬耕南山下就是文人心靈嚮往的目標之一。陸游亦是如此認爲，他說：「學詩當學陶，學書當學顏」（〈自勉〉）就是以學陶爲志。〔註60〕

乾道三年到乾道六年，陸游住在山陰，靠田租過活。因爲乾道三年，主和派重翻舊帳，對他提出彈劾，說他「交結臺諫，鼓唱是非，力說張浚用兵。」連一個小官（隆興府通判）也做不成，可見當權派容不下他。這一年三月他從南昌出發取道臨川還鄉，順道拜訪朋友李浩。回到山陰之後，仕途對他而言是暫時遠離，周遭所見皆是農村景象。由以下的詩可見他很貼近農村生活：

桑間葚熟麥齊腰，鶯語惺惺野雉驕。
日薄人家晒蠶子，雨餘山客買魚苗。
豐年隨處俱堪樂，行路終然不自聊。
獨喜此身強健在，又搖團扇著絺蕉。（卷一，〈初夏道中〉）

這首詩描寫農村景象很生動「桑間葚熟麥齊腰，鶯語惺惺野雉驕」，「日薄人家曬蠶子，雨餘山客買魚苗」亦描繪農村的生活，五六句從描寫

〔註59〕錢鍾書認爲宋代的五七言詩還有個缺陷，它極少寫到愛情。他說：「宋人在戀愛生活的悲歡離合不反映在他們的詩裡，而常常出現在他們的詞裡。……除掉陸游的幾首，宋代數目不多的愛情詩都淡薄、笨拙、套板。」（《宋詩選注・序》）

〔註60〕鍾優民《陶學史話》，臺北允晨出版社出版，探討各時代對陶淵明的研究狀況，自六朝以至現代。而唐人崇謝靈運，宋人崇陶淵明；唐人之山水詩盛，宋人之田園詩盛。但唐之孟浩然王維亦稱道陶詩，且唐人喜稱道陶之嗜酒這件事。宋人卻是對陶詩以及陶淵明這個人全面了解、深入探討。

到抒發感想，「豐年」才有如此樂景，最後二句寫輕鬆的，自在的心情，所以他說：「獨喜此身強健在，又搖團扇著絺蕉」。居住山陰這時他另一首詩：

莫笑農家臘酒渾，豐年留客足雞豚。
山重水複疑無路，柳暗花明又一村。
簫鼓追隨春社近，衣冠簡樸古風存。
從今若許閑乘月，拄杖無時夜叩門。（卷一，〈遊山西村〉）

這首詩是陸游的名作，一方面描寫山陰農村的風土人情及自然景色，一方面也寫出對人生的體會，以及幽閒的田園生活情趣。三四句寫景色、五六句寫人情，極有情味。他就是有這一種樂觀的精神，住在山陰四年，心中有一股支持自己往前的力量，過著自在的生活。其次，「山重水複疑無路，柳暗花明又一村」既是寫美景，更能觀照出人生的境界，看似前方已無路可走，心情窘迫之餘，前方又展開一條光明之路。〔註 61〕

淳熙八年，陸游奉祠在家所寫的，表達田園之樂趣：

小園煙草接鄰家，桑柘陰陰一徑斜。
臥讀陶詩未終卷，又乘微雨去鋤瓜。（卷十三，〈小園〉之一）

前二句寫農村之景色，清新宜人。後二句寫讀陶詩之後又去鋤瓜，更寫出耕讀的悠閒景象。這首詩表現出樸素的自然美。因爲他對陶詩的喜愛，所以能夠更深刻體悟耕讀之樂趣。〔註 62〕生活趣味應該也包括

〔註 61〕金性堯《宋詩三百首》認爲這兩句：「其實是狀難寫之景，卻寫得不費力氣。」（273 頁）臺北書林出版。陸游喜梅堯臣之作品，亦受梅堯臣所說：「惟造平淡難」的影響。

〔註 62〕陸游有兩首〈讀陶詩〉：「我詩慕淵明，恨不造其微。退歸亦已晚，飲酒或庶幾。雨餘鉏瓜壟，月下坐釣磯。千載無斯人，吾將誰與歸？」（卷二十七）「陶謝文章造化侔，篇成能使鬼神愁。君看夏木扶疏句，還許詩家更道不？」（卷八十）可見其對陶詩非常喜歡以及對陶詩的評價極高。陶淵明在宋人心目中，無論道德文章，皆評價極高，堪稱師表。尤其是東坡的和陶詩是陶學發展史上成績最佳的代表，他也認爲陶淵明是古今詩家第一。「宋代爲陶學的興旺發達時期，在研究的廣度、深度上，皆取得飛速進步。特別是在陶公年譜、哲學淵源、陶集版本、訓詁箋釋、藝術風格及其在詩史地位等諸多領域，

玩一些小孩子的遊戲：

月白庭空樹影稀，鵲棲不穩繞枝飛。

老翁也學痴兒女，撲得流螢露濕衣。（卷十五，〈月下〉）

這首詩寫於淳熙十年秋天，前二句是寫景，寫月下蒼茫之景色。三四句寫陸游也學癡兒女撲流螢，表現作者之閒趣，極有童稚之情。山陰的田園生活有時也可以放縱一下自我，喝醉後睡在釣船上亦是特殊經驗：

卷地東風吹釣船，石帆重到又經年。

放翁夜半酒初解，落月銜山聞杜鵑。

繫船禹廟醉如泥，投宿漁家月向低。

濕翠撲人濃可掬，始知身在石帆西。（卷十七，〈宿石帆山下〉）

這兩首詩描寫陸游繫船在禹廟投宿在漁間的情景，「落月銜山聞杜鵑」、「濕翠撲人濃可掬」是美景。而從「醉如泥」到「始知身在石帆西」更是生活的樂趣所在，放下責任、放鬆自己，讓生命有一些空間。「始」字有著一種不經意的發現，有一種生活驚喜感。陸游晚年隱居山陰，一有興致即出門遊玩，其中表現出他的田園生活之樂趣：

困睫濛濛渴煮茶，繫船來扣野人家。

風翻翠浪千畦麥，水漾紅雲一塢花。

健犢破荒耕犖确，幽禽除蠹啄槎牙。

尋春非復衰翁事，且伴兒童一笑嘩。（卷二十四，〈舟過季家山小泊〉）

這首詩先寫因喝茶來扣農夫家門。接著四句描寫鄉村風景，美麗而生動。最後二句寫尋春不是老翁所爲，暫且伴著兒童一同嘩笑。此時的他已六十七歲，年體力雖衰，但有一顆童心去觀賞農村景色。中間四句寫農村之景極爲成功，刻畫細膩，鮮活生動。因爲他住在山陰，有時會到梅市閒逛一番：

開展了精湛探索，作出過超越前人的卓越貢獻。」（參見鍾優民《陶學史話》第三章，臺北允晨出版社出版。）陸游喜陶詩除了時代文風影響，也因爲其晚年住在山陰，與大自然極爲貼近，過著悠閒的田園生活，所以與陶詩的心靈境界相合。

新換單衣細葛輕，翛然隨處得閑行。
綠陰浦口維舟處，齋日場中打麥聲。
醉叟臥途知酒賤，耕農滿野喜時平。
老來無復雕龍思，遇興新詩取次成。（卷二十九，〈舟行過梅市〉）

這首詩寫農村之景色，也寫閒遊的樂趣，以及村民和樂的情景，後二句描述老來寫詩的方式已經改變，「遇興新詩取次成」更是呈現其隨興的創作經驗。「閒行」更是生活樂趣的原動力。七十一歲的陸游又寫了一首美妙的詩，因為悠閒的生活方式讓他能夠描繪出動人的景物：

老去人間樂事稀，一年容易又春歸。
市橋壓擔蓴絲滑，村店堆盤豆莢肥。
傍水風林鶯語語，滿原煙草蝶飛飛。
郊行已覺侵微暑，小立桐陰換夾衣。（卷三十二，〈初夏行平水道中〉）

這首詩前二句寫心中對老去的感嘆，值得快樂的事稀少。第三、四句寫出農村最普通但又美味的東西。五六句寫農村之景，鶯蝶飛舞。最後二句寫郊行之感受。中間四句除了視覺之美，更有味覺之鮮。鄉村生活的趣味、鄉村的美景，在他筆下變得清秀動人。再觀看下面一首詩：

園丁傍架摘黃瓜，村女沿籬採碧花。
城市尚餘三伏熱，秋光先到野人家。（卷六十三，〈秋懷〉其二）

前二句是一幅農村繁忙的景像，園丁、村女不亦樂乎。後二句寫農村比城市涼快些，更顯得農村的秋意。

陸游的晚年常到附近村莊遊玩，留下不少好作品，下面這一首是他七十七歲所寫的：

亂山深處小桃源，往歲求漿憶扣門。
高柳簇橋初轉馬，數家臨水自成村。
茂林風送幽禽語，壞壁苔侵醉墨痕。
一首情詩記今夕，細雲新月耿黃昏。（卷四十六，〈西村〉）

這首詩主要是描寫農村之景色，先寫亂山之中有一個世外桃源，中間兩聯具體描寫西村之悠閒情景，由柳樹、小橋、流水以及鳥語、牆上墨痕所點染的景色，充滿一片農村之純樸美。最後二句以「細雲新月耿黃昏」作爲結束，表達一種寧靜悠閒的心情。下面還有一首寫遊西村的情景，增寫村民的生活狀況：

昨夜雨多溪水渾，不妨喚渡到西村。
出遊始覺此身健，無食更知吾道尊。
藥笈可賒山店酒，筇枝時打野僧門。
歸來燈火茅簷夜，且復狂歌鼓盎盆。（卷四十八，〈遊西村〉）

這首詩先寫遊西村的緣由，第三、四句寫出遊之後才感覺到自己身體健康。五六句寫遊西村的率性。七八句寫遊西村感想，「且復狂歌鼓盎盆」，更顯現鄉村生活的悠閒面貌。他以不同的心情去面對生活，過著悠閒自在的生活，但悠閒之中有著一點率性的成分。晚年的陸游精神佳身體又健康，由以下這首詩可以看出其體力極佳：

已破梅花一兩枝，並溪穿塢每歸遲。
老軀健似中年日，鄉俗淳如太古時。
上疏清狂非復昔，據鞍矍鑠欲誇誰。
一端尚被鄰翁笑，無事長吟費撚髭。（卷四十九，〈閑遊〉）

二句寫流連於賞花的心情。第三、四句寫自己身體如中年一般，鄉村風俗如太古純樸。三四對句是爲了說明兩件美事：自己身體好又民風淳樸，才得以閒遊。五六句寫他的清狂個性不復當年，但體力依舊強壯。最後二句描寫悠閒的生活及心境。這首詩題目即叫做〈閑遊〉，最後一句「無事長吟費撚髭」表現出悠閒的生活趣味。〔註63〕就好像下面一首詩也是郊行的趣味所在：

山色埽石黛，江流漲麴塵。
春晴不終日，老病動經旬。

〔註63〕陸游還有幾首〈閒遊〉，比如卷六十三的「江邊小市舊經過……」卷六十四的「白石床平偶小留……」卷七十六的「一見溪山病眼開……」都是描寫類似的情緒。

竹密有啼鳥，村深多醉人。

東阡與南陌，處處寄閒身。(卷七十五，〈郊行〉)

這首詩寫景很有特色，「山色埽石黛，江流漲麴塵」是農村之尋常美景，「竹密有啼鳥，村身多醉人」寫農村生活之悠閒，最後說「處處寄閒身」是其心境的寫照，放下執著，處處可安身。陸游生活在樸素又平實的環境之下。

陸游對於鄉村生活有著敏銳之視覺感受，還描寫動人的人情味，請看下面兩首詩：

行歷茶岡到藥園，卻從釣瀨入樵村。

半衰半健意蕭散，不雨不晴天晏溫。

薯蕷傍籬寒引蔓，菖蒲絡石瘦生根。

參差燈火茆檐晚，童稚相呼正候門。(卷六十三，〈遊近村〉)

驢瘦童僵小作程，村翁也復解逢迎。

霜林已熟橙相餽，雪窖初開芋可羹。

土榻圍爐豆稭暖，荻簾當户布機鳴。

解囊自取殘編讀，何處人間無短檠。(卷六十九，〈宿村居〉)

前一首詩寫自己的蕭散心情，五六句以農村景象，有一種疏離的美感，可是七八句轉入另一種的氣氛，「童稚相呼正候門」顯得十分溫馨。第二首是寫投宿在農村更能感受到平凡又溫馨的人情味。這首詩寫農村生活的樂趣，村翁拿出霜橙、雪芋等美好的食物招待他，並寫出農村生活中圍爐、織布的情景。最後二句寫出他的悠閒及隨意之處，顯現他的人生智慧所在。農村生活的可貴就在於其平凡、自在、親切，一幅自然天成的風景畫就展現在我們面前，這是其廣闊又親民的視覺角度。

陸游又有幾首詩寫農村景象的詩，都是八十二歲遊東村之作，寫景極爲自然宜人：

雨霽山爭出，泥乾路漸通。

稍從牛屋後，卻過鵲巢東。

決決沙溝水，翻翻麥野風。

欲歸還小立，爲愛夕陽紅。(卷六十五，〈東村〉)

這首詩先寫雨過天青之景，三四句寫農村之景象，五六句寫農村之景色。最後的「欲歸還小立，爲愛夕陽紅」寫出悠閒又有欣賞的雅興。陸游的心情是悠閒的，寫景悠靜，而有情的，所呈現的境界是「小」的，不是壯闊的境界。他是「小立」去欣賞，不是邁步向前。再觀一首遊東村的詩：

信脚村墟落，歸來日未西。
波清魚隊密，風小鵲巢低。
白水初平岸，青蕪亦遍犁。
市壚多美酒，飲具不須齎。（卷六十五，〈東村〉）

這首詩先寫隨意之行。接著四句寫農村之美景，「波清魚對密，風小鵲巢低」寫小巧之景，「白水初平岸，青蕪亦遍犁」寫平蕪之景。最後寫出其悠閒之心情。這首詩寫農村之景，信步走去，以一種閒適心情去欣賞自然景物，不帶著太濃厚的情感，而是以較超然的心去看。但又不是純粹客觀的呈現，而是有主觀的參與。陸游又有一首〈遊東村〉：

露草衡門曉，風松一塢幽。
新春有佳日，老子得閑遊。
鷗爲忘機下，魚緣得計浮。
歸途無遠近，一葉亂漁舟。（卷六十五，〈遊東村〉）

這首詩先寫清晨悠靜的景色，接著說因有此美景，故作者可閒遊。五六句寫無機心隨緣之心境。最後「歸途無遠近，一葉亂漁舟」以景來烘托隨意之情。這首詩因物起興，描寫隨意自在的心情，顯現純任天機自在的快活。以上三首是其晚年悠閒生活之中送給山陰最珍貴的資產，捕捉住山陰最宜人的美景。

在悠閒的農村生活之中，陸游也關心農民的生活狀況，展現他的大我的精神：

稽山何巍巍，浙江水湯湯。
千里亙大野，勾踐之所荒。
春雨桑柘綠，秋風粳稻香。
村村作蟹椵，處處起魚梁。

陂放萬頭鴉，園復千畦薑。
春碓聲如雷，私債逾官倉。
禹廟爭奉牲，蘭亭共流觴。
空巷看競渡，倒社觀戰場。
項里楊梅熟，采摘日夜忙。
翠籃滿山路，不數荔枝筐。
星馳入侯家，那惜黃金償。
湘湖蓴菜出，賣者環三鄉。
何以共烹煮，鱸魚三尺長。
芳鮮初上市，羊酪何足當。
鏡湖瀦眾水，自漢無旱蝗。
重樓與曲欄，潋灩浮湖光。
舟行以當車，小繖遮新妝。
淺坊小陌間，深夜理絲簧。
我老述此詩，妄繼古樂章。
恨無季札聽，大國風泱泱。（卷六十五，〈稽山行〉）

這首詩是開禧元年冬陸游在山陰所作，詩開頭先記述和讚嘆山陰，他所描寫的是一幅天然魚米之鄉，以及富足的景象，山川秀麗，物產豐饒，百姓勤勞，民風淳樸。最後四句說明他的心跡，希望藉著這首詩，記錄這一幕景象。由此可知他是一個愛鄉愛民的人，在詳細的描繪之餘有著最可敬的心意。〔註64〕他和農民的生活非常貼近，由以下的〈山村經行因施藥〉可知：「耕傭蠶婦共欣然，得見先生定有年。掃灑門庭拂床几，瓦盆盛酒薦豚肩。」（卷六十五，其二）另一首：「驢肩每帶藥囊行，村巷歡欣夾道迎。共說向來曾活我，生兒多以陸爲名。」

〔註64〕其實陸游的作品描寫田園景色，有一部分算是農村的風情畫，充分的呈現農村的生活樣貌，並加上自己的關懷之大愛。如乾道八年陸游自夔州赴陝西漢中行經岳池時所作的一首詩〈岳池農家〉既寫景色：「泥融無塊水初渾，雨細有痕秧正綠」，又描寫農村的生活狀況：「賣花西舍喜成婚，持酒東鄰賀生子」，詩末還有一些感發：「農家農家樂復樂，不比市朝爭奪惡」。可見面對農村的態度是融入式、不是純粹旁觀的。

（卷六十五，其四）這兩首詩是陸游於開禧元年冬天所作，他施藥給百姓，受到百姓的歡迎，和熱誠的招待，而且還讚揚陸游救活他們，生兒以陸來命名。從這日常的言行，可見陸游可愛之處，也可證明他對藥理深有研究。一個八十一歲的老人還行走在山村之中，著實令人佩服。因此陸游對於農民不是一個旁觀者，而是融入日常生活，比起范成大的〈四時田園雜興〉毫不遜色。〔註65〕

陸游又有四首〈夜投山家〉，更是把農村生活的樸實富有生命力的部分透顯出來：

驀溝上阪到山家，牧豎應門兩髻丫。
荮火鄭紅煨芋熟，豈知新貴築堤沙。

夜行山步鼓鼕鼕，小市優場炬火紅。
喚起少年巴蜀夢，宕渠山寺看蠶叢。

生草茨廬荊作扉，數家煙火自相依。
大兒飼犢舍邊去，小兒捕魚溪口歸。

房櫳深深績火明，垣屋蕭蕭礱穀聲。
作官覓飽最繆算，羨爾為農過一生。（卷六十九）

第一首寫到山村之家待客之道。第二首寫夜行時聽到鼓咚咚響，讓陸游憶起少年的巴蜀夢。第三首寫農村養牛捕魚的生活方式。第四首夜晚在礱穀聲裡羨慕為農過一生。這四首寫農村和樂的景象，呈現農村悠閒又自足的氣氛。詩末所說「作官覓飽最繆算，羨爾為農過一生。」雖然有一些體悟但也透顯出其無奈的心情。這四首詩充分展現農村庶民的生活樣貌，平實而富有生命力，勤勞又有人情味。細膩的觀察農村生活，並注入自己熱切情感，是其創作的一大特色。陸游一直到八十幾歲還是出外旅遊，下面這一首詩是他八十五歲的作品：

閑人日日得閑行，況值今朝小雨晴。
水淺遊魚渾可數，山深藥草半無名。

〔註65〕范成大有〈四時田園雜興〉六十首，，描寫農村生活極細膩動人，包括春夏秋冬四季，且能反映農民辛苦的一面，故成大獲得「田園詩人」之稱號。

臨溪旋喚艠船渡，過寺初聞浴鼓聲。

小醉未應風味減，滿盤青杏伴朱櫻。（卷八十二，〈山行〉）

這首詩依然以閒行來表達悠閒的生活趣味，閒人得閒行，「況值」更增添一些趣味在。頷聯以及頸聯寫農村景色，顯得生氣盎然，最後二句寫出他的生活趣味，「滿盤青杏伴朱櫻」是平凡的生活趣味，卻是最感人的部分。

由以上所論可知，陸游在農村生活找到生命的放鬆點，他的沉重生命外另有一部分得到抒解，透顯出較悠靜的生命狀態。農村是他生命的寄託所在，「悠閒」是晚年的心境之一。山陰既是他的家鄉、奉祠之處、歸隱之所，更是生命的故鄉，安頓疲憊的生命。換言之，田園生活是他的生命喘息之處，也是人生志業的另一項關注點。但，深入農村生活與之悲喜，這又是其可貴之處。「隱居」可以貴族式的，日日焚香靜坐，僮僕侍候起居；或是平民化，親自耕種，起居簡素，得到平凡之生活樂趣。陸游的隱居是平民化的，從其詩歌可見此特點。

第七節　「看盡江湖千萬峰，不嫌雲夢芥吾胸」——理性自持消解悲哀

陸游的人生際遇有很多波折，如果沒有一顆抒解、超脫的心靈，日子很難渡過。陸游是一個多愁善感的詩人，但絕不是一個極度悲哀的人，在成都最消沉的時候，也沒有灰心喪志：「春愁茫茫塞天地，我行未到愁先至。滿眼如雲忽復生，尋人似瘧何由避。客來勸我飛觥籌，我笑謂君君罷休。醉自醉倒愁自愁，愁與酒如風馬牛。」（卷八，〈春愁〉）這首詩以戲謔的方式表達對「愁」的看法，去而復來，躲也躲不開，人生在世難免有愁，喝酒不能解愁。他領略到人生遍在的愁緒，卻能勇敢去接受它。認識這個愁字，才能役愁而不役於愁。我們再從其它詩篇觀看陸游的體悟：

白鹽赤甲天下雄，拔地突兀摩蒼穹。

凜然猛士撫長劍，空有豪健無雍容。
不令氣象少渟滀，常恨天地無全功。
今朝忽悟始嘆息，妙處元在煙雨中。
太陰殺氣橫慘澹，元化變態含空濛。
正如奇材遇事見，平日乃與常人同。
安得朱樓高百尺，看此疾雨吹橫風。（卷二，〈風雨中望峽口諸山奇甚戲作短歌〉）

這首詩寫於乾道七年，陸游在夔州通判任上。開頭六句是寫峽口山勢之美景，又述說以前認爲這裡景象極爲壯麗，但覺少了一些匯聚之功。這次看到不同以往的景象，因此他體會到豪健和雍容都含蘊在其中。陸游從景色有了一些體悟：「正如奇材遇事見，平日乃與常人同。」最後二句又語帶深情的嚮往，如此奇景，需要百尺高樓來觀賞才好。這首詩寫於乾道七年，正在夔州通判任內。峽口的風景經過幾次觀賞而有不同層次的體會，而刻劃出陸游的人生智慧。人就如山水一般，特殊才能不是隨時可見，需仰賴某種環境和際遇才能發揮出來。在風雨中的體悟是比較特殊，再看下面一首詩也是如此有智慧：

飄然醉袖怒人扶，箇裡何曾有畏途。
卷地黑風吹慘澹，半天朱閣插虛無。
闌邊歸鶴如爭捷，雲表飛仙定可呼。
莫怪衰翁心膽壯，此身元是一枯枝。（卷四十二，〈風雨中過龍洞閣〉）

這首詩先說明因爲喝醉所以膽子特大，再寫龍洞閣之壯闊之景，三四句是寫風之慘澹及朱閣之高，「闌邊歸鶴如爭捷，雲表飛仙定可呼」呈現飄渺的感覺，最後寫爲何如此大膽，只因自己是一枯枝。末尾似乎有些孤獨感，但是那種勇敢的情緒極爲震懾人心。因爲人生橫逆是前進的動力，陸游對於人生有很多的感慨，但是能從其中超越出來：

吾生如虛舟，萬里常泛泛。
終年厭作客，著處思繫纜。

道邊何人居，花竹頗閑淡。
門庭淨如拭，窗几光可鑑。
堂上滿架書，朱黃方點勘。
把茅容卜鄰，老死更誰憾。（卷五，〈憩黃秀才書堂〉）

這首詩的前四句是對人生深刻的感嘆，接著六句卻是寫黃秀才書堂的清新宜人，最後二句更寫出他的心願：「把酒容卜鄰，老死更誰憾」。由這首詩可以看出陸游在情緒上是可以轉移的，不會完全沉溺在其中而不可自拔。人生是如虛舟浮沉，但隨時可以暫時安身，使己身稍為寬心些。

淳熙五年陸游結束八年的戎馬生活，離成都回到臨安，旅途上經過瞿塘峽。瞿塘峽雄奇險峻，讓陸游有不同的感受，從而獲得超越悲哀的動力：

吾舟十丈如青蛟，乘風翔舞從天下。
江流觸地白鹽動，灩澦浮波眞一馬。
主人滿酌白玉杯，旗下畫鼓如春雷。
回頭已失瀼西市，奇哉，一削千仞之蒼崖！
蒼崖中裂銀河飛，空裡萬斛傾珠璣。
醉面正須迎亂點，京塵未許化征衣。（卷十，〈醉中下瞿塘峽中流觀石壁飛泉〉）

這首詩寫下瞿塘峽所見之情景。一二句是寫舟行走如青蛟，三四句是寫浪花如白鹽，灩澦堆如一駿馬般，氣勢澎湃。五六句寫舟人雷動如春雷，七八句寫回頭已離開奉節市，正面而來的是「一削千仞之蒼崖」。九十句寫水珠的氣勢，「銀河飛」、「傾珠璣」筆力雄肆奇妙。陸游帶著浪漫的眼睛看此美景，景色變得生動而奇幻。最後二句寫陸游之感受，經此壯闊之景洗滌身心疲倦，不須迴避，正面的迎向未來。陸游藉著下瞿塘峽有了這段動人的經歷，不只是豐富人生，更是從中得到人生啓示，可以更勇敢面對困難。這首詩由景入情，主客合一，極爲撼動人心。陸游順長江而下，來到黃鶴樓，他寫了一首詩：

青草渡頭波接天，山翁吟嘯自悠然。

朝餐偶過賣魚市，晚泊時逢迎荻船。

投老未除游俠氣，平生不作俗人緣。

一樽酌罷玻璃酒，高枕窗邊聽雨眠。〔註66〕（卷十，〈醉書〉）

這首詩前四句是寫景，江邊情景悠然自在。五六句表明自己的心跡「未除游俠氣」，「不作俗人緣」。七八句以「高枕窗邊聽雨眠」來呈現其瀟灑自在。詩中有堅持，也有一分了然於胸的豁達，這就是在梁州、益州八年的人生閱歷，所獲得的珍貴體會。乾道六年，陸游入蜀，經過九江，曾經住宿在廬山古剎東林寺。淳熙五年東歸的路上又再一次拜訪東林寺：

看盡江湖千萬峰，不嫌雲夢芥吾胸。

戲招西塞山前月，來聽東林寺裡鐘。

遠客豈知今再到，老僧能記昔相逢。

虛窗熟睡誰驚覺，野碓無人夜自舂。（卷十，〈六月十四日宿東林寺〉）

這首詩前二句是以議論方式說明自己的感觸，「看盡」「不嫌」都是了然於心的體悟。三四句寫「戲招」、「來聽」顯現出陸游寧靜的心境，五六句回想以前的相逢，「豈知」、「能記」是逢故人的驚喜。最後二句寫作者之坦然之心境，「野碓無人夜自舂」是遠處農村寧靜的情景，也是內心的一分安定。作者經過八年的四川宦途奔波，如今的心情就如蘇軾〈定風波〉所說的：「回首向來蕭瑟處，歸去，也無風雨也無晴」的平靜，換另一種心情去坦然面對世事，開出人生新境界。相對於前首詩的寧靜，「激動」亦是人生的另一番超越力量。

觀潮對陸游而言是一種新的人生經歷，尤其是千尺高的波浪衝撞過來：

江平無風面如鏡，日午樓船帆影正。

忽看千尺涌濤頭，頗動老子乘桴興。

濤頭洶洶雷山倒，江流卻做鏡面平。

向來壯觀雖一快，不如帆映青山行。

〔註66〕陸游自註云：「偶餘眉州酒一樽，獨酌遂醉。」

嗟余往來不知數，慣見買符官發威。

雲根小築幸可歸，勿爲浮名老行路。（卷二十一，〈觀潮送劉監至江上作〉）

這首詩是陸游於淳熙十六年寫於臨安，而劉監不知何許人。前二句先寫平靜之江面，三四句轉入激昂狀，濤頭洶洶江流卻如鏡平。後六句是以說明、議論帶出他的體悟，「向來壯觀雖一快，不如帆映青山行」反映出人生際遇壯觀燦爛不如平靜悠遊漫步，「勿爲浮名老行路」是寫應以超然態度面對浮名。陸游從觀潮之中悟得人生道理，內心的起伏由此可見。隔年，紹熙元年陸游奉祠在家，心知和仕途已畫下一個休止符，情緒不是很平和，但是從作品之中還是常有理性的自持：

君不見汾陽富貴近古無，二十四考書中書。

又不見慈明起自布衣，九十五日至三公。

人生窮達各有命，拂衣徑去猶差勝。

介推焚死終不悔，梁鴻寄食吾何病。

安用隨牒東復西，獻諛耐辱希階梯。

初無公論判涇渭，使徒新貴矜雲泥。

稽山一老貧無食，衣破履穿面黧黑。

誰知快意舉世雙，南山之南北山北。（卷二十八，〈放歌行〉）

這首詩是寫於紹熙四年，陸游六十九歲，奉祠在家。陸游藉著先賢的事蹟來說明人生的道理：「人生窮達各有命，拂衣徑去猶差勝」，再以介之推、梁鴻〔註 67〕事蹟說明他的堅持，就是不須矜誇雲泥，衣破面黧黑並不要緊。陸游以豪氣方式寫出他的看法，這豪氣不純粹是情感逼顯而起，而是經過知性的反覆理解，才能有如此「快意」之說。藉由聖賢之精神感召，堅持的動力更壯大，就像文天祥之〈正氣歌〉敘述在獄中以十二先賢事績自我勉勵，培養浩然之正氣。同年陸游又有一首佳作：

〔註 67〕《莊子・盜蹠》：「介之推至忠也，自割其股以食文公，文公後背之，子推怒而去，抱父而燔死。」《後漢書・梁鴻傳》：「遂至吳，依大家皋伯通，居廡下，爲人賃舂。」

秋風萬木實，春雨百草生。
造物初何心，時至自枯榮。
惟有山頭石，歲月浩莫測。
不知四時運，常帶太古色。
老翁一生居此山，腳力欲盡猶躋攀。
時時撫石三嘆息，安得此身如爾頑。（卷二十八，〈山頭石〉）

這首詩先寫造物者是自枯榮，再寫山頭之石，從這顆石頭也可以了悟一些人生哲理。石頭是「不知四時運，常帶太古色」，作者期望能如石頭一般「頑固」。造物者似乎是無心的，四季變化，人的生老病死，這些都是必然的，可是陸游在這當中體悟到自然變化，但是卻有其積極面：頑固的抗拒歲月的推移，勇敢面對人生。〔註 68〕

邁入晚年的陸游更有不同層面的體會，心境是如常的，是隨意的，以下先看他一首〈夜聞雨聲〉：

我似騎驢孟浩然，帽邊隨意領山川。
忽聞風雨掠窗外，便覺江湖在眼前。
路過郵亭知幾處，身如估客不論年。
未妨剩擁寒衾臥，贏取孤吟入斷編。（卷六十九）

這首詩寫於開禧二年陸游八十二歲時，詩中透顯出他的隨意生活方式，以及對人生的體悟，風雨一下子即掠過，眼前就是江湖。人生是轉瞬即過，雖然生命已到盡頭，但已釋懷。「知幾處」、「不論年」可以看出其心境的轉折，所以他說：「未妨剩擁寒衾被，贏取孤吟入斷編」，有一種悠然的自在了悟。而下面一首詩是寫從幽居更能清楚體會生命的本質：

一曲清溪帶淺山，幽居終日臥林間。
丹經在昔曾親授，死籍從今或可刪。
人笑拙疏安淡泊，天教強健享清閒。
秋來漸有佳風月，擬與飛仙日往還。（卷七十一，〈幽居〉）

〔註 68〕陸游晚年用「頑」字來說明自己的堅持，比如「心如頑石忘榮辱」（卷六十八，〈解嘲〉）「堪笑此翁頑似鐵」（卷五十七，〈野飯〉）「八十老翁頑似鐵」（卷四十七，〈夜歸〉）

這首詩是寫出人生的智慧，因爲幽居而有不同的體悟，「人笑拙疏安淡泊，天教強健享清閒」因爲強健才能享清閒，最後說「擬與飛仙日往還」更是對人生的超越，雖說不夠實際，卻也是人生的一大超脫。

陸游是一個重情感的人，表現在作品之中見其抒情性高，但他又有宋人普遍的人生智慧，那就是「悲哀的揚棄」。〔註 69〕放在陸游的詩歌作品之中去映證，也可以看出陸游的觀物態度及其人生觀。藉著景色來悟道，是人生的歷程，也是生命的體證。我們再進一步分析陸游的作品，雖有理性自持的反省智慧，但是他的詩沒有理學家的寡味。他記錄自己生活的體會，不是純理的說解，因此詩篇蘊含生活智慧，不只是哲學思辨，詩中充滿理趣。〔註 70〕或通過戲謔的方式如〈春愁〉，或通過壯闊景物的洗禮，如〈醉中下瞿塘峽中流觀石壁飛泉〉、〈觀潮送劉監至江上作〉，或通過空間的轉移之體會，如〈山頭石〉，或通過生活情境的轉變之反省，如〈憩黃秀才書堂〉，都是陸游最眞實的呈現。

第八節　「何方可化身千億，一樹梅花一放翁」——感興觀賞物象百態

陸機曾說過：「遵四時以嘆逝，瞻萬物而思紛，悲落葉於勁秋，喜柔條於芳春；心懍懍以懷霜，志眇眇而臨雲。」(〈文賦〉) 劉勰也說：「春秋代序，陰陽慘舒，物色之動，心亦搖焉。」(《文心雕龍·

〔註 69〕吉川幸次郎認爲宋詩的人生觀就是悲哀的揚棄，這是有別於唐詩的一大特色。他說：「遍覽宋詩，就會發覺到悲哀的作品並不算太多。或者，即使是吟詠悲哀的詩，也多半還暗示著某些希望，而很少悲哀到絕望的程度。宋人廣闊的視界，終於洞察了悲哀絕不代表人生的全部。這種新的積極的見解，如再經過哲學的驗証，也可以變成一種樂觀的信念。」(《宋詩概說》第七節宋詩的人生觀—卑哀的揚棄) 臺北聯經出版公司出版。

〔註 70〕錢鍾書《談藝錄》(增訂本)：「夫南宋詩人，於道學差有分者，呂本中、楊誠齋耳；陸放翁持身立說，皆不堪與比。」(128 頁) 臺北書林出版社出版。

物色》已說明詩人於大自然的密切關係。所謂「感物吟志」，除了對於自然萬物有感，也可以對人事有所感發。如果針對大自然有所感發而創作，是客觀呈現景物本身？抑或是作者內心世界的反照呢？我們先看看陸游如何寫景：

俯仰兩青空，舟行明鏡中。
蓬萊定不遠，正咬一帆風。（卷一，〈泛瑞安江風濤貼然〉）

這首詩描寫江上之風景，除了寫出明亮之景，也加上自己一些聯想，「咬」字增加活潑性，使整首詩鮮活起來。再看看另一首寫江中景色之詩：

舟中一雨掃飛蠅，半脫綸巾臥藤。
清夢初回窗日晚，數聲柔櫓下巴陵。（卷十，〈小雨極涼，舟中熟睡至夕〉）

這首是下巴陵所寫的詩，寫作重點是在那種幽閒清涼的氣氛，因此以雨掃除煩悶來使整個畫面柔和而舒緩。另外一首寫雨偏重於景物的細膩描寫：

映空初作繭絲微，掠地俄成箭鏃飛。
紙帳光遲饒曉夢，銅鑪香潤覆春衣。
池魚潑潑隨溝出，梁燕翩翩接翅歸。
惟有落花吹不去，數枝紅濕自相依。（卷七，〈雨〉）

這首詩寫雨的各種樣貌，一二句寫出雨勢的變化，三四句寫室內之景，五六句寫池魚、梁燕活潑景象，最後二句寫落花之景，但又蘊含著無限依戀之情。陸游能夠細膩描寫又能貼切刻劃，「繭絲微」、「箭鏃飛」寫雨之狀，池魚以「潑潑」，梁燕以「翩翩」來增加景象之生機。另外有一首寫燕子的詩準確補捉燕子生動樣貌：

初見梁間牖户新，銜泥已復哺雛頻。
只愁去遠歸來晚，不怕飛低打著人。（卷四十三，〈燕〉）

這首詩描寫燕子築巢的情景，燕子爲了哺育雛燕是忙碌的，只怕「歸來晚」。除了描寫燕子忙碌之景況，又加上詩人自己主觀的臆測，更增添動人的力量。

小園是陸游遊玩駐足之處，園中之景也是他關注之點：

筍生密密復疏疏，來看偏宜曉雨餘。

豈與人間作圖畫，幅巾短褐小籃輿。（卷十一，〈園中雜書〉其三）

殘花委地筍掀泥，香碗詩囊到處攜。

幽夢欲成誰喚覺，半窗斜日鷓鴣啼。（卷十一，〈園中雜書〉其四）

第一首詩寫園中之景，有著清新的氣氛，最後一句描寫自己的悠閒又平常的裝扮。第二首〈園中雜書〉寫的情景又有些不同，乃描寫落花之景，以及作者自己夢醒的慵懶之情景，整首詩的境界和詞境相似，且敘述口吻極爲纖巧。另外一首〈小園〉卻是寫戶外之景色：

村南村北鵓鴣聲，水刺新秧漫漫平。

行遍天涯千萬里，卻從鄰父學春耕。（卷十三，〈小園〉其二）

這首詩寫鄉村之景色，在一片鵓鴣聲和新秧之中學春耕，更有一種返樸歸眞的感受。由以上三首可以看出陸游掌握到「小小」的景物的特質，刻畫細膩。

陸游很喜歡梅花，對於梅花情有獨鍾，留下一些好的作品。〔註71〕我們先看下面這首絕句：

山月縞中庭，幽人酒初醒。

不是怯情寒，愁蹋梅花影。（卷二十三，〈梅花絕句〉其十）

這首詩寫出幽人因愁而和梅花影成雙，他的情感是和梅花聯結在一起的。另外一首是著重在梅花之韻致：

幽谷那堪更北枝，年年自分著花遲。

高標逸韻君知否，正在層冰積雪時。（卷二十四，〈梅花絕句〉其一）

這首詩以梅花著花遲寫出梅花之孤獨，後二句以直說來顯梅花之逸韻。另外一首寫梅花之綻放之景：

聞道梅花坼曉風，雪堆遍滿四山中。

何方可化身千億，一樹梅花一放翁。（卷五十，〈梅花絕句〉其三）

〔註71〕陸游喜歡梅花，也愛寫梅花。詩稿中以〈梅花〉爲題的詩就有十八首，以〈梅花絕句〉爲題的有三十二首。

這裡梅花是滿山遍野，一樹梅花下有作者之身影，整首詩顯得繽紛。景物擬人化，更具有生命力；詩人化身爲自然物，既是人格自期，又具有審美心靈。由此可知，陸游心目中的梅花是幽靜的、有逸韻，也可以繽紛的。梅花在文人的眼中的形象是清高的，陸游如此自期，可見特別喜歡梅花。〔註72〕

四季的變化是創作的源泉，它滋潤詩人的心靈，化爲一篇篇的詩歌，陸游掌握四季的美景，予以一一的描繪：

早春風力已輕柔，瓦雪消殘玉滿溝。
飛蝶鳴鳩俱得意，東風應笑我閒愁。（卷十三，〈二月四日作〉）

湖上清秋近，齋中日月長。
雲來收樹影，雨過土生香。
蓮小紅衣濕，瓜甘碧玉涼。
晚來幽興極，移榻近方塘。（卷二十四，〈六月十四日微雨極涼〉）

第一首詩寫早春之美景，美在風之輕柔，瓦片上的白雪融化，飛蝶鳴鳩自在幽遊。對美景之欣賞與描寫是因爲陸游有一顆閒適的心。第二首寫夏天的景色，第二聯和第三聯寫夏日農村之美景，最後說明自己非常有幽興，特來欣賞。而下著春雨的景色亦十分柔美：

片片紅梅落，纖纖綠草生。
無端夜來雨，又礙出門行。（卷六十五，〈春雨〉其一）

春陰易成雨，客病不禁寒。
又與梅花別，無因一倚欄。（卷六十五，〈春雨〉其二）

這兩首詩的寫春雨伴著紅梅、綠草，表現春雨中的淒清美感，這當中的淒清的美感，除了由春雨的烘托，更是因爲與梅花離別之故。陸游對於秋天觸角敏銳：

〔註72〕陸游有一闋詞〈卜算子〉：「驛外斷橋邊，寂寞開無主。已是黃昏獨自愁，更著風和雨。無意苦爭春，一任群芳妒。零落成泥碾作塵，只有香如故。」題爲「詠梅」，藉著詠梅喻托自己的寂寞卻堅持之心情。梅花的涵義之一就是人格清高。宋人林和靖有梅妻鶴子應是宋人以梅花喻托己意之代表人物之一。

烏桕微丹菊漸開，天高風送雁聲哀。

詩情也似并刀快，剪得秋光入卷來。（卷五十四，〈秋思〉）

舍前舍後養魚塘，溪北溪南打稻場。

喜事一雙黃蛺蝶，隨人來往弄秋光。（卷五十九，〈暮秋〉其四）

桑竹成陰不見門，牛羊分路各歸村。

前山雨過雲無跡，別浦潮回岸有痕。（卷七十二，〈秋思〉其七）

第一首詩中的秋天是「詩情畫意」的，詩情更是有生命的。第二首的秋天是活潑又富有生機的，黃蛺蝶扮演穿針引線的角色。第三首詩是秋天寫農村之景色，但是後二句又轉入描述秋天之情思，「雨過雲無跡」、「潮回岸有痕」寫景貼切又有一種悠靜之情。而寫秋景又可以有另一番風貌，彷彿一幅山水畫般的優美：

閒人無處破除閒，待得漁舟一一還。

峰頂夕陽煙際水，分明六幅巨然山。（卷八十四，〈湖上晚望〉）

這首詩寫秋天之景，因心情幽閒，才能待得漁舟一一還。而秋天的景色是一輪夕陽伴著煙水迷離，一座座的高山就如圖畫一般。陸游以閒情以及如畫帶出這一片湖光山色。有時他又加入兒童嘩笑以及熱鬧的場面：

兒童隨笑放翁狂，又向湖邊上野航。

魚市人家滿斜日，菊花天氣近新霜。

重重紅樹秋山晚，獵獵青帘社酒香。

鄰曲莫辭同一醉，十年客裡過重陽。〔註73〕（卷十三，〈九月三日泛舟湖中作〉）

這首詩以兒童和放翁作開場，寫出湖邊之美景，秋山之景是由霜氣、紅樹、青帘所編織成的，「十年客裡過重陽」顯得熱鬧又帶一些落寞。陸游看夏日、寫夏天又別有一絕：

一葉兩葉病木實，一點兩點疏螢流。

水底星河秋脈脈，鬢根風露夜颼颼。（卷七十一，〈夏日雜題〉之四）

〔註73〕陸游自註云：「予自庚寅至辛丑，始見九日於故山。」

這首寫夏日之夜景，但是卻有一種清涼之感覺，「一葉兩葉」、「一點兩點」，「秋脈脈」「夜颼颼」，更襯托出詩的寂寞氣氛。六言的形式也適合寫景，再看看下面的作品：

醉面貪承夕露，釣竿喜近秋風。
借問孤舟何處，深入芙蕖浦中。（卷八十三，〈夏日六言〉其二）

溪漲清風拂面，日落繁星滿天。
數隻船橫浦口，一聲笛起山前。（卷八十三，〈夏日六言〉其三）

前一首是寫孤舟在布滿蓮花之湖中，後一首寫夜景之清涼。由此可知，陸游對於夏日之補捉是著重在清涼之情狀，雖是夏日卻有秋日之心情。

晚年的陸游更是和農村之景色水乳交融，其中更有農村的牧兒作陪：

溪深不須憂，吳牛自能浮。
童兒踏牛背，安穩如乘舟。
寒雨山陂遠，參差煙樹晚。
聞笛翁出迎，兒歸牛入圈。（卷四十，〈牧牛兒〉）

三農雖隙亦匆忙，穡事何曾一夕忘。
欲晒胡麻愁屢雨，未收蕎麥怯新霜。（卷五十九，〈農舍〉其一）

第一首詩寫牧童之狀況，前四句讚牧童之巧，五六句寫景，後二句寫牧童悠閒來歸，似乎牧童就在圖畫一般。第二首詩寫農忙之景，亦展現作者自己的悲天憫人之情懷，和前面的悠閒之情景有所不同。陸游的悠閒之心境，有時是以悠靜的景物來表現，運用五絕的形式更有韻味：

小浦聞魚躍，橫林待鶴歸。
閑雲不成雨，故傍碧山飛。（卷四十七，〈柳橋晚眺〉）

疏鐘渡水來，素月依林上。
煙火認茅蘆，故倚船篷望。（卷三十二，〈夜歸〉）

這兩首詩都是寫小而安靜的景物，使得整個畫面寧靜而有雋永之情味，尤其是夜晚的關係，更有一種寧靜之美。〈柳橋晚眺〉中的「聞」、

「待」、「傍」是比較靜態的動詞，但又寫「魚躍」「鶴歸」，就注入動態的生命力。〈夜歸〉中的「依」、「倚」呈現悠閒的趣味，但又寫「渡水」來增加動態美。陸游的詩還有一些是以詩中有畫的方式呈現：

紅樹青林帶暮煙，並橋常有賣魚船。

樊川詩句營丘畫，盡在先生拄杖邊。(卷三十三，〈舍北晚眺〉)

這首詩前二句寫景，色彩鮮明。後二句更把杜牧詩境、李成的畫境〔註74〕納入他的手杖邊，顯得詩情畫意。難怪《唐宋詩醇》認爲這首詩寫得「自然入畫」。另一首七絕亦呈現美麗的畫面：

西風沙際矯輕鷗，落日橋邊繫釣舟。

乞與畫工團扇本，青林紅樹一川秋。(卷二十五，〈舍北望水鄉風物戲作〉)

這首詩把水邊落日景象寫得很清麗，第三句「乞與畫工團扇本」是把美景圖畫化，使另外三句的美景生動化。下面是把美景和范寬的圖畫結合在一起：

莫嫌風雨作新寒，一樹青楓已半丹。

身在范寬圖畫裡，小樓西角剩憑欄。(卷二十五，〈初冬雜題〉)

而這裡的景色是在風雨之中展開，青楓已半丹紅，而且作者在小樓西角欄杆邊觀賞，「莫嫌」是一種隨興的生活態度。「身在范寬圖畫裡」，使讀者閱讀時的美感經驗更豐富，可見陸游對於圖畫及景色之融合具有掌握能力。〔註75〕以上三首對於山水畫與詩歌的融合，是超越詩畫之分界，找出二者之間共同的美感特質，以及借用讀者的審美心理的移轉，使詩歌的審美趣味提昇出來。

由以上的例子可知，陸游對於萬物以及四季的變化有著敏銳的感受，因爲其有一顆悠閒的心才能欣賞大自然的美。換言之，呈現悠閒的心境是他的作品的特色之一。我們可以斷論，這一種題材的作品彰

〔註74〕杜牧有《樊川集》，北宋畫家李成號營丘。

〔註75〕范寬是北宋畫家，其最著名畫作是〈谿山行旅圖〉，其畫山水運用的「皴法」和「點法」別出一格，使大山突起的雄渾蒼莽感眞實呈現出來。

顯陸游另一種的心境，更是呈現陸游最輕鬆、最能放下的另一種面貌。但其不是擬物主義〔註 76〕者，而是以抒情主人公的身分出現，不再站在畫外，而是進入畫內，他要從旁觀人角度去發問，所謂的「於賓見主」。其悠閒的觀賞景物，卻是偏於欣賞型的心靈活動。〔註 77〕從觀賞小小景物而完成一次美感經驗，這就是豐富他的生命內涵。陸游到老依舊有著復國之大志，但是生命慢慢老去，也讓他的生命型態慢慢轉變。衰老的感受雖時時有，但是易感的心靈卻未消逝，觀物之心意是活躍的。

第九節　小結——呈現多樣貌的生命型態

由以上各節的論述，我們可以從陸游作品之中觀察其生命歷程以及心靈層面，並了解不同樣貌的生命型態。

陸游是一個情感熾烈的人，所以抗敵復國的志向極宏大，抒發的情緒是激烈的、高亢的。他又是一位個性浪漫的詩人，一離開梁州、益州之後，「梁益」變成浪漫生活之代稱。因為他在那段時期，經歷人生最激昂的生活，如帶兵、騎馬、射虎、歡飲、高歌，還未及厭倦即告結束，立即變成內心當中永遠的夢。他又是一個現實主義者，因為他的美夢是和戰地實際狀況相結合，是和人民生活息息相關的，乃是建立在現實的事功上，不是建立在虛幻的空中樓閣之上。理想與浪漫是構築在現實的志業上，是其生命特質之一。

當理想受到阻礙，陸游會有惆悵、落寞的情緒，但他發之於篇章之中，絕不是憤慨，而是沉鬱，或是自我解嘲。其宣洩方式是較平和的，非以排山倒海的方式去宣洩胸中情緒，而是轉換成舒緩的方式去

〔註 76〕所謂擬物主義，詩人持有一種既不捨棄感性客體又能超脫以精神的審美態度，既「俯拾即是，不取諸鄰」，又「超以象外，得其環中」。如王維的山水詩即是。請參考蕭馳《中國詩歌美學史》第七章所論。擬物主義的審美主體是無我、忘我，陸游的詩歌是有我，但心境平和寧靜。

〔註 77〕所謂欣賞型的心靈活動，就是不涉工具性、目的性。

呈現。其次，其愛情的受挫之後，他以隱約的追憶方式去面對，不是以熱烈激動的或是明確表白的方式呈現，由此可見其生命沉潛蘊藉的部分。〔註 78〕

我們可以看出其面對人生的不如意、事與願違時，他以「作夢」的方式作爲願望之補償、滿足。可見其回憶（活在過去）和現實（活在當下）常是矛盾的，他的補償心裡亦促使他對理想的更堅持，有時是一種不切實際、冥頑的生命盲流。有可敬處，亦有可議處。〔註 79〕

早年他的熱情是擺放在復國大業上，晚年他的熱情另有所依歸。看似情感已沉澱，心靈平靜，其實是把情感重心都寄托在兒子身上，對兒子百般叮嚀，與兒孫交心，分享生活經驗。他認眞扮演父親的角色，以溫暖又熱切的生命去面對兒孫，雖苦口婆心但溫馨感人，但絕不是盲目教訓徒增兒孫負擔。

就另一層面的生命型態而言，他能用「心靈」去看萬物，與萬物和熙相遇；甚至以審美觀點觀看事物、景物細微變化，不滲入任何價值判斷，以及些許激情。或言其晚年仕途的失利，才促使他轉入田園求慰藉，其實早年如有機緣走向田園生活，能融入其中，可見其生命的多面向。〔註 80〕所以激情之下有另一分恬淡，恬淡之下又有激情，不同層面的生命型態，呈現其心靈的多樣化以及複雜化。

不可諱言的，田園生活對陸游而言，起先是有些無奈，因心嚮鴻鵠之志，「田園」只是暫時安頓之處。但現實一一逼近，田園生活變成生命的主體，「甘於平淡」是其日漸之趨勢。又因現實的無情，貧

〔註 78〕吉川幸次郎說：「陸游的詩具有先天的熱情，加上後天修來的廣泛境界，二者相結合而又產生一種更重要的特色。他固然是個熱情的人，但他的視界並不因熱情而受到蒙蔽或局束；那麼，當熱情在無局無束的視界裡，自由自在地發揮作用時，無疑會更廣泛更深刻地掌握並反映現實。」(《宋詩概說》211～212 頁，臺北聯經出版公司出版。)

〔註 79〕我們從其晚年支持韓侂冑北伐，以致時人以爲其晚節不保，對其節操而言是有些瑕疵。

〔註 80〕如卷一的〈初夏道中〉、〈遊山西村〉都是悠閒欣賞農村之美景的寫照。

窮亦是其時常面臨的困境，因此悠閒的田園生活帶著悲天憫人的情懷，絕不是蹈空生活著，只顧及己身之安樂。〔註 81〕

他又是一個具有人生智慧的人，能從生活經驗去體會人生哲理，使自我生命的舒朗、開闊，讓自己活得更自在、更愉快。生命的提昇是透過自我了解、自我體悟的過程去實踐，其中沒有高深的道理闡述，而是如汩汩流水的點滴智慧。他擁有身體力行的積極性格，再加上環境與教養，使其生活智慧極爲豐盈而平易近人。

綜言之，陸游詩中所呈現的生命型態是激情與恬淡的交響，熱烈與沉鬱之融合，執著與豁達之並存，惆悵與歡欣之綰結等多重之樣貌。

近人顧隨的評論道出其生命型態的本質所在：「放翁雖非偉大詩人，而確是眞實詩人。先不論其思想感染，即其感情便已夠上眞的詩人，忠於自己的感情，故其詩有激昂的、也有頹喪的；有忙迫的，也有遲緩的。」故其詩歌充分反映他的生命各種情境與樣貌。〔註 82〕

〔註 81〕陸游的詩如〈過鄰家〉（初寒偏著苦寒身）寫農民在豐年仍不免有餓死、逃亡的情況發生，如〈農家嘆〉（有山皆種麥）寫農民辛勤耕種，但亦爲官府催逼征稅，生活煎熬的情況。可見他是關心農民的生活狀況。

〔註 82〕參見《顧羨季先生詩詞講記》176 頁，臺北桂冠圖書公司出版。

第四章　陸游詩歌的藝術特質

陸游的詩有九千多首，除了上一章所論述的內涵之外，在藝術特質也有獨到之處，表現手法多樣化，多有可觀之處。本章共分六節，第一節先討論意象的變化，第二節探討其造語特色，第三節探討其色彩詞的運用，第四節探討其夸飾手法，第五節探討其如何運用情景衝突增加張力，第六節探討其譬喻手法的特色。〔註 1〕

第一節　意象鮮活多重

一、豪放與浪漫意象融合

何謂「意象」？簡言之是客觀物象和主觀情志相統一的產物。在《周易・繫辭傳》就曾有言：「聖人立象以盡意，設卦以盡情僞。」聖人以「象」來表達「意」，但這個「象」是一個象徵性的符號，不是藝術形象。「意象」作爲詩學的範疇，最早見於劉勰《文心雕龍・神思》：「使玄解之宰，尋聲律而定墨；獨照之匠，窺意象而運斤，此蓋御文之首術，謀篇之大端。」但此意象著重在構思過程中的形象。唐宋以還，意象運用漸廣，含義不盡一致，但離不開意與象二者特定的關係。如唐司空圖《二十四詩品》中的「縝密」有四句：「是

〔註 1〕本章側重表現手法之論析，但絕不可能是孤立的觀其藝術性，它還是以內容爲基點去考察，如此方能眞正呈顯其藝術特質。

有眞跡，如不可知。意象欲出，造化已奇。」乃著重言意象的形象魅力，能夠使讀者感發到作者之思想感情，體會造化之其妙。如明王世懋《藝圃擷餘》，陸時雍《詩境總論》都運用過意象這一語詞作爲詩歌的評價標準。概括而言，意象是寄意於象，把情感化爲可以感知的形象符號，爲情感找到一個客觀對應物，使情成體，便於觀照玩味。〔註 2〕而西方對於意象的論述較強調其繪畫性：「意象是詩人在空間所欲描繪的意義形態，具有繪畫性的意味；所以，一個名詞或名詞片語可以形成意象，而一句詩也構成一幅『心靈圖畫』。」〔註 3〕意象是詩的靈魂所在。以下從詩中之意象尋繹出陸游詩歌之獨特繪畫性及感發性。

陸游是一個浪漫的人，因此他要表達自己的夢想、理想時，用了一些特殊的意象。比如描寫異族特殊風貌以及戰地的生活，他運用動物意象來呈現：

中華初識汗血馬，東夷再貢霜毛鷹。（卷四，〈胡無人〉）

玄熊蒼兕積如草，赤手曳虎毛毿毿。（卷三，〈聞虜亂有感〉）

冰霜迫殘歲，鳥獸號落日。（卷三，〈太息〉宿青山鋪作）

渴驥奔時書滿壁，餓鴟鳴處箭凌風。（卷二十三，〈憶南鄭舊遊〉）

「汗血馬」、「霜毛鷹」是夷狄之貢品，「玄熊」、「曳虎」、「鳥獸」、「渴驥」與「餓鴟」都是他表現南鄭之特殊景象。另外他以「牛背爛爛」來呈現急促之感：

牛背爛爛電目光，狂殺自謂元非狂。（卷八，〈樓上醉書〉）

此意象有目不暇給的感覺。另外又有其它動物意象：

一點烽傳散關信，兩行雁帶杜陵秋。（卷八，〈秋晚登城北門〉）

〔註 2〕參見吳戰壘《中國詩學》，27 頁，臺北五南出版社出版。另外擴大至整個藝術活動而言可參見《美學辭典》〈意象〉所論：「藝術家在創作之前，必須以主觀情意去感受物象，在頭腦中形成意象，然後借助於藝術表現的物質手段，外化爲藝術作品中的形象，這個形象有是主觀情意和外在物象的結合」（臺北木鐸出版社出版），所謂物質手段就是指語言、色彩線條、聲音節奏等。

〔註 3〕參見張淑香《李義山詩析論》，12 頁，臺北藝文印書館。

帖草角鷹掀兔窟，憑風羽箭作鴟鳴。（卷八，〈獵罷夜飲示獨孤生〉其三）

這裡以「雁」帶來秋天的氣氛，也帶來戰爭的消息，又以「角鷹掀兔窟」，「羽箭如鴟鳴」來表現前線的狀況。戰地狀況，陸游或以壯士所穿的衣服爲重點：

金鎖甲思酣戰地，皂貂裘記遠遊時。（卷四十二，〈書感〉）

「金鎖甲」「皂貂裘」都是戰地裝扮。可見因爲陸游運用特殊意象，使南鄭的景象有別於南方，更增加作品的浪漫性及傳奇性。

陸游的英雄形象亦需寶劍之陪襯，而其對寶劍有一分深厚之情感，如〈寶劍吟〉：「幽人枕寶劍，殷殷夜有聲。人言劍化龍，直恐興風霆。」寶劍和人相合，又如〈長歌行〉：「國仇未報壯士老，匣中寶劍夜有聲。」又如〈三月十七日夜醉中作〉：「逆胡未滅心未平，孤劍床頭鏗有聲。」又如〈旅思〉：「廢亭草滿青騾健，野店燈殘寶劍鳴。」寶劍此意象創作出詩人之形象，更是象徵詩人之豪情壯志。另外如〈金錯刀行〉：「黃金錯刀白玉裝」（卷四）中金錯刀亦是象徵勇武英豪之氣概，又如〈融州寄松紋劍〉（卷八）、〈劍客行〉（卷九）都將劍和豪情相聯結，有劍始能殺敵。由此可知陸游的內在世界是如此豪邁而浪漫。

大自然給人的感動常是不可言喻的，壯闊景象更給人開放及精神的提昇，陸游就以「大鳥橫飛」、「大魚陵空」來表現江水之廣闊：

俊鶻橫飛遙掠岸，大魚騰出欲陵空。（卷十，〈初發夷陵〉）

此意象是生動的，不是靜止的。或是以大塊的「牛」肉來呈現壯闊景象：

淋漓牛酒起墻干，健艣飛如插羽翰。

破浪乘風千里快，開頭擊鼓萬人看。（卷十，〈初發荊州〉）

因爲暢快的飲用牛、酒，所以是淋漓的，是潑灑的，再加上剛健的船艣，速度更是飛快。且以擊鼓者爲視覺焦點，增加張力。另外一首是以猛士來譬喻（擬人化）：

白鹽赤甲天下雄，拔地突兀摩蒼穹。
凜然猛士撫長劍，空有豪健無雍容。
不令氣象少渟滀，常恨天地無全功。（卷二，〈風雨中望峽口諸山奇甚戲作短歌〉）

白鹽一帶的景致是天下之雄，故以「猛士撫常劍」來呈現其奇景。再看看另外一首詩更是驚人：

吾舟十丈如青蛟，乘風翔舞從天下。
江流觸地白鹽動，灩澦浮波眞一馬。
主人滿酌白玉杯，旗下畫鼓如春雷。
回頭已失瀼西市，奇哉，一削千仞之蒼崖！
蒼崖中裂銀河飛，空裡萬斛傾珠璣。
醉面正須迎亂點，京塵未許化征衣。（卷十，〈醉中下瞿塘峽中流觀石壁飛泉〉）

先寫舟如青蛟，接著江水一下子如白鹽，一下子是馬；又是銀河飛，又是傾珠璣，變化眞多，有時運用譬喻手法「如青蛟」，「如春雷」，有時是生動刻畫，「銀何飛」、「傾珠璣」，令人讚嘆不已。再看看下面一首：

江平無風面如鏡，日午樓船帆影正。
忽看千尺涌濤頭，頗動老子乘桴興。
濤頭洶洶雷山倒，江流卻做鏡面平。（卷二十一，〈觀潮送劉監至江上作〉）

這裡的江水是如鏡子一般，有時湧起彷彿雷山傾倒，氣勢亦懾人。以上可見陸游描寫江水取其壯闊樣貌呈現，氣勢的壯闊是以意象變化快速及善於譬喻描寫重點。再看看下面兩個例子：

雷動江邊鼓吹雄，百灘過盡失途窮。
山平水遠蒼茫外，地闊天開指顧中。（卷十，〈初發夷陵〉）

無窮江水與天接，不斷海風吹月來。（卷十，〈泊公安縣〉）

第一首江水壯闊是以江邊如雷動的聲音相搭配，再加上「山平水遠」、「地闊天開」的描寫，夷陵的江上景色撼人。第二首是以「無窮」、「不斷」的形容詞來增加意象的開闊性以及景色的壯美。由此可知，陸游描繪江水運用很多壯大的意象，氣勢雄渾。

登樓是一件心曠神怡的事，也可能是帶出很多感觸的媒介：

誰能招喚三秋月，我欲憑陵萬里風。（卷十二，〈雨後獨登擬峴樓〉）

陸游一登上擬峴樓眼睛的視野變寬，因此陸游以「三秋月」、「萬里風」呈現出壯闊的氣勢及超曠的心情。另外一首登擬峴樓是寫江面之景：

雨氣分千嶂，江聲撼萬家。

雲翻一天墨，浪蹴半空花。（卷十二，〈冒雨登擬峴臺觀江漲〉）

這首詩是登擬峴臺所寫，擬峴臺在撫州（今江西省臨川縣）。〔註 4〕這是描寫從高樓上觀看江水，但是以布滿天空的「墨雲」和揚起半空高的「浪花」，以及盛大的「江聲」作陪襯，運用視覺、聽覺的壯大達成景色的震撼性。而動詞「分」、「撼」、「親」、「泛」更是使景畫面極爲生動。而樓閣高入雲宵可使觀者精神振奮：

卷地黑風吹慘澹，半天朱閣插虛無。

闌邊歸鶴如爭捷，雲表飛仙定可呼。（卷四十二，〈風雨中過龍洞閣〉）

陸游要表現龍洞閣的高聳以及在風雨之中，所以「卷地黑風」和「半天朱閣」來呈現，引領讀者進入那種虛無又慘澹的氣氛之中。

有時景象突然變大或變小，給讀者不同的感受，增加震撼效果：

煙雨千峰擁髻鬟，忽看青嶂白雲間。

卷藏破墨營丘筆，卻展將軍著色山。（卷八，〈雨中山行至松風亭忽澄霽〉）

「煙雨千峰擁髻鬟」是大的畫面，突然變成「卷藏破墨營丘筆」之中，這是小景，意象由大而小，意象有變化而使這首詩既有趣味又具有美感。

「飲酒」是陸游的喜好之一，在品嘗美酒之餘，可以使心情放鬆，故他以喝醉酒爲題材者，其意象的呈現皆豪放動盪、酣暢淋漓：

我飲江樓上，闌干四面空。

〔註 4〕陸游於淳熙六年冬到達撫州，翌年十一月又奉詔到臨安，這兩首應寫於這段時間之內。

手把白玉船，身游水精宮。
方我吸酒時，江山入胸中。
肺肝生崔嵬，吐出爲長虹。
欲吐輒復吞，頗畏驚兒童。
乾坤大如許，無處著此翁。
何當呼青鸞，更駕萬里風。（卷四，〈醉歌〉）

喝酒的快樂是可以暫時忘記一切，甚至可以作無窮的幻想，陸游以「手把白玉船」、「身入水精宮」帶出美麗浪漫的幻想，更以「青鸞」、「萬里風」表現豪放的心情。另外，喝醉酒還是未能解哀愁也可以景色來襯托：

把酒不能飲，苦淚滴酒觴。
醉酒蜀江中，和淚下荊揚。
樓櫓壓溢口，山川蟠武昌。
石頭與鍾阜，南望鬱蒼蒼。（卷六，〈江上對酒作〉）

陸游以景色的險峻來表現心中的苦悶，所以是「樓櫓壓溢口」、「山川蟠武昌」；「壓」「蟠」之動詞運用，增加壓迫感；再以「鬱蒼蒼」來表現抑鬱之感。喝醉酒更可以狂放一番：

益州官樓酒如海，我來解旗論日買。
酒酣博塞爲歡娛，信手梟盧喝成采。（卷八，〈樓上醉書〉）

爲了顯示那種暢快之言，所以益州官樓的「酒如海」，呈現豪氣的一面。也以「博塞」、「梟盧」作爲豪放的象徵。再看看下面這個例子：

胸中磊落藏五兵，欲試無路空崢嶸。
酒爲旗鼓筆刀槊，勢從天落銀河傾。
端溪石池濃作墨，燭光相射飛縱橫。
須臾收卷復把酒，如見萬里煙塵清。（卷七，〈題醉中所作草書卷後〉）

陸游喝醉酒揮筆而下，爲了表現那種特殊的氣勢，其寫美酒如「旗鼓筆刀槊」、而且筆勢「從天落銀河傾」；又以「燭光相射飛縱橫」寫出端溪石池磨出的墨；再以「萬里煙塵清」寫出筆勢收拾得快速。由此可知，這首詩的意象變化極爲快速，而且很不平凡，令人目眩神迷。

由以上所論，可知陸游創造的意象是浪漫的、鮮活的，有時是奇幻，有時是瑰麗，有時是豪邁的，有時是熱切的，足以開闊心胸、壯大氣勢。其次，意象的運用是動態的、快速的、多樣的、甚至是超乎想像的，所以表達出不同凡響的激昂情緒。尤以憶南鄭生活的作品常以動物意象營造豪邁奇情之氣氛，增添一種浪漫之感，更使懷念成爲遙不可及的夢想。

二、田園與山水意象之結合

在中國古典詩歌中，詩人可因自然景象和特定的心情相似呼應而達到表現的效果。〔註5〕陸游的一生大部分時間是在山陰度過，尤其是晚年更是大都沉浸在農村生活之中，因此田園風光是其寫作重點，且其描繪的自然景象不再只是「山水」景象，而是田園與山水景象之結合而成。其意象之塑造可以觀看下面的分析。

（一）動靜相涵攝

陸游對於農村景象有敏銳感受，刻畫細膩，我們由下面的例子就可以看出：

桑間葚熟麥齊腰，鶯語惺惺野雉驕。
日薄人家曬蠶子，雨餘山客買魚苗。（卷一，〈初夏道中〉）

莫笑農家臘酒渾，豐年留客足雞豚。
山重水複疑無路，柳暗花明又一村。（卷一，〈遊山西村〉）

陸游對於鄉間的景物特別有興趣，觀察很細微。如「鶯語」、「野雉驕」、「曬蠶子」、「買魚苗」、「臘酒渾」、「足雞豚」。他所看到的景物是靜中有動，呈現出農村的生命力。再看看下面的詩句：

縱轡江皋送夕暉，誰家井臼映荊扉。
隔籬犬吠窺人過，滿箔蠶飢待葉歸。（卷七，〈過野人家有感〉）

這首詩「縱轡江皋送夕暉」，「誰家井臼映荊扉」是靜態的景象，「送」、「映」卻增加生動感。「隔籬犬吠窺人過」，「滿箔蠶飢待葉歸」是動

〔註5〕參見蕭馳《中國詩歌美學》223頁，北京大學出版社出版。

態的景象，陸游把兩者結合表現農村的悠閒景象。

山陰的農村又有其它的美景，再看看他如何描寫：

宿雨初收見夕陽，縱橫流水入陂塘。
蠶家忌客門門閉，茶户供官處處忙。
綠樹村邊停醉帽，紫藤架底倚胡床。
不因蕭散遺塵事，那覺人間日月長。（卷十七，〈自上灶過陶山〉）

困睫濛濛渴煮茶，繫船來扣野人家。
風翻翠浪千畦麥，水漾紅雲一塢花。
健犢破荒耕犖确，幽禽除蠹啄槎牙。
尋春非復衰翁事，且伴兒童一笑嘩。（卷二十四，〈舟過季家山小泊〉）

這兩首都有流水的景象，〈自上灶過陶山〉的流水是縱橫的，三四句有動態的也有靜態的意象，五六句的畫面卻是安靜的休憩，一幅悠閒的鄉居圖。〈舟過季家山小泊〉的三四句是靜中有動的景象，「翻」、「漾」使意象生動化；五六句卻以「健犢破荒耕犖确」、「幽禽除蠹啄槎牙」動態的動物意象來呈現。再看看下面這首詩：

新換單衣細葛輕，翛然隨處得閑行。
綠陰浦口維舟處，霽日場中打麥聲。
醉叟臥途知酒賤，耕農滿野喜時平。
老來無復雕龍思，遇興新詩取次成。（卷二十九，〈舟行過梅市〉）

這首詩雖舟行過流水卻以寫陸上景色爲主，「綠陰浦口維舟處」是靜態的意象，「霽日場中打麥聲」卻是動態的意象。「醉叟臥途知酒賤，耕農滿野喜時平。」卻是以說明（「知酒賤」）帶領出生機盎然充滿喜悅的描寫，亦是動態的意象。

山陰多流水，如何描繪水景應是其思考的重點，下面先舉幾個水邊之景象爲例：

莫笑衰微百不能，一枝筇杖捷飛騰。
山空野火焚秦篆，日澹煙蕪遍禹陵。
小浦漲潮迎釣艇，疏鐘出谷送行僧。
踟躇不覺歸途晚，村落人家已上燈。（卷三十二，〈出遊〉）

這首詩是以「野火焚秦篆」、「煙蕪遍禹陵」中「野火」與「煙蕪」意象產生迷濛美感，配合著「迎釣艇」、「送行僧」帶出水邊之景象，視野甚遠，令人印象深刻。三四句寫禹陵之景，五六句轉入小浦近景，七八句轉入農村人家之生活景象，可見其田園和山水景象是融合在一起。從船上觀景別有一番景象：

三百里湖新月時，放翁艇子出尋詩。

城頭蜃閣煙將合，波面虹橋柳未衰。

漁唱蒼茫連禹穴，寒潮蕭瑟過娥祠。

祖龍虛負求僊意，身到蓬萊卻不知。（卷四十四，〈舟中作〉）

這首詩是從舟中看岸上風景，三四句是安靜的意象，五六句以「漁唱」帶出動態的畫面，讓人有渾然忘我之感。船上之景象是人們和作者一起參與的，極爲生活化。再看另一首詩更是表達人與人之間的互動關係：

昨夜雨多溪水渾，不妨喚渡到西村。

出遊始覺此身健，無食更知吾道尊。

藥笈可賒山店酒，筇枝時打野僧門。

歸來燈火茅簷夜，且復狂歌鼓盎盆。（卷四十八，〈遊西村〉）

這首詩雖寫溪水，但著重的是作者和村民的和熙相處狀況，五六句是動態的景象，愜意喝酒健步如飛，七八句是安靜中帶著狂放。由以上三首詩可知，陸游就地取材，動態意象有恬靜的氣氛，在安靜的畫面之中躍動著生氣。

在旅途所見之景象表現輕盈的美感，從下面的例子可以讀出他的喜悅：

山靈喜我馬蹄聲，正用此時秋雨晴。

日淺風斜江上路，蘆花也似柳花輕。（卷五，〈次韻周輔道中〉）

這是他在周輔道中所見之景，景物描述得很生動。尤其是對於景物給人新鮮的的感受補捉得很準確。比如「山靈喜我馬啼聲」（動態的聲響）、「蘆花也似柳花輕」（靜態的聲響），呈現動人的畫面。再看一首描寫旅途的詩：

寺鐘吹動四山昏，繫纜來投江上村。
木落不妨生意足，水歸猶有漲痕存。
爐紅手暖書差健，鼎沸湯深酒易溫。
勿爲無年憂寇竊，狺狺小犬護籬門。(卷六十九，〈旅舍〉)

這首詩不只寫遠處的寺鐘，也寫近處的樹林、流水，爐紅而手暖、鼎沸的湯、酒，最後描寫小狗守護著籬門。視覺由遠而近，而且描繪生動。遠處寧靜，拉近鏡頭卻是動態的畫面。山水景象和田園景象融合在一起。

其次，補捉大自然的生命躍動，可以更細緻的方式呈現，請看下面陸游的〈初夏行平水道中〉：

老去人間樂事稀，一年容易又春歸。
市橋壓擔蓴絲滑，村店堆盤豆莢肥。
傍水風林鶯語語，滿原煙草蝶飛飛。
郊行已覺侵微暑，小立桐陰換夾衣。(卷三十二，〈初夏行平水道中〉)

三四句是豐盛的畫面，是比較安靜的特寫靜頭，「蓴絲滑」和「豆莢肥」令人垂涎三尺，五六句轉而寫動態的畫面「鶯語語」、「蝶飛飛」，視覺的意象卻有多面性，味覺亦被蓴絲和豆莢喚起，使得初夏的景象活靈活現的。而寫春天的景色也非常迷人：

小雨重三後，餘寒百五前。
聊乘瓜漫水，閑泛木蘭船。
雪暗梨千樹，煙迷柳一川。
西岡夕陽路，不到又經年。(卷三十五，〈小舟遊西涇度西岡而歸〉)

這首詩以「雲暗梨千樹，煙迷柳一川」來表現西岡迷濛之景色。三四句是悠閒之景，五六句更把安靜的畫面加以特寫，具有概括性，最後一句轉入動態描寫，寫時光之易逝。整首詩是寧靜之美，但「遊」而「歸」，畫面動態化。還有一些靜中有動的景象，我們看看下面的例子：

露草衡門曉，風松一塢幽。

新春有佳日，老子得閑遊。

鷗爲忘機下，魚緣得計浮。

歸途無遠近，一葉亂漁舟。（卷六十五，〈遊東村〉）

這首詩寫東村之景色，也寫閑遊的樂趣，「露草衡門曉，風松一塢幽」是幽靜的景象，另以「鷗」與「魚」來妝點東村，使畫面生動活潑起來。從對景物的捕捉可知其晚年的心情，視角更細膩：

度嶺穿林一徑斜，旋篝新火試新茶。

箬包粉餌祠寒食，雨濕青鞋上若耶。

石罅微泉來滴瀝，溪涯老木臥槎牙。

不須苦覓東科谷，長處雲山可寄家。（卷四十五，〈雲門道中〉）

這首詩寫道中之景色，「石罅微泉來滴瀝」、「溪涯老木臥槎牙」是細部描繪，在幽靜的氣氛下有著動態之刻劃。因此「試新茶」是一件日常事情，不必用太特殊的方式，但平淡有味。而對於景物作細膩描繪，亦是其晚年作品的特色之一：

行歷茶岡到藥園，卻從釣瀨入樵村。

半衰半健意蕭散，不雨不晴天宴溫。

薯蕷〔註6〕傍籬寒引蔓，菖蒲絡石瘦生根。

參差燈火茆檐晚，童稚相呼正候門。（卷六十三，〈遊近村〉）

久著朝衫負此湖，扁舟剩喜補東隅。

市樓合樂醅新熟，寺壁殘詩字欲無。

常日不堪愁宛轉，此行猶得笑須臾。

久陽鷗鷺皆相識，更覺人間是畏途。（卷六十四，〈泛舟到鏡湖旁小市〉）

前一首詩以「薯蕷傍籬」、「菖蒲絡石」作爲他半衰半健的心情寫照，可見鄉村的景物是他就近取材的好題材。且「薯蕷傍籬寒引蔓，菖蒲絡石瘦生根」是靜態之景，到了「參差燈火茆檐晚，童稚相呼正候門」畫面熱鬧起來，呈現動態之意象，心情也跟著有所轉變。後一首詩描寫鏡湖旁的景色，最重要是寫自己惆悵之情緒，所以其補捉的景象是

〔註 6〕薯蕷就是山藥。

市樓的「醅新熟」，寺壁上的詩句「字已無」。雖是安靜的景象，最後卻以「久陽鷗鷺皆相識」帶出一些動態的景象，畫面更生動。

由以上所論可知，田園和山水景色有動有靜，靜態的描寫之外又有一些較動態的描寫，會使景物更吸引人，更有生命力。陸游的田園景象融合山水景象是安靜之中充滿無限的生機，絕沒有死寂式的意象。其次亦可知其所描繪景象絕不是孤立於人世的景象，其「山水」景象有人們的參與，其「田園」景象呈現幽靜卻有生機的美感。

（二）遠景和近景的切換

陸游的寫景的視角亦多樣性，有些是先寫遠景再寫近景：

政為梅花憶兩京，海棠又滿錦官城。
鴉藏高柳陰初密，馬涉清江水未生。
風掠春衫驚小冷，酒潮玉頰見微赬。
殘年飄泊無時了，腸斷樓頭畫角聲。（卷六，〈自合江亭涉江至趙園〉）

這首詩先寫對官城之整體感受，三四句寫遠景，一是烏鴉，一是駿馬。五六句縮小專寫自己的情況，這是由遠景寫到近景。最後歸結於「腸斷樓頭畫角聲」，增加立體感。再看看下面一首詩：

碧雲吞日天欲暮，城西捩舵城東路。
蓴羹菰飯香滿船，正是江頭落帆處。
荻洲漁火遠更明，煙水蒼茫聞雁聲。
不是綠尊能破悶，白頭客路若為情。（卷十四，〈樊江晚泊〉）

第一二句是寫遠方之景，從天上到城東路，三四句拉回近景，而且運用嗅覺意象。五六句亦是近景，再加上聽覺的描寫，使整個景象鮮活起來。再看看下面一首詩：

老作孤舟客，秋濤漲小江。
林昏見飛燐，村近有驚尨。
天闊三更月，篷低一尺窗。
魚飧雖草草，聊喜到吾邦。（卷二十，〈泝小江飯舟中〉）

這首詩三四五句皆是遠景，但是距離不遠，第六句帶入一尺窗，視線拉近。從遠景拉到近景，使舟中情景成爲焦點，突顯題目重心。以上三例皆是先寫遠景再寫近景。

接下去看看〈西村〉不同的視角變化：

今年四月天初暑，買蓑曾向西村去。
桑麻滿野陂水深，遙望人家不知路。
再來桑落陂無水，閉門但見炊煙起。
疑是羲皇上古民，又恐種桃來避秦。（卷四十四，〈西村〉）

這首詩是先寫遙望「不知路」，再寫「陂無水」，再寫閉門見到的是「炊煙起」，鏡頭是從遠而近，一路而下。再看下面一首詩和〈西村〉一樣以循序方式創作：

川靄林扉翠欲浮，散人心事寄沙鷗。
暮投野店孤煙起，曉涉清溪小蹇愁。
嶺路窮時縈細棧，山形缺處起重樓。
釣游陳跡渾如昨，一念悽然不自由。（卷五十六，〈雲門道中〉）

這首詩是寫道中的景色，陸游的視覺焦點是一路而上，先寫「川靄」「林扉」，再寫「暮」投野店，「曉」涉清溪，最後是「嶺路窮時縈細棧，山形缺處起重樓」到達重樓。可見是循序漸「近」。再觀看一首陸游早年所作的詩：

上盡蒼崖百級梯，詩囊香碗手親攜。
山從飛鳥行邊出，天向平蕪盡處低。
花落忽驚春事晚，樓高剩覺客魂迷。
興闌掃榻禪房臥，清夢還應到剡溪。（卷五，〈遊修覺寺〉）

這首詩是爬階梯，所以先寫的是高山和青天之景色，再來寫近處之落花和高樓，最後是寫禪房之情景。順著足跡而寫，讀之極有臨場感。還有一些例子是呈現多方面的視角變化：

風露浩無際，星河淡欲傾。
遙知並船客，聞我詠詩聲。
水鳥橫江去，漁舟背月行。
神清不成寐，隱几待窗明。（卷十，〈舟中夜坐〉）

萬里泛仙槎，歸來鬢未華。
蕭蕭沙市雨，淡淡渚宮花。
斷岸添新漲，高城咽晚笳。
船窗一樽酒，半醉落烏紗。（卷十，〈初到荊州〉）

這兩首詩是淳熙五年（西元 1178）陸游從成都東歸，順江而下所作。因為從成都回來，視野變廣闊，心境和以前不同，寫景有不同的視角。景色有平蕪、雲煙、甚至有浩瀚的江水。隨著景色時而低迴、時而高昂，但不變的是他對景物的全景的掌握，陸游不是概述式的敘述，而是抓住重點去描寫，而且景中有情，不是純粹寫景而已。這兩首詩的首聯：「風露浩無際，星河淡欲傾。」、「萬里泛仙槎，歸來鬢未華」是遠景，接著再寫舟中之景色，前一首詩是在舟中詠詩，「聞我詠詩聲」，後一首詩是在舟中喝酒，「船窗一樽酒」，可見最後都把視覺焦點放在船上的「他」的心情上。

晚年有一首詩也以先寫遠景再寫近景的方式呈現，甚具特色：

度塹穿林腳愈輕，憑高望遠眼猶明。
霜凋老樹寒無色，風掠枯荷颯有聲。
泥淺不侵雙草履，身閑常對一棋枰。
茆檐蔬飯歸來晚，已發城頭長短更。（卷五十五，〈遊近村〉）

這首詩先寫憑高望遠，「眼猶明」表視覺廣闊。三四句寫遠處之老樹、枯荷之景色，寫景淒美。五六句寫身邊之景，一是「草履」，一是「棋坪」，表達自己悠閒之心情。最後二句歸結回到城上，視角拉近。可見他的視角是隨著其行程而轉移。

陸游另有一些詩句是先寫近景再寫遠景，和前面的例子相反：

故故摧詩襯雨篷，悠悠破夢隔雲鐘。
遙看漁火兩三點，已過暮山千萬峰。
老已自應埋病骨，歸哉莫念抗塵容。
停橈小住青楓岸，吳市高人儻可逢。（卷十六，〈小雨舟過梅市〉）

這首詩描寫旅途之心情，用「雨篷」、「雲鐘」襯托出旅途之苦悶，但是他又說：「遙看漁火兩三點，已過暮山千萬峰」使旅途之苦悶沖淡一些，燃起新的希望。第一二句是近景，三四句轉而寫遠景，「遙看」漁火兩三點。五六句再轉寫自己的心情。可見他的視角是移動的，非固定式的。

因爲遠眺而視野廣闊，故只專寫遠景以呈現其不同的視野：

樓鼓聲中日又斜，憑高愈覺在天涯。
空桑客土生秋草，野渡虛舟集晚鴉。
瘴霧不開連六詔，俚語相答帶三巴。
故鄉可望應添恨，莫恨雲山萬疊遮。（卷六，〈晚登橫溪閣〉）

暮景苦多雨，幽尋寄一欣。
溪喧常似雨，石潤易生雲。
天迥回鴉陣，林疏過鹿群。
莫談朝市事，吾老厭紛紛。（卷二十二，〈遊石帆山筲石旗諸山〉）

前一首詩因爲傍晚登上橫溪閣，所以他所描寫的都是遠處之景，越爬越高，極目望盡綿延的「秋草」、聚集的「晚鴉」、「瘴霧」，視野極遠。後一首詩的三四句描寫喧譁的溪水、溼潤的岩石，五六句寫天上的鴉陣以及樹林的鹿群，可見其著重的是山林之間的景色，寫得皆是遠景。

有一些是近景描寫，比如下面一首詩是因爲他經過市集，觸目所及而寫：

去去浮官浦，悠悠數客檣。
蓼花低蘸水，楓樹老經霜。
簫鼓迎神鬧，鉏耰小麥忙。
城西小市散，歸艇滿斜陽。（卷六十四，〈梅市道中〉之一）

這首詩寫梅市景色，雖然五六句是熱鬧畫面，但是另外以「蓼花低蘸水」，「楓樹老經霜」之近景，映襯其惆悵思緒。下面一首詩寫法和上面一首相似，以植物映襯其心情的變化：

短髮蕭蕭久掛冠，江湖到處著身寬。
蓼花不逐蘋花老，桐葉常先槲葉殘。
未卜柴荊臨峭絕，且謀蓑笠釣荒寒。
閑人尚媿沙鷗在，始信煙波得意難。（卷六十四，〈舟行魯墟梅市之間偶賦〉）

這首詩著重寫他掛冠已久的心情，他以常見的蓼花和蘋花、桐葉和檞葉來表達衰老的心情，表達自己對歸隱還存有一些不安定的情緒。換言之，三四句以細膩的近景刻劃，映襯他敏銳的感受。

綜言之，陸游的視角是隨著自己的所感、所聞而改變，有時遠景連接近景，有時近景接遠景，有時只寫遠景，有時只寫近景，從不以定焦的方式呈現。景色和作者之關係若即若離，既對景物有情意，但又不主觀性完全投入，因此觀賞山水之美又具有田園生活情趣。

（三）感官意象交替

視覺是最重要的感官，它可以是感知外在世界的媒介，亦是作者內在心靈的反映。作者接觸外在事物除了運用視覺，有時候也運用其它的感官意象，請看下面的例子：

端居無策散閒愁，聊作人間汗漫遊。
晚笛隨風來倦枕，春湖帶雨送孤舟。
店家菰飯香初熟，市擔蓴絲滑欲流。
自笑勞生成底事，黃塵陌上雪蒙頭。（卷十六，〈雨中泊舟蕭山縣驛〉）

這首詩以「晚笛」、「倦枕」、「春湖」、「孤舟」、「菰飯」、「蓴絲」作爲蕭山縣驛的特質，使旅途中的孤寂沖淡了些。最重要是陸游加上嗅覺意象，「店家菰飯香初熟」，使整首詩的意象更豐富。另外一首也運用嗅覺意象：

碧雲吞日天欲暮，城西捩舵城東路。
蓴羹菰飯香滿船，正是江頭落帆處。
荻洲漁火遠更明，煙水蒼茫聞雁聲。
不是綠尊能破悶，白頭客路若爲情。（卷十四，〈樊江晚泊〉）

整首詩最特殊之處就是運用嗅覺，「蓴羹菰飯香滿船」是蓴羹和菰飯的香氣四溢（嗅覺），極爲吸引人的。他又捕捉住漁火（視覺）、雁聲（聽覺）兩種意象，更增加這首詩的生動性。其次，陸游寫山及水有著特殊的美感，因爲其善於運用各種感官意象：

湖水無風鏡面平，巉巉倒影萬峰青。
放翁眼界便疏豁，過盡蘆村泊寥汀。（卷十七，〈泊舟〉之二）

手中一卷養魚經，又向樊江上草亭。
朝雨染成新漲綠，春煙澹盡遠山青。
榜舟不厭頻來往，岸幘常須半醉醒。
賦罷新詩自高詠，滿汀鷗鷺欲忘形。（卷二十二，〈樊江〉）

〈泊舟〉寫湖水如鏡子一般，和山峰映照，更顯得美麗。視覺所見是倒影之美，「鏡面平」和「萬峰青」一片清新之美。〈樊江〉寫遠山之美，「新漲綠」和「遠山青」亦是呈現清新之美感。這兩首詩可以說是陸游最佳視覺的呈現，感官經驗的極致刻畫。

由以上所論，陸游的感官經驗豐富，不全然寫視覺所感，有時是發揮嗅覺、聽覺、觸覺，使讀者在閱讀當中特別感受其意象之多樣性。

我們看他晚年歸隱時到家鄉附近的田野去旅遊之作品，因為所見所聞都是山陰鄉村景色，其描寫的景物趨向比較安靜一些。處於極度悠閒的心境之中，能夠默默地欣賞大自然的這些蓬勃的生機。鄉村的怡然自得的景色皆入詩，比如「小浦漲潮迎釣艇，疏鐘出谷送行僧。」（〈出遊〉）、「桑麻滿野陂水深，遙望人家不知路。」（〈西村〉）、「霜凋老樹寒無色，風掠枯荷颯有聲。」（〈遊近村〉）、「薯蕷傍籬寒引蔓，菖蒲絡石瘦生根。」（〈遊近村〉）、「蓼花低蘸水，楓樹老經霜。」（〈梅市道中〉）、「波清魚對密，風小鵲巢低。」（〈東村〉）「白水初平岸，青蕪亦遍犁。」（〈東村〉）、「露草衡門晚，風松一塢幽。」（〈東村〉）、「寺鐘吹動四山昏，繫纜來投江上村。」（〈旅舍〉）景色是安靜的、幽閒的，而且他能夠去欣賞不一樣的美景，不只去描寫繁華之景物，更描寫蕭颯之景物。但是靜態之中又富有動態之美，因此意象的營造既生動又富有生命力。

田園與山水意象有動有靜、動靜相涵攝，有遠景和近景之變換，又運用感官經驗，可見他是一個從生活經驗之中出發，再加上自己敏銳的觀察力，描繪出各式各樣的田園以及自然景象。自然山水的景象「社會生活化」，促使山水和田園融合，作者不再寫孤立之山水，而是描繪更生活化的田園景象。〔註7〕

由以上這一節所論，可知陸游善於捕捉景物之重點，並爲其所用，情與景是融合的，景中自然可見其情感，所以情景的關係比較緊密。當他看到壯闊的景色，心情自然振奮；他的豪情，亦藉景物呈現出來。當他見到農村的景色，心情自然悠閒；他的閒情，亦藉景物表現出來。當他年老體衰，所描寫的景物也有「老態」，但是老而健，老而有韻味。〔註8〕綜言之，陸游的意象的範圍很廣，有大也有小的景物，有寬也有窄的視野，有遠有近的景色捕捉，有壯闊也有沉靜的景物，但是其意象絕沒有衰敗滅亡之象，是具有生命力，且其視角是多方面的，不拘於一個視角。〔註9〕

第二節　造語特色

一、明白如話

陸游的學詩過程是從江西詩派入，但是他的文字卻從江西派「出」，造語明白如話，所謂明白如話，就是用字很淺白，在文學語言之外又加上日常用語，我們先看敘事部分：

「七年不到楓橋寺」，客枕依然半夜鐘。(卷二，〈宿楓橋〉)

〔註7〕今人霍然說：「但同類題材的創造由前代的山水田園向此時的田園農家的轉化，主體審美注意的中心由自然界的青山秀水向社會生活中活動著的人的轉化，卻正是南宋時代的創作者審美觀念愈加深入生活切近實際的表現。」(《宋代美學思潮》328頁，長春出版社出版)

〔註8〕梅堯臣寫詩講求平淡，其〈東溪〉中有二句：「野鳧眠岸有閒意，老樹著花無醜枝。」寫出老邁而有生命力的美，平淡而有韻味。陸游的詩中形象安排偶有同工之妙。

〔註9〕中國山水畫不同於西方傳統畫以一定時間、一定角度的單向透視，而是採用散點透視或多重透視的方式，經常轉換角度，從不同觀點、不同時間，不同季節看同一座山。而中國詩面對自然景物亦是以這種多重角度來描寫景物。

將上荒城猿鳥悲，隔江「便是」屈原祠。
「一千五百年間事，只有灘聲似舊時」。(卷十，〈楚城〉)
「老翁有學痴兒女」，撲得流螢露濕衣。(卷十五，〈月下〉)
「小樓一夜聽春雨」，深巷明朝賣杏花。(卷十七，〈臨安春雨初霽〉)
「老境三年病」，新元十日陰。(卷三十一，〈新春〉)
「今年寒到江鄉早」，未及中秋見雁歸。
八十老翁頑似鐵，三更風雨採菱歸。(卷四十七，〈夜歸〉)
「共說向來曾活我，生兒多以陸爲名」。(卷六十五，〈山村經行因施藥〉)
湖中居人事舟楫，「家家以舟作生業」。(卷二十八，〈鏡湖女〉)
「欲雨未雨雷車奔，欲睡不睡人思昏」。
蠻童正報煮茶熟，忽有野僧來扣門。(卷七十七，〈暑雨〉)
斜風細雨苕溪路，「我是後身張志和」。(卷七十七，〈書感〉其二)

以上的例子可以看出陸游的詩句和說話一般，敘事極爲自然，但又不致太過俚俗。再看看下面的例子：

去年小稔已貪足，今年當得厭酒肉。
「斯民醉飽定復哭，幾人不見今年熟」。(卷三十九，〈喜雨歌〉)
「天下本無事，庸人擾之耳」。(卷九，〈心太平庵〉)

以上的例子可見陸游在議論部分也以明白如話的方式來呈現。再看看下面的例子：

數莖白髮愁「無那」，萬頃蒼池事已空。(卷三，〈南池〉)
長成嫁與東西家，柴門相對不上門。
青裙竹笥「何所嗟」，插髻燁燁牽牛花。(卷八，〈浣花女〉)
簟紋四水飛蠅避，鼻息如雷稚子驚。
癡腹便便「竟何有」，已將嘲弄付諸生。(卷五十八，〈午睡〉)
病酒閉門常「兀兀」，哦詩袖手久愔愔。(卷七，〈書嘆〉)

醉裡不辭嘲「兀兀」，吟邊時得寄悠悠。

即今老眼無閑處，又向城南倚寺樓。(卷三十七，〈身世〉)

這些例子是陸游詩中的形容詞、副詞亦善於運用淺白的詞句。創作出明白如話的詩句可以拉近讀者和作者的距離。陸游予以加工，呈現出自己的特色。〔註10〕

二、活用俗語

由於陸游和庶民日常生活很貼近，所以善用俗語，請看下面的例子：

猶勝溪丁絕輕死，無時來往駕艫艚〔註11〕。(卷二，〈過東霅灘入馬肝峽〉)

憂樂羈愁酒病兩無聊，小篆吹香已半消。

喚起十年閩嶺夢，赬桐〔註12〕花畔見紅葉。(卷三，〈思政堂東軒偶題〉)

隔籬犬吠窺人過，滿箔蠶飢待葉歸〔註13〕。(卷七，〈過野人有感〉)

歸舟猿吟鳥啼裡，屈沱醉歸詩滿紙〔註14〕。(卷十一，〈建寧重五〉)

閑眠不作華胥計，説與春鳥自在啼〔註15〕。(卷十二，〈晝臥聞百舌〉)

〔註10〕劉熙載《藝概・詩概》:「放翁詩明白如話，然淺中有深，平中有奇，故令人咀味。」也就是説陸游的詩雖淺白，但其文意卻有深義，值得咀嚼。前人以爲陸游白話化的傾向是學白居易之故，如明李東陽〈懷麓堂詩話〉:「陸務觀學白樂天，更覺直率。」清袁枚《隨園詩話》:「學元白放翁者其弊常失於淺。」李重華〈貞一齋詩話〉:「南宋陸放翁，堪與香山踵武，益開淺直路境。」大都有明顯的貶抑，只有劉熙載予以正面的肯定。

〔註11〕陸游自註云:「峽中小船謂之艫艚。」

〔註12〕陸游自註云:「赬桐，嘉州謂之百日紅。」

〔註13〕陸游自註云:「吳人直謂桑曰葉。」

〔註14〕陸游自註云:「屈沱蓋屈原故居，楚人謂江之別流爲沱。」

〔註15〕陸游自註云:「江南謂百舌爲春鳥。」

詩爲六藝一，豈用資狡獪。〔註16〕

汝果欲學詩，工夫在詩外。（卷七十九，〈示子遹〉）

以上的例子是陸游運用各個地方的俗語，並加上自己的註解來說明，可見他融入各地方之俗語，並且加以活用。

另外一種是泛稱爲「俗謂」，未說明是何種俗語，請看下面的例子：

金丹定解幽人意，散作山椒百炬紅〔註17〕。（卷六，〈宿上清宮〉）

安石榴房初小坼，南天竺子亦微丹。

新寒漠漠偏欺老，睡起無風怯倚欄。〔註18〕（卷四十，〈新寒〉）

斷虹不隔江郊雨，〔註19〕一醆昏燈夜半時。（卷四十六，〈夜雨有感〉）

這些例子都是平常的生物或是日常狀況，在他註解之下讓讀者更能掌握其意義。

還有一些是陸游家鄉的俗語，有一種親切的美感：

呼盧院落譁新歲〔註20〕，賣困兒童起五更〔註21〕。（卷三十八，〈歲首書事〉其一）

中夕祭餘分餺飥〔註22〕，黎明人起換鍾馗。（卷三十八，〈歲首書事〉其二）

舍後攜籃挑菜甲，門前喚擔買梨頭〔註23〕。（卷四十一，〈擬古〉）

〔註16〕陸游自註云：「晉人謂戲爲狡獪，今閩語尚爾。」

〔註17〕陸游自註云：「夜中山谷火煜然，俗謂聖燈，意古藏丹所化也。」

〔註18〕陸游自註云：「南燭草本，俗謂之南天竺，李端叔取以名僧軒，概用俗語也。」

〔註19〕陸游自註云：「東方虹見則止，俗語謂之隔雨，今歲獨不爾。」

〔註20〕陸游自註云：「鄉俗歲夕聚博謂之試年庚」

〔註21〕陸游自註云：「立春未明相呼賣春困，亦舊俗也。」

〔註22〕陸游自註云：「鄉俗以夜分畢祭享，長幼共飯其餘，又歲日必用湯餅，謂之冬餛飩年餺飥。」

〔註23〕陸游自註云：「村人謂小梨爲梨頭。」

山前五月楊梅市，溪上千年項羽祠。

小繖輕輿不辭遠，年年來及貢梅時。〔註 24〕（卷四十三，〈項里觀楊梅〉其一）

山中户護作梅忙，火齊驪珠入帝鄉。

細織筠籠相映發，華清虛説荔枝筐。〔註 25〕（卷四十三，〈項里觀楊梅〉其四）

今日日南至，吾門方寂然。

家貧輕過節，身老怯增年。〔註 26〕（卷四十九，〈辛酉冬至〉）

這些例子陸游自註言「鄉俗謂」，都是具有鄉土性，雖不是奇珍異寶，但很有親切感。

由以上所言，可見陸游對於日常的事物觀察力敏鋭，他也勇於嘗試以俗語書寫風土之美。甚至亦運用佛家之説，如「聖賢雖遠詩書在，殊勝鄰翁擊磬聲。」（卷四十八，〈冬朝〉）其自註云：「釋氏謂銅鉢爲磬」，都可其取材廣。但是俗語在其中是使詩句更活潑，卻不庸俗，和楊萬里的情況有些不同。〔註 27〕宋詩人喜以俗語入詩，因爲「化俗爲雅」是其審美意識，使文字語言更有新意，陸游應爲其中的佼佼者。陸游如此運用俗語可見其愛鄉之情，以及深入平民眞實生活當中，更可見其創作方式的多樣性。

〔註 24〕陸游自註云：「鄉俗謂楊梅止曰梅。」

〔註 25〕陸游自註云：「鄉俗謂選梅爲作梅。」

〔註 26〕陸游自註云：「鄉俗謂喫冬至飯即添一歲。」

〔註 27〕自黃山谷即明顯的大量運用俗語入詩，連山谷同時之蘇東坡，其後的陳師道都會運用俗語入詩。趙翼説：「放翁與楊誠齋同以詩名。誠齋專以俚言俗語闌入詩中，以爲新奇。放翁則一切掃除，不肯落其窠臼，蓋自少學詩，即趨向大方家，不屑屑以纖佻自貶也。然間亦有一二語似誠齋者，……此等詩派，南宋時盛行，在放翁則爲下劣詩魔矣。」（〈甌北詩話〉卷六）張謙宜説：「楊誠齋詩好用俚語，恐開後生繯弄惡習。」（〈齋詩話〉卷五）運用俗語是南宋詩人之特色，趙翼以爲陸游似誠齋者乃詩魔，所言失當。陸游的俗語雖俗但清新，誠齋有時過於淺薄油滑。

三、對仗工整，使事妥貼

陸游的作品體材完備，運用得最多、最有成就的當推七言古詩和七言律詩，其次是五言古體和七言絕句。〔註28〕陸游在律詩方面有很高的成就，律詩之中的三、四句，五、六句相對仗，運用恰當妥貼。基本上他的作品是七律優於五律。清人陳衍與舒位對陸游七律極爲讚美，陳衍說：「放翁一生精力盡於七律，故全集所載，最多最佳。」〔註29〕舒位以爲他是「專供其體而集其成」，其體指的就是七律。〔註30〕這些論斷對後世影響很大。

（一）七律方面

對仗當中第一類是工對，例如以天文對天文，以人倫對人倫，等等。第二類是鄰對，例如以天文對時令，以器物對衣服，等等。第三類寬對就是名詞對名詞，動詞對動詞（甚或對形容詞），不必考慮所對事物的性質。〔註31〕

1. 兩聯皆是工對

三四句和五六句是律詩的靈魂，以下先看頷聯和頸聯都是工對的詩句：

起隨烏鵲初翻後，宿及牛羊欲下時。

風力漸添帆力健，艣聲常雜雁聲悲。（卷一，〈望江道中〉）

這首三四句主要以「烏鵲」對「牛羊」，是工對。五六句主要以「風力」對「帆力」和「艣聲」對「雁聲」，是句中對。這二聯對得尚工整。再看下面的例子：

〔註28〕參考程千帆、吳新雷《兩宋文學史》（342頁）所論，高雄麗文文化公司出版。

〔註29〕見陳衍《陸游詩選題詞》。又陳衍在《宋詩精華錄》說：「案劍南最工七言律、七言絕句。略分三種：雄健者不空，雋異者不澀，新穎者不纖。古體詩次之，五言律又次之。」

〔註30〕參考《瓶水齋詩話》，舒位認爲七律發展史上有三人成就最大，一是杜甫，二是李商隱，三是陸游。

〔註31〕參見黃慶萱《修辭學》464頁引王了一《中國詩律研究》所說作說明。

山重水複疑無路，柳暗花明又一村。

簫鼓追隨春社近，衣冠簡朴古風存。(卷一，〈遊山西村〉)

碓輪激水無時息，酒旆迎風盡日搖。

半掩店門燈煜煜，橫穿村市馬蕭蕭。(卷五，〈過綠楊橋〉)

〈遊山西村〉的上聯對仗工整，「山重水複」對「柳暗花明」〔註32〕，「疑無路」對「又一村」。下聯「簫鼓」對「衣冠」，「春社近」對「古風存」雖是鄰對但敘事連貫而下。可見對仗佳，意象又能連貫而下。〈過綠楊橋〉的上聯對得工整，「碓輪激水無時息」對「酒旆迎風盡日搖」，對仗工整；下聯以「半掩店門」對「橫穿村市」，「燈煜煜」對「馬蕭蕭」，亦對得工整，營造出沉靜的夜色。

我們再看看陸游從四川回到江南途中，所見江上景色：

山平水遠蒼茫外，地闊天開指顧中。

俊鶻橫飛遙掠岸，大魚騰出欲凌空。(卷十，〈初發夷陵〉)

這首詩三四句以「山平水遠、蒼茫外」對「地闊天開、指顧中」；五六句以「俊鶻橫飛、遙掠岸」對「大魚騰出、欲凌空」，意象廣闊，對仗工整。再看下面的例子亦寫江上景色，但氣氛營造不同：

風吹暗浪重添纜，雨送新寒半掩門。

魚市人煙橫慘淡，龍祠簫鼓鬧黃昏。(卷二，〈雨中泊趙屯有感〉)

這首詩三四句中「暗浪」對「新寒」是鄰對；五六句「橫慘淡」對「鬧黃昏」是鄰對，不是工對。上下聯都是寫景，景象十分闇淡。

我們再看看紹熙元年陸游正式奉祠在家的詩句，生動活潑的農村景色躍然紙上：

帶犢吳牛依茂樾，添巢海燕啄新泥。

山谿曲折遙通谷，沙水淙潺各賦溪。(卷二十二，〈舟行至織女潭〉)

這首詩三四句以「帶犢、吳牛、依茂樾」對「添巢、海燕、啄新泥」；五六句以「山谿曲折、遙通谷」對「沙水淙潺、各賦溪」。對仗工整，景物刻畫細膩。再看看下面的詩句：

〔註32〕山重對水複，柳暗對花明，又是句中對。

風翻翠浪千畦麥，水漾紅雲一塢花。

健犢破荒耕犖确，幽禽除蠹啄槎牙。（卷二十四，〈舟過季家山小泊〉）

這首詩三四句以「風翻翠浪」對「水漾紅雲」，「千畦麥」對「一塢花」，對仗工整，寫景美麗。五六句「健犢、破荒、耕犖确」對 「幽禽、除蠹、啄槎牙」，對得工整，寫出鄉村豐富之景色。再看下面的例子：

市橋壓擔蓴絲滑，村店堆盤豆莢肥。

傍水風林鶯語語，滿原煙草蝶飛飛。（卷三十二，〈初夏行平水道中〉）

頷聯以「市橋、壓擔、蓴絲滑」對「村店、堆盤、豆莢肥」；頸聯以「傍水風林」對「滿原煙草」，「鶯語語」對「蝶飛飛」。對仗工整，描寫鄉村景色極爲傳神。

以上七個例子都上下聯都是工對，且上聯下聯都是寫景，有些是上下相連的景色，如〈過綠楊橋〉；有些是上下相連的遠景，如〈初發夷陵〉；有些是細部的描繪，如〈舟過季家山小泊〉。對仗工整，寫景妥貼。

有些例子是上聯寫景，下聯敘事、抒發感想、抒情，先看下面的例子：

長空鳥破蒼煙去，落日人從綠野來。

散策意行尋水石，脫巾高臥避氛埃。（卷六，〈暑行憩新都驛〉）

鴉藏老柳陰初密，馬涉清江水未生。

風掠春衫驚小冷，酒潮玉頰見微赬。（卷六，〈自合江亭涉至趙園〉）

清霜十里伴微月，斷雁半行穿亂雲。

去國不堪心破碎，平戎空有膽輪囷。（卷十，〈夜行宿湖頭寺〉）

前一首詩上聯主要以「長空」對「落日」，「蒼煙」對「綠野」；下聯主要以「散策」對「脫巾」，「水石」對「氛埃」。對仗工整，意涵相連接。第二首詩上聯主要以「鴉藏老柳」對「馬涉清江」（工對），下聯主要以「風掠春衫」對「酒潮玉頰」。對仗工整，營造出微寒的氣氛。第三首詩三四句以「清霜十里」對「斷雁半行」，「伴微月」對「穿亂雲」；五六句以「去國」對「平戎」，「心破碎」對「膽輪囷」。對仗工整，由此表現出惆悵之心情。

再看下面的例子，上下聯的意境相差很大：

一汀蘋露漁村晚，十里荷花野店秋。

羽檄未聞傳塞外，金椎先報擊衙頭。（卷十六，〈秋夜泊舟亭山下〉）

這首詩的上聯對得很工整，「一汀蘋露」對「十里荷花」，「漁村晚」對「野店秋」；下聯「羽檄」對「金椎」，「傳塞外」對「擊衙頭」，對得很工整。先寫美景，後寫寫戰事，前後意境不同，寫法很特別。

或者如先寫遠景，再抒發自己情緒，請看下面的例子：

秋山斷處望漁浦，曉日昇時離釣臺。

官路已悲捐歲月，客衣仍悔犯風埃。（卷二十，〈泛富春江〉）

這首詩三四句以「秋山」對「曉日」，「望漁浦」對「離釣臺」，五六句以「官路」對「客衣」，「捐歲月」對「犯風埃」。對仗工整，但不太板滯。再舉一例觀看：

並谿密竹巧藏寺，夾道新麻高沒人。

老厭簿書愁欲睡，病疏盃酌渴生塵。（卷二十，〈郊行〉）

這首詩三四句以「密竹」對「新麻」，「巧藏寺」對「高沒人」；五六句以「老厭簿書」對「病疏盃酌」，「愁欲睡」對「渴生塵」。這首詩的對仗工整，意思連接貫串，很有巧思。

還有一些例子是寫興味無窮的悠閒心情：

曲水流觴千古勝，小山叢桂一年秋。

酒酣起舞風前袖，興盡回橈月下舟。（卷二十三，〈蘭亭〉）

綠陰浦口維舟處，霽日場中打麥聲。

醉叟臥途知酒賤，耕農滿野喜時平。（卷二十九，〈舟行過梅市〉）

〈蘭亭〉的上聯的「曲水」對「小山」，景色宜人；下聯是「酒酣起舞」對「興盡回橈」，興味十足。〈舟行過梅市〉的上聯以「綠陰浦口、維舟處」對「霽日場中、打麥聲」；下聯以「醉叟、臥途知酒賤」對「耕農滿野喜時平」。這首詩的對仗很工整，又表現鄉村生活之趣味。再觀看一例：

霜凋老樹寒無色，風掠枯荷颯有聲。

泥淺不侵雙草屨，身閑常對一棋枰。（卷五十五，〈遊近村〉）

這首詩頷聯以「霜凋老樹」對「風掠枯荷」，「寒無色」對「颯有聲」，對仗很工整；頸聯以「泥淺」對「身閒」（鄰對），「雙草屨」對「一棋坪」。這首詩的對仗佳，又描寫蕭瑟之景色。下面還有一例是上聯寫物美，下聯才抒發感嘆：

一尺輪囷霜蟹美，十分瀲灩社醅濃。

宦遊何啻路九折，歸臥恨無山萬重。（卷十三，〈桐廬縣泛舟東歸〉）

這首詩三四句「以一尺、輪囷、霜蟹美」對「十分、瀲灩、社醅濃」；五六句以「宦遊」對「歸臥」，「路九折」對「山萬重」。對仗工整，這兩聯描寫途中品嘗到的美味及想家的心情。

以上十個例子都是先寫景再敘事或是抒發情緒，如〈夜行宿湖頭寺〉、〈泛富春江〉是上聯寫景下聯抒發情緒；或如〈自合江亭涉至趙園〉是上聯寫景下聯敘事，或如〈蘭亭〉上聯寫景下聯寫情，別具有生活情趣。

另外還有一類是上下聯都是寫「人」：

老子猶堪絕大漠，諸君何至泣新亭。

一身報國有萬死，雙鬢向人無再青。（卷十四，〈夜泊水村〉）

墊巾風度人爭看，蠟屐年光我自悲。

窮鬼有靈揮不去，死魔多力到無期。（卷十六，〈雨中過東村〉）

小樓一夜聽春雨，深巷明朝賣杏花。

矮紙斜行閑作草，晴窗細乳戲分茶。（卷十七，〈臨安春雨初霽〉）

〈夜泊水村〉這首詩上聯對仗很工整，尤其是「絕大漠」對「泣新亭」。下聯「一身」對「雙鬢」，「有萬死」對「無再青」，都是對得工整。上下聯皆寫陸游本人之感受。〈雨中過東村〉這首詩對得很工整，尤其是下聯「窮鬼、有靈、揮不去」對「死魔、多力、到無期」，令人有深深的無力感。而〈臨安春雨初霽〉這首詩三四句以「小樓、一夜、聽春雨」對「深巷、明朝、賣杏花」，對仗工整；五六句以「矮紙、斜行、閒作草」對「晴窗、細乳、戲分茶」，對仗工整。景物自然妥貼，又很生活化，更是環繞陸游的生活作爲描繪的重點。

以上三例皆以陸游爲主要描寫對象，上下聯的角度不同因此對仗句不致於重疊複沓。

而下面兩例是上聯先抒發情緒，下聯再寫景：

家人自作清明節，老子來穿綠暗村。

日落啼鵶隨野祭，雨餘荒蔓上頹垣。（卷一，〈寒食臨川道中〉）

平生惡路羊腸阪，晚歲羸軀飯顆山。

一寸塔餘青靄外，數聲鐘下翠微間。（卷二十七，〈山行〉）

〈寒食臨川道中〉的上聯主要以「清明節」對「綠暗村」（鄰對）；下聯以 「日落」對「雨餘」（工對），「啼鵶」對「荒蔓」（鄰對）。呈現一片荒涼景象。〈山行〉的上聯以「平生、惡路、羊腸阪」對「晚歲、羸軀、飯顆山」，對仗工整，寫景蕭條；下聯以「一寸塔餘」對「數聲鐘下」，「青靄外」對「翠微間」，對仗工整，寫景以概括的方式去寫。

我們由以上的例子可見上下聯都是工對，但無論寫景、敘事、抒情都很妥切，絕不雜沓或是不恰當，而且概括性強，極爲出色。

2. 一聯工對一聯鄰對

有時對偶句，不是同類相對，而是鄰近的類別相對，下面的例子是有一聯是鄰對：

隔籬犬吠窺人過，滿箔蠶飢待葉歸。

世態十年看爛熟，家山萬里夢依稀。（卷七，〈過野人家有感〉）

這首詩三四句以「隔籬犬吠」對「滿箔蠶飢」，「窺人過」對「待葉歸」，是鄰對；五六句主要以「世態十年」對「家山萬里」，「看爛熟」對「夢依稀」，是鄰對。景象融合心情，極爲動人。再觀看下面的例子：

亂山孤店雁聲晚，一馬二童溪路秋。

掃壁有僧求醉墨，倚樓無客話清愁。（卷四十一，〈遊近山〉）

地連秦雍川原壯，水下荊揚日夜流。

遺虜孱孱寧遠略，孤臣耿耿獨私憂。（卷三，〈歸次漢中境上〉）

〈遊近山〉這首詩上聯以「亂山孤店」對「一馬二童」（鄰對），「雁聲晚」對「溪路秋」；下聯以「掃壁、有僧」對「倚樓、無客」，「求醉墨」對「話清愁」（鄰對）。這兩聯對仗尚工整，寫景有張力。〈歸次漢中境上〉的上聯「地連秦雍川原壯」對「水下荊揚日夜流」對仗尚工整。〔註 33〕下聯「遺虜孱孱寧遠略」對「孤臣耿耿獨私憂」，對得工整。

淳熙五年赴福建任所，在道中寫了一首詩，頷聯是寫景，頸聯是抒情：

驛門上馬千峰雪，寺壁題詩一硯冰。
疾病時時須藥物，衰遲處處少交朋。（卷十，〈衢州道中作〉）

燕子爭泥朱檻外，人家曬網綠洲中。
誰能招喚三秋月，我欲憑陵萬里風。（卷十二，〈雨後獨登擬峴臺〉）

前一首詩上聯以「驛門上馬」對「寺壁題詩」，「千峰雪」對「一硯冰」，是工對；下聯以「疾病」對「衰遲」，「藥物」對「交朋」，是鄰對。敘事連成一氣的，文意亦清晰明白。後壹首詩上聯以「燕子爭泥」對「人家曬網」，「朱欄外」對「綠洲中」；下聯主要以「三秋月」對「萬里風」。上聯是鄰對，下聯是工對。

晚年還有寫景敘事皆佳的詩句，請看下面三個例子：

市樓合樂甚新熱，寺壁殘詩字欲無。
常日不堪愁宛轉，此行猶得笑須臾。（卷六十四，〈泛舟至鏡湖旁小市〉）

家家椒酒歡聲裡，戶戶桃符霽色中。
春枕方儂從賣困，社醅雖美倦治聾。（卷六十五，〈丙寅元日〉）

尋人偶到金家峻，取米時經社浦橋。
小市孤村雞喔喔，斷山幽谷雨蕭蕭。（卷八十五，〈病中雜詠十首〉其五）

〔註 33〕川原和日夜不算是工對，是鄰對。

第一首首詩的上聯以「市樓合樂」對「寺壁殘詩」,「甚新熟」對「字欲無」(鄰對);下聯以「常日、不堪、愁宛轉」對「此行、猶得、笑須臾」。對仗尚工整,描寫不同的心情。第二首的上聯是工對,下聯是鄰對,但文意卻是連貫而下。第三首的上聯「尋人」對「取米」是鄰對,下聯都是是工對,上下聯寫鄉村之景色。

以上十個例子都是先寫景再敘事,景和事連接順暢,語意一貫而下。

還有一種是上聯先敘事,下聯再寫景,請看下面四個例子:

衰如蠹葉秋先覺,愁似鰥魚夜不眠。
輦路疏槐迎駕處,苑城殘日泛湖天。(卷四,〈晚登望雲〉)

半衰半健意蕭散,不雨不晴天晏清。
薯蕷傍籬寒引蔓,菖蒲絡石瘦生根。(卷六十三,〈遊近村〉)

郊原遠帶新晴色,人語中含樂歲聲。
天際斂雲山盡出,江流收漲水初平。(卷四,〈送客至江上〉)

放盡樽前千里目,洗空衣上十年塵。
縈迴水抱中和氣,平遠山如蘊藉人。(卷十二,〈登擬峴臺〉)

第一首詩的上聯亦是對得工整,「衰」對「愁」,「蠹葉」對「鰥魚」,「秋先覺」對「夜不眠」;上聯「輦路疏槐迎駕日」對「苑城殘日泛湖天」,雖是鄰對,但描寫蕭瑟之景有其巧妙之處。可見陸游對於意象的選擇別具慧眼。第二首詩上聯以「半衰半健」對「不雨不晴」,「意蕭散」對「天晏清」;下聯「薯蕷傍籬」對「菖蒲絡石」,「寒引蔓」對「瘦生根」。上聯是是鄰對,下聯對仗工整,鄉村景色描繪生動。第三首詩上聯以「郊原」對「人語」,「新晴色」對「樂歲聲」,都是鄰對;下聯「天際」對「江流」,「斂雲山盡出」對「收漲水初平」,對得工整。第四首詩上聯主要以「樽前」對「衣上」(工對),「千里目」對「十年遲」(工對);下聯主要以「縈迴水」對「平遠山」(工對),「中和氣」對「蘊藉人」(鄰對)。文氣及意涵相連貫。

以上四例先敘事再寫景,有別於前面所論,這是作者之視野以及觀物方式有變化。

還有一類是上聯和下聯都是敘事，請看下面的例子：

平日功名浪自期，頭顱到此不自知。
宦情薄似秋蟬翼，鄉思多於春繭絲。（卷三，〈宿武連縣驛〉）

戲招西塞山前月，來聽東林寺裡鐘。
遠客豈知今再到，老僧能記昔相逢。（卷十，〈六月十四日宿東林寺〉）

第一首詩上聯是鄰對，下聯「宦情薄似秋蟬翼」對「鄉思多於春繭絲」，對得工整而且有美感。第二首詩上聯主要以「西塞山前月」對「東林寺裡鐘」，是鄰對；下聯以「遠客」對「老僧」，「今再到」對「昔相逢」。下聯對仗工整，懷念的心境由此烘托出來。再看下面兩個例子：

三生舊發遊山願，一卷新傳辟穀方。
雲外未論笙鶴近，塵中實厭簿書忙。（卷十三，〈青溪道中行古松因少留瀹茶而行〉）

兼旬敢恨常爲客，一飯何曾不對山。
銅鏡無情欺白髮，霜風有力散酡顏。（卷十三，〈入臨川境馬上作〉）

前一首詩上聯以「三生」對「一卷」（工對），「舊發」對「新傳」（工對），「遊山願」對「辟穀方」（鄰對）；下聯主要以「笙鶴近」對「簿書忙」（鄰對）。雖對仗不是特別工整，但蘊涵疏淡的味道。後一首詩上聯對仗不工整，下聯以「銅鏡無情」對「霜風有力」（鄰對），「欺白髮」對「散酡顏」，是工對。這兩聯表現老年的惆悵心情。以上這幾首寫景皆爲蒼涼之作，在工對之中加上鄰對才能夠表現，且更有韻味。

我們再看看其八十幾歲的作品：

四朝曾遇千齡會，七世相傳一束書。
物理從來多倚伏，人情莫遣得親疏。（卷六十一，〈園廬〉）

十里溪山最佳處，一年寒煖適中時。
眼明竹院如曾到，心許沙鷗卜後期。（卷七十八，〈遊近山僧庵〉）

偶扶拄杖登山去，卻喚孤舟過渡來。
酒市擁途觀嵬峨，僧廬借榻寄咍臺。（卷八十五，〈遊山〉其三）

〈園廬〉的上聯「千齡會」對「一束書」，是鄰對；下聯是工對。〈遊近山僧庵〉的上聯以「十里溪山」對「一年寒煖」（鄰對），「最佳處」對「適中時」；下聯主要以「竹院」對「沙鷗」（鄰對）。對仗尚工整，以心情及景物作對比，使自己悠閒的心情呈現出來。〈遊山〉的上聯以「拄杖」對「孤舟」，是鄰對；下聯「擁途」對「借榻」，是鄰對，描寫其以悠閒又孤獨的心情遊山寺。

以上的例子都是上聯和下聯都是敘事，敘事亦妥貼自然。

還有一類是上聯是寫景，下聯也是寫景：

縣近歡欣初得菜，江回徙倚忽逢山。
繫船日落松滋渡，跋馬雲埋灩澦關。（卷二，〈晚泊松滋渡口〉）

身遊萬死一生地，路入千峰百嶂中。
鄰舫有時來乞火，叢祠無處不祈風。（卷二，〈晚泊〉）

前一首詩三四句「歡欣」對「徙倚」是鄰對；五六句中「松滋渡」對「灩澦關」對得工整。這首在形象運用很好，雖有鄰對，但意義極爲連貫。後一首詩上聯主要以「萬死」對「千峰」（鄰對），以「一生地」對「百嶂中」；下聯主要以「鄰舫」對「叢祠」，「乞火」對「祈風」。可見其對仗大都是工對，選擇的意象互有關聯，不會突兀。

在南鄭所作的詩，寫景亦具豪放之情味：

迷空遊絮憑陵去，曳線飛鳶跋扈鳴。
落日斷雲唐闕廢，淡煙芳草漢壇平。（卷三，〈南鄭馬上作〉）

空桑客土生秋草，野渡虛舟集晚鴉。
瘴霧不開連六詔，俚歌相答帶三巴。（卷六，〈晚登橫溪閣〉）

〈南鄭馬上作〉這首詩上聯「迷空」對「曳線」，「遊絮」對「飛鳶」（鄰對），「憑陵去」對「跋扈鳴」；「落日芳草唐闕廢」對「淡煙芳草漢壇平」，對仗工整。淳熙四年，陸游罷嘉州知命，心情黯淡。〈晚登橫溪閣〉這首詩上聯以「空桑」對「野渡」，「客土生秋草」對「虛舟集晚鴉」，對得工整；下聯「瘴物不開」對「俚歌相答」是鄰對，「連六詔」對「帶三巴」是工對。這首詩對仗尚工整，把思鄉之情表現出來。

陸游描寫山陰附近的景色，既親切又具有生活趣味：

晚笛隨風來倦枕，春湖帶雨送孤舟。

店家菰飯香初熟，市擔蓴絲滑欲流。（卷十六，〈雨中泊舟蕭山縣驛〉）

雲山慘澹少顏色，霜日青薄無光輝。

新酒醅成桑正落，美人信斷雁空歸。（卷十五，〈自若耶溪舟行杭鏡湖而歸〉）

前一首詩的上聯對得尚工整，意思連貫而下。下聯對得很工整，「店家、菇飯、香初熟」對「市擔、蓴絲、滑欲流」，顯得妥貼自然。後一首詩上聯「雲山、慘淡、少顏色」對「霜日、青薄、無光輝」，對得很工整；下聯「新酒醅成」對「美人信斷」（鄰對），「桑正落」對「雁空歸」，對得比較不工整，但呈現出慘淡氣氛。

再看看兩首寫農村熱鬧氣氛的詩：

林喧鳥雀淒初定，村近牛羊暮自歸。

土釜煖湯先濯足，豆䕮吹火旋烘衣。（卷二十二，〈宿野人家〉）

猩紅帶露海棠濕，鴨綠平堤湖水明。

酒賤柳陰逢醉臥，土肥稻壟看深耕。（卷三十五，〈春行〉）

〈宿野人家〉的上聯以「林喧鳥雀」對「村近牛羊」，「淒初定」對「暮自歸」，是鄰對；下聯「土釜、煖湯、先濯足」對「豆䕮、吹火、旋烘衣」。對仗工整，文字自然而平易近人。〈春行〉的上聯以「猩紅」對「鴨綠」，「海棠溼」對「湖水明」；下聯以「酒賤、柳陰、逢醉臥」對「土肥、稻壟、看深耕」。這首詩對仗尚工整，比較有特色是以紅色對綠綠色。

我們再看看八十歲以後的陸游所寫的律句：

暮投野店孤煙起，曉涉清溪小蹇愁。

嶺路窮時縈細棧，山行缺處起重樓。（卷五十六，〈雲門道中〉）

這首詩上聯以「暮投野店」對「小涉清溪」，「孤煙起」對「小蹇愁」（鄰對）；下聯以「嶺路窮時、縈細棧」對「山行缺處、起重樓」，對仗工整。上聯雖寫景但亦蘊含著孤單之愁緒。愁緒和景色融合在一起，表現動人。

3. 一是工對一是寬對

陸游的七律很少有寬對，下面試舉一些例子其中一聯是寬對：

朝暾漸上宿霧收，春氣已動晨霜薄。

我來倚欄一悵然，蘆花滿空如柳綿。（卷九，〈過筰橋道中龍祠小留〉）

蓴羹菇飯香滿船，正是江頭落帆處。

荻州漁火遠更明，煙水蒼茫聞雁聲。（卷十四，〈樊江晚泊〉）

牛過野水將新犢，女采柔桑起稚蠶。

年光重九十，故鄉春事及重三。（卷七十一，〈自九里平水至雲門陶山歷龍瑞禹祠而歸凡四日〉）

第一首詩上聯對得工整，「朝暾漸上、宿霧收」對「春氣已動、晨霧薄」。意象統一而連貫。下聯「我來倚欄」對「蘆花滿空」，「一悵然」對「如柳綿」，都是寬對。第二首詩的上聯「蓴羹菇飯」對「正是江頭」，不是很工整；下聯「荻州煙火」對「煙水蒼茫」，「遠更明」對「聞雁聲」，對得不工整，是寬對。第三首的上聯以「牛過野水」對「女采柔桑」，「將新犢」對「起稚蠶」；下聯「遺老年光」對「故鄉春事」（鄰對），「重九十」對「及重三」，是寬對。這兩聯對仗不是非常工整，描寫鄉村景色及陸游年老幽閒的心情，很親切。

由以上的例子可見寬對的運用，表現較疏淡的情味。

陸游的對仗還有下面一些特色，先看人我對仗：

家人自作清明節，老子來穿綠暗村。（卷一，〈寒食臨川道中〉）

老子猶堪絕大漠，諸君何至泣新亭。（卷十四，〈夜泊水村〉）

我來倚欄一悵然，蘆花滿空如柳綿。（卷九，〈過筰橋道中龍祠小留〉）

這些例子是我（老子）和人（家人、諸君）相對仗，這樣可突顯我的作法和想法。

還有一些是有無對仗：

山重水複疑無路，柳暗花明又一村。（卷一，〈遊山西村〉）

鄰舫有時來乞火，叢祠無處不祈風。（卷二，〈晚泊〉）

一身報國有萬死，雙鬢向人無再青。(卷十四，〈夜泊水村〉)

掃壁有僧求醉墨，倚樓無客話清愁。(卷四十一，〈遊近山〉)

霜凋老樹寒無色，風掠枯荷颯有聲。(卷五十五，〈遊近村〉)

這些例子是上句是「有」句，下句是「無」句，如「一身報國有萬死」、「雙鬢向人無再青」；或是上句是「無」句，下句是「有」句，如「霜凋老樹寒無色」對「風掠枯荷颯有聲」。有無相對使上下兩句文意一起突顯出來。

還有一些是鉅細對仗：

誰能招喚三秋月，我欲憑陵萬里風。(卷十二，〈雨後獨登擬峴臺〉)

身遊萬死一生地，路入千峰百嶂中。(卷二，〈晚泊〉)

世態十年看爛熟，家山萬里夢依稀。(卷七，〈過野人家有感〉)

驛門上馬千峰雪，寺壁題詩一硯冰。(卷十，〈衢州道中作〉)

風翻翠浪千畦麥，水漾紅雲一塢花。(卷二十四，〈舟過季家山小泊〉)

曲水流觴千古勝，小山叢桂一年秋。(卷二十三，〈蘭亭〉)

這些例子是用「多」來對比「少」，有些是「千」對「一」，如「千畦麥」對「一塢花」；有些「是少」對「萬」，如「世態十年」對「家山萬里」。鉅細對仗使上下句的空間或時間變大。

還有一些例子是時空對仗：

長空鳥破蒼煙去，落日人從綠野來。(卷六，〈暑行憩新都驛〉)

世態十年看爛熟，家山萬里夢依稀。(卷七，〈過野人家有感〉)

三生舊發遊山願，一卷新傳辟穀方。(卷十三，〈青溪道中行古松因少留瀹茶而行〉)

〈暑行憩新都驛〉上句是著重空間的描寫，下句是著重時間的描寫；〈過野人家有感〉上句是時間的描寫，下句是空間的描寫；〈青溪道中行古松因少留瀹茶而行〉上句是時間的描寫，下句是空間的描寫。上下句的對仗使情景更廣闊。

陸游擅長寫七律，對仗對得妙，甚至上下句的文意亦「相偶」，使對仗的美感突顯出來：

日落啼鴉隨野祭，雨餘荒蔓上頹垣。(卷一，〈寒食臨川道中〉)

山平水遠蒼茫外，地闊天開指顧中。(卷十，〈初發夷陵〉)

放盡樽前千里目，洗空衣上十年塵。(卷十二，〈登擬峴臺〉)

一尺輪囷霜蟹美，十分瀲灩社醅濃。(卷十三，〈桐廬縣泛舟東歸〉)

店家菰飯香初熟，市擔蓴絲滑欲流。(卷十六，〈雨中泊舟蕭山縣驛〉)

矮紙斜行閒作草，晴窗細乳戲分茶。(卷十七，〈臨安春雨初霽〉)

健犢破荒耕犖确，幽禽除蠹啄槎牙。(卷二十四，〈舟過季家山小泊〉)

猩紅帶露海棠濕，鴨綠半堤湖水明。(卷三十五，〈春行〉)

家家椒酒歡聲裡，户户桃符霽色中。(卷六十五，〈丙寅元日〉)

由以上的例子可以看出的對句當中，上下句文意相偶但又對得巧妙，雖工整但又有平淡味。難怪明清家家戶戶的對聯常有陸游的詩句，甚至摘錄大量陸游的律句，以為把玩。〔註34〕

在古典詩當中疊字詞運用的極為普遍，陸游的七律也運用一些疊字詞，請看下面的例句：

斷香「漠漠」便支枕，芳草「離離」悔倚欄。(卷十七，〈病起〉)

衰顏「冉冉」臨清鏡，華髮「蕭蕭」倚素屏。(卷十七，〈山居戲題〉)

好雨「疏疏」壓暮埃，斷雲「漠漠」帶春雷。(卷二十一，〈小雨雲門道中〉)

「節節足足」雀噪檐，「朱朱白白」花窺簾。(卷二十七，〈春日〉)

寒水「茫茫」侵月明，疏鐘「杳杳」帶霜清。(卷三十一，〈冬夜獨酌〉)

〔註34〕如趙翼《甌北詩話》、張培仁《妙香室叢話》、陳衍《石遺室詩話》、《劍南摘句圖》等皆喜摘陸游律句。

傍水風林鶯「語語」，滿原煙草蝶「飛飛」。（卷三十二，〈初夏行平水道中〉）

橫林「點點」暮鴉集，平壟「離離」新稻香。（卷八十三，〈門外追涼〉）

山遮水隔「重重」堠，雨練風柔「處處」花。（卷八十五，〈絕句〉）

「家家」椒酒歡聲裡，「戶戶」桃符霽色中。（卷六十五，〈丙寅元日〉）

以上這些例子是形容詞，只有〈丙寅元日〉的家家、戶戶是名詞。運用疊字詞使詩句更生動，下面的疊字詞是摹聲詞：

雞聲「喔喔」頻催曉，木葉「颼颼」已變秋。（卷七十三，〈秋晚〉）

小市孤村雞「喔喔」，斷山幽谷雨「蕭蕭」。（卷八十五，〈病中雜詠十首〉其五）

以上的例子可見其摹聲詞讀之具有親切感。由此我們可以了解到陸游七律的疊字詞亦是明白如話，文字平易近人，無論是形容詞（如點點、重重、漠漠），或是摹聲詞（如喔喔、颼颼、蕭蕭）皆有平實的親和力。

我們從以上的例子可以看出，陸游寫七律極有工力，所作的律詩當中頷聯和頸聯，大部分對得很工整，事對事，人對人，是同類的相對。有時是鄰對，甚少有所謂的「寬對」。而無論敘事或寫景，涵蓋的層面也極廣泛。趙翼說：「放翁以律詩見長，名章俊句，層見疊出，令人應接不暇。使事必切，屬對必工；無意不搜，而不落纖巧；無語不新，而不事塗澤，實古來詩家所未見也。」〔註 35〕趙翼又說：「每一首必有一意，然一首中，如近體，每首二聯，又一句必有一意。凡一草一木一魚一鳥，無不裁剪入詩，是一萬首即有一萬大意，又有四萬小意。」〔註 36〕其所言甚有見地，由以上實際的論析足以與趙翼所

〔註 35〕參見《甌北詩話》卷六，《清詩話續編》中，臺北木鐸出版社出版。
〔註 36〕見趙翼《甌北詩話》卷六，《清詩話續編》中，臺北木鐸出版社出版。

說相互對照映證。

陸游的七律除了注重對仗的技巧之外，他對事物的剪裁甚有巧思，因此對句不只音律諧，意思也諧，晚年作品以鄉村之事物作對比，所選擇的雖是平常，但極能呈現出鄉村之景色。

（二）五律方面

陸游創作的七言詩多於五言詩而五律是平淡有味，以下是陸游的五言律詩的頷聯和頸聯：

病身那迫老，遠客更禁秋。
水退橋未葺，渡閑船自流。（卷八，〈安仁道中〉）

雨添山翠重，舟壓浪花分。
洛叟經名世，張侯勇冠軍。（卷十，〈涪江道中〉）

行人爭晚渡，歸鳥破秋煙。
湖海淒涼地，風霜搖落天。（卷十一，〈晚過招賢渡〉）

駕犁雙犢健，鬻繭一村香。
天地君恩重，風埃吏責忙。（卷十二，〈金谿道中〉）

喚僧同看畫，避佛旋移床。
小雨不成雪，烈風還作霜。（卷十二，〈宿華嚴寺〉）

近村聞夜犬，隔浦見秋燈。
多病乃如許，微寒已不勝。（卷十七，〈溪行〉）

林昏見飛燐，村近有驚尨。
天闊三更月，篷低一尺窗。（卷二十，〈泝小江飯舟中〉）

葉舒桑漸闇，穗重麥初昂。
高下山花發，青紅粉餌香。（卷二十二，〈平水道中〉）

我們從以上五律看出，陸游的對仗依然工整，同類的相對，或是鄰對〔註37〕，沒有寬對。但是所對比的事物比較單純些，一句包括一件事物，比如「葉舒桑漸闇」是寫桑葉，「穗重麥初昂」是寫麥穗，「駕犁

〔註37〕如〈雙溪道中〉之「古路」亂車轍，「行人」驚雁群，〈晚過招賢溪〉「行人」爭強渡，「歸鳥」破秋煙。可以算是鄰對，但不是相隔很遠。

雙犢健」寫小牛，「鬻繭一村香」寫繭，「芳草翩翩蝶」寫蝴蝶，意象比較單純些。但其中的詩句卻蘊含平淡有味之美感特質。

另外陸游運用一些疊字詞來增加形容詞的生動性，請看下面的例子：

綠陂寒「淡淡」，白霧遠「昏昏」。
古路亂車轍，行人驚雁群。(卷六，〈雙溪道中〉)

「蕭蕭」沙市雨，「淡淡」渚宮花。
斷岸添新漲，高城咽晚笳。(卷十，〈初到荊州〉)

一年秋欲到，兩鬢老先摧。
「裊裊」菱歌斷，「翩翩」水鳥來。(卷十二，〈登擬峴臺〉)

春色「垂垂」老，山家「處處」忙。
園丁賣菰白，蠶妾采桑黃。(卷八十一，〈春老〉)

傾囊致歡伯，信腳到華胥。
芳草「翩翩」蝶，清池「潑潑」魚。(卷八十三，〈雨後〉)

「點點」秋燈晚，「翻翻」宿鳥還。
雨添羈枕睡，書伴小窗閒。(卷八十三，〈秋夕書事〉)

孤燈如秋螢，清夜自開闔。
遙憐萍「青青」，厭聽　「閣閣」。(卷十六，〈宿能仁寺〉)

陂長風「浩浩」，山遠霧「昏昏」。
虛日人聲合，凶年菜色繁。(卷十三，〈發臨川〉)

孤燈如秋螢，清夜自開闔。
遙憐萍「青青」，厭聽蛙「閣閣」。(卷十六，〈宿能仁寺〉)

所慚猶火食，更恨未巢居。
「叱叱」驅黃犢，「行行」跨白驢。(卷三十九，〈致仕後述懷〉)

溪雲生「慘慘」，林日澹「暉暉」。
物外孤懷勝，人間百慮非。(卷五十一，〈晨起〉)

以上的例子的疊字詞是形容詞且以寫景爲主，再看下面的例子：

村巷「時時」雨，江城「夜夜」砧。
沉憂羈客夢，孤憤遠臣心。(卷二十七，〈雨夜排悶〉)

風生驚葉墮，露重覺荷傾。
「兀兀」酒中趣，「悠悠」身後名。（卷三十四，〈夜中步月〉）
不逢方謝事，垂老旋希仙。
「兀兀」醒如醉，「昏昏」晝亦眠。（卷四十九，〈自嘲〉）
「疊疊」循天理，「兢兢」到死時。
窮空顏子巷，勤苦董生帷。（卷六十一，〈衰嘆〉）
「兀兀」終年醉，「空空」四壁窮。
那知雙雪鬢，又度幾秋風。（卷六十二，〈初秋〉）
興來閒弄笛，客散自收棋。
「忽忽」尋殘夢，「時時」足小詩。（卷八十三，〈夏中雜興〉其二）

以上的例子也是形容詞，但不是寫景，或狀時間，或表事物的狀態。我們可以體察到綠陂寒「淡淡」，白霧遠「昏昏」，「蕭蕭」沙市雨，「淡淡」渚宮花，「裊裊」菱歌斷，「翩翩」水鳥來，陂長風「浩浩」，山遠霧「昏昏」等疊字增加形容詞的生動性，陸游的五律疊字詞雖無特殊用詞，但在平常之中更見田園景色之恬靜之美。

一位創作者純粹講究技巧，只重對仗工整，忽略詩的生命，對創作活動來說是本末倒置，我們從陸游詩中對仗運用，可知陸游很用心，又表現的那麼自然。

第三節　彩色詞運用濃淡合宜

詩人在創作時一定對大自然的顏色，有不同層次的補捉，觸目爲欣欣向榮之色或是衰敗之色，是和內心的顏色可以相應和的。詩人偏好的顏色是和其內在狀況聯結在一起，無論他是有意識或是無意識。〔註38〕我們先看下面的詩句，可見陸游最偏好是紅配綠：

〔註38〕黃永武在〈古典詩的色彩設計〉：「色彩能喚起人類普遍的情緒。各種色彩與不同情緒間的關係，或許是起於聯想，然而這聯想由於自然物理、生理經驗、移情作用、以及習慣性的聯結，使聯想不單是

晚來又入淮南路，「紅樹」「青山」合有詩。（卷一，〈望江道中〉）

葉舒桑漸闇，穗重麥初昂。

高下山花發，「青」「紅」粉餌香。（卷二十二，〈平水道中〉）

汀樹「青」「紅」初著霜，俗孝家家供菽水。（卷六十四，〈湖堤暮歸〉）

風翻「翠浪」千畦麥，水漾「紅雲」一塢花。（卷二十四，〈舟過季家山小泊〉）

重重「紅樹」秋山晚，獵獵「青帘」社酒香。（卷十三，〈九月三日泛舟湖中〉）

以上的例子都是紅配綠，是「數大」的紅和「數大」的綠相配，令人感覺清新，尤其是紅樹或是綠樹，更是很有生氣。另外有描寫梅花部分：

小南門外野人家，短短疏籬繚「白沙」。

「紅稻」不須鸚鵡啄，清霜催放兩三花。（卷九，〈江上散步尋梅偶得三絕句〉其三）

慰眼「紅苞」初報信，回頭「青子」又生仁。（卷十二，〈園中尋梅〉其一）

片片「紅梅」生，纖纖「綠草」生。（卷六十五，〈春雨〉其一）

梅花是紅梅配上綠葉，因此他所寫的梅是欣欣向榮的梅花，是初春的梅花，不是嚴冬之梅。另外的紅色是蓮、楓葉、海棠、荔枝、朱櫻：

草痕沙際猶餘「綠」，「楓葉」霜餘已帶　。（卷六，〈將之榮州取道青城〉）

雲來收樹影，雨過土生香。

蓮小「紅衣」濕，瓜甘「碧玉」涼。（卷二十四，〈六月十四日微雨極涼〉）

全憑主觀而飄忽無定的。聯想也有其客觀性、固定性，聯想愈客觀，愈近於人類普遍的美感經驗，所以對同一彩色所喚起的情緒和象徵，往往彼此所見略同。」（341 頁）參見《中研院國際漢學會議論文集文學組》，民國 70，10。

小醉未應風味減，滿盤「青杏」伴「朱櫻」。（卷八十二，〈山行〉）

怪底酒邊光景別，方「紅」江「綠」一時來。（卷十一，〈荔子絕句〉其二）

千縷未搖「官柳綠」，一梢初放「海棠紅」。（卷九，〈初春探花有作〉）

「猩紅」帶露海棠濕，「鴉綠」平堤湖水明。（卷三十五，〈春行〉）

這些紅配綠代表美麗植物的呈現，顯得清麗活潑，極富有生命力。而下面的詩句以紅配綠襯托酒杯之美：

湛湛「瘿樽綠」，酌以「紅螺觴」。（卷四十四，〈雜興〉其四）

這一首是以「瘿樽綠」配「紅螺觴」，讓酒器有了一些變化效果。

如果顏色是和白色搭配，也可以有不同的感官效果，我們來看看下面的例子：

綠陂寒淡淡，「白霧」遠昏昏。（卷六，〈雙溪道中〉）

「白水」初平岸，「青蕪」亦遍犁。（卷六十五，〈東村〉）

馬上遙看江上山，「白雲」「紅樹」畫圖間。（卷四，〈迓益帥馬上作〉）

堤上「淡黃柳」，水中「花白鵝」。
詩情隨處有，此地得偏多。（卷八十一，〈野步〉）

莫遣扁舟興盡回，正須衝雪看江梅。
楚人原未知眞色，施粉何曾「太白」來。（卷十一，〈雪中尋梅〉）

這些紅色配白色、綠色配白色、黃色配白色，使畫面的明度提高，使讀者感受到情緒的平和、穩定。這些大自然景象是有生命力的，也是心情的慰藉。當然有時候是描寫自己的生理變化：

蒼顏「白髮」入衰境，「黃卷」「青燈」空苦心。（卷九，〈客愁〉）

引盃快似「黃河」瀉，落筆聲如「白雨」來。（卷七，〈合江宴馬上作〉）

前一個例子的配色是增加客居在外之愁緒，不是疏淡而是沉重。第二個例子是以黃配白增強雨勢的壯大氣勢。

陸游還有黃色配綠色的詩句：

小市蕭條「黃葉」滿，斷橋零落「綠苔」生。(卷八，〈早行至江原〉)

橋外波如「鴨頭綠」，背中酒作「鵝兒黃」。(卷十六，〈過社浦橋〉)

「半黃」「半綠」柳滿城，欲開未開梅有情。(卷八十五，〈病中雜詠十首〉其八)

看得「淺黃」成「嫩綠」，始知造物有全功。(卷七十，〈柳〉)

這些黃配綠，一點也不蕭瑟，卻是大自然生機勃發的象徵，是作者的感動也傳達到讀者的視覺之中，引起感動。

陸游還運用白色來與其它顏色搭配，如描寫戰爭部分：

「黃金」錯刀「白玉」裝，夜穿浮扉出光芒。(卷四，〈金錯刀行〉)

「金鎖甲」思酣戰地，「皂貂裘」記遠遊時。(卷四十二，〈書感〉)

這裡就加了金色，一方面是寫實性的，另一放面增加戰爭的輝煌感。另外有一首是暗色調的：

卷地「黑風」吹慘澹，半天「朱閣」插虛無。(卷四十二，〈風雨中過龍洞閣〉)

「黑風」慘憺，「紅閣」虛無，二者相搭配顯得黯淡無光。

又有一些是多種顏色的搭配，請看下面的例子：

「烏臼」微「丹」菊漸開，天高風送雁聲哀。(卷五十四，〈秋思〉)

甑炊飽雨「湖菱紫」，篾絡迎霜「野柿紅」。(卷十，〈歸雲門〉)

「爐紅」「酒綠」足閒暇，「橙黃」「蟹紫」窮芳鮮。(卷十三，〈醉眠曲〉)

〈秋思〉描寫美麗的景致，〈歸雲門〉〈醉眠曲〉是顏色多樣，整個畫面是繽紛燦爛。

黃永武以爲色彩和詩人心理有密切關係：一、是色彩是詩人性格的反映。二、色彩是詩人心情的反映。三、色彩是詩人年齡的反映。四、色彩是詩人特殊經驗的反映。五、色彩是生活背景之反映。六、色彩是詩人生活時代的反映。〔註 39〕由此我們考察陸游的色彩設計，可見陸游的性格不是悲觀的，心情也不黯淡，而且其在山陰家居，此魚米之鄉風光明媚，紅花綠柳相映，使其心情得到鬆綁，心靈趨近平和。就是早年在戰地所運用的色彩亦是光亮，一點也不黯沉，如〈金錯刀行〉的「黃金」錯刀「白玉」裝。有時他的心境也喜歡熱鬧，色彩繽紛，反映其內心的情感熾烈。整體而言，其運用的色彩不強烈，也不灰暗，而是以互補色爲主，再以白色作爲調和，清新宜人。

第四節　活用夸飾手法

所謂「夸飾」是言文中誇張舖飾，超過了客觀事實。「夸飾」的主觀因素是作者要「出語驚人」；「夸飾」的客觀因素是讀者的「好奇心理」。〔註 40〕詩仙李白是一位個性浪漫的人，更是一個懂得夸飾手法的詩人，比如「黃河之水天上來，奔流到海不復回」就是傑出之作。陸游有「小李白」的稱號，可見其作品免不了有一些夸飾的手法。他的夸飾方法第一是時間的夸飾：

一飲「五百年」，一醉「三千秋」。（卷九，〈江樓吹笛飲酒大醉中作〉）

「三萬里天」供醉眼，「二千年事」入悲歌。（卷二十三，〈覽鏡〉）

今朝一日三倒床，「嘆息春晝如年長」。（卷八十一，〈睡起遣懷〉）

青城結雲巢，「擬住三千年」。（卷十一，〈書懷〉）

但能爛醉「三千日」，楚漢興亡總不知。（卷三十六，〈雜感〉其三）

〔註 39〕見黃永武〈古典詩的色彩設計〉。

〔註 40〕參見黃慶萱《修辭學》，213 頁，臺北三民書局出版。

以上是時間變長的夸飾，下面的夸飾手法是寫時間快速而過：

「百年略似夢長短」。（卷二十六，〈醉後莊門望西南諸山〉）

遠天渺歸鶴，「一瞬三千齡」。（卷二十八，〈感懷〉）

「三十萬年如電掣」，不曾記得不曾忘。（卷三十四，〈一壺歌〉其三）

寫時間快速，除了以上的例子又以「發現白髮如霜」的感慨爲最：「青山不減年年年恨，白髮無端日日生。」（卷二，〈塔子磯〉）「黑貂十年弊，白髮一朝新。」（卷五，〈對酒嘆〉）「白髮無情日日生，散愁聊復作山行。」（卷五，〈搗藥鳥〉）「一夕綠髮成秋霜。」（卷九，〈秋興〉）

第二是空間方面的夸飾，以下舉的詩句是「高度」夸飾：

十年學劍勇成癖，騰身一上「三千尺」。（卷八，〈融州寄松紋劍〉）

三萬里河東入海，「五千仞嶽上摩天」。（卷二十五，〈秋夜江曉出籬門迎涼有感〉）

「怪藤十圍蔽白日」，「老木千尺干青宵」。（卷十五，〈宿杜氏晨起遇雨〉）

雪中會獵南山下，「清曉嶙峋玉千尺」。（卷十四，〈醉歌〉）

以下是屬於「體積」（容量）夸飾：

玻璃春滿琉璃鍾，宦情苦薄酒興濃。
飲如長鯨渴赴海，詩成放筆「千觴空」。（卷四，〈凌雲醉歸作〉）

擁馬涉沮水，飛鷹上中梁。
「勁酒舉數斗」，壯士不能當。
馬鞍挂狐兔，「燔炙百步香」。
拔劍切大肉，哆然如餓狼。（卷十一，〈鵝湖夜坐書懷〉）

「傾家釀酒三千石」，閒愁萬斛酒不敵。
今朝醉眼爛巖電，提筆四顧天地窄。
忽然揮掃不自知，風雲入懷天借力。（卷十四，〈草書歌〉）

兩年從軍南山南，夜出馳獵常半酣。
「玄熊蒼兕積如阜」，赤手曳虎毛毿毿。（卷四，〈聞虜亂有感〉）

第三是物象的夸飾：

草書大叫寫成圖，博塞隨生喝作盧。
「何似即今雲海上，千鈞強弩射天吳」。（卷六十九，〈醉歌〉）

表裡山河古帝京，逆胡數盡固當平。
「千門未報甘泉火，萬耦方觀謂上耕」。（卷七，〈客自鳳州來京言岐雍間事悵然有感〉）

「讀書三萬卷」，仕宦皆束閣。
學劍四十年，虜血未染鍔。
不得爲長虹，萬丈掃寥廓。
又不爲疾風，六月送飛雹。（卷二十一，〈醉歌〉）

以上所舉的物象皆超出客觀事實，是陸游主觀的情感認定。

第四是人情方面的夸飾：

「飲似長鯨快吸川」，「思如渴驥勇奔泉」。（卷二，〈弔李翰林墓〉）

「身遊碧海跨鯨魚」，「心似寒冰貯玉壺」。（卷七，〈十日夜月中馬上作〉）

無論他的動作或心情皆與客觀事實有些落差，裡面皆有作者的激情投射。

以上的例子皆通過夸飾的手法來使詩句的強度增加，戲劇的張力也增強。透過陸游主觀的強烈情緒使讀者的精神振奮起來，感覺十分驚奇。

另外一種夸飾手法是運用時間、空間交疊的方式：

「追奔露宿青海月，奪城夜蹋黃河冰」。
鐵衣度折磧雨颯颯，戰鼓上隴雷憑憑。（卷四，〈胡無人〉）

「戈船破浪飛，鐵騎騎日光」。
胡來即送死，詎能犯金湯。（卷六，〈江上對酒作〉）

「雷車駕雨龍盡起，電行半空如狂矢」。
中原腥羶五十年，上帝震怒初一洗。（卷七，〈中夜聞地雷雨〉）

這些例子是時間、空間皆夸飾，而且又壓縮在同一詩句中，故戲劇性增強，讓讀者能夠感受到詩句所傳達出的壯大氣魄。

另外一種夸飾手法是空間或者事物極爲縮小，令人爲之一嘆：

車馬「細如螘」。（卷八，〈登邛州譙門門三重其西偏有神仙章四郎畫像張蓋隱白鶴山中〉）

膚寸法雲澤天下，「大千沙界納胸中」。（卷十一，〈葉相最高亭〉）

「大千世界一浮漚」，成壞元知不自由。（卷二十九，〈晚步門外散懷〉）

以上詩句描寫的事物都由大變得極小，讀之令人感受到自我的渺小，給讀者多一層世事無常的感慨。

由以上所舉的例子可見陸游對於夸飾手法的運用極爲得心應手，有些是在空間上的，有些是時間上的壓縮，有些運用對比的方式呈現詩句，讓讀者印象深刻，也使作品的戲劇張力彰顯出來。陸游的夸飾手法和李白相比，多了一分粗獷，尤以戰地風光更具有南鄭特殊風貌。

第五節　善於運用情景衝突

時序無情，轉瞬之間已由少年變成老年。陸游是一個心思細膩的詩人，所以在詩中常有先言一種情景，後言完全不同的情景，產生突兀的效果。我們先看下面的例子：

奇峰迎馬駭衰翁，蜀嶺無山一洗空。
拔地青蒼五千仞，勞渠蟠屈小詩中。（卷十，〈過靈石三峰〉其一）

雪山萬疊看不厭，雪盡山清又一奇。
今代江南無畫手，短箋移入放翁詩。（卷四十二，〈春日〉其五）

第一首是先寫靈石峰的奇景「拔地青蒼五千仞」，到了末句縮小到「小詩中」；如此，靈石峰美景的奇和寫詩的趣味性，都呈顯出來。第二首寫雪山之清新美景，末句突然轉入「短箋移入放翁詩」；如此，雪景更具有美感。

再看看另外一首詩是寫心情的轉變，使恬淡之景色更吸引人：

吾生如虛舟，萬里常泛泛。
終年常作客，著處思繫纜。
道邊何人居，花竹頗閒淡。
門庭淨如拭，窗几光可鑑。
堂上滿架書，朱黃方點勘。
把茅容卜鄰，老死更誰撼。（卷五，〈憩黃秀才書堂〉）

這首詩前四句是寫自己疲倦的心情，情緒黯淡，接著轉入書堂的悠閒、清淨，最後歸結自己的願望「把茅容卜鄰，老死更誰憾」。情景的變化大，讓人和作者想望歸隱的心更貼近，更了解作者的用心所在。

年輕時光轉眼之間，已不堪回首，再看下面的例子就是呈現此種心境：

老客天涯心尚孩，惜春直欲挽春回。
長繩縱繫斜陽住，右手難移故國來。（卷三，〈春晚書懷〉）

第一句寫身心的衝突，第二句寫春殘欲惜春的衝突，三四句寫出自己眞正的願望，以及無可奈何的心情。陸游寫他的癡情也寫他的無奈。再看看下面的例子：

叉魚浪藉漾水濁，獵虎蹴蹋南山空。
射堋命中萬人看，毬門對植雙旗紅。
華堂卻來弄筆硯，新詩醉草誇坐中。
劍關南山纔幾日，壯氣摧縮成衰翁。
雪霜蕭颯已滿鬢，蛟龍鬱屈空蟠胸。（卷六，〈春感〉）

南山射虎漫豪雄，投老還鄉一禿翁。（卷十三，〈感秋〉）

昔在南鄭時，送客褒谷口。
金羈叱撥駒，玉碗蒲萄酒。
……
蟬聲悅如昔，而我已白首。（卷十三，〈聞蟬思南鄭〉）

但見旦旦升天東，但見暮暮入地中。
使我倏忽成老翁，鏡裡衰鬢成霜蓬。（卷十三，〈日出入行〉）

前三段詩句皆因懷念南鄭而起興。〈春感〉是先寫南鄭的壯志豪情，再轉入壯氣衰竭之嘆；〈感秋〉起先是南山射虎，轉入年邁禿翁；〈聞蟬思南鄭〉寫以前在南鄭豪邁生活，轉入現在的「白首」。〈日出入行〉先寫日子逐漸流逝，再轉入鏡裡的衰鬢成雙蓬。人生常常是抓不住時間的尾巴，當你沉緬於過去時光，突然回頭就發現自己已白髮如霜。陸游先寫過去的美好時光，再寫現在的年邁，前後一對照，加強情感的感染力，增加詩句的張力。〔註41〕

另外一種是前後空間的變化：

客心尚壯身先死，江水方東我獨西。(卷三，〈小市〉)

宦情薄似秋蟬翼，鄉思多於春繭絲。
鞭寒熨手戎衣窄，忽憶南山射虎時。(卷三，〈宿武連縣驛〉)

浪說枕戈心萬里，此身常在水雲間。(卷二十，〈泛湖〉)

今朝醉眼爛巖電，提筆四顧天地窄。
忽然揮掃不自知，風雲入懷天借力。(卷十四，〈草書歌〉)

一汀蘋露漁村晚，十里荷花野店秋。
羽檄未聞傳塞外，金椎先報擊衙頭。(卷十六，〈秋夜泊舟亭山下〉)

這幾個例子皆爲身處的環境和以前相差極遠。「江水向東我獨西」，「枕戈心萬里，身在水雲間」是身不由己的痛苦；「鞭寒熨手戎衣窄，忽憶南山射虎時」寫今非昔比的失落感；〈草書歌〉的「今朝」「忽然」，寫出他的灑脫；〈秋夜泊舟亭山下〉的前二句和後二句是情景轉換極大，寫出他心中所繫，就是報效國家馳騁沙場。

由以上的例子可見情景的轉換很大，讀者的情緒跟著詩人的情緒起伏，更增加作品本身的張力。情景衝突是一種生命的無奈感，也是一種情緒跳躍之表徵。陸游在現實與理想無法平衡的情況下，只好以

〔註41〕黃永武在《中國詩學—設計篇》曾說：「至於營與景不一致而相反的，往往能由物我的衝突，而造成悲劇性的內在張力。如鳥飛而人單，身老而心壯，水東而人西之類，有意安排一些相反的成份，由反襯的效果，加強情感的力量。」(226頁)

對比方式呈現其無可奈何的情緒。他的痛苦在於對世事有深刻的敏銳度，更有一種不妥協的自我堅持。

第六節　喻象多樣化

譬喻是一種很普遍的修辭技巧，無論是在散文或是韻文皆常用，它的理論架構是建立在心理學的「類化作用」的基礎上——利用舊經驗引起新經驗。〔註 42〕陸游的創作譬喻技巧多用「明喻」，也就是喻體、喻詞、喻依三者具備的譬喻。〔註 43〕

陸游多用明喻，而且其喻依是很生活化，以下先看喻依是動物形象者：

> 衰如「蠹葉」秋先覺，愁似「鰥魚」夜不眠。（卷四，〈晚登望雲〉）
>
> 身如「巢燕」臨歸日，心似堂僧欲動時。（卷四，〈秋日懷東湖〉）
>
> 宦情薄似「秋蟬翼」，鄉思多於「春繭絲」。（卷三，〈宿武連縣驛〉）
>
> 心如「老驥」常千里，身似「春蠶」已再眠。（卷三，〈赴成都泛舟自三泉至益昌謀以明年下三峽〉）
>
> 正當閒似「白鷗」處，不減健如「黃犢」時。（卷八，〈暇日行城上同行追不能及〉）
>
> 新涼已似「雁」來時，微雨卻如梅熟時。（卷十一，〈綠淨亭晚興〉）
>
> 身如病木驚秋早，心似「鰥魚」怯夜長。（卷十五，〈雨夜感懷〉）
>
> 似「虎」能緣木，如「駒」不伏轅。（卷二十三，〈得貓於近村以雪兒名之戲為作詩〉）

〔註 42〕參考黃慶萱《修辭學》第十二章甲、概說所論。

〔註 43〕所謂「喻體」，是所要說明的事物本體；所謂「喻依」，是用來比方說明此一主體的另一事物；所謂「喻詞」，是聯結喻體和喻依的語詞。參見黃慶萱《修辭學》第十二章乙、舉例。

懶似「老雞」頻失旦，衰如蠹葉早知秋。(卷三十，〈早秋〉其四)

吾生如「蠹魚」，亦復類熠燿。(卷四十一，〈燈下讀書戲作〉)

身如「病鶴」長停料，心似山僧已棄家。(卷四十六，〈自詒〉)

芒鞋也似「雙鳧」快，漁艇眞如一葉浮。(卷四十八，〈行飯至湖桑堰東小市〉)

從以上的例子可以看出他運用的喻依有蠹、魚、燕、秋蟬、春繭、老驥、白鷗、雁、黃犢、虎、駒、雞、病鶴、雙鳧，這些都是平常可見的生物，如此貼近生活的譬喻，既親切又讓人更能了解喻體的涵義。

另外一種喻依是取自大自然的風、月、雲、雨水：

迢迢似伴「明月」出，慘慘如隨落照來。(卷五，〈秋色〉)

引盃快似「黃河」瀉，落筆聲如「白雨」來。(卷七，〈合江宴馬上作〉)

滿眼如「雲」忽復生，尋人似「瘧」何由避。(卷八，〈春愁〉)

路如劍閣逢「秋雨」，山似爐峰鎖「暮雲」。(卷二十三，〈以事至城南書觸目〉)

虛名大似「月蟾兔」，榮路久如風馬牛。(卷三十八，〈遣興〉其二)

門巷清如「水」，情懷淡似秋。(卷四十一，〈秋晚〉)

詩如「水」淡功差進，身似「雲」孤累轉輕。(卷六十三，〈秋懷〉其四)

心如頑石忘榮辱，身似「孤雲」亂去留。(卷六十八，〈解嘲〉)

山月明如晝，將風冷似「秋」。(卷七十，〈夜中獨步庭下〉)

如聽嵩雒「風前笛」，似看瀟湘「雨後雲」。(卷八十二，〈獨至遯庵避蜀庵在大竹林中〉)

以上的例子是取自大自然界的現象，都是平常的景象，陸游如此運用使喻依既有美感又貼近生活。比如「明月出」、「月蟾兔」、「風前笛」、「雨後雲」皆是巧妙的喻依。

陸游詩句中的喻依也運用植物類的：

日淺風斜將上路，蘆花也似「柳花」輕。(卷五，〈次韻周輔道中〉)

只知閒味如茶永，不放羈愁似「草」長。(卷七，〈閒中偶題〉)

新涼已似雁來時，微雨卻如「梅」熟時。(卷十一，〈綠淨亭晚興〉)

雨如「梅子」初黃日，水似「桃花」欲動時。(卷十五，〈雨中遣懷〉)

心似「枯葵」向日，身如病櫟孰知年。(卷二十一，〈幽居〉之一)

嫩莎經雨如「秧」綠，小蝶穿花似繭黃。(卷二十二，〈村居初夏〉)

嬾似老雞頻失旦，衰如「蠹葉」早知秋。(卷三十，〈早秋〉其四)

以上的例子取材皆爲平常的植物，比如桃花、梅花、草、枯葵、秧、蠹葉等，文字明白如話，所傳達的美感是很親切的。還有一些喻依是「日常用品」：

身如「盤汞」轉，心似「爐丹」死。(卷八，〈眉州驛舍睡起〉)

秧似「青鍼」水滿時，穿市不嫌微雨時。(卷二十二，〈東關〉)

野實似丹仍似「漆」，村醪如「蜜」復如虀。(卷二十五，〈今年立冬後菊方盛開小飲〉)

閒知說味甜如「蜜」，老覺羈懷淡似秋。(卷六十，〈舟中作〉)

川雲疊疊密如「鱗」，山雨霏霏細似「塵」。(卷七十六，〈小雨〉)

這些例子除了最後一例用了典故，其餘都是平常之物，是隨處可見，且體積不大，但是讓人極爲纖細且妥貼之感。

陸游的譬喻還有一類是以事物、地方來作喻依：

苇羹筍似「稽山」美，斫膾魚如「笠澤」肥。(卷六，〈成都書事〉)

讀書似「走名場日」，許國如「騎戰馬時」。（卷三十，〈七十二歲吟〉）

魚似「濠梁樂」，鷗如「海上馴」。（卷三十六，〈山腳散步由舍北歸〉）

恩如「長假容居里」，官似「分司不限年」。（卷三十九，〈五月七日拜致仕敕口號〉）

老嫗健似「中年日」，鄉俗淳如「太古時」。（卷四十九，〈閒遊〉）

身似「遊邊客」，心如「退院僧」。（卷四十九，〈初夜〉）

人似「登仙惟火食」，俗如「太古欠巢居」。（卷五十一，〈遊西村贈隱者〉）

沛然要似「禹行水」，卓爾孰如「丁解牛」。（卷五十四，〈六藝示子聿〉）

身似「五更春夢」，家如「一宿山郵」。（卷七十六，〈感事六言〉其四）

家似「江淮歸葉户」，身如「湖嶺罷參僧」。（卷八十五，〈遊山〉）

以上的例子有的是日常生活所接觸到的，比如「稽山」、「笠澤」；或是需要一些文化陶冶作基礎才能體會的，比如「大禹行水」、「庖丁解牛」。但是基本上其喻體和喻依之間的關係緊密，其所用的譬喻讓人一目了然。

另外一種譬喻方式其實是擬人手法：

好花如「故人」，一笑盃自空。（卷七，〈對酒〉）

月似「有情迎馬見」，鶯如「相識向人鳴」。（卷八，〈城東馬上作〉）

雁如「善意頻驚枕」，月似「知愁故入門」。（卷七十八，〈秋頁齋中〉）

這些動植物有人的情感，會笑、會愁，運用譬喻方式使物我之間的關係更密切，更有趣味性。擬人化的寫法常是作者自己情感的投射，象徵物我之間的融合。

另外有一種很有趣的譬喻，那就是陸游的自喻，讓人注目：

心如「頑石」忘榮辱，身似「孤雲」任去留。(卷六十八，〈解嘲〉)

痴人如「撲滿」，多藏作身祟。(卷十二，〈醉眠〉)

堪笑此翁頑似「鐵」。(卷五十七，〈野飯〉)

八十老翁頑似「鐵」。(卷四十七，〈夜歸〉)

由這些例子可以看出他的個性及堅持，鐵、石、撲滿的譬喻讓讀者更能貼近的了解他的性情，是一種特殊方式。

由以上所舉的例子可見陸游的譬喻是以明喻爲主，無論是喻體或是喻依都極爲生活化，取之於生活經驗，很有親切感。二者之間是既密切又生動。〔註44〕

由以上各節所論，我們可以看出陸游在藝術技巧運用上極有特色，但就其整體的表現手法而論，穩健妥貼，卻不講求創新手法，乃活用各種技巧（如夸飾）作爲自己內心世界所要表達的利器。晚年他全力投注在七律之中，對仗工整使事妥貼，其七律亦呈現人世間各種不同的美麗的事與物。其意象多采多姿，或偏於剛健之姿，或呈現柔美之態，或具各種感官變換，或呈顯遠近鏡頭切換都極具美感。

〔註44〕黃慶萱《修辭學》第十二章有言譬喻的積極原則，一、必須是熟悉的，利用讀者舊經驗，引起對新事物的認識；第二、必須是具體的，以具體說明；三、必須富於聯想；四、必須切合情境；五、喻體與喻依在本質上必須不同，但其中有一個維妙維肖的類似點；六、必須是新穎的。筆者以爲陸游的譬喻能夠達到前五原則要求，第六原則未能達到。

第五章　陸游詩歌的美學風格

每位作家都有不同於他人的生活經驗，各自通過藝術形象從不同的方面去反映生活，表現其對人生獨特的見解與感受，從而形成一種特色、一種標幟，這就是作家的風格。風格的形成首先是作家個性，包括其才能、修養、習慣、氣質等因素，但是在一位作家的身上可能呈現出不同風格的作品，因爲一個人有其獨特性更有其複雜性。其次，風格之形成又和其生活遭遇、成學背景、藝術才能相關，創作者在不同時期或是同一時期表現出不同的作品風格。

中國傳統的詩話及詩學評論大部分是印象式的批評，常以簡要式的評論或描述直指出創作者的創作特色或是其作品風格，因此作家的詩風是以概要式、印象式的文字與讀者溝通。我們從傳統式的印象批評中可以經由內在的直感眞切感受到詩歌所傳達的美感經驗，但少了清晰的說明，爬疏、分析，可能讓讀者有所感但不知其所以然，也不符合現代的學術研究準則。因此探究其風格類型，需要作一些概念式的分析及釐清。所謂「風格美」，就西方而言可能是偏於藝術技巧而言，就是理型美（形式美）。但本章的討論乃從詩歌的內容與形式的有機融合去尋繹其風格特色以及所傳達的美感特質，因爲這是創作者有意識之作，企圖經由作品表達自己內心世界，並反映自己的世界觀以及美感經驗。作爲讀者及論者的我們應該由此反向溯洄而上。其次，「風格」亦需藉著讀者閱讀作品之後，眞實的感發到作者的生命力以及其內在的悸動，這篇作品才成爲一篇「完整」的作品。但是，由於其風格不同，所以其傳達出的力量有強有弱、有剛有柔。「強」是指陽剛的生命力，「弱」是陰柔的生命力。陽剛生命力使人心澎湃起伏，精神受到鼓舞；陰柔生命力使人心情放鬆，心境平穩，精神得到慰藉。本章嘗試分爲陽剛之美、陰柔之美以及剛柔兼蓄之美來探討陸游詩歌的美學風格。〔註1〕而這三種美學風格，我們又以對舉的風格義涵去概括其美感特質。

第一節　陽剛之美——豪放雄渾

陸游早年的作品呈現陽剛之美較多，和其內在生命情境有關，一方面是氣盛，內心澎湃激盪，一方面是遠大的復國志向尙待完成。下面一首詩作於乾道九年，陸游在福州寧德縣主簿任內，對於長期無法一展長才的他，內心悲壯。〈度浮橋至南臺〉是其早年豪放之代表作：「客中多病廢登臨，聞說南臺試一尋。九軌徐行怒濤上，千艘橫繫大江心。寺樓鐘鼓催昏曉，墟落雲煙自古今。白髮未除豪氣在，醉吹橫笛坐榕陰。」（卷一）南臺在閩江中，這首詩一開頭即寫前往南臺的緣由，中間兩聯是寫景，頷聯寫氣勢盛大之江水，頸聯描述鐘鼓和雲煙從古至今皆存在，最後二句寫自己的志向。結構緊密，描述傳神。整首詩先寫黯淡的情緒，接著轉入壯大之景象，再轉入因爲耳聽「鐘聲催昏曉」，眼看「雲煙自古今」，心情爲之振奮，豪氣滿胸。人生短暫，但人的精神可以長久，陸游在江水中肯定生命的意義。「怒濤」、「千艘」以及「催昏曉的鐘鼓」、「自古今的雲煙」，各種壯大的意象，

〔註1〕近人朱東潤在〈司空圖詩論綜述〉一文中把〈二十四詩品〉分列陰柔之美：典雅、沉著、清奇、飄逸、綺麗、纖穠，陽剛之美：雄渾、悲慨、豪放、勁健。（收於〈中國文學批評家與文學批評〉上冊，臺灣學生書局出版）清姚鼐也創陰柔陽剛之說，曾國藩承其說：「文章之道，分陽剛之美、陰柔之美。大抵陽剛者氣勢浩瀚，陰柔者韻味深美。浩瀚者噴薄而出之，深美者呑吐而出之。」而筆者分陽剛之美、陰柔之美、剛柔兼蓄之美三類探討並未分殊高下之別，只是就其美感特質去分別論述。

以及「白髮未除豪氣在」的豪邁，使整首詩呈現一種陽剛之美，讀者之精神亦爲之一振。此種陽剛之美是根植於從小培養的愛國情操，再加上其內在的生命力極旺盛，始能以如此雷霆萬鈞之勢呈現。福州任滿又到臨安任餉令所刪定官。乾道元年七月，改任隆興府，在赴任途中作了一首詩，寫景豪壯，是其年輕生命的展現：

五更顛風吹急雨，倒海翻江洗殘暑。
白浪如山潑入船，家人驚怖篙師舞。
此行十日苦滯留，我亦蘆叢厭鳴櫓。
書生快意輕性命，十丈蒲帆百丈舉。
星馳電騖三百里，坡隴聯翩雜平楚。
船頭風浪聲愈厲，助以長笛撾鼉鼓。
豈惟澎湃震山岳，直恐澒洞連后土。
起看草木盡南靡，水鳥號鳴集洲渚。
稽首龍公謝風伯，區區未禱煩神許。
應知老去負壯心，戰遣窮途出豪語。（卷一，〈夜宿陽山磯將曉風甚勁俄傾行三百里遂抵雁翅浦〉）

陽山磯在銅陵縣之西，池州之東。這首詩寫於赴任之長江途中，匆促赴任本已心緒無法平靜，再遭遇強風，驚恐情緒隨之擁上。詩一開頭先描寫船上之驚險景象，再寫風停之後的心情。「五更顛風吹急雨，倒海翻江洗殘暑」既點明季節也描寫船上景色，「家人驚怖篙師舞」是寫家人的心情，「十丈蒲帆百丈舉」、「星馳電騖三百里」表現氣勢之壯闊，陸游更以聲音增加氣勢，「助以長笛撾鼉鼓」，他又以「直恐澒洞連后土」來表達其氣勢。最後向龍公風伯致謝，表達其對壯志的感嘆。整首詩以速度之快、波浪之大、聲音之厲等方式來呈現，且以夸飾手法增加作者之心情起伏，令人與之撼動，這首詩是因爲其特殊經驗而寫成的作品，寫得豪邁沉雄，風格獨樹一格。由此可見其入蜀之前的作品，已突顯其剛健的生命氣質，他能準確的呈現其豪氣的面向。

他的豪情是需要有一個特殊際遇始能獲得伸展，乾道六年閏六月出發赴王炎之邀約，十月，陸游從山陰出發跋山涉水到達夔州，進入聞名的白帝廟：

曉入大谿口，是爲瞿唐門。
長江從蜀來，日夜東南奔。
兩山對崔嵬，勢如塞乾坤。
峭畢空仰視，欲上不可捫。
禹功何巍巍，尚睹鐫鑿痕。
天不生斯人，人皆化魚黿。
於時仲冬月，水各歸其源。
灩澦屹中流，百尺呈孤根。
力戰死社稷，宜享廟貌尊。
丈夫貴不撓，成敗何足論。
我欲伐巨石，作碑累千言。
上陳躍馬壯，下斥乘騾昏。
雖慚豪偉詞，尚慰雄傑魂。
君王昔玉食，何至歆雞豚。
願言采芳蘭，舞歌薦清尊。（卷二，〈入瞿唐登白帝廟〉）

這首詩前十六句寫白帝廟之浩瀚景色以及大禹治水之功，「日夜東南浮」、「勢如塞乾坤」是寫其浩瀚，「天不生斯人，人尚化魚黿」是讚美大禹之功。其次寫藉公孫述不降劉秀的故事顯現其氣節，「宜享廟貌尊」「成敗何足論」是打破世俗的看法，以爲不以事功論英雄，最後更以讚詞作爲公孫述之評價。整首詩是以景色之壯大來對顯出先賢之氣節高超，乃以壯景寫偉人，相得益彰。透過歷代人的傳承及歌頌，先賢的事蹟也能成爲每個人提昇的力量。透過地理環境之改變，心情爲之開闊，在夔州通判任內躍躍欲試，亟待有不同的開展，乾道八年王炎任其爲四川宣撫使司幹辦公事兼檢法官任，陸游取道萬州等地三月抵南鄭。南鄭是其創作歷程獲得很大躍昇的關鍵之地，南鄭景色與江南不同，也與夔州不同，面對這特殊的風貌，心情亦隨之激盪。描寫南鄭景色的〈山南行〉是一首名作：「平川沃野望不盡，麥隴青青桑鬱鬱。地近函秦氣俗豪，鞦韆蹴鞠分朋曹。苜蓿連雲馬蹄健，楊柳夾道車聲高。古來歷歷興亡處，舉目山川尚如故。將軍壇上冷雲低，丞相祠前春日暮。國家四紀失中原，師出江淮未易吞。會看金鼓從天下，卻用關中作本根。」（卷三）勾勒出山南之壯美以及陸游的豪情。這首詩寫於乾道八年，當時陸游任四川宣撫使司幹辦公事兼檢官，因公事經山南所作。整首詩描寫漢中之沃野千里，民情豪壯，國家要收復失土，可以此作根據地。這首詩先寫山南景色，「望不盡」、「桑鬱鬱」帶出壯闊畫面，再以此地的民情豪壯帶動整首詩的氣勢，再寫歷代在此發生多次戰役，但「舉目山川尚如故」，亦讓人不勝欷嘘，最後指出應以關中作復國基地的觀點。這首詩先寫「壯」景再寫「壯」人，並作「壯大」的呼籲，所傳達的是壯闊的氣象，異於江南的優美之景，使讀者心胸爲之壯大。四處巡視是其公務之一，在馬上的視野亦有所開展：

　　南鄭春殘信馬行，通都氣象尚崢嶸。
　　迷空遊絮憑陵去，曳線飛鳶跋扈鳴。
　　落日斷雲唐闕廢〔註2〕，淡煙芳草漢潭平〔註3〕。
　　猶嫌未豁胸中氣，目斷南山天際橫〔註4〕。（卷三，〈南鄭馬上作〉）

這首詩寫於乾道八年三月，這首詩第二句就以「氣象崢嶸」作爲南鄭景色之特徵。「迷空遊絮憑陵去，曳線飛鳶跋扈鳴」是寫飄渺高遠之景象，「落日斷雲唐闕廢，淡煙芳草漢潭平」是把景色放在歷史洪流之中去觀看，不只景色開闊，也有種蒼涼之感。最後「目斷南山天際橫」寫出壯大的心胸及眼界。整首詩以迷濛之感和壯大的氣勢作爲整首詩之特色。漢中的地勢險要又有歷史淵源，自古即是兵家必爭之地：

　　雲棧屏山閱月遊，馬蹄初喜蹋梁州。
　　地連秦雍川原壯，水下荊揚日夜流。
　　遺虜孱孱寧遠略，孤臣耿耿獨私憂。
　　良時恐作他年恨，大散關頭又一秋。（卷三，〈歸次漢中境上〉）

〔註2〕陸游自註云：「德宗紹山南比兩京。」
〔註3〕陸游自註云：「近郊有韓信拜大將壇。」
〔註4〕陸游自註云：「城中望見長安南山。」

這首詩寫於返漢中之途中所寫。這首詩邊寫漢中之景色，首聯既寫旅途奔波，也寫入梁州之喜。「地連秦雍川原壯，水下荊揚日夜流」把地方的時空放大的呈現出來，最後四句寫出悲憤之情緒，「良時恐作他年恨，大散關頭又一秋」寫怨恨及無奈。整首詩傳達出的訊息是壯大的志願，而以放大時空景色襯托蒼茫之感。讀者針對這應有感發的能力而言，也可明確的接受其渴望復國之心意。陸游在南鄭之作品，皆以古今之嘆帶出壯闊之景色。陸游詩歌的壯闊美感是以整個時空去烘托，自然氣勢壯闊，撼人心胸。

在南鄭十個月卻變成其永遠的幻夢，尤其是乾道九年陸游攝知嘉州，感觸特多，完成幾首豪邁之詩。岑參曾在嘉州擔任刺史，陸游極崇拜岑參，故編輯岑參詩集。岑參之創作風格亦影響陸游之創作風格。

現實的不滿足，日有所思、夜亦有所夢，夢醒可能是蒼涼襲胸，也可能是激動滿胸臆：

殺氣昏昏橫塞上，東并黃河開玉帳。
晝飛羽檄下列城，夜脫貂裘撫降將。
將軍櫪上汗血馬，猛士腰間虎文帳。
階前白刃明如霜，門外長戟森相向。
朔風卷地吹急雪，轉盼玉花深一丈。
誰言鐵衣冷徹骨，感義懷恩如挾纊。
腥臊窟穴一洗空，太行北嶽元無恙。
更呼斗酒作長歌，要遣天山健兒唱。(卷四，〈九月十六日夜夢駐軍河外遣使招降諸城覺而有作〉)

這首詩寫夢境，將士在沙場上，勇猛的收復太行山、恆山、河西走廊、直到天山。「晝飛羽檄下列城，夜脫貂裘撫降將」寫快速的迎戰，「將軍櫪上汗血馬，猛士腰間虎文帳」寫戰地勇猛的景象，「吹急雪」、「深一丈」更寫戰地之酷寒，「誰言鐵衣冷徹骨，感義懷恩如挾纊」可以看出他義無反顧的堅持及悲壯心情。最後寫出他的心願達成，「更呼斗酒作長歌，要使天山健兒唱」透顯出其戰鬥激昂的精神。整首詩以特殊意象去呈現戰地之酷寒以及戰士激昂的士氣，它不是以明亮的景象去呈現戰地之功，卻以冷冽的雪景寫戰士之辛苦及堅持，更有一種悲壯之美感，使讀者讀來同感悲壯之情。古謂「一將功成萬骨枯」，何況只能在夢中得到勝利，整首詩令人感嘆陸游的悲哀。〔註5〕鮮明的剛強特質，可以在戰地清楚的呈現，在嘉州創作的七言歌行，具有豪邁雄渾的作品風格：

黃金錯刀白玉裝，夜穿浮扉出光芒。
丈夫五十功未立，提刀獨立顧八荒。
京華結交盡奇士，意氣相期共生死。
千年史策恥無名，一片丹心報天子。
爾來從軍天漢濱，南山曉雪玉嶙峋。
嗚呼楚雖三户能亡秦，豈有堂堂中國空無人。（卷四，〈金錯刀行〉）

這首詩是乾道九年寫於嘉州，詩的開頭先寫戰地亮眼的服裝，「黃金」、「白玉」皆光彩奪目。再以「丈夫」「提刀獨立顧八荒」之大動作、「京華結交盡奇士」之奇特行徑，表現丈夫之豪情，最後以自己宣告，以及質問作爲整首詩的高潮，表現其豪放的美感。整首詩的藝術感染力強來自戰地的裝配，以及作者堅定信心的宣告，境界廣大、氣韻沉雄。最可貴的是讀者從作者所散發的傲氣，使精神得到強烈的撞擊：大丈夫就是應該這樣義無反顧，有爲者亦若是。這首詩的陽剛重點在於戰地之意象，鼓舞讀者之奮發精神，而個人的人格魅力更增強其感發力量。在嘉州的氣勢極爲強健，下面一首是以雜言方式呈現：

鬚如蝟毛磔，面如紫石稜。
丈夫出門無萬里，風雲之會立可乘。
追奔露宿青海月，奪城夜蹋黃河冰。
鐵衣度磧雨颯颯，戰鼓上隴雷憑憑。
三更窮虜送降款，天明積甲如丘陵。
中華初識汗血馬，東夷再貢霜毛鷹。

〔註5〕錢鍾書在《宋詩選注》中以爲這一首詩內容和風格極像岑參的〈白雪歌〉、〈輪臺歌〉、〈天山雪歌〉、〈走馬川行〉等詩，可以說是跟岑參夢中相遇。

群陰伏，太陽昇，胡無人，宋中興。

丈夫報主有如此，笑人白首蓬窗燈。(卷四，〈胡無人〉)

這首詩一開頭即以特殊的面貌呈現，遠望即是英雄豪傑之貌。接著以「露宿青海月」、「夜蹋黃河冰」對比出其氣勢。其次寫戰地之風光以及戰功彪炳。其次寫外族獻貢，最後宣告「胡無人、宋中興」。最後一句以「笑人白首蓬窗燈」是放開心胸不以當一名書生自我設限。整首詩是以夸飾手法，壯闊意象取勝，又以中原罕見之「汗血馬」、「霜毛鷹」作爲雄奇之意象。大聲說出「胡無人、宋中興」更顯得其十分的激情。這首詩音節錯落，下面一首詩在音節上亦有異曲同工之妙：

我生不識柏梁建章之宮殿，安得峨冠侍遊宴。

又不及身在滎陽京索間，擐甲橫戈夜酣戰。

胸中迫隘思遠遊，泝江來倚岷山樓。

千年雪嶺闌邊出，萬里雲濤坐上扶。

禹跡茫茫始江漢，疏鑿功當九州半。

丈夫生世要如此，齎志空死能無嘆。

白髮蕭條吹北風，手持巵酒酹江中。

姓名未死終磊磊，要與此江東注海。(卷六，〈登灌口廟東大樓觀岷江雪山〉)

這首詩作於淳熙元年十月，陸游在永康軍所作，永康軍在今四川灌口縣。這首詩先以「我生不識」，「又不及」，寫出自己的無奈：既不能過榮華富貴的生活，又不能在戰場上殺敵。接著描寫灌口廟之壯闊景色：「千年雪嶺闌邊出，萬里雲濤坐上扶」，以千萬相對氣勢不凡。其次「疏鑿功當九州半」寫大禹疏鑿之偉大功績。最後六句是作者之宣言，「丈夫生當要如此」，既是肯定句又是自我期許，「白髮蕭條吹北風」，又寫悲壯的心情，「姓名未死終磊磊，要與此江東注海」更是心中最堅定的誓詞。整首詩寫景壯闊，而作者義無反顧的壯志，具有極強的吸引力，震懾住讀者的肺腑。總之陸游是以積極勇敢的志向以及激動的撞擊力去感動讀者的心。淳熙七年，陸游以古詩之歌行方式來表達自己的願望：

吾聞開闢來，白日行長空。
扶桑誰曾到，崦嵫不可窮。
但見旦旦升天東，但見暮暮入地中。
使我倏忽成老翁，鏡裡衰鬢成霜蓬。
我願一日一百二十刻，我願一生一千二百歲。
四海諸公常在座，綠酒金樽終日醉。
高樓錦繡中天開，樂作畫鼓如春雷。
勸爾白日無西頹，常行九十萬里胡爲哉。（卷十三，〈日出入行〉）

這首詩先以二句「但見」來寫宇宙萬物之自然變化，是循環不已。接著以「使我倏忽成老翁，鏡裡衰鬢成霜蓬」對顯出人的渺小。其次，二句「我願」強烈表達自己的理想，其次，四句寫壯大的志向，「終日醉」是豪情，「如春雷」是歡樂。詩末的兩句似勸說世人，卻以「常行九十萬里」作爲結語，極有豪邁氣概。這首詩以宇宙和小我作對比，顯現小我之小。再以小我之宏願，化小我之渺小爲壯大之我，故豪邁之美感就呈現出來。使讀者的精神力量變強，自然顯現崇高的力量，作者之精神貫串到讀者之身上，這就是一種動人的感發力量。這幾首歌行是陸游最豪放的作品，因爲他運用錯落的音節，壯闊的意象，強烈的宣告，使高蹈飛揚的氣勢展現出來。

由以上幾首歌行可見其功力深厚，運用音節的變換，酣暢淋漓的描繪，氣勢宏偉的鋪排，令讀者享受到極爲動人的景致，獲得不同於平常無奇的美感經驗。

文人自古而來常離不開酒，如曹操之〈短歌行〉：「對酒當歌，人生幾何？」「何以解憂，惟有杜康」其對人生之感嘆，可見飲酒是一種暫時的解脫。〔註6〕飲酒乃爲澆愁，在微醺中更使人的心情達到高度的亢奮，再大筆一揮，豪邁筆勢因此帶引出來，我們看看下面這首詩：

〔註 6〕古代文人如竹林七賢，更是藉酒狂放，代表人物是劉伶。東晉的陶明亦喜酒，以至唐代詩人杜甫之〈飲中八仙〉介紹唐人文人之能酒之事，李白亦喝酒，描寫自己的〈酒仙李白〉：「李白一斗詩百篇，長安市上酒家眠，天子呼來不上船，自稱臣是酒仙。」

「長」

手把白玉船，身游水精宮。

方我吸酒時，江山入胸中。

肺肝生崔嵬，吐出爲長虹。

欲吐輒復吞，頗畏驚兒童。

乾坤大如許，無處著此翁。

何當呼青鸞，更駕萬里風。（卷四，〈醉歌〉）

這首詩寫於淳熙元年，陸游奉祠於成都，心情極其苦悶。而這首詩是以醉酒之後的各種聯想貫串前後。先言「身游水精宮」，「江山入胸中」、「肺肝生崔嵬，吐出爲長虹」，以及「頗畏驚兒童」等特殊的情景及感受，把讀者帶入奇幻世界。最後以乾坤既大又「無處著此翁」，因此要「更駕萬里風」，可見其壯闊心境。飲酒使人無所羈畔，增加想像空間。其寫心境和想像聯結一起，並以超乎常理的方式去營造，就是這一首詩成功之處，因此呈現出壯闊的美感。再看看下面一首詩，亦和飲酒有關，極有感染力：

胸中磊落藏五兵，欲試無路空崢嶸。

酒爲旗鼓筆刀槊，勢從天落銀河傾。

端溪石池濃作墨，燭光相射飛縱橫。

須臾收卷復把酒，如見萬里煙塵清。

丈夫身在要有立，逆虜運盡行當平。

何時夜出五原塞，不聞人語聞鞭聲。（卷七，〈題醉中所作草書卷後〉）

這首詩描繪寫草書的經過，以酒爲催化劑，酒一喝就「勢從天落銀河傾」。而端溪硯又有「燭光相射飛縱橫」之效，「須臾收卷」寫出落筆的快速，最後歸於「出五原塞」，雖是情緒的轉換快速，但其精神的一脈相連。陸游寫草書的氣勢，最後歸於以恢復失土爲志向，寫書法是內在精神的再現，更是凝聚內在的精神力量，從寫草書至表明志向，念念不忘上馬殺敵，令人佩服其奮發的精神。淳熙四年，陸游於酒後再賦激動亢振奮的作品：

丈夫不虛生世間，本意滅虜收河山。
豈知蹭蹬不稱意，八年梁益凋朱顏。
三更撫枕忽大叫，夢中奪得松亭圖。
中原機會嗟屢失，明日茵席留餘潸。
益州官樓酒如海，我來解旗論日買。
酒酣博塞爲歡娛，信手梟盧喝成采。
牛背爛爛電目光，狂殺自謂元非狂。
故都九廟臣敢忘？祖宗神靈在帝旁。（卷八，〈樓上醉書〉）

這首詩以「丈夫」之所爲：「本意滅虜收河山」作爲開頭，「豈知」蹭蹬不稱意，這是意想不到的。再進入另一個世界：三更撫枕「忽」大叫，「夢中」奪得松亭圖，可見其心之所嚮。作者是志向高遠，繼之以益州的情景「酒酣博塞爲歡娛」，「牛背爛爛電目光」作爲描述高潮，最後以「臣敢忘？」自我勉勵。這首詩所表現的作者心意是跌宕而非直下，先言不如意，繼之在夢中得到滿足，其次描繪內心的盼望，以及歡樂狂放的景象鮮明再現，使這首詩表現一種豪放的美感。其中所傳達的是狂放心情，感染力極強，再加上堅定信念，以及呈現豪邁的景象，更使人心振奮。

縱觀這三首和飲酒有關的詩，我們可以發現喝酒使人的精神狀況改變，在放鬆、亢奮的情緒之下，詩人看世界的角度和平時不同，自然而然所傳達的是更瑰麗、更豪邁的美感，讀者也從其中得到一些心靈滿足。〔註 7〕

淳熙五年五月陸游東歸，離開蜀地順長江而下，江水的浩瀚，心情也爲之開闊，途中經過瞿塘峽賦一首詩：「吾舟十丈如青蛟，乘風

〔註 7〕朱光潛在《文藝心理學》當中提及尼采在《悲劇的起源》中認爲日神阿波羅和酒神達阿尼蘇司代表兩種藝術，日神是圖畫和雕刻，酒神是音樂與舞蹈。朱氏以爲日神阿波羅代表的是柔性美，酒神達阿尼蘇司代表的是剛性美，因爲酒神爲了噴出內在深厚的苦悶，所以在葡萄叢裡，放聲高歌，提著足尖狂舞。歌是迸出內心情感，舞是大自然脈動相呼應，是發洩也是表現。請參考《文藝心理學》第十五章剛性美與柔性美。筆者以爲西方的酒神宣洩情感的情緒層面以及表現方式和陸游的醉歌有相應之處。

翔舞從天下。江流觸地白鹽動，灩澦浮波眞一馬。主人滿酌白玉杯，旗下畫鼓如春雷。回頭已失瀼西市，奇哉，一削千仞之蒼崖！蒼崖中裂銀河飛，空裡萬斛傾珠璣。醉面正須迎亂點，京塵未許化征衣。（卷十，〈醉中下瞿塘峽中流觀石壁飛泉〉）瞿塘峽之驚險古今聞名，作者面對這項奇特景觀，是以驚奇喜悅之心情讚嘆。這首詩亦寫水景，詩的開頭即帶出譬喻，「吾舟十丈如青蛟」，且「乘風翔舞」，畫鼓「如春雷」，而飛泉是「蒼崖中裂銀河飛」，水珠是「空裡萬斛傾珠璣」，全部的意象是澎湃洶湧、鮮明活躍。而作者此時的心情是忍不住發出讚嘆聲：「奇哉！」，遇到飛泉水珠又以「醉面正須迎亂點」是正面迎向，作者的感受是驚奇的，相對的，讀者所接受到是奇雄壯闊的感受，呈現出高度的渲染力。整首詩的意象是豐富多變，情緒是高昂的，更以正面不閃躲的的態度去面對。除了奇雄的意象之外，又添加作者主觀的感動及正面積極態度，是這首詩最大的特色。途中經過夷陵，看到浩瀚江水也不禁歡喜以對：

雷動江邊鼓吹雄，百灘過盡失途窮。
山平水遠蒼茫外，地闊天開指顧中。
俊鶻橫飛遙掠岸，大魚騰出欲凌空。
今朝喜處君知否，三丈黃旗舞便風。（卷十，〈初發夷陵〉）

這首詩先寫江邊急流及人聲鼎沸的壯闊景象，頷聯寫江水及天地之浩瀚，頸聯寫江上俊鶻和大魚的景象，最後表明歡喜經歷這次旅程。整首詩以景色和動物的生動的描繪，襯托出旅程的不同凡響，「鼓吹雄」和「失途窮」，「蒼茫外」和「指顧中」皆爲互補式的描寫，「遙掠岸」和「欲凌空」是相對式的描寫。整首詩所呈現的是浩瀚又氣勢豪放的景色，以及眾人在航行的旅途中扮演氣勢的催化劑，使讀者心胸亦爲之開闊，獲得一種「數大便是美」的美感經驗。再看看下面一首詩，是離開荊州所作：

淋漓牛酒起檣干，健艣飛如插羽翰。
破浪乘風千里快，開頭擊鼓萬人看。

鵲聲不斷朝陽出，旗腳微舒宿雨乾。

堪笑塵埃洛陽客，素衣如墨據征鞍。(卷十，〈初發荊州〉)

這首詩亦寫於淳熙五年五月，東歸至江陵所作。寫船上之景象，「淋漓牛酒」起檣干，表示暢快的飲酒嚼肉，「健艣飛」如插羽翰是寫速度之快。「破浪乘風千里快，開頭擊鼓萬人看」不只寫速度之快，還寫聲勢之壯大。最後四句和前四句相比，氣勢變弱，但「鵲聲不斷朝陽出，旗腳微舒宿雨乾」表現生動的氣氛，寫景貼切。整首詩以多、快、聲音的豐富意象，對顯出旅途奔波，並使詩歌境界爲之開展。再看看下面一首詩，是停泊在公安縣所作：

秦關蜀道何遼哉，公安渡頭今始回。

無窮江水與天接，不斷海風吹月來。

船窗簾捲螢火鬧，沙渚露下蘋花開。

少年許國忽衰老，心折柁樓長笛哀。(卷十，〈泊公安縣〉)

這首詩意在東歸的路上所寫，首聯即說出感嘆，「何遼哉」和「今始回」眞有不勝欷噓之感。頷聯寫江水之廣闊和海風之不斷，頸聯轉向寫船上之情景，「螢火鬧」、「蘋花開」是觀物之細微。尾聯哀傷自己衰老，少年時的志向尚未完成。整首詩前半是氣勢壯大之景色，運用空間的變換以及空間的加大，達到豪邁之美感。後半雖寫近景，但以時間的突然變換（「忽」衰老），添加濃厚之悲情。讀者在空間和時間變換之中，感受到這首詩的悲壯感。

以上四首寫江水的詩歌，皆有暢快淋漓之感，作者和自然有一個親密的互動關係。而船夫更是視覺享受的主導者，令人眼睛一亮，心胸開朗。

自然界的變化，會隨詩人的心情變化而呈現不同的風貌。淳熙六年陸游任撫州提舉江南西路常平茶鹽公事職，前往就職時行經弋陽作了一首〈弋陽道中遇雪〉，想像力極爲豐富：「我行江郊莫猶進，大雪塞空迷遠近。壯哉組練從天來，人間有此堂堂陣。少年頗愛軍中樂，跌宕不耐微官縛。憑鞍寓目一悵然，思爲君王掃河洛。夜聽簌簌窗紙鳴，恰似鐵馬相磨聲。起傾斗酒歌出塞，彈壓胸中十萬兵。」（卷十一)這首詩是寫在大雪中所見之情景。一開頭先以迷離的雪景帶出「壯哉組練從天來，人間有此堂堂陣」的想像，其次回憶少年之壯志，「思爲君王掃河洛」是偉大的志向。最後再加入自己想像，窗紙鳴是鐵馬相磨聲，出塞歌可以「彈壓胸中十萬兵」。整首詩是想像和現實融合在一起，尤其是因爲自己豐富想像力更使詩的感動力增強，使讀者亦跟著其想像起飛。本來道中遇大雪是很痛苦的經歷，卻因自己的回憶過去使內心的情緒轉變，而使自己進入另一個想像世界，情緒跌宕起伏，想像力奔騰，使美感更顯壯大。想像力是陸游浪漫之催化劑。而登高又是另一段不同的美感經驗，淳熙七年五月陸游任江南西路常平茶鹽公事任所，在撫州常登擬峴樓，曾作了幾首詩，皆是登高足以令人視野開闊之作：

> 高城斷處閣橫空，目力雖窮興未窮。
> 燕子爭泥朱檻外，人家曬網綠洲中。
> 誰能招喚三秋月，我欲憑陵萬里風。
> 更比峴山無湛輩，論交惟是一枝笻。(卷十二，〈雨後獨登擬峴樓〉)

這首詩首聯已點出擬峴樓的位置，「高城斷處閣橫空」表所處位置是很高的，極目所見興致亦極高。頷聯寫近景，生動描繪「燕子」、「人家」的情景。頸聯以「誰」和「我」的對比，寫出作者內心的想望，「三秋月」和「萬里風」表現壯大的氣勢，心情爲之開闊。尾聯以羊祜和鄒湛登峴山之古今之感作比較，後人應知湛輩之行徑，但作者只能和一枝笻論交。整首詩以開闊之視野拉開序幕，再以壯闊之景色和心情帶進茫茫的世界之中，最後寫孤獨之情景，更有一種千古蒼茫之感。這首詩空間和心境之廣大再加上古今之嘆，使整首詩境界廣闊，呈現陽剛之美。讀者在閱讀之後，可以感受到作者之悲壯感。擬峴臺亦可觀漲潮，比如〈冒雨登擬峴臺觀江漲〉:「雨氣分千嶂，江聲撼萬家。雲翻一天墨，浪蹴半空花。噴薄侵虛閣，低昂泛斷槎。壯遊思夙昔，乘醉下三巴。(卷十二) 漲潮是壯觀的畫面，第一句是水氣滂沱，第二句寫聲音撼人。三句的對仗更是壯闊之景色，並以黑雲白浪作對比。五六句聯結自然和人文景觀。最後二句帶引我們回到過去，回憶以前下三巴的景象。整首詩前六句寫景壯闊，描寫鮮明，雖是五律，卻有七律的氣勢。最後二句帶有一些懷念情調，更有韻致。這首詩和前面〈雨後獨登擬峴臺〉比較，一是水勢浩大，視覺和聽覺都極有震撼力；一是想像力豐富，使空間加大。另有〈擬峴臺觀雪〉（垂虹亭上三更月）亦寫壯闊之美，詩中有：「山川滅沒雪作海，亂墜天花自成態」寫雪景如海之壯闊，「狂歌痛飲豪不除，更憶銜枚馳出塞。」寫自己的豪情，亦是呈現壯美之傑出作品。

由以上的作品來看，陸游對於大自然壯闊的景象描繪傳神，還能掌握到壯美的情趣所在。

家居山陰觸目所見可能是農村之悠閒之景，但可以擴大空間，增加雄渾感。慶元五年夏天，陸游在山陰作了一首詩，詩風有雄渾之氣勢：

> 無窮煙海接空濛，秦望稽山醉眼中
> 虹斷已收千嶂雨，鶴歸正駕九天風。
> 漁舟容與橫沙際，水鳥號鳴傍葦叢。
> 興盡還家忽三鼓，半輪殘月斗杓東。(卷三十九，〈泛舟澤中夜歸〉)

這首詩一開頭就進入空濛浩瀚的景象，「無窮煙海」再加上「醉眼中」氣氛迷濛。三四句寫天上之景，「千嶂雨」和「九天風」描繪出廣闊之氣象。五六句接著寫近景，描繪的「漁舟」和「水鳥」是比較安靜的狀態。最後寫出因貪看景色而忘了天色已晚，「忽」代表那種不急迫性，不經意的心情。整首詩主要以「無窮煙海」和「千嶂雨」、「九天風」烘托出壯闊的美感，讀者因爲前面四句壯闊的美感經驗，後四句雖然鏡頭拉近，但開闊的心情亦隨之放鬆，以致忘了夜已深沉。寫這首詩的陸游已七十五歲，對照其中年之作，寫景依然豪放，但心情漸趨平靜是可以看到的。

由以上所舉例子之分析，我們可以統整出陸游詩歌呈現豪放雄渾風格，大概有幾種產生的因素，一是寫作時身處戰爭前線，如〈山南行〉、〈南鄭馬上作〉、〈歸次漢中境上〉；一是因寫作地點接近戰區或是離開戰區不久，情緒依然激昂，如〈日出入行〉、〈金錯刀行〉；一是因觀景物之浩瀚，如〈登灌口廟東大樓觀岷江雪山〉、〈初發夷陵〉、〈初發荊州〉、〈泊公安縣〉、〈醉中下瞿塘峽流觀石壁飛泉〉、〈雨後登擬峴樓〉；一是因飲酒而使情緒亢奮，如〈樓上醉書〉、〈醉歌〉等。這些詩歌之意象是壯大的、開闊的，詩人的所見所聞是超乎常人之生活經驗或是異於常人的生活經驗，甚至可以說是超乎知識系統，所以創作的詩歌呈現豪放雄渾之風格，這就是一種陽剛之美。甚至詩人是進入到一個想像的世界，裡面是奇幻的、瑰麗的、放誕的。讀者閱讀之後第一步是驚，第二步是喜，第一步因物的偉大而有意、無意地見出自己的渺小，第二步因物的偉大而有意、無意地幻覺到自己的偉大。〔註 8〕而這種陽剛之美常常伴隨著悲壯之精神義涵，「而正如『悲壯』，往往來自勇於承擔命運，擁抱絕望而在絕望中奮力行動。」〔註 9〕換言之，陸游的詩歌呈現豪放雄渾之風格，使讀者產生一種巍峨浩蕩之氣概。〔註 10〕

由其風格反觀其產生的原因是因爲其生活經歷是波濤起伏的，陸游早年的經驗是單純而熱烈，入蜀之後以至駐守南鄭十個月使其生命

〔註 8〕筆者的論述乃參考朱光潛之《文藝心理學》〈第十五章剛性美與柔性美〉對於「雄偉」的美感經驗之分析。「雄偉」（Sublime）源自希臘學者專指詩文的高華風格，後人言「雄偉」則意義較爲廣泛。近代有關於「雄偉」學説發源於康德，康德早年作一文論〈秀美與雄偉的感覺〉，以爲「秀美」使人欣喜，「雄偉」使人感動；對「秀美」者多歡笑，對「雄偉」者多嚴肅。筆者以爲西方對於「雄偉」之美感經驗探析和筆者所體會的中國豪放風格之詩歌的美感經驗是相近的，故藉此論析。Sublime 有人翻譯成「崇高」，朱氏之翻譯爲雄偉比較貼近中國之方式。

〔註 9〕參見柯慶明〈試論漢詩、唐詩宋詩的美感特質〉（327 頁），收錄於《文學與美學》第三集，文史哲出版社出版。

〔註 10〕西方的崇高（雄偉）的審美心理是帶有害怕痛苦之感受，但中國的崇高（雄渾）卻沒有害怕、痛苦之感受，只是讓人精神得到提昇。請參考蔡鍾翔等《自然雄渾》之所論，北京中國人民出版社，1996，10。

脫胎換骨，從作品之中可以看出其意象、情緒不同於往昔。離開南鄭之後忠心依舊留在南鄭，心情尚未平復，意象的發揮更鮮明、更壯闊。離開四川的期間又受到路途上景色壯闊之薰染，視角廣大、意象恢宏。故我們可以了解其創作風格與其生活經驗關係密切。進一步觀看，其特殊的豪邁風格是其內在生命積蓄著無窮的浪漫情懷以及壯大的鴻鵠之志。與初唐陳子昂〈登古幽州臺〉:「念天地之悠悠，讀愴然而涕下」的風姿相泯合。這一有進取心、志向很大的「狂」的風度氣質，成爲貫串陸游審美活動全過程的基本特徵。〔註 11〕

觀陸游豪放雄渾風格的詩歌來看，除了以壯闊意象、豪邁心情呈現之外，其中另以強烈的宣告、述說，來表現其心聲亦增強其渲染力。如「應知老去負壯心，戰遣窮途出窮語」(卷一，〈夜宿陽山磯將曉風甚勁俄傾行三百里遂抵雁翅浦〉)、「嗚呼楚雖三戶能亡秦，豈有堂堂中國空無人。」(卷四，〈金錯刀行〉)「故都九廟臣敢忘？祖宗神靈在帝旁。」(卷六，〈樓上醉書〉)「姓名未死終磊磊，要與此江東注海。」(卷六，〈登灌口廟東大樓觀岷江雪山〉) 都是將「理」與「議論」轉化爲形象的語言。〔註 12〕豪放雄渾的風格亦可以作者之遠大的品格直接去感發讀者之心志，增強其精神力量。

總而言之，陸游詩歌風格中的豪放雄渾呈現陽剛之美學風格，更能使讀者情緒爲之激動亢奮。〔註 13〕

〔註 11〕參考霍然《宋代美學思潮》242 頁所論，長春出版社出版。

〔註 12〕柯慶明以爲宋詩有一個特點就是將「說理」與「議論」轉化爲形象語言，因而一首詩中的語言形象就各自釘住原來的語言「論述」，而無法形成一個統一視點的「天地之境」了。(參〈試論漢詩、唐詩、宋詩的美感特質〉348 頁，收於〈文學與美學〉第三集)

〔註 13〕許總《宋詩史》說：「以激昂與悲壯的交織爲標志，如同火燄般的熾烈噴發，造成一種耀目灼人的強烈感受，是陸游愛國詩顯見的個性，其激情噴發的範圍與強度也就超越了前人同類題材所能達到的程度。」(658 頁)，重慶出版社出版。而陸游超越前人在於愛國情懷充滿著高度理想色彩以及寄托於夢境之中。

第二節　陰柔之美——清麗圓潤

陸游的詩歌另外一種風格是清麗圓潤，此種風格是異於豪放雄渾，屬於一種陰柔之美。如淳熙三年陸游自隆興府罷官回來，曾寫了一首膾炙人口的詩，是其陰柔之美的代表作品：「莫笑農家臘酒渾，豐年留客足雞豚。山重水複疑無路，柳暗花明又一村。簫鼓追隨春社近，衣冠簡樸古風存。從今若許閑乘月，拄杖無時夜叩門。（卷一，〈遊山西村〉）山陰是風光明媚的地方，山水相連，樹林隨著村子綿延，如果沒有加上一些「發現」的驚奇，山陰之美就平淡了些。故這首詩一開頭先寫農村生活景象，三四句寫農村之美景，又反映心情失望與復得的快樂。五六句寫農村的風俗，最後再以悠閒心情作結。這首詩的意象是農村式的，臘酒、雞豚、簫鼓、春社皆是，「莫笑」、「渾」、「豐年」、「足」是代表富足；「疑」、「又」既是寫江南特有風光，更寫出一種驚奇。整首詩是以清新的景象表現平實的樂趣，顯得生動自然。難怪《唐宋詩醇》評述：「有如彈丸脫手，不獨善寫難狀之景。」就是讚美其寫景圓轉流美，表現一種柔性之美。這首詩是其風格清麗圓潤的代表作品。

陸游對於旅遊很有興趣，公務在身能忙裡偷閒，家居山陰更是悠閒旅遊。住宿於異地，感觸比較敏銳。下面一首詩是其淳熙五年旅遊到四川大邑縣所作，是一首五言古詩，具有清新之美：

吾生如虛舟，萬里常泛泛。
終年厭作客，著處思繫纜。
道邊何人居，花竹頗閑淡。
門庭淨如拭，窗几光可鑑。
堂上滿架書，朱黃方點勘。
把茅容卜鄰，老死更誰憾。（卷五，〈憩黃秀才書堂〉）

這首詩前四句寫出自己疲倦的心情，「吾生如虛舟」是對人生有所感嘆，感嘆人生的漂泊不定。接著六句卻寫閒淡的情致，無論是花竹、門庭、窗几、滿架書籍都有一種清亮的美感，最後二句再抒發自己的感受，能過如此悠靜生活，死而無憾。整首詩給人一種清淡的氣氛，所以能夠撫慰疲倦的心靈。作者藉由景物之清新引領讀者進入一個悠閒的環境之中，是這首詩最突出的一點。淳熙十三年陸游在臨安等待召見，寫了一首名篇：

世味年來薄似紗，誰令騎馬客京華。
小樓一夜聽春雨，深巷明朝賣杏花。
矮紙斜行閑作草，晴窗細乳戲分茶。
素衣莫起風塵嘆，猶及清明可到家。（卷十七，〈臨安春雨初霽〉）

此時陸游住於西湖畔，心情很鬱悶，因此詩的開頭先敘述多年來奔波仕途的感受，三四句寫江南之美景，也寫他的一夜失眠，五六句描繪如何打發無聊時光，最後二句表達自己對功名的厭棄。整首詩是以頷聯和頸聯的清新景色爲主，反襯內心的苦悶，顯得平淡有味，但情感卻沉鬱。讀者雖感受到是江南之美景，但又從「薄似紗」、「誰令」的自嘲，以至「莫起風塵嘆」，「猶及清明可到家」的低迴，可見其內心是多麼的苦悶。清新之景使讀者感受到的是江南之美，也沖淡整首詩之悲劇感。

在臨安待了二三個月，他回到山陰休息，準備赴嚴州任，下面一首是寫山陰附近的石帆山美景：

卷地東風吹釣船，石帆重到又經年。
放翁夜半酒初解，落月啣山聞杜鵑。
繫船禹廟醉如泥，投宿漁家月向低。
煙翠撲人濃可掬，始知身在石帆西。（卷十七，〈宿石帆山下〉）

這兩首詩是寫寄宿在石帆下所見之景色，第一首以「卷地東風」和「落月銜山聞杜鵑」作爲景色之重心（視覺），第二首詩以「煙翠撲人濃可掬」作爲景色之

重心（嗅覺）。而就心情而言，第一首寫放翁「夜半酒初醒」，而後落月中「聞杜鵑」；第二首是寫「醉如泥」，因煙翠撲人而醒覺。整首詩寫景優美，因醉酒使欣賞景色的心情變換，增加生活樂趣。

熱鬧的景色不見得能引發激昂思緒，而是隨意自在的情緒，尤其是在美麗的秋天裡面：「兒童隨笑放翁狂，又向湖邊上野航。魚市人

家滿斜目，菊花天氣近新霜。重重紅樹秋山晚，獵獵青帘社酒香。鄰曲莫辭同一醉，十年客裡過重陽。〔註 14〕（卷十三，〈九月三日泛舟湖中作〉）這首詩寫於淳熙七年，詩一開頭先寫兒童譁笑其狂，再寫魚市之人多，以「滿」表人多；以「近新霜」暗示天氣已霜冷。五六句寫景，以紅樹、青帘對比，七八句點出自己客居他鄉十年。這首詩色彩鮮豔，天氣以「菊花」形容，再加上「重重紅樹」、「獵獵青帘」更是遍地的色彩繽紛。整個畫面是熱鬧的，但是其情緒不激動，而是自在隨興。最後寫放翁的「狂」，鄰曲「莫辭同一醉」都是隨興而發，不爲常理所囿。總之，這首詩以景色之豐盈帶出秋天的氣氛，極爲吸引人。相對的，陸游對於七絕的創作亦極有心得，以下的幾首七絕寫景優美，清新宜人：

小園煙草接鄰家，桑柘陰陰一徑斜。
臥讀陶詩未終卷，又乘微雨去鋤瓜。（卷十三，〈小園〉其一）

村南村北鵓鴣聲，水刺新秧漫漫平。
行遍天涯千萬里，卻從鄰父學春耕。（卷十三，〈小園〉其二）

前一首詩是以「小」景爲主，小園中的草是接鄰家，桑柘也只是「一徑」斜，讀陶詩還未終卷又在微雨之中去鋤瓜。其所呈現就是小小世界自足的快樂。第二首先寫小園之景，處處都聽得到鵓鴣聲，遠望是整片的新秧，最後以「行遍」、「卻從」的對照，襯托出自己躬耕的心境。這兩首詩不寫激昂心情，只以田園寧靜之景色襯托平和之心境。再看下面另一首七絕：

早春風力已輕柔，瓦鱈消殘玉滿溝。
飛蝶鳴鳩俱得意，東風應笑我閒愁。（卷十三，〈二月四日作〉）

這首詩描寫的風力是輕柔的，雪消殘之後是以「玉滿溝」的豐盈貌來形容，飛蝶、鳴鳩是得意，而「我」也有閒愁。「得意」和「閒愁」是悠閒人生的表現，不必爲某種目的去做任何事。以上三首皆以「小」景寫悠閒之心境，讀者由此亦得到心靈的解放。陸游有時在寫景方面

〔註 14〕陸游自註云：「予自庚寅至辛丑，始見九日於故山。」

有著極高的敏銳度及聯想力：

橋外波如鴨頭綠，杯中酒作鵝兒黃。
山茶花下醉初醒，卻過西村看夕陽。

橋北雨餘春水生，橋南日落暮山橫。
問君對酒胡不樂，聽取菱歌煙外聲。（卷十六，〈過社浦橋〉）

這兩首詩寫於淳熙十一年，第一首以橋外水波和杯中美酒相映，再以山茶花和夕陽相映，使整首詩顯得色彩燦爛。第二首先以「雨餘」對「日落」，「春水生」對「暮山橫」，再以設問方式寫出自己複雜的心情：看似放下卻又一些執著。詩中所傳達的是美景足令人賞心悅目，但是需要有一顆悠閒的心才能眞正去體會景色之美。寫景優美，情意宜人，讀者從中閱讀會有一種寧靜之感受。

陸游在田園生活之中雖自言是老翁，但喜歡觀察小孩，學小孩玩耍，非常有童心，比如〈月下〉就充滿童趣：「月白庭空樹影稀，鵲棲不穩繞枝飛。老翁也學痴兒女，撲得流螢露濕衣。（卷十五）這首詩先寫月下之景，因爲是秋天，所以月「白」顯得中庭很「空」，樹影亦「稀」，烏鵲只能「繞枝飛」，可見陸游體物很敏銳細緻。最後二句寫撲流螢，露水沾濕衣服，「也學」是童趣，不是有特殊目的，只是隨興而發。有時我們可以從描寫農村的小兒女，來考察陸游觀物態度：

湖中居人事舟楫，家家以舟作生業。
女兒妝面花樣紅，小傘翻翻亂荷葉。
日暮歸來月色新，菱歌縹緲泛煙津。
到家更約西鄰女，明日湖橋看賽神。（卷二十八，〈鏡湖女〉）

這首詩於紹熙四年作於山陰，鏡湖是山陰的名勝之一，亦有灌溉養殖之利。詩的開頭先點明鏡湖人的生活樣貌，中間兩聯寫鏡湖女的美貌並以景物來相映襯。「花樣紅」和「小傘翻翻亂荷葉」在色彩上、形象上都有相互映襯之美感，「菱歌緲渺」更顯鏡湖之農村悠閒生活之樣貌。最後二句再以「看賽神」來寫鏡湖女的生活樂趣。整首詩洋溢歡樂與青春的氣氛，充分展現鏡湖女可愛模樣，清新動人。有時陸游把自己放在詩中之畫面，極富有童稚之情：

紅樹青林帶暮煙，並橋常有賣魚船。
樊川詩句營丘畫，盡在先生拄杖邊。(卷三十三，〈舍北晚眺〉)

雪山萬疊看不厭，雪盡山青又一奇。
今代江南無畫手，矮箋移入放翁詩。(卷四十二，〈春日〉其五)

前一首詩的美感來自於風景變成詩句、圖畫，正可以說是詩中有畫的表現，「紅樹」、「青林」是有色彩的，「賣魚船」是使畫面生動化，而作者卻是欣賞者，使這首詩有了親和力。讀者閱讀之後更覺有參與感，這就是〈舍北晚眺〉精彩之處。第二首以「雪盡山青又一村」作為景色之重心，三四句敘述美景入放翁詩，以作者之主動參與，使作品呈現出另一種「共時」(作者和讀者)之美感經驗，極為吸引人。

以上幾首七絕陸游皆用優美及細膩的景物帶出柔性的美感特質。讀者在閱讀之後有一種寧靜之感，情緒不會太過波動。

陸游對於小船有特殊之情感，早在從四川回到江南就曾寫了一首清涼之作，極為悠閒宜人：「舟中一雨掃飛蠅，半脫綸巾臥藤。清夢初回窗日晚，數聲柔櫓下巴陵。(卷十，〈小雨極涼，舟中熟睡至夕〉詩的開頭先以「一雨掃飛蠅」作為開端，再以涼快地隨意的穿著：「半脫綸巾半臥藤」，第三句寫清晨夢醒，耳中聽到小船航行下巴陵。整首詩是以隨意的心情去面對行程，如此醒來時才覺「窗日晚」，最後一句令人印象深刻的是「數聲柔櫓」，因為心境悠閒，才能感受到船身的「溫柔」。可見遊盪在船上，觸發詩人詩興。陸游閒居於山陰，足跡遍布山陰各地，我們看看兩首寫於紹熙三年的作品：

湖上清秋近，齋中日月長。
雲來收樹影，雨過土生香。
蓮小紅衣濕，瓜甘碧玉涼。
晚來幽興極，移榻近方塘。(卷二十四，〈六月十四日微雨極涼〉)

詩的一開頭先寫書齋的安靜，頷聯和頸聯描寫湖邊之景色，「雲來」、「雨過」點出微雨的變化，蓮小「紅衣」濕，瓜甘「碧玉」涼，描繪出鮮明之色彩。最後兩句寫出悠閒之樂趣，所以移榻「近」方塘。整首詩寫景優美，寫情有味。讀者讀來暑氣全消，同感雨後之清涼。這首詩的動詞都不含激烈的意味，描繪景物皆是運用近景的角度。由「齋中日月長」、「晚來幽興極」對於時間的描繪可見作者悠閒之心境，所以整首詩洋溢著清新宜人之美。下面一首亦寫悠閒之景：

　　困睫濛濛渴煮茶，繫船來扣野人家。
　　風翻翠浪千畦麥，水漾紅雲一塢花。
　　健犢破荒耕犖确，幽禽除蠹啄槎牙。
　　尋春非復衰翁事，且伴兒童一笑嘩。（卷二十四，〈舟過季家山小泊〉）

這首詩開頭寫疲倦的心情，由此拉開尋春一幕。再以農村景象作為主線，「翻」、「漾」是使意象動態化，「破荒」、「除蠹」是使意象更富有生命力，最後以老翁之悠閒作結。整首詩所呈現的審美態度是悠閒的，作者的觀物方式充滿生機式的，景物欣欣向榮。「非復」、「且伴」是以無機心的，順著悠然情緒而行，所以這首詩境界寧靜，寫景清新。以上兩首的寫景極為優美動人。山陰多水，小船是交通工具，免不了要在小船過夜。下面兩首詩就是描寫在船上之心情，極為溫柔：

　　新換單衣細葛輕，翛然隨處得閑行。
　　綠陰浦口維舟處，霽日場中打麥聲。
　　醉叟臥途知酒賤，耕農滿野喜時平。
　　老來無復雕龍思，遇興新詩取次成。（卷二十九，〈舟行過梅市〉）

這首詩先寫自己換單衣閒遊，接著順著視線之移動，聽到打麥聲，也看到醉叟臥路邊，農夫慶幸今歲是豐年。最後二句點出自己創作經驗：「遇興新詩取次成」詩是隨著自己的感興而寫成。整首詩以作者之視角變化作為詩歌的視角，景物是自在而生，作者之詩興感發而成。處處皆有題材也處處皆可為詩。以上兩首詩皆為悠閒心境之呈現，一是生活之樂趣，一是從生活樂趣跨越到創作之樂趣。作者之閒趣亦能傳送給讀者，使讀者感受到其趣味所在。

　　季節變化可以有不同的審美心靈，我們再看看下面一首有關夏天的詩是寫於慶元六年：

　　老去人間樂事稀，一年容易又春歸。

市橋壓擔蓴絲滑，村店堆盤豆莢肥。
傍水風林鶯語語，滿原煙草蝶飛飛。
郊行已覺侵微寒，小立桐陰換夾衣。（卷三十二，〈初夏行平水道中〉）

這首詩寫於慶元元年，一開頭先寫老年之遲暮之感，再描繪平水之景色。「壓」、「堆」寫數量的多；「滑」、「肥」寫食物之美。五六句寫景物之美，「鶯語語」、「蝶飛飛」一片生機盎然。七八句寫作者之感受，從「已覺」、「小立」是一種隨興的自在。這首詩的意象生動，而農村的景象整體而言讓人感受到這是悠閒的景象。而作者觀物態度是順自然變化去欣賞，沒有衝突性，只有和諧共存。同一年（慶元元年）的夏天陸游寫了一首動人的五律：「蝶舞蔬畦晚，鳩鳴麥野清。就陰時小息，尋徑復微行。村婦窺籬看，山翁拂薦迎。市朝那有此？一笑慰餘生。」（卷三十二，〈野步〉）詩的一開頭是寫動物之動態美，「蝶舞」、「鳩鳴」有視覺和聲音之美。三四句寫遊玩之樂趣，「時小息」、「復微行」是沒有時間的壓迫感，五六句寫農村男女隨意的動作，毫無機心。最後二句寫他的感想，「一笑」表達作者眞正享受到農村生活樂趣。整首詩寫景優美，心情悠閒，讀者亦隨之鬆懈下來。最後二句以述說代替描繪，表明自己樂觀之態度。再看看下面一首詩：

初夏暑雨薄，但覺日月長。
向來萬里心，盡付一竹床。
新筍出林表，森然羽林槍。
時聞解籜聲，靈府生清涼。
平生喜晝眠，此志晚乃償。
安枕了無夢，孰爲蝶與莊。
徐起掬寒泉，中有菱絲香。
清嘯送落日，與世永相忘。（卷三十二，〈竹窗晝眠〉）

這首詩寫夏天晝眠之悠閒情景，前四句寫初夏炎熱，「但覺日月長」是心情煩悶，「向來萬里心」是一種放下的心情，故「盡付一竹床」。其次四句寫初夏清涼之景色，「靈府生清涼」是作者之感受。再其次四句寫晚年得償晝眠之願，最後四句寫在寒泉中有菱絲香，在清涼之中送走落日，讓人忘卻世界紛擾。「徐起」、「清嘯」又表達怡然自得的心情。整首詩寫景清新，感覺清涼，讀者亦深覺十分清爽，暑氣全消。

開禧元年，陸游已八十一歲，心情更是沖澹自守，下面兩首描寫東村的詩，兩首皆寫黃昏之景，極為清新宜人：

雨霽山爭出，泥乾路漸通。
稍從牛屋後，卻過鵲巢東。
泱泱沙溝水，翻翻麥野風。
欲歸還小立，為愛夕陽紅。（卷六十五，〈東村〉）

這首詩開頭先寫雨過天晴之景象，「爭」、「漸」是使意象動態化，五六句寫流水與清風之美景，「泱泱」、「翻翻」是疊字詞，使景物生動活潑，七八句「欲」歸「還」小立，「為愛」夕陽紅，是一種依戀的情感，使景物的美好突顯出來，作者的喜愛，加深讀者的印象，使讀者宛若沉浸在東村之景色中。再看看另一首〈東村〉：

信腳村墟落，歸來日未西。
波清魚隊密，風小鵲巢低。
白水初平岸，青蕪亦遍犁。
市壚多美酒，飲具不須齎。（卷六十五，〈東村〉）

這首詩先寫悠閒之心情，「信腳」代表不是特意安排的，而是隨意的。頷聯和頸聯描寫東村之美景，形容詞是小巧的，「密」、「小」、「低」皆是；「白水」配「青蕪」景象清新，色彩宜人。最後二句寫自己的隨興自在。整首詩所傳達給讀者的是一片清新的美景，令人耳目一新。以上兩首以細膩描繪農村某角落之美景，有一種纖細的美感。相較於〈柳橋晚眺〉所描繪的魚兒及白雲：「小浦聞魚跳，橫林待鶴歸。閒雲不成雨，故傍碧山飛。」更有動態之美感。這兩首〈東村〉是春天之景色，另有描寫秋天之景色。秋天可以蕭瑟，也可以清新動人，陸游例如下面這首〈暮秋〉色彩鮮明：

舍前舍後養魚塘，溪北溪南打稻場。

喜事一雙黃蛺蝶，隨人來往弄秋光。(卷五十九，〈暮秋〉其四)

這首詩以前後之魚塘以及溪邊稻場代表農村之美好風光，這是江南風光也是豐年之景。第三句就說黃蛺蝶是喜事一雙，第四句描寫黃蝶「隨人來往弄秋光」。先寫豐年再把黃蝶擬人化，更顯得農村之親切感以及清新之美。再看下面一首秋天的詩：

桑竹成陽不見門，牛羊分路各歸村。

前山雨過雲無跡，別浦潮回岸有痕。(卷七十二，〈秋思〉其七)

這首詩農村之景色，「不見門」「各歸村」是農村悠閒之景象。最後二句描寫水邊之景色，前面的山頭是雨停了雲無痕跡，岸邊有潮水來回。整首詩皆寫悠閒之景，第一句是村民之隨意自在，第二句是牛羊的自在，第三四句是景色的自在呈顯，心情悠閒，因此景色自然呈現最動人之美感，沒有時空的壓迫，而是自然的呈現於大化流行的宇宙中。

晚年的陸游以另一種較黯淡的描寫手法去呈現閒情，請看下面的例子：

山色埽石黛，江流漲麴塵。

春晴不終日，老病動經旬。

竹密有啼鳥，村深多醉人。

東阡與南陌，處處寄閒身。(卷七十五，〈郊行〉)

這首詩寫於嘉定元年，詩的開頭即寫景，「埽」、「漲」這兩個動詞使景物更壯大。三四句轉向抒發愁緒，五六句「竹密有啼鳥」、「村身多醉人」讓視野拉回農村之景象，七八句透露出自己閒情所在。整首詩以作者主動參與景色來貫串，景色中可以寄托悠閒之情。「寄」雖言寄託，亦是參與。一直到陸游八十五歲還有體力出門旅行：

閒人日日得閒行，況值今朝小雨晴。

水淺遊魚渾可數，山深藥草半無名。

臨溪旋喚罾船渡，過寺初聞浴鼓聲。

小醉未應風味減，滿盤青杏伴朱櫻。(卷八十二，〈山行〉)

這首詩先點明閒人得以閒遊，中間兩聯描寫山中景色，遊魚可數表示水淺，藥草無名表示山深，「旋喚」、「初聞」是讓山行更動態化，最後二句寫自己品味能力未減，「滿盤青杏伴朱櫻」是鄉村之野趣。整首詩好在於閒遊之趣，「遊魚」、「藥草」、「罾船」、「浴鼓」看似無關聯，但以此觀照到陸游的心情，心情雖然閒淡，但內心是生機無限。讀者讀之亦覺野趣十足，欣羨陸游的逍遙。下面兩首亦爲陸游八十五歲之作品，寫得清新可愛，其生命將走到盡頭，但不顯老態：

閒人無處破除閒，待得漁舟一一還。
峰頂夕陽煙際水，分明六幅巨然山。（卷八十四，〈湖上晚望〉）

溪漲清風拂面，日落繁星滿天。
數隻船橫浦口，一聲笛起山前。（卷八十三，〈夏日六言〉其三）

第一首詩是以詩入畫的方式來增加詩的美感，前二句是寫閒情，第三句寫山景，在夕陽中水氣迷濛，寫景優美，最後一句以「六幅巨然山」使美景更有想像空間，「分明」是肯定詞，很有說服力。第二首是以「清風拂面」、「繁星滿天」作爲寫景重點，最後二句集中在笛聲悠揚之上。這兩首詩的共同點在於集中焦距的方式呈現，〈湖上晚望〉集中在圖畫上，〈夏日六言〉是集中在笛聲中。以上兩首傳達給讀者的是優美的景色以及悠閒的情趣。

由以上例子分析可知，清新圓潤的風格呈現，大部分是因其旅遊所見、所聞。有些是寫路途之中，如〈過社浦橋〉（卷六）、〈舟過季家山小泊〉（卷二十四）、〈初夏行平水道中〉（卷三十二）、〈九月三泛舟湖中作〉（卷二十四）、〈舟行過梅市〉（卷二十九）等；有些是寫旅途中住宿之時，如〈憩黃秀才書壁〉（卷五）、〈臨安春雨初霽〉（卷十四）、〈宿石帆山下〉（卷十六）等；因爲作者的觀物態度是悠閒的，故詩中的景物亦是安定的呈現，常常以尋常的生活景象以及比較「靜態」的動詞來表現其悠閒之心情。或寫近景，如「稍從牛屋後，卻從鵲巢東」（〈東村〉）；或作細部描繪，如「波清魚對密，風小鵲巢低」（〈東村〉）；或寫寧靜的大山「峰頂夕陽煙際水，分明六幅巨然山」（〈湖上晚望〉）。而且作者的心情狀態是愉悅的，沒有負擔的，不露費力痕跡的，也沒有急迫性。〔註 15〕有時作者和景物合而爲一，有時是客觀觀照景物。讀者從閱讀之中得到心情抒解，感受到悠閒的氣氛。〔註 16〕

爲了凸顯陸游之詩歌特質，可以藉著他人之論說相互比較之，通過比較可使某些特點呈顯。故以下以王國維之說爲起點。

近人王國維對於中國傳統詩歌風格、意境和西洋美學範疇曾做過比對論述，《人間詞話》說：「有我之境，以我觀物，故物與我皆著我之色彩；無我之境，以物觀物，故不知何者爲我，何者爲物。」又說：「無我之境，人惟於靜中得之；有我之境，於由動之靜時得之。故一優美，一宏壯也。」這段話所論述的與本文之陽剛之美與陰柔之美可以相互對照之，審美特質乃相應。但其中舉的「有我之境」的例子是「淚眼問花花不語，亂紅飛過秋千去」、「可堪孤館閉春寒，杜鵑聲裡斜陽暮」，和「宏壯」之義涵有所出入，二者雖是動態之景，卻無法產生宏壯之美感。〔註 17〕又其中舉的「無我之境」的例子是「采菊東籬下，悠然見南山」、「寒波澹澹起，白鳥蕭蕭下」，是和「優美」之義涵相應，皆可從靜中取得，具有優雅之美感。〔註 18〕由此可見王國

〔註 15〕朱光潛《文藝心理學》言及「雄偉」和「秀美」（Grace）二者美學風格，以爲「秀美」一派人說它是由於筋力的節省，一派人說它是由於歡愛的表現。而朱氏在綜合這些特徵以爲是「不露費力痕跡的」，也可以說是「引起同情的」。（見 254 頁）筆者以爲「秀美」和清新圓潤的美感經驗是可以相通的。

〔註 16〕「秀美」之審美心理是平和的、不驚訝，心情是歡喜的。因此它是陰柔之美，是休息的，不是進取向上，而是沉潛寧靜的。

〔註 17〕王國維曾說：「後者（宏壯）則由一對象之形式超乎吾人知力所能馭之範圍，或其形式大不利於吾人，而有覺其非人力所能抗，於是吾人保存自己之本能遂超越乎利害之觀念外，而達觀其對象之形式，如自然中之高山、大川、烈風、雷雨、藝術偉大之宮室、悲慘之雕刻象、歷史畫、戲曲、小說等皆是也。」見〈古雅在美學上之位置〉收於《王觀堂先生全集》。

〔註 18〕王國維說：「則前者（優美）由一對象之形式不關於吾人之利害，遂使吾人忘利害之念，而以精神之全力沉浸於此對象之形式中，自然及藝術中普遍之美皆此類也。見〈古雅在美學上之位置〉收於《王觀堂先生全集》。

維之理論亦有相互矛盾之處。

陸游的陽剛之美的詩歌是「崇高」（宏壯）的義涵相應，乃是王氏的「有我之境」之詩。這是「以我觀物，物與我皆著我色彩」。內在陽剛生命與外界之景象相契，作品展現剛強之風姿。我們再對照陰柔之美的詩歌與「秀美」（優美）之義涵是「相近」，實有出入。二者相同點在於皆無利害性的（無目的性），就是不摻入價值判斷及倫理判準。相異之處在於陸游詩歌中陰柔之美感特質，絕不是審美主體的客觀化，沉浸於對象之形式去欣賞普遍之美（以物觀物）；也不是完全抽離出來。而是理性自持的參與，或是悠閒心情的映照。創作者「以物觀物」是讓「物自身」自我呈顯；陸游的觀物態度卻是「有我」，一個心靈平靜的「我」。換言之，陰柔之美感經驗絕不能以「以物觀物」加以概括。從王國維所論述的，以及西洋的美感範疇之分別，以至陸游詩歌之風格類型、美感特徵是有不同的特質，此不可不辨。

第三節　剛柔並蓄之美——蕭颯疏淡

生命黯淡蕭沉是作者因際遇坎坷而有的體會，所呈現的詩風亦有所不同，尤其是異鄉遊子感觸特別深刻，陸游這一類詩歌具有動人心絃的情愫，比如〈晚泊〉:「半世無歸似轉蓬，今年作夢到巴東。身遊萬死一生地，路入千峰百嶂中。鄰舫有時來乞火，叢祠無處不祈風。晚潮又泊淮南岸，落日啼鴉戍堞空。（卷二）是陸游乾道六年的作品，詩的開頭先抒發自己的心情，三四句以對偶句寫自己身處困境；五六句寫淮南岸的風土民情，最後寫淮南岸之蕭瑟，以及邊防之鬆懈。由自身遭遇以至淮南景色描寫，最後歸於憂心邊防，皆可見其關注重點，更能散發出憂國憂民的情懷。詩中以「身遊萬死一生地，路入千峰百嶂中」刻畫自己內心的惆悵，如入萬重高山般。五六句描寫出自然的鄉土民情，對仗工整。七八句的落日啼鴉戍堞空，以景物襯托心境之淒涼及憂心。整首詩情中有景、景中有情，呈現出一種疏淡的美感。這一首詩是可以作爲其疏淡詩風的代表作。這一年赴四川官職，沿途經過很多地方，下面一首是經過趙屯所寫的詩：

歸燕羇鴻共斷魂，荻花楓葉泊孤村。

風吹暗浪重添纜，雨送新寒半掩門。

魚市人煙橫慘淡，龍祠簫鼓鬧黃昏。

此身且健無餘恨，行路雖難莫更論。(卷二，〈雨中泊趙屯有感〉)

這首詩前六句描寫淒清之景色，歸燕、羈鴻共斷魂，遍地是荻花、楓葉，船隻停泊需要「重添纜」，因爲「風吹暗浪」，「半掩門」是因爲「雨送新寒」。魚市人煙少，遠處是「簫鼓鬧黃昏」。最後明白表示「無餘恨」，路途艱難「莫更論」。景色是蕭淡的，淒清景色伴隨落寞心情，最後二句所言並不沉溺，而是積極面對。整首詩給讀者的感受是疏淡、不消沉。十月，陸游在赴夔州通判的路上經過松滋渡，寫了一首〈松滋小酌〉之後，再以下面一首詩呈現其愁苦心境：

此行何處不艱難，寸寸強弓且旋彎。

縣近歡欣初得菜，江回徙倚忽逢山。

繫船日落松滋渡，跋馬雲埋灩澦關。

未滿百年均是客，不須數日待東還。(卷二，〈晚泊松滋渡口〉)

這首詩一開頭就點出松滋渡的難行，「寸寸強弓且旋彎」形容得很貼切。頷聯是前後不同心情對照，「初得菜」、「忽逢山」表驚訝之情。頸聯以對句寫出趕路匆忙，「繫船」和「跋馬」可見形色匆匆。最後二句寫自己的黯淡情緒，「未滿」是生命之嘆，「不須」是對人事之了悟，但又有一些自嘲的意味。故可見赴任之心情是複雜的，再面對奇景異水，能迸發己身最深刻的思緒，「晚泊」、「雨中」營造出悵惘之氛圍。

南鄭生活既是陸游一生之中最美麗的居處，離開此地是其最痛苦的煎熬。乾道八年十一月，陸游被調離南鄭，悲傷落寞的心情在下面二首詩中表露無遺：

衣上征塵雜酒痕，遠遊無處不消魂。

此身合是詩人未？細雨騎驢入劍門。(卷三，〈劍門道中遇雨〉)

平日功名浪自期，頭顱到此不難知。
宦情薄似秋蟬翼，鄉思多於春繭絲。
野店風霜俶裝早，縣橋燈火下程遲。
鞭寒熨手戎衣窄，忽憶南山射虎時。（卷三，〈宿武連縣驛〉）

這兩首詩都是自南鄭回成都的路上所作，前一首寫自己落寞的心情，以風塵僕僕在細雨中騎著驢子的詩人刻畫出感人的形象，令人印象深刻。第二首詩先寫自己的不堪，再以明喻手法更具體寫出自己的感嘆，五六句寫作者的行程匆促，七八句由「戎衣窄」，到「忽憶」南山射虎時，使愁緒加倍。這兩首詩是一片苦悶，但〈劍門道中遇雨〉是自嘲大於悲情，〈宿武連縣驛〉是以追憶增加悲情。讀者所感受到是一股瀰漫的愁緒。再看看晚年追憶南鄭之詩篇：

壯歲功名妄自期，晚途流落鬢成絲。
臨風畫角曉三弄，釀雪野雲寒四垂。
金鎖甲思酣戰地，皂貂裘記遠遊時。
此心炯炯空添淚，青史他年未必知。（卷四十二，〈書感〉）

一開頭即有濃濃的惆悵之情，從「妄自期」到「鬢成絲」是理想和現實之落差。中間兩聯是追憶戰時風光，無論是「畫角」、「釀雪、「金鎖甲」、「皂貂裘」都是極爲不尋常的生活寫照。最後二句以心之「炯炯」以及「空添淚」寫出落寞沒有知音之嘆，永留青史是讀書人的願望，「未必知」是一種不確定感。整首詩寫景蕭瑟，心境落寞，動人肺腑。對照〈劍門道中〉、〈宿武連縣驛〉、〈書感〉三首詩可見其理想和現實之落差極大，令人悵惘。

有時陸游在旅途之中相當愁悶，也會發抒自己的惆悵情緒，可是他又有反省的能力，他能自我轉換其心情：

過縣東馳十里遙，行吟不覺度谿橋。
磑輪激水無時息，酒旆迎風盡日搖。
半掩店門燈煜煜，橫穿村市馬蕭蕭。
秦吳萬里行幾遍，莫恨尊前綠鬢凋。（卷五，〈過綠楊橋〉）

這首詩寫於淳熙元年，陸游自蜀州到成都途中經過綠楊橋。一開頭先寫度橋時若有所失的情緒，「行吟不覺」表不經意的。中間兩聯寫這裡的景色，磑輪、酒旆，「燈煜煜」、「馬蕭蕭」是一片蕭淡的景象。最後二句以綠鬢凋作爲客居的証明，但是他說「莫恨」，心中雖然有感慨，但是絕不消沉。整首詩寫景淒清但不灰黯，因爲景物亦是動態的呈現，給讀者一種淒美的感受。一登高常因感物而觸動心絃，思緒澎湃而起，我們看看下面一首詩：

樓鼓聲中日又斜，憑高愈覺在天涯。
空桑客土生秋草，野渡虛舟集晚鴉。
瘴霧不開連六詔，俚歌相答帶三巴。
故鄉可望應添淚，莫恨雲山萬疊遮。（卷六，〈晚登横溪閣〉）

這首詩寫於淳熙三年，一二句寫登高之惆悵心情，三四句寫所見之景色，五六句轉寫此地風土，七八句歸結於自己思鄉之心情。「愈覺在天涯」是因登高而情緒被撩起，「生秋草」、「集晚鴉」寫蕭瑟之景象，「瘴霧不開」、「俚歌相答」寫客鄉異於家鄉之處，「可」、「應」是不確定性，「莫恨」是一種解懷的方式，「莫恨雲山萬疊遮」是作者之自我安慰。整首詩呈現蕭瑟之氣氛，傳達出惆悵之思緒，有一種感人之力量，最後二句使情感的渲染力加到最高。其思鄉情緒或以壯志來沖淡：「縱轡江皋送夕暉，誰家井臼映荊扉。隔籬犬吠窺人過，滿箔蠶飢待葉歸。世態十年看爛熟，家山萬里夢依稀。躬耕本是英雄事，老死南陽未必非。（卷七，〈過野人家有感〉）淳熙三年，陸游經過農村把其所見之情景描繪下來，詩的首聯即寫黃昏的景色，表現一分淒美，「送」、「映」有一種依戀的心情。頷聯寫農村之景象，頸聯以時空對比帶出思鄉情緒，「家山萬里夢依稀」令人惆悵。最後二句提出自己的看法，「本是」、「未必非」表達堅定信念。整首詩寫景貼切，情緒落寞，有一種淡淡的哀愁，讀者讀之可以感受到其思鄉情緒以及對理念的堅持。慶元五年的一首詩也可顯其自持的心態：

賦罷淵明歸去來，紵衣桐帽一時裁。
歲華新筍初成竹，天氣停雲未斷梅。

江路醉歸常嵬峨，僧窗閑過即徘徊。

老人剩有凋年感，寄語城笳莫苦催。（卷三十九，〈雨後過近村〉）

這首詩先寫讀陶淵明詩的悠閒趣味，再寫景色之美，「新筍初成竹，停雲未斷梅」寫大自然之狀況亦點明季節。五六句的「江路醉歸」和「僧窗閒過」是寫農村生活狀況，最後述說已覺年老。整首詩藉著雨後之景色對比出作者之落寞感。整首詩是在清淡之中抒發其凋年之感，「寄語城笳莫苦催」寫無奈情緒，表達出一種力不從心之悲感，只能發出欷歔之嘆，讀來極爲令人鼻酸。

思鄉之苦雖不是陸游詩歌主要的題材，但亦有動人的詩篇。淳熙七年，陸游由四川東歸至桐廬作了一首詩，表達其濃濃思鄉的愁緒：

桐江艇子去乘月，笠澤老翁歸放慵。

一尺輪囷霜蟹美，十分激灩社醅濃。

宦遊何啻路九折，歸臥恨無山萬重。

醉裡試吹蒼玉笛，爲君中夜舞魚龍。（卷十三，〈桐廬縣泛舟東歸〉）

這首詩以船上所見之情景作爲自己心情的寫照，「歸放慵」是以鬆散的心情面對歸途，三四句寫霜蟹的美以及社醅的濃，五六句轉而寫宦遊之心情，「路九折」、「山萬重」是心情的沉重。最後二句是以玉笛之聲作爲撫慰。整首詩的心情是紆迴轉折的，前四句不見愁緒，五六句陷入愁緒，最後再把愁緒淡化，所以傳達給讀者的思緒是曲折的。有時淒清的景色伴隨的是比較激動的情緒：

臥載籃輿黃葉村，疏鐘杳杳隔谿聞。

清霜十里伴微月，斷雁半行穿亂雲。

去國不堪心破碎，平戎空有膽輪囷。

泗濱樂石應如舊，誰勒中原第一勳。（卷十，〈夜行宿湖頭寺〉）

這首詩寫於淳熙五年赴閩的途中，前四句寫湖頭寺之景色，「黃葉村」點明季節，「疏鐘杳杳」是代表夜已深，「清霜十里伴微月，斷雁半行穿亂雲」，描繪淒清孤單的景色。五六句抒發不能平戎之心情，七八句言「誰勒中原第一勳」表明自己的志向。整首詩寫景淒清，但後來轉向氣勢壯闊，使作者情緒得到增強的效果。讀來乃覺其情感是跌宕迴旋，具有吸引力，讀者之情感可以由此得到一番洗滌。又比如有一首七絕更直接抒發其黯淡之情緒：「步攜一劍行天下，晚落空村學灌園。交舊凋零身老病，輪囷肝膽與誰論。」（卷十三，〈灌園〉）這首詩是淳熙八年所作，陸游回到山陰不久，因為是七絕，所以一二句即把情景轉換，一是意氣飛揚，一是落寞黯淡。後二句直接抒情，以「輪囷肝膽」作為情緒的迴轉百結的注解。〈夜行宿湖頭寺〉、〈灌園〉皆以形象化方式寫愁緒，一是「路九折」、「山萬重」，一是「輪囷」、「肝膽」，使讀者思緒亦跟著迴旋。淳熙九年，陸游的〈夜泊水村〉亦是一首感人之作：

腰間羽劍久凋零，太息燕然未勒銘。
老子猶堪絕大漠，諸君何至泣新亭。
一身報國有萬死，雙鬢向人無再青。
記取江湖泊船處，臥聞新雁落寒汀。（卷十四，〈夜泊水村〉）

這首詩以自己壯志未酬作為開頭，頷聯更表明自己的決心，「猶堪」、「何至」是一種生命的堅定感，頸聯更以對偶句反襯自己的愛國熱誠無法實現的無奈。最後二句寫出淡淡的哀愁，因為人在江南心依然在大漠。整首詩傳達給讀者的感發力量是作者的堅定的信心以及無可奈何的心境描繪，二者激蕩之下更顯沉鬱。比如〈夜登千峰榭〉亦有類似的表現手法：「薄釀不澆胸壘塊，壯圖空負膽輪囷。危樓插斗山銜月，徙倚長歌一愴神。」（卷十八）心情的迴盪及抑鬱，又以描寫千峰榭景色帶出自己惆悵的思緒。

以上幾首詩歌的黯淡愁緒最深刻，刻畫出五十幾歲的陸游苦悶的形象。

旅遊是抒解身心鬱悶的最好方式，隨景物之不同有時心情隨之豁達，有時卻也勾起愁緒：

羸病知難賦遠遊，尚尋好景送悠悠。
亂山孤店雁聲晚，一馬二童溪路秋。

掃壁有僧求醉墨，倚樓無客話清愁。

殘年敢望常強健，到處臨歸爲小留。（卷四十一，〈遊近山〉）

這首詩寫於慶元五年，詩一開頭寫自己歲然羸病依然遠遊，「尙尋好景送悠悠」是表示陸游的生命力很旺盛，三四句以「亂山孤店」、「一馬二童」寫淒涼之景，五六句描寫雖有僧人求墨，但無客話愁，如此心情更顯淒清。最後二句寫出小小心願，希望常強健能夠常出遊。整首詩以清淡的筆觸寫景，更以舒緩的話語帶出他的願望，讀來疏淡有致。同時又有另一首〈旅思〉：「支遁山前看月明，葛洪井上聽松聲。廢亭草滿青騾健，野店燈殘寶劍鳴。萬事竟當歸定論，寸心那得媿平生。悠然酌罷無人語，寄意孤桐一再行。」（卷四十一，〈旅思〉）詩一開頭即以「支遁」、「葛洪」作爲精神遙遙相契者，三四句寫旅途之景，五至八句述說自己的惆悵、孤獨的思緒。整首詩以表露創作者的心情爲主，並以「廢亭」、「草滿」、「青騾健」、「野店」、「燈殘」、「寶劍鳴」皆襯托出作者落寞之心境，「寄意」是表示情感需要抒解，但無法釋懷更添惆悵。整首詩所呈現的是一種殘缺的美感，亦傳達出一種與之悲嘆的感發力量。又如同時期的作品〈暮秋感興〉後四句所說的：「孤坐向空書咄咄，閒吟隨處送悠悠。如虹壯氣終難豁，安得雲濤萬里舟。」其孤單落寞的情緒是因爲壯志未酬，因此情緒難免低落，發出悠悠的喟嘆。「孤坐」引起思緒，「終難豁」卻是一種無奈之心情，陸游的思緒百轉千折。

「雲門」是山陰附近的登覽好去處，晚年陸游時常到雲門遊玩。下面一首〈雲門道中〉寫旅途之愁緒，但是以蕭淡方式展開，不是以表露的方式去呈現：

度嶺穿林一徑斜，旋篝新火試新茶。

箬包粉餌祠寒食，雨濕青鞋上若耶。

石罅微泉來滴瀝，溪涯老木臥槎牙。

不須苦覓東柯谷，是處雲山可寄家。（卷四十五，〈雲門道中〉）

這首詩是寫於嘉泰元年，前四句是寫在山中的情景，第一句是寫景，第二句是寫野趣，三四句更點出季節之特殊景致，五六句寫近景，對於「微泉」與「老木」的細微描寫，隱含著老勁之美感，最後二句點明此處就是隱居好去處。整首詩所傳達的是冷清的美感，因爲冷清所以適合隱居，「不須」、「是處」是一種安定的心境。而讀者可感受雲門之特殊美感。下面還有一首〈雲門道中〉：

川靄林霏翠欲浮，散人心事寄沙鷗。
暮投野店孤煙起，曉涉清溪小蹇愁。
嶺路窮時縈細棧，山形缺處起重樓。
釣游陳跡渾如昨，一念悽然不自由。（卷五十六，〈雲門道中〉）

這首詩寫於嘉泰三年，詩的開頭即寫林中之景，「川靄林霏翠欲浮」是迷濛之美，第二句寫作者出來散心。頷連以對句寫行旅之匆忙，頸聯寫山路之崎嶇。最後心中湧起愁緒，只因「釣遊陳跡渾如昨」，心情受到影響，「一念悽然不自由」寫出心中的牽掛。整首詩以淒冷的美感帶出愁緒，令人心情爲之牽動，讀來覺得有一分蕭瑟之美感。以上兩首著重在以景物入情，情感與景物相融。開禧元年閏八月陸游已八十一歲，遊山陰附近的村莊是其悠閒生活的寫照：

行歷茶岡到藥園，卻從釣瀨入樵村。
半衰半健意蕭散，不雨不晴天晏溫。
薯蕷傍籬寒引蔓，菖蒲絡石瘦生根。
參差燈火茆檐晚，童稚相呼正候門。（卷六十三，〈遊近村〉）

這首詩一開頭寫旅遊之路徑，接著以對偶句寫蕭散的心情以及不雨不晴的天氣，五六句寫植物之樣態，最後二句寫溫馨的家居狀況。整首詩表達一種蕭散的心情，而此種心情正好以「薯蕷傍籬寒引蔓，菖蒲絡石瘦生根」對偶句來襯托，「寒」、「瘦」表蕭瑟之景，最後二句由蕭散心情轉入溫馨的畫面（「相呼正候門」）。整首詩寫景細膩妥貼，情緒既不是明快也不是沉重，而是一種淡淡的幽情。九月陸游又到梅市遊玩，在船上再賦一首詩：

短髮蕭蕭久挂冠，江湖到處著身寬。
蓼花不逐蘋花老，桐葉常先槲葉殘。

未卜柴荊臨峭絕，且謀簑笠釣荒寒。
閒人尚媿沙鷗在，始信煙波得意難。（卷六十四，〈舟行魯墟梅市之間偶賦〉）

這首詩一開頭先寫自己在江湖行走已久，再述說蓼花和蘋花，桐葉和槲葉之關係，五六句述說想當個漁翁，七八句說當個得意的煙波釣叟是很困難的。整首詩以三四句的同類的植物相比較，顯現自己的落寞心情，其它部分以述說來增添自己情緒之強度。「久挂冠」、「著身寬」是離官位已遠，「未卜」、「且謀」是一種暫時的抉擇，「尚媿」、「始信」寫隱居之困難所在。整首詩點明隱居之樂非隨手可得，需透過作者之解悟始得。以議論方式傳達作者之感觸，力量明確呈現出來。陸游晚年凋零的形像隱然可見。

由以上例子可知，蕭颯疏淡的詩歌風格是其落寞心情之呈現，而所描寫的景物是比較蕭颯的，情中有景、景中有情。因爲這種風格所傳達給讀者不是平靜的情緒，但又不是激昂的情緒，時而平靜、時而激動，情緒是一條伏流，或是一響悶雷。其美感特質不是歡悅的，不是亢奮的，也不是哀戚的，而是淡淡的哀愁。如「荻花楓葉泊孤村」（卷二，〈雨中泊趙屯有感〉），「樓鼓聲中日又斜，憑高愈覺在天涯」（卷六，〈晚登横溪閣〉）「清霜十里伴殘月，斷雁半行穿亂雲」（卷十，〈夜行宿湖頭寺〉）「野店燈殘寶劍鳴，廢亭草滿青騾健」（卷四十一，〈旅思〉）「掃壁有僧求醉墨，倚樓無客話清愁」（卷四十一，〈遊近山〉）皆爲情景交融，運用蕭颯之景烘托落寞之心情。又如「莫恨尊前綠鬢凋」（卷五，〈過綠楊橋〉）「莫恨雲山萬疊遮」（卷六，〈晚登横溪閣〉）「行路雖難莫更論」（卷二，〈雨中泊趙屯有感〉）「老死南陽未必非」（卷七，〈過野人家有感〉）「寄語城笳莫苦催」（卷三十九，〈雨後過近村〉）是一種生命自我轉寰之體會。不讓自己的生命困守在黯沉的情境之下，這是其人格特質亦是其人生智慧。這一節當中陸游詩歌呈現的美感經驗是情意動人，舒緩而迴蕩，未具壓迫性亦未有完全放下的輕鬆感。

甚且我們可以如此觀察：此類詩歌之美感經驗是理性及感性之對話，審美主體是有所感的，是抒情的，但又是理性自持，故主體之情感呈現轉換成情感疏離的風格美。理性自持可能來自人生哲理的自我提昇及反省，或是有意識的情感消解，或是情感的淡化及疏離。陸游的情感雖黯淡，但卻不衰頹，也不沉溺。

綜言之，蕭颯疏淡的詩歌風格是陸游的另一種生活型態呈現。

第四節　小結——風格是體性、際遇、生命情境之忠實呈現

陸游的詩歌風格非風姿多樣，但具有特殊之美感。它是陸游的性格和際遇以及生命情境的忠實呈現。因此其詩歌所呈現的風格與其性格際遇以及生命情境息息相關。其性格可剛可柔，有承擔也有放下，有堅持亦有柔情。雖然晚年的豪氣逐漸沉潛，但熱烈的情緒還是隱約可見。其際遇多變，可隱可仕，惜仕途坎坷，在蜀州懷念山陰，在山陰懷念梁州、益州，皆可見其對際遇有一種頑固的不屈服。故其生命情境多有可探測之處，仕途和歸隱，皆與其能力、意願、年紀關係密切。陸游的生命情境是隨年齡而轉變，也隨心境而轉變。他對自我情境知之甚詳、了然於胸，亦能敏銳的順著生命情境而流轉。因此我們可以看出其詩歌風格忠實呈現其心境，同時傳達出最動人的情感心志之「圖象」，使讀者藉由作品體察作者之眞心，亦能從中獲得美感經驗。

其次，剛強之風格亦根砥於時代背景之影響，陸游如生長在北宋則不可能有如此剛強的生命力，更不可能創作出似李白之七言歌行。故風格亦是「時代之音」，與時代背景有密切關係。

第六章　陸游詩歌的成就

由以上幾章之論析，可知陸游的詩歌是內容與形式有機的融合，呈現其自我生命情境的豐富內涵。本章嘗試就前面幾章實際分析作品本身所運作的內在研究，與宋代文化特質以及宋代詩歌發展之流變相對照，以便凸顯出其定位所在。歷代研究陸詩者甚多，大都能深入其作品作簡要的概述。本章亦以前面幾章實際的作品分析對照前人之評論以及對後世之影響情況，以便落實作品研究之義涵。

第一節　陸游詩歌的定位

文學是文化的一部分，作家又是文化的推動者。論述陸游詩歌的定位，應以宏觀之角度去觀看其在宋代文化的分位，再以詩史發展角度觀察其承先啓後的角色扮演。一是空間的坐標，一是時間的坐標，如此立體化呈現其定位所在。

一、就宋代文化背景考察

陸游詩歌的內容、形式、風格，不只是反映時代、反映個人際遇，更是表現整個宋文化之特質，茲分述如下：

（一）宋代文化特質

1. 內斂沉穩的文化氛圍

整個文化是斯民斯土所組合成的，文化氛圍是整體性的，它的影響深遠廣大，落實於事物各層面而作不同方式的呈現，但有一共同的特性。

宋代因爲重視文官，國勢積弱不振，不重抗敵之高蹈生命氣質，重視的是由外往內深入探究，而返於內斂沉穩。我們舉北宋范仲淹〈岳陽樓記〉末一段來觀看其生命態度：

> …不以物喜，不以己悲，居廟堂之高，則憂其民；處江湖之遠，則憂其君。是退亦憂，退亦憂，然則何時而樂耶？其必曰「先天下之憂而憂，後天下之樂而樂」乎！

而對天下危難，他是抱著先憂後樂的胸襟，並不以自己個人榮辱爲重。〈岳陽樓記〉寫出偉大的懷抱，其生命情調是爲大我犧牲奉獻。相較於盛唐王昌齡之詩：

> 秦時明月漢時關，萬里長征人未還。
> 但使龍城飛將在，不教胡馬度陰山。（〈出塞〉）

此詩是盛唐之音，把盛唐開疆闢土的意氣風發表現出來，戰爭是慘烈的，故「萬里長征人未還」，但是壯麗而非悲哀，因懷抱著期待，「但使」、「不教」是對戰爭作正面的評論。又如王維〈少年行〉：

> 新豐美酒斗十千，咸陽游俠多少年。
> 相逢意氣爲君飲，繫馬高樓垂柳邊。

王維這首詩充滿少年意氣激昂，活力充沛，生命精神上揚飛昇。這是個人生命的顯發，而非群己生命的關注。觀看宋人和盛唐人不同的生命情調，是由於不同的文化背景影響，宋文化是沉穩內斂。

唐人喜牡丹，牡丹代表高貴圓滿，花團錦簇表現人生最燦爛的一面。宋人卻喜菊、梅，因爲菊、梅代表人格的高格，代表人的堅毅執著，由此可知宋人的文化精神之趨向。宋人詠梅花多，畫梅也多。如此宋林逋之詩：「疏影橫斜水清淺，暗香浮動月黃昏。」（〈山園小梅〉）寫出梅花的恬靜且沉潛的香味。林逋在西湖孤山種梅養鶴，有「梅妻鶴子」。〔註1〕而宋畫也和唐畫不同，唐畫設色雍容，宋畫布局清遠，

〔註 1〕此段論述參酌龔鵬程《江西詩社宗派研究》第二卷宋詩之背景與宋文化之形成，臺北文史哲出版社出版。

而且宋代的水墨畫盛行，以墨之濃淡表現趣味而不同顏色的多樣化，有所謂墨竹、墨梅。宋代瓷器亦別具特色，如定窯出產白釉之瓷器，後有汝窯，出產青釉之瓷器。至此宋代的瓷器就是一種沉潛的顏色，因此呈現出宋代文化之一種特質。北宋初年的定窯是白色瓷，之後被汝窯之青色瓷所取代，因爲白釉光芒絢耀，不適當時風尚。〔註2〕

就人物的性格而言，宋代的人物在平時生活之中，也表現較沉穩的一面。比如范仲淹，史書言其性格「內剛外和」，又如陳與義「容狀儼恪，不妄言笑。平居雖謙以接物，然內剛不可犯。」(《宋史・文苑傳》都可以看出平素之內斂的處事風格。

由以上所論，可知宋人之文化氛圍是向內沉潛，不是向外擴展事功。

2. 才學與心性修養並重——理想人格的追求

宋代理學是爲了對應佛學的自覺性的儒學思想。〔註3〕宋初宣揚儒家思想，崇禮義，重經術，講究品格修養，通過修養立德而追求人格的完善。在理學的影響下，宋代文士和唐代文士不同，唐代文士重事功，追求個體存在的價值實現，仕與不仕是存在價值實現與否。宋代文士把理想人格追求作爲人生標的。因此人格、胸襟、才學都是人格修養的重點。他們追求是自我人格修養的提昇。人格修養除了通過內在修養工夫，更是一種文化修養。「文化修養」是要透過廣泛研讀，力求通今博古，具有廣博深厚的文獻學知識，作爲理想人格追求的出發點。〔註4〕

〔註2〕陸游《老學庵筆記》云：「故都時，定器不入禁中，惟有汝器，以定器有芒也。」定窯所產的器具是白釉，汝窯所產的青釉，陸游所言是以爲定器色彩有光芒，太耀眼，不適合在宮中使用。可能因爲不合當時審美標準。

〔註3〕理學是一項孔孟學說的復興運動，但是對孔孟學說再詮釋。除了論語、孟子之外，更重視《大學》、《中庸》、《易傳》等典籍。這個運動和中唐之後佛教大盛，爲了對治佛教對中國社會影響而起，此有哲學意義，也是文化意義。參考勞思光《中國哲學史》三上。理學最高理想是讓自我修養，以完美道德人格爲依歸。

〔註4〕宋代文人的人文修養以儒家經典爲主，兼通佛（尤指禪宗）道二家

宋人論詩文，極重視積學窮理工夫，而且在積學工夫外也重視治「心」，就是作者本人人格修養，如李綱說：「信筆輒千餘言，理致條暢，文不加點，信乎道學淵源自其胸襟流出」（〈書陳瑩中書簡集卷〉）黃山谷也是如此認爲：「龜父筆力可扛鼎，他日不無文章垂世，要須盡心於克己，不見人物臧否，全用其輝光以照本心。力學有暇，更精讀千卷書，乃可畢茲能事。」（〈書舊時與洪龜父跋其後〉）讀書和人格修養要並重，不可偏廢。當然讀書和人格修養並不能等同於創作，所以才有「悟入」說。〔註5〕

宋代文人是重視文化修養，因此「學詩如學道」，甚至理想人格追求就是生命價值所在。事功大小沒關係，而在於內在修養的層次高低。除了涵養人格，還須積學讀書。就因爲重視自省工夫，生命情調也相對比較穩重沉靜。堅持自我所堅持的，但又不放縱粗邁；有王安石剛愎自用，執意變法，卻沒有唐人假意隱逸，尋求終南捷徑。如蘇東坡的超脫曠達，守正不居；沒有唐李白豪放恣意，爲己浪漫而活。

由以上所論，可知宋人視理想人格之追求爲人生的標的。

3. 以故為新之學術風氣

宋人既是重反省，在學術上也是從反省中去創新。「反省」是必須對舊有的深入研究，才可能由此做基礎作一創新。經學上是以新意說經，擺脫漢唐舊注之桎梏，史學則有司馬光《資治通鑑》，洪邁《容齋隨筆》、袁樞《通鑑紀事本末》，其新創之功極大。宋代的金石學興盛，研究古文物作爲一種創新的學術方向，如劉敞、歐陽脩《集古錄》、趙明誠《金石錄》、王黼《宣和博古圖》、呂大臨《考古圖》亦多有新義。

典籍和理論，廣泛研讀。唐代文士的人文修養目的在於立功名，宋代文士到理學影響，人文修養的目的在於達到「內聖」。參考閻福玲〈宋代理學與宋代文學創作〉，收於《宋詩綜論叢編》，高雄麗文文化公司出版。

〔註5〕「悟入」是宋詩史之發展流變中一說，從黃山谷、呂本中、陸游、楊萬里以至南宋末的嚴羽《滄浪詩話》皆有悟入之說。

宋詩學以學唐之李義山、白居易、韓愈、李白以至杜甫爲發展流變，是以學古人爲反省起點，希望從學古人詩入手，開創新的契機。所謂復古方式，一爲「無一字無來歷」，時時用典，一爲「點鐵成金」，點化前人詩句爲自己的詩句，一爲多讀詩，這些都可以算是復古方式。而「所謂復古以開新，復古爲其方法，開新爲其目的；既然開新，亦所以復古也，故復古亦爲其目的。此蓋彼所謂古者，乃價値選取之古，而非歷史事實之古；復古，但求得其價値而已，初不在步驟規矩以模擬之也。」〔註6〕所以復古是有價値之反省，亦是自覺之理念，絕不是流於形式上之剽竊。理想是「以故爲新」，但是實際創作還是有流於模擬古人。所以說西崑、江西、江湖這三個流派，「它們之間的論爭，只是用一種新的擬古主義反對舊的擬古主義。」〔註7〕宋詩的復古思想變成不斷變換的擬古主義。

4. 平民化的文人氣質

宋代的文人大都出身科舉，而且是刻苦自學，相較於唐朝而言無士族之驕氣。社會結構有所轉變，都市逐漸成型，市民階層興起，市民文化蓬勃，如《東京夢華錄》、《都城紀勝》、《武林舊事》都記載市民文化的樣貌，因此市民、平民之生活成爲寫作之題材。

文人與市民文化融合並從中吸收其養分，文人雅致特質不可能被完全抹滅。因此就有「以俗爲雅」的方式產生。宋代善用方言俗語，如山谷、誠齋皆有。清李樹滋：

> 用方言入詩，唐人已有之；用俗語入詩，始於宋人，而要莫善於楊誠齋。(〈石樵詩話〉)

他認爲唐人早就以方言入詩，以俗語入詩，宋人才開始，但是楊萬里

〔註6〕見龔鵬程《江西詩社宗派研究》第三卷〈宋詩之演變與江西詩社宗派之產生〉，179頁，臺北文史哲出版社出版。

〔註7〕西崑體作家把《初學記》這本類書奉圭臬，黃庭堅專集古人語以敘事，江湖派的劉克莊也仿《初學記》，駢儷爲書。參考王水照〈宋代詩歌的藝術特點和教訓〉之論述，收於《宋詩綜論叢編》，高雄麗文文化公司。

運用得最出色。清趙翼也說：

> 誠齋專以俚言俗語闌入詩中，以爲新奇。(〈甌北詩話〉)

這則也可以看出以俚言俗語入詩是誠齋專長，但其原因是爲了新奇，是有意識的開創新局。所以羅大經《鶴林玉露》：

> 楊誠齋云：詩固有以俗爲雅，然亦須經前輩鎔化，乃可因承。

楊萬里的詩「以俗爲雅」，也是有前人之努力才能有所沿襲承接。「以俗爲雅」還是站在積學工夫之上去創作。

宋人的平民化氣息可以從他們推崇的詩人看出端倪。如陶淵明的田園生活、淡泊名利是他們激賞的，蘇軾有〈和陶詩〉多首。〔註 8〕此和唐人多喜謝靈運不同。謝靈運的生活型態富裕，寫作方式重在色澤豔麗，貴族氣十足。宋人平民化氣息重，但不淺陋。他們要有自覺的以俗爲雅，矯正俗陋之弊。所以日人青木正兒言：

> 六朝至唐，文人生活以貴族豪華趣味爲主調。到了宋代，文人以庶民質素趣味爲主調。貴族好雅，庶民好野；純雅流於奢侈，純野流於俚鄙。宋代文人取二者的調合，以清出之。

他對宋人平民化氣息的絕佳表現是非常肯定，認爲是對奢侈和俚鄙作一超越性的融合，且出之於「清」，是一種清新之美。

5. 反省式的創作意識

宋代的文化整體而言是反省式的文化，各種文化現象無不含有這種基本特質，與唐代奔放雄肆的生命氣質有所不同。而就詩的創作意識更是具體表達這個特質。如歐陽脩曾批評張繼「姑蘇城外寒山寺，夜半鐘聲到客船。」是「詩人貪求好句，而理有不通。」〔註 9〕因爲三更不是打鐘時光。這種批評有人認爲這是歐陽脩吹毛求疵之弊，亦或是歐陽脩太過理性求證，其實這是宋人詩學意識的一個特

〔註 8〕有關宋人喜陶詩，本論文於第三章第六節曾論述，亦可參考鍾優民《陶學史話》，臺北允晨出版社。

〔註 9〕見〈六一詩話〉，收錄於《歷代詩話》。

徵。〔註 10〕或如蘇東坡詩「春江水暖鴨先知」好事者亦探究爲何蘇軾寫「鴨」先知，而不寫他者先知。這些都是宋人之特徵，用理性態度探究歷史和生命情境。

以下以兩首詩比較宋人和唐人寫作意識的不同，如宋蘇代舜欽〈淮中晚泊犢頭〉：

春陰垂野草青青，時有幽花一樹明。

晚泊孤舟古祠下，滿川風雨看潮生。

這首詩前二句寫景，但第二句也點出自己孤獨心情。後二句寫出自己停泊在古祠邊，自己在風雨中看著潮水起伏。「滿川風雨看潮生」，詩中有「我」，是一個旁觀者的我，用比較理性的態度去面對世界。再觀看唐代有一首情境類似的詩：

獨憐幽草澗邊生，上有黃鸝深樹鳴。

春潮帶雨晚來急，野渡無人舟自橫。（韋應物〈滁州西澗〉）

韋應物這首詩前二句寫景，作者溶入風景，以風景來自我呈現滁州西澗純粹風貌，詩中無我，無作者之意識加入，而是物我合一，「我」已經忘我、無我。所以唐宋詩人的寫作方式有不同之處，不同在於唐代之情景相融，情中有景，景中有情；宋代是作者是在詩中出現的，是旁觀來敘述、來議論自己所見的景物。

宋人創作意識其實和中唐之學術風氣連成一氣，唐代經安史之亂，文化氛圍逐漸轉換，浪漫奔騰的文化生命慢慢變成內省式的文化生命，漸漸往內斂沉潛路上走。宋人的創作意識大大不同於盛唐人的創作意識。〔註 11〕

〔註 10〕宋陳嚴肖〈庚溪詩話〉曾就「夜半鐘聲到客船」討論之，得出結論可能襲用前人之語，抑它處亦如姑蘇半夜鳴鐘。收於《歷代詩話續編》上，臺北木鐸出版社出版。

〔註 11〕張高評說：「唐詩以情韻氣格勝，蘇軾、黃庭堅及宋代詩人則轉向內心深層抉剔和透視，強化主體性之表現，以刻畫入微見長，遂能突破傳統，求變求新。」（見〈自成一家與宋詩特色〉123 頁，收錄於《第一屆宋代文學研討會論文集》）

6. 人文精神之全幅展現

宋代文人在官餘很注重休閒生活，歐陽脩晚年以《集古錄》一千卷、藏書一萬卷、琴一張、棋一局、酒一壺，號六一居士，趙明誠、李清照夫婦烹茶、賭酒、玩典故、收集金石，都是生活情趣之表現。這和唐代文人生活不同。唐代文人是盡情享受生命，放酒縱歌，宋代文人卻是品嘗生活種種情趣，烹茶聊天。宋人讀書、品畫、聽琴、玩碑、弄帖、訪舊、弔古的人文活動多，看月、聽雨、賞花戲水、騎馬、飲酒的自然活動者少。人文活動比較多，是因爲文人歡喜參與，而且又是聯誼交遊的憑藉。趙希鵠《洞天清錄集》序說：

> …殊不知吾輩自有樂地。悅目初不在色也，盈耳初不在聲。嘗見前輩諸先生多蓄法書、名畫、古琴、舊硯，良以是也。明窗淨几，羅列佈置，篆香居中，佳客玉立，相映時取古文妙跡以觀鳥篆蝸書，奇峰遠水，摩挲鐘鼎，親見商周瑞研岩泉，焦桐鳴佩，不知身居人世，所謂受用佳福，孰有逾此者乎。是境也，閬花瑤池未必是過。

趙氏寫出宋人對人文世界之經營非常用心，而且從中得到生活樂趣。法書、名畫、古琴、舊硯再加上在房裡點上好香，和客人一起欣賞藝術品，這是一件多麼幸福愜意的情境。可見得宋人對人文生活之投注。且宋代的金石學興盛，和生活趣味的講求也有關係。〔註 12〕

宋人對於讀書，不只是爲了求取功名，讀書也有讀書之樂。比如黃庭堅〈郭明甫作西齋於潁〉：「萬卷藏書宜子弟，十年種木長風煙。」以書作爲傳家寶，晁沖之：「老去功名意轉疏，獨騎疲馬取長途。孤村到曉猶燈火，知有人家夜讀書。」（〈夜行〉）寫出讀書這件事是很平常人家也喜歡的，是「孤村」而非「大宅」。讀書是一種精神受用與滿足，不只是爲了功名利祿。葉夢得：「讀古人詩多，所喜處，誦

〔註 12〕王國維說：「漢唐元明時人之於古器物，絕不能有宋人之興味，故宋人於金石書畫之學乃凌逾百代。近世金石之學復興，然於著錄考訂皆本宋人成法，而於宋人多方面之興味反有不逮，故謂有金石學爲有宋一代之學無不可也。」（〈論宋代之金石學〉）宋人金石學興盛，不只是在考訂著錄，更因爲宋人把金石研究當成一種生活趣味。

憶之久，往往不覺誤用爲己語。」（〈石林詩話〉）也道出古書多和自己心有契合之處，是自然而然的。讀書是個人內在修養的一部分，也是個人生活的一部分。

宋人的生活情趣，不只是賞魚、聽琴，宋人飲茶風氣普及，茶葉成爲日常生活很重要的一部分。比如北宋有「鬥茶」風氣，當時人視建茶爲最好的茶，並視建盞爲最佳盛器，「建」就是福建省建陽縣。鬥茶時，以茶面的泡沫鮮白，在盞內壁沒有水痕，而又能保持茶湯的溫度爲佳。〔註 13〕凡唐人以爲不能入詩或不宜入詩的材料，宋人皆寫入詩中，且往往喜於所事微物逞其才技，如蘇黃多詠墨、詠紙、詠硯、詠茶、詠畫扇、詠飲食之詩，而一詠茶小詩，可以和韻四五次。〔註 14〕皆可顯宋人注重生活情趣，並延伸到詩歌創作中；詩歌創作立即反映當時文人之生活型態。

由以上所論可知宋人的人文精神和生活樂趣、性情品格甚至宋代文明高度發展關係密切，相融而成，這是人文精神是全幅的展現。〔註 15〕

（二）陸游詩歌與宋代文化特質之關係對照

我們由陸游的詩歌和宋代文化特質相對照，可以得出下列幾個重點和宋文化相應之處：第一、陸游詩歌表現出其重才學與心性修養的心聲，如〈六藝示子聿〉所說的：「六藝江河萬古流，吾徒鑽養死方休。沛然要似禹行水，卓爾孰如丁解牛。老憊簡編猶自力，夜涼膏火漸當謀。大門舊業微如線，賴有吾兒共此憂。」〔註 16〕又說：「六經

〔註 13〕陸游的〈臨安春雨初霽〉中有一句：「晴窗細乳戲分茶」就是描述茶葉末經滾水一沖，茶面浮出白色的泡沫的情狀。

〔註 14〕參見繆鉞〈論宋詩〉，收錄於宋詩論文選輯（一），5 頁。

〔註 15〕「唐人尚酒，表現的是激情豪氣；宋人喜茶與香，呈露的是閑淡悠然。唐人尚劍，意味著事功與俠氣；宋人愛書，表現出修養和才學。文士描寫人文意象，抒發對人文生活的熱愛沉醉之情，增強了宋文學的人文優勢。」（閻福玲〈宋代理學與宋代文學創作〉，收於《宋詩綜論叢編》618～619 頁，高雄麗文文化公司出版）對唐宋不同人文意象作一比較，更顯宋代文化之特色所在。

〔註 16〕見詩稿卷五十四。

如日月，萬世固長懸。學不趨卑近，人誰非聖賢。」〔註 17〕在示兒的詩當中陸游時時提醒兒孫多讀書，重品性修養，皆可見其用心。〔註 18〕第二、、陸游的詩歌充滿平民化的氣質，所寫盡是農村景色，而且他是融入其中，不是作一個旁觀者。因此農村景色是有情的畫面，不只是靜觀之美感而已，比如〈遊山西村〉所說的：「蕭鼓追隨春社近，衣冠簡樸古風存。」寫淳樸的農村景象，〈稽山行〉寫山陰風土民情，更有陸游個人對鄉土之愛。〔註 19〕有時農村景色和作者悠閒心情相契，比如「竹密有啼鳥，村身多醉人。東阡與南陌，處處寄閒身。」（卷七十五，〈郊行〉）第三、陸游的詩歌常表現其生活樣貌，他寫詩、寫書法、飲酒、吟詩、品茗、學道、詠梅，從其詩歌中可見其豐富性，亦可見其生活是全幅人文精神之呈現，從事這些人文活動並不是有任何政治目的，或是功利性的目的，只是表示他懂得生活情趣，追求生活品質。〔註 20〕第四、而從其詩歌創作來看，他的創作意識亦偏於有意而作，有感而發但絕不是任情感放肆而出，是經過反省式的作品。比如〈黃州〉感嘆自己功業未就，最後二句還是以「君看赤壁終陳跡，生子何須似仲謀」作結，顯現他的反省力，以及未讓情感一發不可收拾。如〈旅思〉雖寫旅途之愁緒，但又自我反省說：「萬事竟當歸定論，寸心那得愧平生。悠然酌罷無人語，寄意孤桐一再行。」不曾陷入無底的情緒深淵裡。比如陸游懷念唐琬的〈沈園〉雖是感人之作，但不是直抒胸臆之作，而是通過理智自持之作。〔註 21〕第五、

〔註 17〕見詩稿卷三十八，〈六經示兒子〉。

〔註 18〕可參考本論文第三章第三節所論。

〔註 19〕可參考本論文第三章第六節所論。

〔註 20〕陸游的詩歌之中常描寫日常生活，從其作品可見其種種生活樣貌。比如〈臨安春雨初霽〉：「矮紙斜行閒作草，晴窗細乳戲分茶。」〈舟過季家山小泊〉：「尋春非復捧翁事，且伴兒同一笑嘩。」

〔註 21〕章培恆在〈宋詩簡論〉以爲宋詩有一個特點在於純粹以私人遭際爲題材的作品，也患有敢情上的萎縮症。這依然是由於自我抑制，把理智代替了感情或使感情屈從於理智的結果。（《宋詩綜論叢編》49頁）筆者以爲這是理性自持並不是情感萎縮，只是表達情感的方式「不同於」唐代之詩人。

陸游的寫作亦運用方言俗語寫作，使詩句口語化，讀來明白如話。以上這五點皆陸游詩歌相應於宋代文化特質。

另一方面，陸游的詩歌相較於宋代其它詩人的作品，我們可以爲他的創作方式或是生命型態較近唐人。〔註22〕因爲陸游的詩歌早年常有激昂之作，以歌行方式表現自己澎湃的熱情，比如〈金錯刀行〉（卷四）、〈日出入行〉（卷十三）、〈山南行〉（卷三）〈感憤〉（卷十七）、〈弋陽道中遇大雪〉（卷十一）、〈夜泊水村〉（卷十四）皆是撼動人心的佳作，其中呈現豪放雄渾之風格，並展現其剛健之生命氣質。且陸游在抒發自己愁緒時，先是直接抒發不假裝飾，再從其中超越，比如〈春愁〉言自己愁是「滿眼如雲忽復生，我行未到愁先到」肯定人生是憂苦的，但又不陷溺於其中。因爲陸游身處之時代背景使作品能盡情發揮其熱情，甚至可以說是陸游的家世、性格之影響，所以與其他詩人相比，更能呈現其熱情之一面。無論是家國之情、夫妻之情、父子之情，都是感人至深的眞實呈現。較之同期之楊萬里，早年的陸游以完全熱情去擁抱世界，晚年漸趨平淡有味；萬里以理性方式面對自己情緒，或是以幽默、詼諧方式面對；二者的情感表達方式有異。基本上，陸游的生命氣質非全是「宋人」式的，而是「唐人」式的。

二、就宋代詩歌發展史考察

有關於宋詩的發展，宋代劉克莊有一段論述，由此可掌握宋詩發展梗概：

> 國初詩人，如潘閬魏野，規晚唐格調，寸步不敢走作。楊流則又專爲崑體，故優人有尋扯義山之誚。蘇梅二子，稍變以平淡豪俊，而和之者甚寡。至六一坡公，巍然爲大家數，學者宗焉。然二公亦各極其天才，筆力之所至而已，非必鍛鍊勤苦而成也。豫章稍後出，薈萃百家，句律之長，究極歷代體製之變，蒐獵奇書，穿穴異聞，做爲古律，自

〔註22〕陳祥耀《中國古典詩歌叢話》：「既饒宋法，又富唐音，蓋東坡後宋詩又一集大成之聖手。」（90頁），臺北華正書局出版。

成一家。雖隻字半句不輕出，遂爲本朝詩家宗祖，在禪學中比得達摩，不易之論也。(〈江西詩派小序〉)

由這段引文可見北宋初是先學晚唐，又創西崑體，接著有蘇舜欽、梅堯臣二人把詩風轉變，可惜未蔚成風氣。後來歐陽脩、蘇東坡是大家數，學者宗焉。最後因黃山谷的鑽研，使詩律得到進一步的發展，並肯定他是宋代詩家宗祖。由以上可知，江西詩派對於宋詩的發展具有關鍵性的影響力。

就宋代詩歌發展而言，所謂「宋調」的完成應是蘇東坡、黃山谷始，尤以山谷推至高峰。〔註 23〕「宋調」就是「以文字爲詩」、「以才學爲詩」、「以議論爲詩」的詩歌。〔註 24〕之後江西詩派變本加厲，漸趨末流。那麼陸游對於江西詩派有何承接及創新？我們以下可作深入探討。

陸游詩歌有九千多首，而且陸游在嚴州校訂《劍南詩稿》卷一至卷二十一前半，其幼子子遹是《劍南詩稿》卷二十一後半至卷八十五的編集者，於死後十一年印刻。其詩集是依照作品編年，所以讀其詩集對其一生歷程可以作一完整的掌握。因陸游在嚴州親自校訂，所以其早期學江西的作品存留下來不多。我們從其實際創作來看，他的特殊藝術成就是宋代詩歌發展史上必然現象。而且是整個宋代詩風的轉變，北宋南宋交接之際以至南宋四大家都致力於掃除江西詩派之弊，陸游就是其中的實踐者，成就相當可觀。陸游想要從江西詩風出走，因此儘量用一些俗語、明白如話的詩句來增加詩的親切感，掃出江西派的刻鏤。而其精確運用對偶句，對仗工整，使事貼切，精工細膩，其七律的藝術成就可媲美杜甫，以至清代文

〔註 23〕今人繆鉞〈論宋詩〉:「宋詩之有蘇黃，猶唐詩之有李杜。元祐以後，詩人迭起，不出蘇黃二家。而黃之畦徑風格，尤爲顯異，最足以代咬宋詩之特色，盡宋詩之變態。……其後學之者眾，衍爲江西詩派，南渡詩人，多受沾概，雖以陸游之傑出，仍與江西詩派有相當之淵源。……故論宋詩者，不得不以江西派爲主流，而以黃庭堅爲宗匠矣。」收錄於宋詩論文選輯(一)，3 頁。

〔註 24〕見嚴羽《滄浪詩話·詩辨》所論。

人喜摘其對偶句爲對聯之詩句。且他的七律繼承杜甫之精華，學杜但未曾爲杜詩所囿。清人張謙益說：「陸劍南、范石湖皆學杜有得者，范較養勝，陸較才勝。」又說：「放翁詩渾厚雄健，眞得杜髓，又且家數甚大，無所不該。」〔註25〕趙翼也說：「放翁詩凡三變。宗派本出於杜，中年以後，則亦自出機杼，盡其才而後止。」〔註26〕舒位〈瓶水齋詩話〉：「嘗論七律而至少陵始盛且備，爲一變；李義山瓣香於杜而易其面目，爲一變；至宋陸放翁專工此體而集其大成，爲一變。」〔註27〕可見其詩遠紹杜甫。而其愛國精神也是和杜甫之民胞物與的精神相契合，但是陸游此類詩歌乃一觸即發，偏於直，杜甫此類詩如「國破山河在，城春草木深」讀之如嚼橄欖。〔註28〕這是二人生命氣質以及人格特質不同之故。

他的七古繼承李白的豪氣浪漫，卻有別於李白之詩風，李白的浪漫是單純而熱烈，陸游的浪漫是熱烈但加上一股粗獷氣。因此李太白的詩奇情多，陸游的詩奇氣多。〔註29〕比如李白的〈將進酒〉和陸游的〈樓上醉書〉相比，將進酒如挾天風海雨迎面撲來，〈樓上醉書〉卻如狂野的駿馬奔跑而過。

我們可以看出其詩歌的內涵是多樣性的，而其生命的歷程是波濤洶湧。靖康難之後，南宋與金朝的紛爭，交響出時代的激昂之氣，陸游詩中所展現的豪氣以及復國的決心是具有鮮明色彩，較之張孝祥、辛棄疾之詞作，更有震撼力。〔註30〕如張孝祥之六州歌頭（長淮望斷）以及辛棄疾之〈水龍吟〉（舉頭西北浮雲）都是一時之選，但陸游詩

〔註25〕見張謙益《齋詩話》卷五，收於《清詩話續編》中，臺北木鐸出版社出版。

〔註26〕見《甌北詩話》卷六，收於《清詩話續編》中，臺北木鐸出版社出版。

〔註27〕收錄於《清詩話訪佚初編》，臺北新文豐出版社出版。

〔註28〕參考顧隨講《顧羨季先生詩詞講記》177～178 頁所論。臺北桂冠圖書公司出版。

〔註29〕「奇情多」、「奇氣多」之評論請參考顧隨講《顧羨季先生詩詞講記》178 頁。臺北桂冠圖書公司出版。

〔註30〕因陸游的夸飾手法相當特殊，極有空間、時間的戲劇感及張力。

歌的氣魄較直爽豪壯。〔註31〕比岳飛的〈滿江紅〉（怒髮衝冠憑欄處）又多了一分浪漫的氣息。清人潘德輿說：「放翁詩學所以絕勝者，固由忠義盤鬱其心，心亦緣其文章高下之故，能有具眼，非後進輕才所能知也。」〔註32〕梁啓超也說：「亙古男兒一放翁」〔註33〕都是陸游精神貫注到作品之中，而讀者皆能因此震攝住。

陸游的詩歌反映其眞摯之情感，以及個人心志，從其作品可以觀看其堅韌生命力。其作品是忠實反映其內心世界，可能不如東坡的曠達，甚至作品偶而流露欣羨功名的想法〔註34〕，但他不矯飾，眞實呈現於作品上。所以〈靜居緒言〉說：「放翁學問人品，俱能勝人。平生著作，景仰杜陵，雖幕府軍旅之間，手不輟卷，故其詩沉鬱悲壯，筆力矯健。」〔註35〕

陸游的詩歌在宋詩史有頗高的評價，並不是因爲其詩歌的藝術特質突破前人，而是其詩歌有一種強烈的感發能力，甚至可以說是其剛健的精神力量十分可敬。因生於一個動亂的時代，故有他的堅持及不得不歸隱的境遇。其作品有九千多首，多言及恢復山河，相較於同時代的詩人如楊萬里、范成大，是相當特別的情況。〔註36〕

清人朱庭珍所論述的，我們可以由此作爲陸游詩歌之定位之宣言：

宋人承唐人之後，而能不襲唐賢衣冠面目，別闢門戶，

〔註31〕陸游詞作以豪情壯志爲題材者，乃以詩人之襟抱與詩人之筆法爲詞的因此他的詞作自然便出現了一些與他的詩相似的意境。參考繆鉞、葉嘉瑩《靈谿詞說》〈論陸游詞〉，臺北國文天地出版社。

〔註32〕見《養一齋詩話》卷五，收於《清詩話續編》中，臺北木鐸出版社出版。

〔註33〕見《飲冰室文集》〈讀放翁詩〉。

〔註34〕對於功名他是有野心的，但是老年卻也勸其子勿念功名，是其人生經歷之反映。

〔註35〕作者佚名，收於《清詩話續編》中，臺北木鐸出版社出版。

〔註36〕南宋詩人以陸游的愛國詩最多，他人皆偶而流露其愛國志向，如楊萬里、范成大的詩歌大都以山水田園爲主要的題材。此和生命情境和生活背景相關，陸游的家學和入蜀應是兩個極重大的關鍵所在。

> 獨樹壁壘，其才力學術，自非後世所及。如蘇、黃二公，可謂一朝大家，前無古人，後無來者也。半山、歐公、放翁，亦皆一代作手，自有面目，不傍前賢籬下，雖遜東坡、山谷兩家一格，亦卓然在名大家之列。（〈筱園詩話〉卷二）〔註37〕

朱氏先肯定宋詩的特質，並指出蘇東坡、黃山谷是宋詩代表人物，其次以爲王安石、歐陽脩、陸放翁雖遜於蘇黃，也在大家之列。可見朱庭珍以爲陸游在宋代詩歌史上地位崇高，因爲自有面目，不傍前賢籬下，雖稍遜蘇黃，仍不失爲名大家。

第二節　陸游詩歌對後世的影響

陸游的詩歌有很多精彩的評述，同時之楊萬里在〈千岩摘稿序〉就標示陸游之詩風：「余嘗論近世詩人，若范石湖之清新，尤梁溪之平淡，陸放翁之敷腴，蕭千岩之工致，皆余之所畏者云。」以爲陸游以「敷腴」勝出。此乃以陸游晚年詩歌爲評論之重點。以下先看看其後南宋評論家之各種評價。

一、後世的評價與回響

宋代的劉克莊《後村詩話》對陸游詩歌有相當好的讚譽：

> 放翁學力也似少陵，誠齋天分似太白。（卷二）
>
> 古人好對仗，被放翁使盡。（卷二）
>
> 近歲詩人，雜博者堆對仗，空疏者窘材料，出奇者費搜索，縛律者少變化。惟放翁記問足以發越，氣魄足以陵暴，南渡而後，故當爲一大宗。末年云：「客從謝事歸時散，詩到無人愛處工」又云：「外物不移，方是學俗人，猶愛未爲詩」則皮毛落盡矣。（卷二）

劉後村是江湖派的作家，但對於江西詩派的作家亦相當推崇。我們看看其對陸游的評論，可見他把陸游和杜甫，誠齋和太白相比，他是肯

〔註37〕見《清詩話續編》中，臺北木鐸出版社出版。

定陸游的學力，也肯定其內容、形式之成就。對陸游晚年的詩評論爲「皮毛落盡」是很貼切的論述。再看看魏慶之《詩人玉屑》云：

> 陸放翁詩，本於茶山，故趙仲白題曾文清公詩集云：「清於月出初三夜，澹似湯烹第一泉。咄咄逼人門弟子，劍南已見一燈傳。」「劍南」，謂放翁也。然茶山之學，亦出於韓子蒼，三家句律大概相似。至放翁則加豪矣。近歲又有學唐人詩，而實用陸之法度者，其間亦多酷似處。偏參諸家之詩者，當自知之。（卷十九）

魏慶之指出陸游的師承曾幾，曾幾師承韓駒，只是三人當中陸游加上豪放之風。可見其對陸游的師承及詩風有所定見。最後一句言近歲學唐人詩，應指江湖派詩人，因爲江湖派學晚唐詩，而這些人也運用陸游的法度，由此可見陸游對江湖詩派有一定的影響力。〔註38〕陸游亦學晚唐許渾詩，晚年寫景描物的作品，頗有晚唐之風。陸游有一首〈讀許渾詩〉：「裴相功名冠四朝，許渾身世落漁樵。若論江山風月主，丁卯橋應勝午橋。」許渾字丁卯，由此可見陸游看重丁卯之情性、人格。

由以上所言可見宋人對其評論亦是多爲正面評價。

明代詩風是崇唐音不喜宋調，故很少針對個別詩人作深入評論，對於陸游的評論不多，我們看看王世貞所說的：

> 詩自正宗之外，如昔人所稱「廣大教化主」者，於長慶得一人，曰白樂天；於元豐得一人焉，曰蘇子瞻；於南渡得一人，曰陸務觀；爲其事景物之悉備也。然蘇之與白，塵矣；陸之與蘇，亦劫也。（〈藝苑巵言〉卷四）

王世貞在正宗之外（盛唐詩），他又舉三位詩人：白樂天、蘇子瞻、陸務觀。而他以爲，蘇東坡和陸務觀二人又在白樂天之下。可見其對宋詩的評價甚低，對盛唐詩甚推崇。明前後七子因崇盛唐詩，對陸游的詩不欣賞，並未多加評論。

〔註38〕因爲《詩人玉屑》是魏慶之所撰，魏氏書作於度宗時，是宋末江湖派盛行時，故其言「近歲又有學唐人詩，而實用陸之法度者，其間多有酷似處。」近歲應指的是江湖派。程千帆、吳新雷《兩宋文學史》以爲詩人玉屑所言的近歲是指永嘉四靈，（參考343頁）恐有誤。

清初轉而學宋詩者多，如黃梨洲、呂留村等人。其次浙派亦喜宋詩，厲樊榭編《宋詩紀事》，亦喜陸游作品。但清代初葉到中期之詩人，多喜歡陸游晚年之詩歌。直到晚清國勢衰敗，陸游愛國詩的情緒能夠感染到有志之士，才把喜歡陸游詩歌的範圍擴大。而清代第一個將陸游的名字列於南宋詩人之首的是乾隆，他在《唐宋詩醇》縱論說：「宋自南渡之後，必以陸游爲冠。」還下了評論：「感激悲憤，忠君愛國」。《唐宋詩醇》對陸游詩歌作出總評：「宋自南渡以後，必以陸游爲冠。」又說：「觀游之生平，有與杜甫類者：少歷兵間，晚棲農畝，中間浮沉中外，在蜀之日頗多。其感激悲憤中君愛國之誠，一寓於詩，酒酣耳熱，跌宕淋漓。至於漁舟樵徑，茶碗爐薰，或雨或晴，一草一木，莫不著爲歌詠，以寄其意。此與杜甫之詩何以異哉？」其以爲陸游和杜甫有相類之處，並點出陸游詩歌創作之分期特色。《唐宋詩醇》又說：「何嘗不與李杜韓白諸家異曲同工，可以配東坡而無愧者哉！」更是肯定宋代兩大詩人爲蘇東波和陸游。

《四庫全書總目提要》評論陸詩具有相當的權威性，請看下面的引文：

> 陸游詩法傳自曾幾，而所作呂居仁集序，又稱源出居仁，二人皆江西派也。然陸詩清新刻露，而出於圓潤，實能自闢一宗，不襲黃陳之舊格。劉克莊號爲工詩，而後村詩話，載陸詩僅摘其對偶之工，已爲皮相。後人選其詩者，又略其感激豪宕沉鬱深婉之作，惟取其流連光景，可以剽移掇者，轉相販鬻，放翁詩派，遂爲論者口實。夫游之才情繁富，觸手成吟，利鈍互陳，誠所不免。

《總目提要》針對其源淵還是以爲其傳自曾幾、呂居仁，二人皆爲江西派。〔註 39〕而認爲其詩是「清新刻露，出於圓潤」，此乃著重論其晚年田園山水之詩。又說後人選詩常忽略其「感激豪宕深婉」之作，只注重陸游詩作的佳句，有時再加以剽竊。此評論能夠直指陸詩之特

〔註 39〕吳喬《圍爐詩話》（卷五）引黃叔暘云：「陸放翁詩本於曾茶山，茶山出於韓子蒼。」收於《清詩話續編》上，臺北木鐸出版社出版。

質而言，如只有「清新刻露」，作品呈現可能有刻痕，但陸游的詩風又「出於圓潤」，表現得清麗宜人。而陸詩數量多，利鈍互陳在所難免，亦是持平的看法。而且，《四庫全書・提要》認爲唐以李杜韓白爲四大家，宋以蘇陸爲兩大家，再觀看下面對宋代之兩大家之評論：

至於北宋之詩，蘇黃並駕；南宋之詩，范陸齊名。然江西宗派，實變化於杜韓之間，既錄杜韓，無庸復見山谷。石湖篇什無多，才力識解亦不能出劍南集上，既舉白以概元，當存陸而刪范。

《提要》以爲北宋二大詩人是蘇東坡和黃山谷，但又說山谷從杜甫、韓愈之間變化。南宋是范成大和陸游二人，但范無論數量、才力、識解都不如陸游，所以陸又比范傑出。由此可見《提要》是極推崇陸游。

趙翼是清代評論陸游詩歌最多最廣的，請看下面《甌北詩話》〔註40〕之論述：

放翁詩凡三變。宗派本出於杜，中年之後，則益自出機杼，盡其才而後止。…此可見其宗尚之正。故雖挫籠萬有，窮極工巧，而仍歸雅正，不落纖佻。此初境也。後又有自述一首云：「我昔學詩未有得，殘餘未免從人乞。…四十從戎駐南鄭，酣宴軍中夜連日。…」是放翁詩之宏肆，自從戎巴、蜀而境界又一變。及乎晚年，則又造平淡，并從前求工見好之意亦盡消除，所謂「詩到無人愛處工」者，劉後村謂其「皮毛落盡」矣。此又詩之一變也。（〈甌北詩話〉卷六）

這一段的重心在於分析陸游的創作三段時期，早年學杜，中年去過南鄭之後，詩境變爲宏肆豪放，晚年歸於平淡，所謂「皮毛落盡」。趙翼點出陸游的創作之三變，實爲陸游之知音。再看下面一段引文：

放翁以律詩見長，名章俊句，層見疊出，令人應接不暇。使事必切，屬對必工；無意不搜，而不落纖巧；無語不新，而不事塗澤，實古來詩家所未見也。然律詩之工，人皆見之，而古體則莫有言及者。抑知其古詩，才氣豪健，議論

〔註40〕收於《清詩話續編》中，臺北木鐸出版社出版。

> 開闊，引用書卷，皆驅使出之，而非徒以數典爲能事。意在筆先，力透紙背，有麗語而無險語，有豔詞而無淫詞，看似華藻，實則雅潔，看似奔放，實則謹嚴，此古體之工力更深於近體也。…放翁工夫精到，出於自然老潔，他人數言不能了者，只用一二語了之。此鍊其句前，不在句下，觀者并不見其鍊之跡，乃眞鍊之至矣。…（〈甌北詩話〉卷六）

這一段引文大致就陸游的律詩、古詩以及其用字老鍊而論。趙翼極讚嘆陸游的律詩寫得出神入化一般，無論是在用語、用意以及使事上都相當傑出。古體是「意在筆先，力透紙背」，又說「看似華藻，實則雅潔」「看似奔放，實則謹嚴」，所以古體成就好過律詩。最後說陸游的工夫精到，出於自然老潔。可見得趙翼極讚賞其用字純熟卻自然，是肯定其作品的藝術成就。而下面一段引文是著重於陸游的愛國心而評論：

> 放翁生於宣和，長於南渡。其出仕也，在紹興之末，和議久成，即金海陵南侵潰歸，孝宗銳意出師，旋以宿州之敗，終歸和議。其時朝廷之上，無不以畫疆守盟，息事寧人爲上策；而放翁獨以復讎雪恥，長篇短詠，寓其悲憤。或疑書生習氣，好爲大言，借此爲作詩地。今閱全集，始知非盡虛矯之氣也。（〈甌北詩話〉卷六）

這一段引文是趙翼肯定陸游的愛國心非虛矯之氣，因爲籠罩在那種息事寧人的政治氣氛之下，他以復讎雪恥寓於悲憤是很可敬的。趙翼也不認爲陸游是「書生習氣，好爲大言」。由以上三段引文可見趙翼是極爲推崇陸游的人品和詩歌成就，尤以藝術成就的評價最高。

　　倡格律說的沈德潛亦有對陸游詩歌的評論：

> 放翁出筆太易，氣亦稍粗，是其所短；然胸懷磊磊明明，欲復國大仇，有觸即動，老死不忘，時無第二人也。上追少陵，志節略同，勿第以詩人目之。（〈放翁詩選例言〉）

其肯定陸游的復國之願望，志節高超，另一方面對其出筆太快，氣勢稍粗爲其短處。可見沈氏還是就其愛國詩而言，只是肯定其對國家之用心。

下面再看看翁方綱〈石洲詩話〉〔註 41〕所說的：

放翁五言古詩，平揖石湖，下啓遺山。(卷四)

楊、范、陸極酣肆處，正是從平熟中出耳，天固不欲使南渡復爲東都也。(卷四)

自後山、簡齋抗懷師杜，所以未造其域者，氣力不均耳。降至范石湖、楊誠齋，而平熟之逕，同輩一律，操牛耳者，則放翁也。平熟而氣力易均，故萬篇酣肆，迥非後山、簡齋可望。而又平生心力，全注國是，不覺暗以杜公之心爲心，於是乎言中有物，又迥出誠齋、石湖上矣。(卷四)

由以上引文可見翁氏是就范成大和楊萬里的成就和陸游相比較，他們三人的共同點在於「平熟」，但是陸游是平熟氣力易均，因此比後山、簡齋傑出（皆學杜甫），另外其詩歌「全注國是」和杜甫的心意相合，成就又在誠齋、石湖之上。可見翁氏評論的重點是以杜甫爲參考點去考查，而得出陸游比別的詩人傑出。翁方綱另有一首詩，評論陸游的用心所在：

苦心欲挽古風還，神往豳風七月間。
一騁蕭尤楊並駕，誰知衣缽在茶山。(〈讀劍南集〉)

這首詩點出陸游學古風，以及和南宋詩人楊萬里等人並駕齊驅，以及肯定他的師承自曾幾。陸游有一首〈讀豳風詩〉，寫其嚮往詩經之古風，但是實際創作卻和古風有所差距，此不可不辨。

而寫〈養一齋詩話〉的潘德輿肯定的是其愛國熱誠，請看下面的的引文：

放翁詩學所以絕勝者，固由忠義盤鬱於心，心亦緣其於文章高下之故，能有隻眼，非後進輇才所能知也。〈白鶴館夜坐〉云：「袖手哦新詩，清寒愧雄渾。…」…此等議論，乃千古大匠嫡傳，拙公淫巧，兩無是處。能之者一代不過數人，即知之者亦未可多得。(〈養一齋詩話〉卷五)

潘氏認爲陸游的「忠義盤鬱於心」，使其文章比他人高超，別具隻眼。

〔註 41〕收於《清詩話續編》中，臺北木鐸出版社出版。

潘氏的《養一齋詩話》是重視作品的內容和教化作用，所以其立論著重陸游的忠義之心。〔註 42〕

清末姚瑩〔註 43〕有論詩絕句六十首，其中有論陸游者：

鐵馬樓船風雪渡，中原北望氣如山。
平生壯志無人識，卻向梅華覓放翁。（第三十三首）

衣冠南渡依江左，文獻中州滅沒間。
誰與詩場鬥金炬，劍南身後有遺山。（第三十四首）

這兩首詩寫出陸游最重要的成就就在於其愛國詩風，以及其愛國心後繼有人就是元遺山，因為遺山之詩歌亦有慷慨悲壯之風。三十三首著重論述陸游，第三十四首著重評論元遺山，卻也指出陸游在元代有承繼者。

清末的劉熙載也有相當精彩的評論：

西江名家好處，在鍛鍊而歸於自然。放翁本學西江者，其云：「文章本天成，妙手偶得之。」平昔鍛鍊之功，可於言外想見。（〈詩概〉）

放翁詩明白如話，然淺中有深，平中有奇，故足令人咀味。觀其〈齋中弄筆〉詩云：「詩雖苦思未名家。」雖自謙實自命也。（〈詩概〉）

詩能於易處見工，便覺親切有味。白香山、陸放翁善擅長在此。（〈詩概〉）

劉氏以為陸游是學江西詩派，但能夠從其中走出，超越江西詩派，可見其雖極為鍛鍊，卻能在易處見工，出於明白如話，而親切有味。可見劉氏肯定其詩風「平淡有味」這一論點上。

清末民初的梁啓超更是欣賞陸游的愛國熱誠，更在〈讀陸游詩〉中說：「詩界邊年靡靡風，兵魂消盡國魂空。集中什九從軍樂，亙古

〔註 42〕潘德輿論詩本傳統詩教，重在詩言志、詩無邪，強調文學作品的內容與教化作用，故重視陸游詩歌的愛國之心。

〔註 43〕姚瑩是姚鼐之姪孫，受業於姚鼐之門下，和龔自珍、魏源相交，同主「通經致用」之說。

男兒一放翁」可見其對陸游的愛國情操極爲推崇。

由以上清代的評論可見清人對於陸游的推崇，無論是早期作品或是晚年較平淡的作品皆以爲佳作。而對其愛國之志向亦相當讚賞、推崇。清人喜讚賞其煉句，但又出之於平淡，故以此論點以爲其受白居易的影響。且和當時詩人相比較，肯定其作品優於其它詩人。

近人錢鍾書有不同前人之看法，先觀看其比較陸、楊二人之詩風：

> 放翁善寫景，而誠齋擅寫生。放翁如畫圖之工筆；誠齋則如攝影之快鏡，兔起鶻落，鳶飛魚躍，稍縱即逝而及其未逝，轉瞬即改而當其未改，眼明手捷，蹤矢躡風，此誠齋之所獨也。放翁萬首，傳誦人間，而誠齋諸集孤行天壤數百年，幾乎索解人不得。(《談藝錄》修訂本，118 頁)〔註 44〕

這一段引文是錢氏比較陸、楊兩人之不同，很能掌握住兩人之特色。陸游善寫景、如畫工筆畫，而且陸游的詩爲世人傳誦已久；萬里善寫一刹那之美感經驗，數百年不爲人所了解。可見此乃針對陸游長在於刻畫景物而言。以下是其評論陸游學晚唐詩：

> 《養一齋詩話》卷四、卷五皆謂，放翁詩嘗云：「文章光燄伏不起，甚者自謂宗晚唐」，而所作閒居、遣興七律，時仿許丁卯云云，頗有見地。《瀛奎律髓》卷十六曾茶山〈長至日述懷〉詩原批早言：「放翁出其門，而詩在中唐晚唐之間，不主江西。(123 頁)

> 江西詩派懸晚唐爲厲禁，陳後山〈次韻蘇公西湖觀月聽琴〉末韻即曰：「後世無高學，末俗愛許渾。」放翁嗜好，獨殊酸鹹，良由性分相近。譬如丁卯〈陵陽出春日寄汝洛舊遊〉云：「萬里綠波魚戀釣，九重宵漢鶴愁籠」；放翁反其意〈寄贈湖中隱者〉云：「萬頃煙波鷗境界，九天風露鶴精神」。…〔註 45〕(123 頁)

這二段引文是錢氏以爲陸游乃學許渾之詩風，舉前人所論支持自己的

〔註 44〕《談藝錄》修訂本，臺北書林出版社出版。

〔註 45〕潘德輿〈養一齋詩話〉也說：「前謂劍南閒居遣興七律，時仿許丁卯之流，非冤之也。」收於《清詩話續編》下，臺北木鐸出版社出版。

論點，並舉陸、許兩人之作品加以比較，這是因爲陸游的嗜好、性質和許渾相近。〔註46〕就學晚唐詩這一論點而言，錢鍾書和前人有相同的想法。〔註47〕

但是錢鍾書亦多有論陸游詩歌之弊，下筆不留情：

放翁多文爲富，而意境實少變化。古來大家，心思句法，複出重見，無如渠之多者。…（125頁）

…似先組織對仗，然後拆補完篇，遂失檢點。雖以其才大思巧，善於泯跡藏拙，而湊塡之痕，每不可掩。往往八句之中，啼笑雜遝，兩聯之內，典實叢疊；於首擊尾應，尺接寸附之旨，相去殊遠。（127～128頁）

夫南宋詩人，於道學差有分者，呂本中、楊誠齋耳；放翁持身立說，皆不堪與比。甌北未嘗深究性理之書，故不知詩人口頭興到語，初非心得；據爲典要，尊之士所以困之。…放翁習氣未湔，作門面套語，使如甌北認以爲眞，則劍南萬首，不將責放翁自燒卻乎。（128頁）

放翁高明之性，不耐陳潛，故作詩工於寫景敘事。（130頁）

然有忠愛之忱者，未必具經濟之才，此不可不辨也。放翁詩余所喜誦，而有二痴事：好譽兒，好做夢。兒實庸材，夢太得意，已令人生倦矣。復有兩官腔，好談匡救之略，心性之學；一則矜誕無當，一則酸腐可厭。蓋生於韓侂胄、

〔註46〕其實陸游當時人學晚唐詩甚多，雖然陸游不說自己學晚唐詩，但實際上是學晚唐詩。其晚年有一首〈讀許渾詩〉:「裴相功名冠四朝，許渾身世落漁樵。若論風月江山主，丁卯橋應勝午橋。」可見其對許渾品格之推崇。和其同時的楊萬里即以爲自己是學晚唐詩。楊萬里在《荊溪集·自序》中言:「予之詩，始學江西諸君子。既又學後山五字律，現又學半山老人七字絕句，晚乃學絕句於唐人。」《南海集》〈送彭元忠縣丞北歸〉有句云:「學陳後山，霜皮脫盡山骨寒。近來別具一隻眼，要踏唐人最上關。」《朝天續集》〈讀笠澤叢書三絕〉，其一云:「笠澤詩名千載香，一回一讀斷人腸。晚唐異味誰同賞，近日詩人輕晚唐。」笠澤就是晚唐詩人陸龜蒙。由其所言可見萬里是崇晚唐詩。

〔註47〕錢氏和潘德輿的論點一致。

朱元晦之世，立言而外，遂并欲立功立德，亦一時風氣也。
放翁愛國詩中功名之念，勝於君國之思。鋪張排揚，危事而易言之。（132 頁）

由以上的引文我們可以歸納幾個重點，第一是針對文字重出、組織紊亂而言；第二是是針對其作門面語，雖高明未有沉潛。第三是個人的品格有所缺陷，好高談闊論而言。錢氏以此角度看陸游亦有其敏銳之心思，絕不是無的放矢，強自論斷。比如字句重出部分在所難免，因爲陸游有九千多首詩，大都集中於其最後二十年間。陸游是善於寫景，未有深刻義涵，也掌握住陸游詩歌的特質。而最後言其品格方面，雖出口犀利，但言陸游有愛國心而無經濟才，是有些根據的，因爲觀其政論非切中時事，以及其治理地方並無特別建樹。另外言其詩中功名之念勝於愛國之心，筆者以爲其有愛國心也有成就功名之心，但難斷言其功名念重於愛國心。錢氏之評論甚有自己定見，是歷代對陸游詩歌評論中極爲凸出者。

近人顧隨在《顧羨季先生詩詞講記》卻有比較不同角度的評論：

放翁忠於自己，故其詩各式各樣。因他忠於自己，故可愛。（176 頁）

放翁詩品格不高，或因其感情豐富而不能寬綽有餘。六十年間萬首詩，便因其忠於自己，感情豐富，變化便多，詩格雖不高而眞。（177 頁）

顧隨的評論能夠切中陸游的內在核心，從陸游的詩歌可見其感情豐富以及眞摯的情感。陸游絕不矯情，他把內在所感、所見、所聞呈現出來，但是詩格不高而眞。

由以上所論，可見歷代對陸游詩歌有多層面之評論，筆者以爲趙翼、錢鍾書正反兩面的評價，最有可觀。顧隨所評論最貼近陸游之「詩心」。〔註 48〕

〔註 48〕況周頤〈蕙風詞話〉說：「吾聽風雨，吾覽江山，常覺風雨江山外有萬不得已者在。此萬不得已者，即詞心也。而能以吾言寫吾心，即吾詞也。此萬不得已者，由吾心醞釀而出，即吾詞之眞也，非可彊

二、啓迪後世詩歌創作之理念

陸游的詩歌創作理念雖然是從江西詩派入門，期望突破江西詩派的格局，但其成就不在於格式的突破之後的再建立，他是從做中學，從生活經驗提煉創作的精華：

我初學詩日，但欲工藻繪。
中年始少悟，漸若窺宏大。
怪奇亦間出，如石漱湍瀨。
數仞李杜牆，常恨欠領會。
元白纔倚門，溫李眞自鄶。
正令筆扛鼎，亦未造三昧。
詩爲六藝一，豈用資狡獪。〔註 49〕
汝果欲學詩，工夫在詩外。（卷七十八，〈示子聿〉）

從這首詩來看可見其早年學習江西的藻繪技巧，中年透過「悟」才能使創作得到提昇，一悟之後還是會「怪奇亦間出，如石漱湍瀨」，這就是創作過程中的眞實體會，面對前人的作品，如果沒有透過詩外的工夫，是無法獲得精髓。由此可見在創作的過程，「悟」是很重要的工夫。再看看下面的一首詩：

六十餘年妄學詩，工夫深處獨心知。
夜來一笑寒燈下，始是金丹換骨處。（卷五十二，〈夜吟〉其二）

這首詩也說明「悟」是創作之關鍵處，「金丹換骨處」就是脫胎換骨和以前所認識的有所不同。宋人喜以參禪、學仙擬學詩，「金丹換骨處」在陸游之前即有人運用，如陳師道說：「學詩如學仙，時至骨自換。」（〈次韻答秦少章〉）但陸游所說的和黃山谷所說的「換骨法」，意涵不同。陸游的「金丹換骨」是心領神會之後的「了悟」，山谷的「換骨法」是重在字句的鍛鍊。另外一首詩由其學詩歷程談起，以顯其「詩外工夫」：

爲，亦無庸彊求。」（卷一）筆者以爲詩心就是眞誠所感之心靈。
〔註 49〕陸游自註云：「晉人謂戲爲狡獪，今閩語尚爾。」

我昔學詩未有得，殘餘未免從人乞。
力孱氣餒心自知，妄取虛名有慚色。
四十從戎駐南鄭，酣宴軍中夜連日；
打球築場一千步，閱馬列廄三萬匹；
華燈縱橫聲滿樓，寶釵豔舞光照席；
琵琶弦急冰雹亂，羯鼓手勻風與疾。
詩家三昧忽見前，屈賈在眼元歷歷。
天機雲錦用在我，剪裁妙處非刀尺。
世間才傑固不乏，秋毫未合天地隔。
放翁老死何足論，廣陵散絕還堪惜。（卷二十五，〈九月一日夜讀詩稿有感走筆作歌〉）

從這一首詩來看，其早年學江西詩派，後至南鄭才改變他創作方式，由此可見南鄭之行對其影響極深，因為不同的生活領域，擴大其生活經驗，這就是所謂創作精神的提昇，更是擴大創作境界。而擴大的要點還在於「悟」，所以他說「詩家三昧」「在眼前」，生活體驗加上自己巧妙領悟、構思，才能使自己的創作得到更高提昇。由此可見，他在創作觀點是重生活經驗再加上自己的妙悟，其實這就是前面所說的「詩外功夫」。再看下面一首詩說得更明確：

法不孤生自古同，痴人乃欲鏤虛空。
君詩妙處吾能識，正在山程水驛中。（卷五十，〈題廬陵蕭彥毓秀才詩卷後〉之二）

寫作方法並不是憑空而成，要依境而生，此境就在於「山程水驛中」，也就是說詩人的生活經驗以及外在景物是其創作泉源。〔註50〕

陸游又重養氣，可見其重視個人之修養：

文章最忌百家衣，火龍黼黻世未知。
誰能養氣塞天地，吐出自足成虹霓。（卷二十一，〈次韻和楊伯子主簿見贈〉）

〔註50〕禪宗話語：「法不孤生仗境生」「心不孤起，仗境方生。」《苕溪漁隱叢話前集》卷四十七引黃庭堅也說：「詩文不可鑿空強作，待境而生，便自工耳。」可見「境」是外在現實狀況，法因其而生。

學詩當學陶，學書當學顏。
正復不能到，趣鄉已可觀。
養氣要使完，處身要使端。
勿謂在屋漏，人見汝肺肝。
節義實大閑，忠孝後代看。
汝雖老欲死，更勉未死間。（卷七十，〈自勉〉）

陸游以爲的「百家衣」就是東拼西湊只重文字雕琢，寫作之前應該要養氣，如此才能使文章有不同他人之表現。而此「養氣」就是養孟子的浩然之氣，是培養自己的氣節。這和陸游的詩歌常流露復國志願理想是一脈相連的。

陸游這種結合「妙悟」和實際生活經驗的創作觀是可以啓發後世的創作理念，也是江西詩派的妙悟的修正，如只要求「妙悟」，只求圓轉之美，是缺少生活的養分，可能有所偏枯。〔註 51〕陸游認爲以實際生活經驗作爲根砥，才能創作出有生命力的佳作。

陸游影響宋代最深的是江湖詩派的作家，比如在詩論上，戴復古的〈論詩十絕〉第三首云：「曾向吟邊問古人，詩家氣象貴雄渾」古人是指陸游，陸游詩歌的特色之一就是雄渾風格。戴復古的《石屛集》由樓鑰寫序，其序云：「登三山陸放翁之門而詩益進。」且江湖派中的蘇泂、劉克莊更是師承陸游。《四庫全書總目提要》中之〈冷然齋集提要〉說：「泂本從學游，詩法流傳，淵源有自，故其所作，皆能巉刻淬煉，自出清新。」劉克莊自稱「由放翁入」（〈刻楮集自序〉）可見其傾心學陸。

其次，陸游其晚年崇晚唐的詩風足以影響江湖派詩人之創作方向，雖然他批評四靈說：「淫哇解移人，往往喪妙質」，但是描繪景物之細膩，實和晚唐詩人許渾相應，對仗工巧，寫景優美。與學晚唐詩的四靈亦有相同之處。江湖詩派的詩人亦是在對偶工巧有所成就，受到陸游詩歌一些啓示。四靈、陸游、江湖派這三者之間皆學晚唐，但

〔註 51〕陸游有詩云：「區區圓美非絕倫，彈丸之評方悟人。」（詩稿卷十六，〈答鄭虞任檢法見贈〉）

相互的關係卻是迴旋轉折，不能說是一脈相承。南宋末方回曾說：

> 學唐人丁卯詩，逼眞而又過之者，王半山、陸放翁，集中多有其作。近世乃專尚此，亦多有可觀。(《桐江集》卷三〈滄浪會稽十詠序〉)

這一點指出王安石和陸游二人的詩風近唐人，而方回以爲其「逼眞而又過之者」,「過之」表示創作有所偏執，是爲卓見。

我們實際考察陸游的作品，可以發現陸游的詩作，如「風翻翠浪千畦麥，水漾紅雲一塢花。」(卷二十四,〈舟過季家山小泊〉)「蓮小紅衣濕，瓜甘碧玉涼」(卷二十四,〈六月十四日微雨極涼〉)「傍水風林鶯語語，滿原煙草蝶飛飛」(卷三十二,〈初夏行平水道中〉)「天際斂雲山盡出，江流收漲水初平」(卷四,〈送客至江上〉)「泱泱沙溝水，翻翻麥野風」(卷六十五,〈東村〉)「溪漲清風拂面，日落繁星滿天。數隻船橫浦口，一聲笛起山前。」(卷八十三,〈夏日六言〉其三)都是寫景精美的詩，是有唐詩之風，難怪江湖派受其啓迪。〔註52〕江湖派的詩人所創作又比陸游更纖巧。〔註53〕

由以上所知，陸游從創作之中啓迪後世詩歌理念有二：一是從創作當中所體悟的詩法（詩外工夫），啓迪後世詩歌創作，重視生活經驗，不拘泥於字句的刻鏤。一是從其晚年寫景之作品當中，啓迪後世

〔註52〕宋詩的發展可以說是以學晚唐始，以學晚唐終。宋初是學晚唐李商隱的西崑體，以至蘇、黃宋詩發展到高峰，「宋調」完全成熟，高峰之後的江西詩派，使宋調成爲創作的規範與凝定的模式。南宋詩人突破此種情感表達的桎梏，以抗敵疆場與山水自然突破僵化之模式而走向現實世界。南宋末詩人逐漸轉向情景交融的傳統的審美範式，消泯主體高揚的宋詩精神，並且在衰世氛圍中定向於委瑣寒狹的晚唐詩風。參考許總〈宋詩特徵論〉，收於《宋代文學研究叢刊》第二期。南宋末學晚唐詩是學賈島、姚合等人，和北宋初有些不同。筆者以爲陸游就是扮演著南宋詩風轉向至南宋末學晚唐詩風的過渡者。

〔註53〕江湖派的詩人如葉紹翁：「應憐屐齒印蒼苔，小扣柴扉久不開。春色滿園關不住，一枝紅杏出牆來。」(〈遊園不值〉)就是小園之一枝紅杏之美景。張宏生《江湖詩派研究》提及江湖詩派的創作有四項審美情趣：纖巧之美、眞率之情、俗的風貌、清的趣味。北京中華書局出版。

實際詩歌創作，故有江湖詩派、清人查慎行、同光派詩人學陸詩皆有成。〔註 54〕

由這一章的討論我們可以說陸游的詩歌成就甚高，不只是因為其作品數量甚多，而是其內涵旨趣、藝術特質、美學風格有極佳的表現。針對宋代文化而言是有其創新的成就，站在宋代詩歌發展而言又具有時代性及發展性。後世對其評價亦高，其影響性亦甚深遠廣大。綜言之，陸游詩歌的成就優於當時詩人，是宋代詩史上名列翹楚者，是南宋詩壇之盟主。

〔註 54〕王士禎序查慎行詩集云：「以近體論，劍南奇創之才，夏重或遜其雄；夏重綿至之思，劍南亦未之過。」趙翼《甌北詩話》說：「要其功夫之深，則香山、放翁後，一人而已。」又說：「初白近體最擅長，放翁以後，未有能繼之者。」都是肯定其學陸游有成。清人學陸詩者甚多，如汪琬、王士禎、查慎行、鄭燮、趙翼、方東樹、同光派詩人，甚至王國維亦學陸游詩。

第七章　結　論

陸游的詩歌忠實反映他的生命情境，更是他一生最耀眼的成就。歷代詩評褒貶不一，但陸游絕對是一位中國詩史上相當重要的大詩人。

陸游是一個具有強烈愛國心，志向遠大的詩人，但因官運不濟、仕途不遂而無法完成其志願。其受到時代環境、家庭教育、本身際遇之薰染，養成堅毅不輕易屈服的個性。師長們對其影響是在於人格的提昇及志向的確立，朋友們卻是他情感的依靠以及相互印證彼此信念。環視其人生過程，眞正對其生命有重大轉變應是「南鄭之行」，這不只是擴大其生活經驗，更是其生命歷程中的永恆夢想，進而提昇其詩歌創作的廣度及深度。

他又是一位個性浪漫的詩人，一離開梁州、益州之後，「梁、益」變成浪漫生活之代稱。因爲他在那段時期，經歷人生最激昂的生活，如帶兵、騎馬、射虎、歡飲、高歌，未曾厭倦即告結束，故轉變成內心當中永遠的夢。其面對人生的不如意、事與願違時，乃以「作夢」的方式作爲願望之補償、滿足，時常擺盪於夢境與現實之間。

當理想受到阻礙，陸游會有惆悵、落寞的情緒，但發之於篇章之中，絕不是憤慨，而是沉鬱，或是自我解嘲。其宣洩方式是較平和的，非以排山倒海的方式去宣洩胸中情緒，而是轉換成舒緩的方式去呈現。其次，其愛情的受挫之後，他以隱約的追憶方式去面對，不是以熱烈激動的或是明確表白的方式呈現，由此可見其生命有沉潛蘊藉的部分。

早年他的熱情是擺放在復國大業上，晚年情感另有依歸。看似情感已沉澱，心靈平靜，其實是把情感重心都寄託在兒子身上，對兒子百般叮嚀，與兒孫交心，分享生活經驗。他認眞扮演父親的角色，以溫暖又熱切的生命去面對兒孫，雖苦口婆心但溫馨感人，但絕不是盲目教導徒增兒孫負擔。

田園生活對陸游而言，起先是有些無奈。因心嚮鴻鵠之志，「田園」只是暫時安頓之處。但現實一一逼近，田園生活變成生命的主體，「甘於平淡」是其日漸之趨勢。又因現實的無情，貧窮亦是其時常面臨的困境，因此悠閒的田園生活帶著悲天憫人的情懷，絕不是蹈空生活著，只顧及己身之安樂。

他又是一個具有人生智慧的詩人，能從生活經驗去體會人生哲理，使自我生命的舒朗、開闊，讓自己活得更自在、更愉快。生命的提昇是透過自我了解、自我體悟的過程去實踐，其中沒有高深的道理闡述，而是如汩汩流水的點滴智慧。他擁有身體力行的積極性格，再加上環境與教養，使其生活智慧極爲豐盈而平易近人。

陸游在藝術技巧運用上極有特色，但就其整體的表現手法而論，穩健妥貼，卻不講求創新手法，乃活用各種技巧（如夸飾手法）作爲自己內心世界所要表達的利器。晚年他全力投注在七律之中，對仗工整、使事妥貼，其七律亦描繪出人世間多姿多采的事與物。其意象運用多樣化，或偏於剛健之姿，或呈現柔美之態，既豐富又生動。

陸游詩歌的美學風格類型皆具有特殊之美感。它是陸游的性格和際遇以及生命情境的忠實呈現，其性格可剛可柔，有承擔也有放下，有堅持亦有柔情。雖然晚年的豪氣逐漸沉潛，但熱烈的情緒還是隱約可見。其際遇多變，可隱可仕，仕途坎坷，在蜀州懷念山陰，在山陰懷念梁州、益州，皆可顯其頑固不屈服的人格特質。他對自我生命情境體察細微、了然於胸，亦能敏銳的順著生命情境而流轉。因此我們可以看出其詩歌風格忠實呈現其心境，同時傳達出最動人的情感心志之「圖象」，使讀者藉由作品體察作者之眞心，亦能從中獲得美感經驗。

陸游詩歌成就在於其期望從江西詩風出走，故儘量用一些俗語、明白如話的詩句來增加作品的親切感，掃除江西派的刻鏤。而其精確運用對偶句，對仗工整、使事貼切，精工細膩，其七律的藝術成就可媲美杜甫，以至清代文人喜摘其對偶句爲對聯之詩句。而且他的七律繼承杜甫之精華，學杜但未曾爲杜詩所囿。清人張謙益說：「放翁詩渾厚雄健，眞得杜髓，又且家數甚大，無所不該。」〔註1〕趙翼也說：「放翁詩凡三變。宗派本出於杜，中年以後，則亦自出機杼，盡其才而後止。」〔註2〕舒位〈瓶水齋詩話〉：「嘗論七律而至少陵始盛且備，爲一變；李義山瓣香於杜而易其面目，爲一變；至宋陸放翁專工此體而而集其大成，爲一變。」〔註3〕可見其詩歌遠紹杜甫，開創七律的新局面。

陸游的詩歌反映其眞摯之情感，以及個人心志，從其作品可以觀看其堅韌生命力。其作品是忠實反映其內心世界，可能不如東坡的曠達，甚至作品偶而流露欣羨功名的想法，但他不矯飾，眞實呈現於作品上，佚名的〈靜居緒言〉說：「放翁學問人品，俱能勝人。平生著作，景仰杜陵，雖幕府軍旅之間，手不輟卷，故其詩沉鬱悲壯，筆力矯健。」〔註4〕清人潘德輿說：「放翁詩學所以絕勝者，固由忠義盤鬱其心，心亦緣其文章高下之故，能有具眼，非後進輊才所能知也。」〔註5〕梁啓超也說：「亙古男兒一放翁」〔註6〕都是論析陸游精神貫注到作品之中，而讀者皆能因此震攝住的特質。

陸游結合「妙悟」和實際生活經驗的創作觀足以啓發後世的創作

〔註1〕見張謙益《硯齋詩談》卷五，收於《清詩話續編》中，臺北木鐸出版社出版。
〔註2〕見《甌北詩話》卷六，收於《清詩話續編》中，臺北木鐸出版社出版。
〔註3〕收錄於《清詩話訪佚初編》，臺北新文豐出版社出版。
〔註4〕作者佚名，收錄於《清詩話續編》中，臺北木鐸出版社出版。
〔註5〕見《養一齋詩話》卷五，收於《清詩話續編》中，臺北木鐸出版社出版。
〔註6〕見《飲冰室文集》〈讀放翁詩〉。

理念，也是江西詩派的妙悟的修正，如只要求「妙悟」，只求圓轉之美，是缺少生活的養分，可能有所偏枯。他以實際生活經驗作爲根砥，始能創作出有生命力的佳作。陸游影響宋代最深的是江湖詩派的作家，比如在詩論上，戴復古的〈論詩十絕〉第三首云：「曾向吟邊問古人，詩家氣象貴雄渾」古人是指陸游，陸游詩歌的特色之一就是雄渾風格。戴復古的《石屏集》由樓鑰寫序，其序云：「登三山陸放翁之門而詩益進。」且江湖派中的蘇泂、劉克莊更是師承陸游。《四庫全書總目提要》中之〈冷然齋集提要〉說：「泂本從學游，詩法流傳，淵源有自，故其所作，皆能鑱刻淬煉，自出清新。」劉克莊自稱「由放翁入」（〈刻楮集自序〉）皆可見其傾心學陸。故陸游從創作之中啓迪後世詩歌理念有二：一是從創作當中所體悟的詩法（詩外工夫），啓迪後世詩歌創作，重視生活經驗，不拘泥於字句的刻鏤。一是從其晚年寫景之作品當中，啓迪後世實際詩歌創作，故有江湖詩派、清人查愼行、同光派詩人學陸詩皆有成。

陸游的詩歌成就甚高，不只是因爲其作品數量甚多，而是其內涵旨趣、藝術特質、美學風格有極傑出的表現。針對宋代文化而言有創新之處，站在宋代詩歌發展而言又具有時代性及發展性。後世對其評價亦高，其影響性亦甚深遠廣大。綜言之，陸游詩歌的成就優於當時詩人，是宋代詩史上名列翹楚者，實不愧爲南宋詩壇之盟主。如清人朱庭珍所論述的：「宋人承唐人之後，而能不襲唐賢衣冠面目，別闢門戶，獨樹壁壘，其才力學術，自非後世所及。如蘇、黃二公，可謂一朝大家，前無古人，後無來者也。半山、歐公、放翁，亦皆一代作手，自有面目，不傍前賢籬下，雖遜東坡、山谷兩家一格，亦卓然在名大家之列。」〔註 7〕這就是陸游詩歌的定位所在。另有關於詞語複覆、字句雷同在所難免，就其九千多首而言，可說是瑕不掩瑜，筆者以爲不必論辯之。

〔註 7〕見〈筱園詩話〉卷二，收錄於《清詩話續編》中，臺北木鐸出版社出版。

參考文獻

一、有關陸游之著作、評論（書目按姓氏筆畫順序排列）

1. 朱東潤：《陸游傳》，臺灣華世出版社，民 73，2。
2. 朱東潤：《陸游選集》，上海古籍出版社，1999，5 第三次印。
3. 李致洙：《陸游詩研究》，臺北文史哲出版社，民 80，9。
4. 陸游：《陸放翁全集》，臺灣世界書局，民 79，11 五版。
5. 陸游著、錢仲聯校注：《劍南詩稿校注》，上海古籍出版社，1985，9。
6. 陸游著：《老學庵筆記》，北京中華書局，1997，12。
7. 陸游著，夏承燾箋注：《放翁詞編年箋注》，民 73，7 初版。
8. 張健：《陸游》，臺北國家出版社，民 75，8。
9. 歐小牧：《陸游傳》，四川成都出版社，1994，10。
10. 歐小牧：《陸游年譜》（修訂本），四川天地出版社，1998，3。
11. 劉維崇：《陸游評傳》，臺北正中書局，民 59，8 臺四版。
12. 齊治平：《陸游》，臺北萬卷樓圖書公司，1978，9。

二、別集

1. 任淵、史容注：《山谷詩集注》，臺北世界書局。
2. 范成大，《石湖詩集》，臺灣商務印書館。
3. 曾幾：《茶山集》，北京中華書局。
4. 楊萬里：《誠齋詩集》，臺北中華書局。

三、有關宋詩著作

1. 丁傳靖：《宋人軼事彙編》，臺灣商務印書館，民 71，9 臺二版。
2. 方虛谷編、紀曉嵐批點：《瀛奎律髓》，北京中國書局，1990，3。
3. 王水照：《宋代文學通論》，河南大學出版社，1997，6。
4. 石遺老人編：《宋詩精華錄》，臺北廣文書局，民 79，10。

5. 吉川幸次郎：《宋詩概說》，臺北聯經出版公司，民 66。
6. 成大中文系編：《第一屆宋代文學研討會論文集》，高雄麗文文化公司，1993，10。
7. 吳晟：《黃庭堅詩歌創作論》，江西人民出版社，1998，10。
8. 周全：《宋遺民志節與文學》，臺北東吳大學出版社，民 80，3。
9. 周裕楷：《宋代詩學通論》，四川巴蜀書社，1997，1。
10. 金中樞：《宋代學術思想研究》，臺北幼獅出版公司，民 78，3。
11. 吳淑鈿：《陳與義詩歌研究》，臺北文津出版社。
12. 吳組緗、沈天佑著：《宋元文學史稿》，1989，5。
13. 金性堯選注：《宋詩三百首》，臺北書林書局，民 79，10。
14. 胡明：《南宋詩人論》，臺灣學生書局，民 79，6。
15. 許總：《宋詩史》，四川重慶出版社，1997，7。
16. 陳來：《宋明理學》，臺北洪葉出版社，1994，10。
17. 陳友冰等：《宋代絕句賞析》，臺北正中書局，民 85，8 臺初版。
18. 張毅：《宋代文學思想史》，北京中華書局，1995，4。
19. 張高評編：《宋代文學研究叢刊第一期、第二期、第三期、第四期》，高雄麗文文化公司，民 84，3、1996，9、1998，9、1999，12。
20. 張高評：《宋詩之傳承與開拓》，臺北文史哲出版社，民 79，3。
21. 張高評：《宋詩之新變與代雄》，臺北洪葉出版社，1995，9。
22. 張高評編：《宋詩綜論叢編》，高雄麗文出版公司，1993，10。
23. 張宏生：《江湖詩派研究》，北京中華書局，1995，1。
24. 湛之編：《楊萬里范成大資料匯編》，北京中華書局，1985，9 第三次印。
25. 黃啓方：《兩宋文史論叢》，臺北學海出版社，民 74，10。
26. 黃啓方：《宋代詩文縱橫》，臺灣商務印書館，1997，8。
27. 傅璇琮：《黃庭堅和江西詩派卷》，高雄麗文出版公司，1993，10。
28. 程千帆：《兩宋文學史》，高雄麗文出版公司，1993，10。
29. 程杰：《北宋詩文革新研究》，臺北文津出版社，民 85，12。
30. 厲鶚：《宋詩紀事》，臺北鼎文書局，1971，9。
31. 錢鍾書：《宋詩選注》，臺北木鐸出版社，民 73，9。
32. 趙齊平：《宋詩臆說》，北京大學出版社，1996，7 二印。
33. 蕭翠霞：《南宋四大家詠花詩研究》，臺北文津出版社，民 83，5。

34. 龔鵬程：《江西詩社宗派研究》，臺北文史哲出版社，1983。

四、詩學書目（宋詩學之外）

1. 王國瓔：《中國山水詩研究》，臺北聯經出版公司，民 81，2。
2. 李文初等：《中國山水詩史》，廣東高等教育出版社，1991，5。
3. 吳戰壘：《中國詩學》，臺北五南出版社，民 82。
4. 林文月：《山水與古典》，臺北東大圖書公司，民 85。
5. 周益忠導讀、撰述：《論詩絕句》，臺北金楓出版社，1987，5。
6. 許總：《杜詩學發微》，南京出版社，1989，5。
7. 梁啓超：《中國韻文裡頭所表現的情感》，臺灣中華書局，民 72，9 臺四版。
8. 黃永武：《中國詩學設計篇》，臺北巨流出版社，民 68，4。
9. 黃永武：《中國詩學鑑賞篇》，臺北巨流出版社，民 68，4。
10. 黃永武：《中國詩學思想篇》，臺北巨流出版社，民 68，4。
11. 黃永武：《中國詩學考據篇》，臺北巨流出版社，民 68，4。
12. 黃文吉：《中國詩文中的情感》，臺北臺灣書店，民 87。
13. 陸侃如、馮沅君：《中國詩史》，山東大學出版社，1996，3。
14. 張夢機：《古典詩的形式結構》，臺北尚友出版社，民 70，12 初版。
15. 張夢機：《詩學論叢》，臺北華正書局，民 82，5。
16. 葉嘉瑩：《迦陵談詩》，臺北三民書局。
17. 葉嘉瑩：《迦陵談詩二集》，臺北東大圖書公司，1985。
18. 葉嘉瑩：《中國詩歌評論集》，臺北源流出版社，民 72，10。
19. 葉維廉：《比較詩學》，臺北東大圖書公司，1983。
20. 蔡英俊編：《抒情的境界》，臺北聯經出版公司，民 70。
21. 蔡英俊編：《意象的流變》，臺北聯經出版公司，民 70。
22. 鄧仕樑：《唐宋詩風——詩歌的傳統與新變》，臺北臺灣書店，民 87，1。
23. 顧隨講《顧羨季先生詩詞講記》，臺北桂冠圖書公司，民 81。
24. 龔鵬程：《讀詩隅記》，臺北華正書局，民 76，8 再版。
25. 龔鵬程：《詩史本色與妙悟》，臺灣學生書局，民 75，4 初版。

五、美學書目

1. 王建元：《現象詮釋學與中西雄渾觀》，臺北東大圖書公司，1988。

2. 皮朝綱：《禪宗的美學》，高雄麗文出版公司，1995，9。
3. 皮朝綱：《中國古代文藝美學綱要》，四川社會科學院出版社。
4. 朱光潛：《文藝心理學》，臺灣開明書局。
5. 伍蠡甫：《山水與美學》，臺北丹青出版社。
6. 李澤厚：《美的歷程》，臺北金楓出版社，1987，7。
7. 李澤厚：《美學論集》，臺北三民書局，民 85。
8. 余秋雨：《藝術創造工程》，臺北允晨出版社，民 79。
9. 克羅齊著、傅東華譯：《美的原理》，臺灣商務印書館，民 75，2 臺九版。
10. 宗白華：《美從何處尋》，臺北駱駝出版社，民 76，8。
11. 姚一葦：《美的範疇論》，臺灣開明書局，民 74，3 第三版。
12. 徐復觀：《中國藝術精神》，臺北學生書局，民 72，1 八版。
13. 淡江大學中國文學研究所編：《文學與美學》第三集，臺北文史哲出版社，民 81，10。
14. 童慶炳：《中國古代心理詩學與美學》，臺北萬卷樓圖書公司，民 83。
15. 曾昭旭：《充實與虛靈（中國美學初論）》，臺北漢光文化公司，民 82，2 初版。
16. 曾祖蔭：《中國古代文藝美學範疇》，臺北木鐸出版社，民 76，7。
17. 楊思寰：《審美心理學》，臺北五南出版社，民 82。
18. 霍然：《唐代美學思潮》，長春出版社，1997，8。
19. 霍然：《宋代美學思潮》，長春出版社，1997，8。
20. 蔡鍾翔等：《自然雄渾》，北京中國人民出版社，1996，10。
21. 漢寶德等：《中國美學論集》，臺北南天書局，民 76，11。
22. 葉維廉：《歷史、傳釋與美學》，臺北東大圖書公司，1988。
23. 蕭馳：《中國詩歌美學》，北京大學出版社，1986，11。
24. 龍協濤：《文學解讀與美的再創造》，臺北時報文化公司，民 82。
25. 龔鵬程：《文化、文學與美學》，臺北時報文化公司，民 77，2。

六、詩話、文學理論、文學批評

1. 丁福保編：《歷代詩話》續編，臺北木鐸出版社，民 77，7。
2. 丁福保編：《清詩話》，臺北木鐸出版社，民 77，9。
3. 王夢鷗：《古典文學論探索》，臺北正中書局，民 73，2。

4. 王夢鷗：《中國文學理論與實踐》，臺北時報文化公司，1995，11。
5. 朱東潤：《中國文學批評家與文學批評》，臺北學生書局，民 73，5 再版。
6. 孔凡禮：《孔凡禮中國古典文學論集》，北京學苑出版社，1999，1。
7. 呂正惠：《抒情傳統與政治現實》，臺北長安出版社，民 78，9 初版。
8. 呂正惠：《文學的後設思考》，臺北正中書局，民 80，9。
9. 何文煥編：《歷代詩話》，臺北漢京文化公司，民 72，1。
10. 杜松柏編：《清詩話訪佚初編》，臺北新文豐出版社，1987，6。
11. 胡仔：《苕溪漁隱叢話》，臺北長安出版社，1978，12。
12. 袁行霈：《中國詩歌藝術研究》，臺北五南圖書公司，1988，5。
13. 韋勒克、華倫：《文學論》，臺北志文出版社，民 74，5 再版。
14. 徐復觀：《中國文學論集》續編，臺北學生書局，民 73，9。
15. 陳祥耀：《中國詩歌叢話》，臺北華正書局，民 80，3。
16. 陳良運：《中國詩學批評史》，江西人民出版社，1995，7。
17. 郭紹虞編：《清詩話》續編，臺北木鐸出版社，民 72，12。
18. 郭紹虞：《宋詩話考》，臺北學海出版社，1970，9。
19. 郭紹虞編：《中國歷代文學論著精選》，臺北華正書局，民 73，8。
20. 郭紹虞：《照隅室古典文學論集》，臺北丹青圖書公司，1985，10。
21. 郭紹虞：《中國文學批評史》，臺北明倫出版社。
22. 黃啓方：《北宋文學批評資料叢編》，臺北成文出版社，1978。
23. 張健：《南宋文學批評資料叢編》，臺北成文出版社，1978。
24. 張健：《文學批評論集》，臺灣學生書局，民 74，10。
25. 劉克莊：《後村詩話》，臺北廣文書局，民 60，9。
26. 錢鍾書：《談藝論》（修訂本），臺北書林出版公司，民 77，10。
27. 蔡英俊：《比興物色與情景交融》，臺北大安出版社，民 75，5。
28. 韓經太：《理學文化與文學思潮》，北京中華書局，1997，9。
29. 魏慶之：《詩人玉屑》，臺北世界書局，民 69，10。
30. 羅大經：《鶴林玉露》，臺灣開明書局，民 64，4。
31. 顧易生等：《宋金元文學批評》，上海古籍出版社，1996，6。
32. 龔鵬程：《詩史本色與妙悟》，臺灣學生書局，民 75，4。
33. 龔鵬程：《文學散步》，臺北漢光文化公司，民 74，12 再版。

八、史學

1. 李裕民：《宋史新編》，陝西師範大學出版社，1999，1。
2. 脫脫：《宋史》，臺北鼎文書局。
3. 姚瀛艇編：《宋代文化史》，臺北雲龍出版社，民 1995，9。
4. 錢穆：《國史大綱》，臺灣商務印書館。

九、其它

1. 林玫儀導讀：《人間詞話》，臺北金楓出版社，1987，5。
2. 佛洛伊德：《夢的解析》，臺北志文出版社，民 62，初版。
3. 繆鉞、葉嘉瑩：《靈谿詞說》，臺北國文天地出版社，民 78，12。

一、宋詩論文（台灣方面）（期刊論文按照出版年月順序）

1．魏子高：〈論宋詩〉，（大陸雜誌 35：6，p10～11，民 56，9）。
2. 胡明珽：〈楊萬里先生年譜〉，（大陸雜誌 39：7～8）
3. 小川環樹：〈陸游詩與其家學〉，（中研院國際漢學會議論文集文學組，民 70，10）
4. 汪中：〈宋詩理趣與山谷詩中的倫理精神〉，（中研院國際漢學會議論文集文學組，民 70，10）。
5. 黃永武：《古典詩的色彩設計》，（中研院國際漢學會議論文集文學組，民 70，10）。
6. 陳義成：〈楊萬里文學論評研究〉，（致理學報 3～4 期，1983～84）。
7. 周志文：〈陸游的詩論〉，（淡江學報 22 期，民 74，3）。
8. 宋筱惠：〈黃庭堅詩法研究〉，（嘉義師專學報 14 期，p265～289，1984，5）。
9. 林正三：〈蘇軾 黃庭堅的詩論〉，（德明商專學報 6 期，1987，11）。
10. 黃景進：〈略論黃山谷所謂"無一字無來處"〉，（中華學苑 38 期，p155～190，1989，4）。
11. 朱學瓊：〈黃山谷詩的傳承〉上下，（國立編譯館館刊，18：2，19：1）。
12. 張高評：〈宋詩與化俗爲雅〉，（國立編譯館館刊，21：1，p93～118，民 81，6）。
13. 歐陽炯：〈宋代詩家呂本中之詩論〉，（國立編譯館館刊，21：1，p119～141，民 81，6）。
14. 黃景進：〈以禪喻詩到詩禪一致〉，（古典文學第四集，臺北學生書局）

15. 黃益元：〈詩人的夢和夢中的詩人〉，(國文天地，8：10，民 82，3)。
16. 楊淳雅：〈試論楊萬里詩風之嬗遞與蛻變〉，(中國文化月刊 208 期，1997，7)。

二、宋詩論文（大陸方面）

1. 陳祥耀：〈宋詩的發展與陳與義詩〉，(文學評論，1982，一期)。
2. 張三夕：〈論蘇軾中空間感〉，(文學遺產，1982，2)。
3. 孔凡禮：〈范成大早期事跡考〉，(文學遺產，1983，一期)。
4. 莫礪峰：〈江西詩派的後起之秀〉，(社會科學戰線，1984，一期)。
5. 馬榮中：〈試論宋詩對清代詩人的影響〉，(文學遺產，1984，3)。
6. 葛兆光：〈從四靈詩説到南宋晚唐詩風〉，(文學遺產，1984，4)。
7. 謝思煒：〈呂本中與《江西宗派圖》〉，(文學遺產，1985，3)。
8. 錢志熙：〈黃庭堅與禪宗〉，(文學遺產，1986，1)。
9. 王定璋 ：〈宋人學唐詩散論〉，(成都師專學報，文科版，1986，2)。
10. 曾棗莊：〈宋代文學研究當議〉，(文學遺產，1986，3)。
11. 吳庚舜：〈加強宋代文學研究之我思〉，(文學遺產，1986，3)。
12. 謝宇衡：〈宋詩臆説〉，(文學遺產，1986，3)。
13. 謝桃枋：〈略論宋代理學詩派〉，(文學遺產，1986，3)。
14. 周義敢：〈北宋的禪宗與文學〉，(文學遺產，1986，3)。
15. 譚青：〈北宋古文與道學〉，(文學遺產，1986，3)。
16. 白敦仁：〈宋初詩譚及三體〉，(文學遺產，1986，3)。
17. 丁夏：〈論山谷詩〉，(清華大學學報，哲社板，1987，1)。
18. 張鳴：〈誠齋體與理學〉，(文學遺產，1987，3)。
19. 馬積高：〈江西詩派風格論〉，(文學遺產，1987，2)。
20. 李華：〈蘇軾《和陶詩》研究〉，(廣東社會科學，1987，4)。
21. 葉華：〈試言山谷詩章句之美〉，(安徽大學學報，哲社版，1987，4)。
22. 王琦珍：〈禪宗與宋代江西作家〉，(江西師範大學學報，1988，4)。
23. 莫礪鋒：〈評《江西詩社宗派研究》〉，(南京大學學報，1988，4)。
24. 吳晟：〈黃庭堅詩歌審美心理機制描述〉，(南京大學學報，1988，4)。
25. 薛端生：〈蘇門 蘇學與蘇體〉，(文學遺產，1988，5)。
26. 莫礪鋒：〈論杜甫晚期今體詩的特點及其對宋詩的影響〉，(南京大學學報，1989，1)。
27. 張伯傳〈宋代詩話產生背景的考察〉，(文學遺產，1989，4)。

28. 張晶：〈宋詩的活法與禪宗的思維方式〉，(文學遺產，1989，6)。
29. 林繼中：〈杜詩與宋人詩歌價值〉，(文學遺產，1990，1)。
30. 周來祥 儀平策：〈論宋代審美文化的雙重模態〉，(文學遺產，1990，2)。
31. 王德明：〈論宋代的詩社〉，(文學遺產，1991，1)。
32. 張宏生：〈論江湖派詩的時空形態〉，(文學遺產，1992，1)。
33. 張宏生：〈南宋江湖派詩的時空型態〉，(學術論叢，1992，1)。
34. 張瑞君 ：〈論江湖派的詩歌淵源及在文學史上的地位〉，(河北大學學報，1992，1)。
35. 胡曉明：〈尚意的詩學與宋代人文精神〉，(文學遺產，1991，2)。
36. 蒲友俊：〈超越困境：蘇軾在海南〉，(四川師範大學學報，1992，2)
37. 高洪奎：〈論姜白石詩風嬗變之軌跡〉，(江西師範大學學報，1992，7)。
38. 張興璠：〈理想的閃光和現實的投影—論范仲淹的詩〉，(江西師範大學報，1992，7)。
39. 秦寰明：〈理學思想 文人心態與誠齋體〉，(南京師範大學，1993，第一期)。
40. 曾明：〈陸游山水詩是中國古代山水詩走向心靈的美學歸宿〉，(西南民族學報院學報，哲社版，1993，1)。
41. 高林廣：〈淺論禪宗美學對蘇軾藝術創作的影響〉，(內蒙古師大學報，1993，1)。
42. 王兆鵬：〈宋文學書面傳播方式初探〉，(文學評論，1993，2)
43. 韓經太：〈宋詩與宋學〉，(文學遺產，1993，4)。
44. 錢志熙：〈論黃庭堅的興寄觀及黃詩的興寄精神〉，(文學遺產，1993，五期)。
45. 朱靖華：〈論蘇軾詩風主流〝高風絕塵〞〉，(文學遺產，1993，五期)。
46. 周裕鍇：〈自持與自適-宋人論詩的心理功能〉，(文學遺產，1995，六期)。
47. 莫礪峰：〈論黃庭堅詩歌創作的三個階段〉，(文學遺產，1995，三期)。
48. 劉寧：〈論歐陽修詩歌的平易特色〉，(文學遺產，1996，一期)。